Kerstin Ekman
Hexenringe

**SERIE PIPER**

Zu diesem Buch

Mit der Errichtung einer Bahnstation in der kleinen Ortschaft hundert Kilometer südlich von Stockholm beginnt auch dort die Gründerzeit. Es wächst die Zahl und Vornehmheit der Oberschicht aus Bahnbeamten, Fabrikanten und Verwaltern. Nach und nach werden die Misthaufen und Schlammlöcher verbannt, und »Zivilisation« macht sich in der ländlichen Abgeschiedenheit breit. Hier wächst Tora Lans auf, deren Leben als Dienstmädchen genauso vorherbestimmt scheint wie das ihrer Mutter Edla und ihrer Großmutter Sara. Doch Tora lehnt sich gegen ihr Schicksal auf: Praktischer Verstand, erwachendes Selbstvertrauen und trotziger Lebenswille sind ihre einzigen Mittel, um dem Teufelskreis aus Armut und dienender Abhängigkeit zu entkommen. Mit menschlicher Wärme und feiner Ironie zeichnet Kerstin Ekman das unverwechselbar lebendige Porträt einer mutigen Frau in einer Männergesellschaft.

*Kerstin Ekman*, geboren 1933 in Mittelschweden, zählt zu den bedeutendsten Schriftstellerinnen der Gegenwart. Sie wurde in ihrer Heimat mit allen großen Literaturpreisen ausgezeichnet, unter anderem erhielt sie für ihr Gesamtwerk den renommierten Pilotpreis. Zuletzt erschien auf deutsch ihr Roman »Mittsommerdunkel« (2002).

# Kerstin Ekman
# Hexenringe

Roman

Aus dem Schwedischen von
Hedwig M. Binder

Piper München Zürich

Von Kerstin Ekman liegen in der Serie Piper außerdem vor:
Am schwarzen Wasser (3613)
Die Totenglocke (Piper Original, 7022)
Mittsommerdunkel (Piper Original, 7032)

Ungekürzte Taschenbuchausgabe
Juli 2002
© 1974 Kerstin Ekman
Titel der schwedischen Originalausgabe:
»Häxringarna«, Albert Bonniers Förlag AB,
Stockholm 1974
© der deutschsprachigen Ausgabe:
2002 Piper Verlag GmbH, München
Erstausgabe: Neuer Malik Verlag, Kiel 1988
Umschlag / Bildredaktion: Büro Hamburg
Isabel Bünermann, Julia Martinez, Charlotte Wippermann
Foto Umschlagvorderseite: Martine Houghton
Foto Umschlagrückseite: Ulla Montan
Satz: IBV Satz- und Datentechnik GmbH, Berlin
Druck und Bindung: Clausen & Bosse, Leck
Printed in Germany   ISBN 3-492-23591-3

www.piper.de

FÜR ANNA SOFIA HJORTH

Das war Sara Sabina Lans: Grau wie eine Maus, arm wie eine Laus, schlottrig und mager wie eine Füchsin im Sommer. Niemand nannte sie bei ihrem Vornamen. Er war nicht sehr oft zu Hause. Er hatte seine Abkommandierungen und Regimentstreffen auf Malmahed, und er exerzierte in der Korporalschaft auf Fyrö, ein Fasanengockel in seiner Uniform. Sie hatte die Kinder und die Kate mit dem Kartoffelacker, jene Kate, die mit den Jahren fast vom Flieder erdrückt wurde, in der es aber kein Glück gab, zumindest nicht bis 1884, als der Zug dem Soldaten Lans die Beine abfuhr.

Sie räucherte Schinken für die Bauern. Das war ihre sauberste Arbeit. Ansonsten gab es nichts noch so Grobes, Kotiges und Matschiges, dessen sie sich nicht angenommen hätte. Sie schrubbte Ställe im Frühjahr. Sie machte große Wäsche und half beim Schlachten. Sie wusch Leichen. Ihr ganzes Leben lang war sie hinter Überbleibseln und günstigen Gelegenheiten her. Sie war zäh wie Gras und giftig wie Nesseln. Ihr Grabstein findet sich auf dem Kirchhof von Vallmsta. Darauf steht:

Hier ruht der Soldat Nr. 27
der Rotte von Skebo
Johannes Lans
*29. Juli 1833    †12. Juni 1902
und seine Ehefrau

Eines Tages zu Beginn der siebziger Jahre ging Sara Sabina Lans, die Frau des Soldaten, zu Isakssons Laden und Gasthaus, um dort Kümmel zu verkaufen. Es war an einem Septembernachmittag in Sörmland, als sie sich aufmachte. Die Sonne stand bereits so tief, daß ihre Strahlen von den Spiegelscherben, die gegen den Nachtmahr im Stallfenster lagen, reflektiert wurden. Der Liebstöckel an der Hausecke war verblüht und roch nicht mehr so widerlich. Die Bäume verfärbten sich schon, alle, außer der großen Birke, unter die sich die Hütte duckte. Sie verlor selten ein Blatt vor Allerheiligen. Das kam daher, daß unter ihrer Wurzel eine weiße Schlange lebte.

Im großen Moor zwischen Äppelrik und Jettersberg sprang die Frau des Soldaten von Stein zu Stein, einen Kissenbezug mit frischgedroschenem Kümmel im Arm. Hinter ihr ging Frans, der bald darauf Halsweh bekam und im Winter, der diesem ungewöhnlich späten und milden Herbst folgte, starb. Hinter ihnen hüpfte Edla.

Es war ein klarer und sonniger Tag, doch unter den Erlen im Moor wehte es kühl, und aus den schwarzen, glänzenden Löchern roch es sauer nach fauligem Wasser. Frans fand es schrecklich, sich umzusehen, und noch schlimmer, nach vorne zu schauen, denn seine Mutter hatte die Röcke hochgerafft und am Schürzenband festgemacht. Wenn sie sprang, konnte er ihre dünnen, knotigen Beine bis zu den Schenkeln hinauf se-

hen. Sie waren weiß wie die einer Leiche und über und über
von dem Geschlängel bläulicher Adern durchzogen. Edla kam
als letzte; sie hatte Mühe mit ihren kurzen Beinen, von einem
Stein zum nächsten zu gelangen.

Dies war der direkteste Weg zur Bahnstation. Dorthin war
Isaksson aus Backe gleich nach der Einweihung der Eisenbahn
mit seiner Frau, dem Ladenburschen und zwei Dienstmädchen
gezogen. Er hatte vor, seinen ganzen Betrieb vom alten Gerichtsplatz herzuholen, und in seinem Stall standen bereits
zwölf Kutschpferde. Mehrere Jahre lang hatten die Bahngleise
zwischen Stockholm und Göteborg dagelegen, ohne daß sie
gestohlen worden waren. Nun war es nicht mehr lange hin bis
zum fünften Jahrestag der Einweihung, die mit knatternden
Fahnen und furzenden Hörnern und mit einer den Eisenbahnwaggons entstiegenen, lächelnden und steifbeinigen Königlichen Hoheit begangen worden war. Der bedächtige schwedi-
sche Arbeiter hatte sich an jenes Mittelmaß gewöhnen können,
das zur Bedienung der Eisenbahn erforderlich ist, im großen
und ganzen jedenfalls. An dieser Bahnstation, der bei der Einweihung elf Minuten königlicher Anwesenheit zuteil geworden war und die gut einhundertzwanzig Kilometer von Stockholm entfernt und siebenundzwanzig Meter über dem Meer
lag, stand bereits eine Viertelstunde vor Ankunft des Zuges der
Pumper Oskar Edvin Johansson, die Mütze auf dem Kopf und
die Knopfreihe des Uniformrockes von oben bis unten zugeknöpft, mit gefülltem Wasserbehälter und glänzenden Ölkannen in der ersten kühlen Herbstsonne.

Das Bahnhofsgebäude stand auf sumpfigem Grund zwischen zwei schilfreichen Seen. Die Landschaft war eben, und
die Bäume, die aus dem wäßrigen Boden emporragten, rangen
um ihr Leben. Der Elch fühlte sich wohl hier. In unmittelbarer
Umgebung lagen drei Höfe: Jettersberg, Löskebo und Malstugan, eine 99-Jahre-Pachtung des Stammgutes.

Vor Isakssons Laden standen drei Wagen, ein Phaeton und

10

zwei Ackerwagen, einer davon mit Roggensäcken beladen. Zwei Bauern und ein Jungbauer standen drinnen bei Isaksson und unterhielten sich gemächlich. Der Jungbauer hatte die Peitsche nicht in das Futteral am Kutschbock gesteckt, sondern mit hineingenommen. Die Peitschenschnur ließ er über der Siruptonne kreisen, wo zwei Fliegen tanzten. Er sah Sara Sabina Lans als erster aus dem Wäldchen am Rand des Moores kommen. Er sagte, daß dort das widerwärtige und knickrige Weib des Soldaten komme, hol's der Teufel. Er wollte ausspucken, stand aber zu weit vom Napf weg und traute sich nicht. Breitbeinig, doch unsicher stand er da in dieser Gesellschaft und spielte mit der Peitsche.

»Ja, knickrig«, bestätigte Malstuger, der dem Fenster am nächsten stand, und beobachtete die Frau, wie sie mit dem gestreiften Kissenbezug vor der Brust und den zwei Kindern im Schlepp vom Moor heraufkam. »Se hat bloß nix, womit se knickern könnt.«

»Wenn se aber was zu fassen kriegt«, meinte Abraham Krona, »is se wie 'ne Füchsin. Die läßt nix los.«

Sie lachten.

Draußen lief Edla hinter der Mutter und Frans her und spürte den Schweiß auf ihrem Rücken. Die Mutter entzog sich jetzt dem Blickfeld des Ladens. Sie ging nicht beiseite, um wie die anderen Leute die Schuhe zu wechseln, denn sie besaß nur das eine Paar. Doch sie wechselte das Kopftuch und putzte den Kindern die Nasen.

In diesem Augenblick fuhr der Zug ein, und Edla glaubte, dies sei das Ende. Sie glaubte, dies sei der Tod, der von einem hohen Berg herabgestürzt komme. Sie war noch nie zuvor am Bahnhof gewesen. Jetzt kreischte sie los wie eine Signalpfeife. Die Mutter mußte ihr einen Arm um den Rücken legen und sie mit der anderen Hand tätscheln. Auch Frans wurde etwas blaß, doch sobald das erste schrille Getöse vorüber war, lachte er. Es gab noch eine Menge Geräusche, ehe alles in ein gleich-

11

mäßiges, kurzen Ächzen überging. Als würde da ein Riese sitzen und sein Geschäft machen, fuhr es Edla durch den Kopf, und sie schnappte glucksend nach Luft.

Dann stand der Zug. Quietschend ging ein Klappgitter auf, und ein junger Mann in einer Uniform aus dunkelblauem Tuch und einer Mütze mit Goldlitze und geflügeltem Rad ergriff zwei Reisetaschen und stieg aus. Er sah sich um. Es war eben und sumpfig hier. Der glänzende Schienenstrang verlor sich in einem kümmerlichen Kiefern- und Birkenwäldchen. Zögernd hob er die Hand zum Gruß, den der Stationsvorsteher am Ende des hölzernen Bahnsteigs erwiderte. Nachdem dieser begriffen hatte, daß da soeben der neue Buchhalter angekommen war, ging er ihm entgegen.

Stationsbuchhalter und Freiherr Graf Adolf Cederfalk betrachtete das gelbe Bahnhofsgebäude, dessen Giebelseite von herbstlich dunklem Geißblatt überwuchert war. In einem Fenster erschien kurz ein schwarzglänzender Kopf mit Mittelscheitel. Das war die Frau Stationsvorsteher. Nach einer Weile, wenn ihr Mann dem Zug freie Fahrt gegeben haben würde, würde sie die Katze hinauslassen. Der Septemberhimmel war blau, als Cederfalk hinaufblickte. Siebenundzwanzig Meter über dem Meer. Das ist nicht viel, dachte er genau in dem Moment, da er seinen neuen Vorgesetzten mit einem kräftigen Handschlag begrüßte.

Während er darauf wartete, daß der andere die Signalscheibe in Richtung Lok heben würde, ging er um das Bahnhofsgebäude herum. Der dunkle Scheitel der Frau tauchte in einem Fenster nach dem anderen um das ganze Haus herum kurz auf. Auf dessen Rückseite nahm man den Geruch des Steinkohlerauchs und des fetten Schmieröls nicht wahr. Dort lag der holprige Platz mit den Kühen von Jettersberg, die jetzt bis an das Gattertor herangekommen waren und ihn anglotzten. Und dort stand auch das Haus des Gastwirts mit den drei Wagen davor. Am Querbaum dösten die Pferde

12

mit den Zügeln um die Vorderbeine. Das von Malstuger hatte einen Futtersack um. Ein Weilchen war es in der kühlen Septemberluft so still, daß Cederfalk hören konnte, wie das Tier den Hafer zwischen den Zähnen zermalmte. Drei Männer traten nun auf die Treppe vor dem Laden, spuckten Tabak aus und guckten. Sie drängelten sich ein wenig; hinter ihnen in der Tür stand der Händler. In einem Fliedergebüsch neben dem Gasthaus stand ein graues Weiblein und putzte einem Kind mit dem Ärmel die Nase. Ein zweites Kind klammerte sich an den Rock der Alten und starrte laut schluchzend dem abfahrenden Zug nach. Cederfalk machte nun kehrt und ging zum Bahnhofsgebäude zurück. Auf der Treppe war man mit dem Ausspucken fertig, und Sara Sabina Lans ging hinter den Männern in den Laden hinein. Sie öffnete ihren Kissenbezug, zeigte den Kümmel und verlangte im Tausch dafür Salz, Soda, Kaffee und Brasilholz.

Es heißt, daß Genügsamkeit der wahre Reichtum derer sei, die ständig Armut und Mangel zu Gast hätten, doch die Frau des Soldaten besaß diese Tugend nicht. Sie war vielmehr überall für ihre Beharrlichkeit und Gier bekannt. Isaksson drehte die Handflächen nach oben und erklärte, daß sie unverschämt sei. Doch die Frau gab nicht nach, und die Männer suchten zwischen Tonnen und Fäßchen nach Sitzplätzen, denn nun versprach es hier unterhaltsam zu werden. Sie hatte ein loses Mundwerk, wenn man sie reizte, und konnte dann mit ganzen Tiraden grober Flüche loslegen.

Dieses mal jedoch blieb sie ruhig und meinte, daß Isaksson ihr, wenn der Kümmel abgewogen sei, Salz, Soda und Kaffee nach gemeinsamen Berechnungen geben könne. Das Brasilholz wolle sie dagegen umsonst haben. Er habe sie das letzte Mal geprellt. Als sie es zum Färben der Kettfäden für einen Teppich hernehmen wollte, sei es ihr recht leicht vorgekommen, und sie habe es auf der Küchenwaage nachgewogen. Und richtig, es hätten eineinhalb Pfund gefehlt.

Isaksson setzte ihr auseinander, was es mit dem Brasilholz auf sich habe. Nach dem Wiegen trockne es und verliere an Gewicht. Es müsse ausgeschüttet, eingeweicht, mit frischem Brasilholz aus dem Faß gemischt, ausgepreßt und wieder gewogen werden. Er rief den Ladenburschen herein, der die Sache bestätigen sollte. Das Weib schien endlich nachzugeben, verlangte dann aber ein Pfund der billigsten Kissenfüllung, und als der Junge, nachdem er im Magazin das Seegras abgewogen hatte, struppig wie eine nasse Katze zurückkam, war er überzeugt, daß sie sich nur hatte rächen wollen.

Jetzt ließ Isaksson den Kümmel durch die Finger rieseln und prüfte ihn mit übertriebener Sorgfalt. Er gab ihr zu verstehen, daß er dazwischen sowohl Insekten als auch Steinchen gefunden habe. Doch das Weib ließ sich auch damit nicht aus der Ruhe bringen.

»Die gibt nicht nach«, meinte Malstuger lächelnd, als Isaksson die verlangten Waren abzuwiegen begann.

»Nicht einen Zoll«, setzte der Jungbauer aus Löskebo nach. Abraham Krona stand bei der Tür und drehte und wendete eine gegerbte Ochsenhaut, die ihm Isaksson mit der Hakenstange von der Decke heruntergeholt hatte. Er wollte Sohlenleder kaufen. Krona war ein gutmütiger und begriffsstutziger Kerl, Malstuger das genaue Gegenteil von ihm.

»Ist es wahr, daß du nichts losläßt, was du zu fassen kriegst?« fragte er.

Die Frau schwieg und sah nicht zu ihm hin.

»Krona behauptet das. Sie ist wie eine Füchsin, hat er vorhin gesagt. Se läßt nix los, wenn se mal zubissn hat.«

Jetzt blickte die Frau den Soldaten Krona, der recht verlegen schien, scharf an.

»Das wollen wir doch mal sehen«, stichelte Mastuger. »Sie soll sich mit dir um das Sohlenleder reißen, Krona. Sie kann's ja wohl behalten, wenn se's schafft, daß du losläßt.«

»Freilich kann se das«, sagte Krona und hielt ihr das Lederstück hin, das sich die Frau so schnell krallte, daß sie alle vier in Gelächter ausbrachen.

»Nein, nein, Alte«, sagte Malstuger. »Zubeißen sollst du.«

Sie sah im Laden umher, sah Isaksson an und den feixenden jungen Mann aus Löskebo, die Kinder, die eng beieinander neben der Siruptonne standen, und die Frau Isakssons, die durch die Tür, die zum Schankraum führte, hereinschaute. Dann drehte sie sich zu Krona um, der ihr in Höhe seines dicken Wanstes das Sohlenleder hinstreckte, ging in die Hocke und schlug die Zähne in das Leder.

Er war natürlich stärker als sie und begann sie sogleich zum allergrößten Vergnügen der Umstehenden auf dem Fußboden herumzuzerren. Sogar Isakssons unleidliche Frau, die selten den Mund zu einem Lächeln verzog, schnaubte amüsiert durch die Nase, und Malstuger schlug sich auf die Schenkel, wedelte mit seinem Lendenschurz und tanzte um die beiden, die in immer größeren Kreisen zwischen den Fäßchen herumwirbelten. Das Weib gab Laute von sich. Es klang, als knurrte sie vor Wut und Anstrengung. Krona lachte und ruckte mit dem Leder. Er ruckte mehrmals heftig während dieses Tanzes, doch die Alte folgte dieser Bewegung und ließ nicht los. Ihr entwichen Winde, da sie so zusammengekrümmt war, und bei jedem Furz rief der junge Löskebo: »Salut!« Neben der Siruptonne drückten sich Edla und Frans aneinander und weinten vor Scham.

Jetzt begann Krona allen Ernstes Gefallen daran zu finden, daß sie nicht losließ. Seine großen Hände hielten die Ochsenhaut ordentlich fest, und er schwang sie derartig heftig herum, daß ihre Stiefel auf dem Fußboden nur so schmetterten bei den schnellen Schritten, die sie machen mußte, während er nicht mehr zu tun brauchte, als dazustehen und sie herumzuziehen.

»Die gibt nie nach!« rief Malstuger, und es schien, als hätten sich ihre Zähne im Leder festgebissen. Es an sich zu reißen, würde sie nicht schaffen, die Frage war, ob er sie dazu bringen konnte loszulassen. Krona trat der Schweiß in den Nacken,

15

und jedes Mal, wenn er mit dem Leder ruckte, ächzte er. Der Kampf erreichte jetzt ein neues Stadium, und die Zuschauer verstummten, als Krona versuchte, das Leder dem Kiefer der Frau zu entreißen. Sie ging jedoch bei jedem Ruck mit und ließ auch nicht los, als sie mit ihren schiefgetretenen Stiefeln ausglitt und über den Fußboden rutschte. Es wurde Krona schließlich zum Verhängnis, daß Malstuger in seinem Eifer, mit dem er den Kampf verfolgte, versehentlich neben den Napf gespuckt hatte. Krona glitt jetzt in der Tabaksplempe aus und stürzte hintenüber. Im Fallen schlug er mit dem Kopf gegen ein frisch geöffnetes Seifenfäßchen, ließ das Leder los und war für eine Weile bewußtlos.

»Dacht ich mir's doch, daß das für irgend jemand dumm ausgehen wird«, schimpfte die Wirtsfrau und stürzte zum Schöpfeimer. Die Lans aber schlug geschwind die Arme um das Sohlenleder und lief rückwärts zur Tür. Als sie es jedoch aus dem Mund nehmen wollte, hatten sich ihre Kiefer verrenkt. Schließlich bekam sie das Leder doch wieder heraus, und ihr Mund sah wieder aus wie ehedem. Wie eine Vogelscheuche huschte sie mit dem Stück Leder im Arm zur Tür hinaus. Frans und Edla ergriffen die Tüten mit dem Salz, dem Soda und dem Kaffee und rannten der Mutter nach.

Der 6.06er war abgefahren, und der neue Stationsbuchhalter hatte bei Stationsvorsteher Hedberg zu Abend gegessen. Jetzt spazierten Hedbergs Tochter Malvina und Postmeisters Charlotte eng umschlungen an der Bahn entlang nach Westen, wo die Sonne im Kiefernwald versank. Sie gingen nicht ganz so weit wie sonst, denn bei Postmeisters erwartete man den Freiherrn Cederfalk, der seine Aufwartung machen wollte, und Frau Postmeister hatte ihre Tochter angewiesen, beizeiten nach Hause zu kommen, damit sie sich noch ein wenig ausruhen könne und nicht mit gar so roten Wangen hereinkomme.

An diesem Abend ging auch Sara Sabina Lans an den Schienen entlang, denn in dem Erlengebüsch im Moor wäre sie mit dem riesigen Sohlenlederstück nur schwer vorangekommen. Mit Frans und Edla, die die Tüten trugen, ging sie dahin, und sie sahen Schellenten auffliegen und die Sonne mächtig und diesigrot über dem Vallmarsee stehen. Da brachte der 7.43er von Göteborg die Gleise zum Dröhnen, und sie mußten schleunigst vom Bahndamm herunter.

Von Edla gibt es ein Bild. Doch wie soll man ein Gesicht beschreiben? Ist es schmal oder breit? Liegen die Augen weit auseinander? Ist der Mund ungewöhnlich klein oder nur fest zusammengekniffen? Je vertrauter ein Gesicht wird, desto schwieriger ist es, etwas darüber zu erzählen. Man erinnert sich daran, als habe man es in einem Traum gesehen, und hinterher kann man unmöglich sagen, wie es ausgesehen hat. Doch die eigentliche Botschaft des Gesichts ist sein Ausdruck, und der ist nicht auszulöschen.

Edlas Gesicht, das Gesicht einer Dreizehnjährigen mit sehr straff nach oben gekämmtem Haar, hat einen ernsten Ausdruck.

Das Bild wurde an einem Markttag im Mai 1876 in der neuen Ortschaft an der Bahnstation aufgenommen. Es ist schwer zu sagen, mit welchen Erwartungen Edla an diesem Vormittag dorthin kam und hinter dem Gasthaus die Schuhe wechselte, bevor sie über die Gleise auf den Marktplatz ging.

»Da gibt's 'nen Leierkasten und Klamauk«, erzählte Lans. »Da kann man Bären sehn, die tanzn, und einmal hab' ich da 'n Mensch Harfe spiel'n sehn.«

Es war jedoch kein großer Markt, nicht so einer, wie er früher jedes Jahr auf dem Gerichtsplatz in Backe abgehalten worden war. Edla wollte nicht ganz bis zu den Tieren hintergehen, weil sie fürchtete, die Schuhe der Mutter mit Mist zu beschmutzen. An den Ständen des Korbstuhlmachers und des Kupferschmieds ging sie achtlos vorbei. Als ein altes Weiblein mit schwarzen Krallen hinter Lans herrief, daß sie Butter und Honig zu verkaufen habe, antwortete Edla würdevoll:

»Wir buttern selber.«

Der Uhrenjude hatte seidene Kopftücher ausgebreitet und bot auch mit Blumen bemalte Brauttruhen feil, Edla beachtete sie jedoch kaum. Am Stand des Blechschmieds dagegen blieb sie lange stehen und betrachtete die wenigen Spielsachen.

Ein Fotograf aus Stockholm tat auf einem Schild kund, daß er von den Leuten fotografische Porträtbilder aufnehme. Man brauche nicht mehr als die Hälfte dessen zu bezahlen, was es in der Hauptstadt koste. Zu ihm ging Lans mit seiner Tochter Edla und ließ ein Porträt von ihr machen. Die Mutter, die für einen Marktbesuch keine Kleider hatte, war zu Hause geblieben und konnte die Fotografiererei nicht verhindern.

Edlas Bild ist fahl braungelb, und das Gesicht verblaßt immer noch. Das karierte Muster des Kleiderstoffs ist noch am deutlichsten zu sehen. Doch der ernste Ausdruck ihres Gesichts hat sich erhalten.

Ja glaubst du denn, ich will deine Tochter in meiner Küch haben, du Misttrampel!« versetzte die Wirtsfrau, als Sara Sabina Lans sie nach einer Dienstmädchenstelle für Edla fragte. Da schrieb der Soldat einen Brief an Isaksson.

Bei dem Kaufmann und Gastwirth Isaksson möchte ich ergebenst nachsuchen, daß meine Tochter Edla die bei Euch in der Gastwirthschaft freigewordene Dienstbotenstelle möge antreten dürfen und füge in der gleichen Ergebenheit ihren Taufschein bei.

Äppelrik, den 10. Juni 1876
Johannes Lans
Soldat in der Rotte
Nr. 27 Skebo

Der Gastwirt stellte Edla ein, allerdings nicht als richtiges Dienstmädchen, da sie erst dreizehneinhalb Jahre alt und noch nicht eingesegnet war. Aber sie konnte gegen freie Kost als Kindermädchen arbeiten.

Braunfleckig wie eine alte Landvermesserkarte machte der Brief des Soldaten in der Wirtsstube die Runde. Der Gastwirt stellte Edla vor und sagte, sie sei das Kindermädchen, das er wie einen Stationsvorsteher oder Pastor auf eine schriftliche Bewerbung hin in Dienst genommen habe. Mit Tränen der Scham und des Verdrusses in den Augen schlich Edla wieder hinaus, hörte aber durch die Küchentür, wie die Bauern lachten, als Isaksson den Brief vorlas.

Sie hatte schon gleich nach Mittsommer anfangen können und war an einem Abend gekommen, der so gewitterschwül und dunkel war, daß man am Küchentisch, wo die Fuhrknechte mit dem Gastwirt zusammen beim Abendbrot saßen, kaum noch Tageslicht hatte.

Als sie eintrat, briet die Wirtsfrau gerade Speck. Hanna und Ida, die beiden Dienstmädchen, standen daneben und aßen. Hanna hatte, um Halt zu finden, ihren runden Hintern auf die Holzkiste gestützt. Als Edla kam, nahm sie den Teller in die linke Hand und streckte ihr die rechte entgegen. Ida, das große Dienstmädchen, tat es ihr gleich, ihre Hand war groß und kantig wie die eines Mannsbilds. Die Männer am Tisch traute sich Edla nicht zu begrüßen. In der Nähe der Speisekammertür erblickte sie einen halbwüchsigen Jungen, doch sie schaute ihn nur aus den Augenwinkeln an und tat, als sähe sie ihn nicht. In der Ofenecke saß eine alte Frau, und in dem Moment, da Edla ihr die Hand reichen wollte, sagte die Wirtsfrau, daß sie ihr Brotkanten zurechtschneiden könne. Edla verstand, daß Skur-Ärna, die sie jetzt in der alten Frau wiedererkannte, keine Person war, um die man sich groß kümmerte. Sie war nun schon so alt, daß sie sich nicht mehr hinknien konnte, obwohl sie noch vor einem Jahr nach den Markttagen den Klubraum und die Wirtsstube gescheuert hatte. Jetzt kam sie weiterhin jeden Tag zu den Wirtsleuten und versuchte, irgendwelche Arbeiten zu finden. Sie spaltete Scheite, obgleich niemand sie darum bat, scheuchte die Katze hinaus, wenn es ans Backen ging, und rührte den Kümmel in der Kiste um, damit er nicht zu warm wurde und zu brennen anfing. Sie war der Ansicht, daß ihr für diese Dienste eine Mahlzeit zustand, und so kam sie zur Winterszeit immerhin in den Genuß der Ofenwärme.

»Du bist ja noch gar nicht ausg'wachsn, wie willst'n das alles schaffn«, lamentierte sie zu Edla, warf jedoch unablässig

21

kurze, schnelle Blicke auf Frau Isaksson, die dazwischenfuhr: »Jetzt is der Wirt mit'm Essen fertig, du kannst jetzt also Aron vom Flur reinholn.«

Edla war verwirrt, doch Hanna zeigte ihr stumm, da sie den Mund voll hatte, daß die Küche zwei Ausgänge hatte, und schließlich fand sie auch den Jungen, dessen Kindermädchen sie nun sein würde, in einem zugigen Flur. Er saß auf dem Topf und verrichtete sein Geschäft. Er sagte kein Wort, und sie war nicht sicher, ob er überhaupt schon groß genug war, um sprechen zu können. Sie vermochte ihn nicht hochzuheben, dick wie der Junge war. Er starrte sie unter fast weißen Augenbrauen an. Als er aber von drinnen den Zug der Ofenwärme spürte, stand er von selbst auf und ging hinein. In dem weißen, noppigen Fleisch am Hintern hatte er einen roten Rand vom Topf.

»Jetzt kannst die Brotkanten zurechtschneiden und hier hineinbrockn«, sagte die Wirtsfrau und rüttelte die Bratpfanne, in der sie das Schmalz der Speckscheiben ausgelassen hatte. Was Edla da tun mußte, war ihr ganz und gar fremd, machte ihr aber deutlich, daß das Essen der beste Teil ihrer Arbeit sein würde. Sie mußte die schimmligen Stellen aus dem Brot schneiden und in den Schweinekübel werfen. Dann sollten die Brotstücke scheibchenweise in das Schweineschmalz geschnitten werden. Die Gastwirtin ließ das Ganze ein wenig ziehen, bevor sie ein paar Tropfen Milch dazugoß und einkochen ließ. Schließlich wurde die Pfanne auf den Tisch gestellt, ohne daß der Speck vorher herausgenommen wurde.

Hinterher wusch Hanna ab, während das Kind, das noch immer keinen Ton von sich gegeben hatte, wie angewachsen auf seinem Pott saß. Edla trocknete das Blechgeschirr mit einem Scheuerlappen, der als Handtuch diente, und das Porzellan der Wirtsleute mit einem fadenscheinig gewordenen Leinenhandtuch. Sie fürchtete ständig, etwas falsch zu machen, etwa mit dem Handtuch den rußigen Boden einer Pfanne zu berühren oder das Leinen mit einer Messerschneide zu durchtrennen. Skur-Ärna warnte sie vor allem möglichen, was passieren könnte, während die Gastwirtin kein Wort sagte. Sie lief hin und her durch die Tür zum Schankraum mit den Tellern mit scharf gebratenen Spiegeleiern und Bratwurstscheiben, nach denen der Gastwirt verlangte.

Das Gasthaus war sehr groß. Es konnte in keinerlei Hinsicht mit einer Soldatenkate verglichen werden. Selbst hier drinnen im Dunkel der Küche spürte und hörte sie dessen Größe um sich herum. Als die vier Fuhrknechte und der Junge die Tür öffneten und gingen, roch man den Kohlenrauch der Rangierlok, und ihr schrilles Pfeifen drang ungehindert in die Wärme herein und erschreckte Edla. Allmählich wurde es von der Bahn her ruhiger. Auch der Gastwirt rief nichts mehr durch die Tür. Schließlich hängte Hanna die Blechschüssel an ihren Haken und sagte, während sie laut gähnte: »Jetzt is doch noch Abend wordn. Gott sei Dank aber auch.«

Ida war merkwürdigerweise zur selben Zeit wie die Fuhrknechte gegangen, doch Skur-Ärna, die noch immer in der Ofenecke saß, wisperte Edla, die ihr dabei so nahe kommen mußte, daß sie den sauren Atem aus ihrem Mund roch, zu, daß dieses Mädchen so schmutzig sei, daß man es in der Küche nicht brauchen könne. Aber ein Arbeitstier sei sie, das ärgste, das man sich vorstellen könne. In der Landwirtschaft des Gastwirts arbeite sie wie ein Mannsbild. Und darum habe sie auch das Privileg, zur selben Zeit wie die Männer Feierabend zu machen. Obwohl das eigentlich mit ihrer Schmutzigkeit zusammenhänge. »Und die andere«, flüsterte Skur-Ärna und sah dem gestreiften, blauen Rock nach, der auf der Bodentreppe verschwand, »die klaut. Das ist so wahr, wie ich hier sitze.«

Die Wirtin schickte die alte Frau nun nach Hause, und Edla durfte sich auf einen Küchenstuhl setzen und warten, bis die Frau den Jungen in der Kammer hinter der Küche zu Bett gebracht hatte. In aller Deutlichkeit wurde ihr gesagt, daß sie

23

dort nicht hineingehen dürfe. Danach führte sie Edla hinauf in den Klubraum, der über der Wirtsstube im Obergeschoß lag.

»Hanna und Ida liegen auf'm Dachboden«, sagte sie, »und die Bäckerin muß ihre Ruh ham in der Küch. Zwischen Ida und Hanna is kein Platz mehr, drum schläfst du hier.«

Es war ein großer Raum. Edla hatte schon von ihm gehört. Die reicheren Bauern hielten hier oben ihre Versammlungen ab, deren Gerüche sich in den Gardinen festgesetzt hatten. Frau Isaksson hatte für Edla ein Glas mit Öl und zündete darin einen kleinen Wachsstock an, damit sie etwas sehen könne, wenn sie dann allein sein würde und sich schlafen legte. Doch in dem spärlichen Licht konnte sie nicht den ganzen Raum erkennen. Als sie hereingekommen waren, hatte sie auf einem Porträt flüchtig ein Gesicht wahrgenommen.

Schlafen sollte sie auf dem Tisch. Der war fast genauso groß wie der Fußboden der Kammer in der Soldatenkate. Sie hatte zwei Pferdedecken als Unterlage bekommen und einen Reisepelz als Zudecke. Ihre Füße ragten jedoch darunter hervor.

Sie wagte nicht, das Licht auszulöschen. In dem Öl schwamm der Wachsstock, der durch ein Stück Pappe gesteckt worden war, damit er an der Oberfläche blieb. Lange lag sie und starrte in die kleine, zaghafte Flamme. Dann kam ihr Skur-Ärnas Stimme und der Geruch aus ihrem Mund in den Sinn, wie sie über die Wirtsfrau geflüstert hatte:

»Se is bösartig, ärger als Schlangengift.«

Da merkte sie, daß der Wachsstock zusammengeschmolzen und das Öl weniger geworden war, und sie getraute sich nicht, das Licht noch länger brennen zu lassen. Sie blies in das Glas, so daß es dunkel wurde, und kroch, den Pelz um sich gewikkelt, bis ganz an das andere Ende des Tisches, damit sie das Glas nicht umstieße, wenn sie sich umdrehte. Dann horchte sie auf die Geräusche der Züge und der Menschen, die mit den Türen zu den Schlafräumen schlugen.

Der Donner rollte und der Himmel wurde weiß. Erst gegen

24

vier Uhr, als es in Strömen zu regnen begann, sank Edla in einen Dämmerschlaf. Sie schlief trotz Hannas und Idas Schritten auf der Bodentreppe, als diese in dem herben Licht des frühen Morgens in den Stall gingen. Niemand weckte sie. Sie wurde an diesem ersten Morgen ganz einfach vergessen. Doch das kam nie wieder vor. Nun erwachte sie vom Duft des Brotes und von den Flüchen.

Sie stieg vom Tisch herab und blickte aus dem Fenster. Der Regen hatte den Platz zwischen dem Gasthaus und dem Bahnhof aufgeweicht, und um die Räder der Postkutsche, die eben vorbeifuhr, spritzte der Lehm. Sie blieb stecken, und der Kutscher schrie und fluchte. Sie war mit drei Pferden nebeneinander bespannt, kam aber dennoch erst frei, als die Fuhrknechte auf jeder Seite des Gespanns zupackten. Zur selben Zeit fuhr ein Zug ein, ohne daß irgendein Mensch dort unten sich auch nur danach umsah. Es roch nach Steinkohlenrauch und frischem Brot. In der Ortschaft war es jetzt wie in einer Stadt: man konnte jeden Morgen frisches Brot kaufen. Nun kamen die Dienstmädchen des Postmeisters, des Stationsvorstehers, des Eisenbahnbauinspektors und der Wirtin des Bahnhofsrestaurants, mit ihren Körben. Sie balancierten durch den Lehm bis zur Ladentür, und die Fuhrknechte riefen hinter ihnen her. Edla begann zu schluchzen, als sie begriff, wie spät es war und wie sehr sie verschlafen hatte.

Unten in der Küche war die Bäckerin gerade dabei, sich die Schürze abzubinden und sich fertig zu machen, um nach Hause zu gehen. Edla sah, daß sie der Wirtsfrau ungeniert direkt ins Gesicht gähnte.

Die Bäckerin kam jeden Abend, nachdem die anderen zu Bett gegangen waren. Das letzte, was die Gastwirtin machte, war Mehl für sie abzumessen. Um zwölf Uhr setzte sie den ersten Teig an. Wenn die anderen aus dem Stall kamen, war sie fertig, bekam einen Brotlaib in den Korb gepackt, faltete ihre Schürze zusammen und legte sie obenauf.

25

Es dauerte keine Woche, bis Edla lernte, daß alles, was an dem ersten Tag so großartig und zufällig ausgesehen hatte, die Postkutsche, die großen Speckstücke und das Gähnen der Bäckerin, sich wiederholte und regelmäßige Vorkommnisse waren. Bald wußte sie, wie die Bahnen der großen, schweren Menschen zu berechnen waren. Was sie jedoch von dem Jungen halten sollte, den sie am ersten Abend kurz in der Küche gesehen hatte, wußte sie nicht.

Oft ging sie unter irgendeinem Vorwand hinter das Magazin oder den Stall, denn zu Hause hatten sie keinen Abtritt, und sie wußte anfangs nicht, wohin sie gehen sollte. Überall, so schien es ihr, tauchte das Gesicht dieses Jungen auf. Blitzschnell hockte sie sich in die Nesseln, um das Notwendigste zu erledigen. Davon bekam sie Bauchschmerzen. Sie fand, daß er sie mit seinem Grinsen verhöhnte. Sie wußte, daß ihr Kleid an den Ellbogen abgewetzt und das Oberleder ihrer Stiefel rissig geworden war. Am zweiten Abend mußte sie die Kühe heimtreiben, die hinter der Villa des Postmeisters weideten, und da tauchte der Junge mit einer Ebereschengerte in der Hand auf und half ihr. Nun sagte er, daß er Valfrid heiße und daß er Isakssons Renngaul sei. Sie wußte nicht, was das war.

»Man wird Ladenbursche, wenn man sich gut macht, und dann kann man Ladengehilfe werden.«

Edla schwieg.

»Wenn man nicht zur Eisenbahn geht, natürlich.«

Er hatte ein kantiges Gesicht und einen großen Mund. Die Zähne wollten sich auch dann gerne zeigen, wenn er nicht lachte. Seine Wangen waren übersät mit großen, braunen Sommersprossen. Sie begriff jetzt auch, daß er nicht höhnisch grinste. Er versuchte, sie zum Lächeln zu bewegen. Der richtige Ladenbursche schikanierte Valfrid und schimpfte ihn aus, daß es zwischen den Wänden des Magazins widerhallte. Doch unter Blinden ist der Einäugige König, wußte Edla, und auch sie konnte nichts anderes erwarten, als daß man sie hart anfaßte. Sie war ja die Jüngste, dachte sie. Es dauerte lange, bis sie erfuhr, daß Valfrid erst vor kurzem zwölf Jahre alt geworden war.

Er aß mit der zweiten Runde, wenn die Fuhrknechte die Küche mit ihrem Gemurmel und Pferdegeruch erfüllten. Der Gastwirt aß meistens mit dem Ladengehilfen und dem Ladenburschen, und deren Mittagessen war eine heikle Angelegenheit für Edla. Sie mußte Aron ruhighalten und das Essen auftragen. Es sprach nur Isaksson. Er gab Anweisungen, welche Fäßchen aufgemacht werden sollten, für welche gröberen Waren sie Tüten verwenden dürften, welche besseren Kunden im Laufe des Nachmittags beliefert werden müßten. Einwände kamen nur von seiner Frau, die sie ihm in schnellen Worten über die Schulter zuwarf. Für diese Frau schien es kein Vor oder Zurück zu geben. Sie war eingebettet im Hier und Jetzt. Sie arbeitete mit verbissener Hast und grübelte nie. Edla sah, daß der dicke Aron mit den wächsernen Orangenblüten ihrer Brautkrone spielte. Nach kurzer Zeit hatte er sie weichgeknetet, und sie kamen als gelbweiße Würstchen zwischen seinen Fingern durch. Als die Mutter ihn dabei erwischte, schob sie schimpfend die Schublade unter dem Kommodenspiegel zu. Aber länger als diesen Augenblick unterbrach sie ihren blutleeren Eifer beim Kochen, das alle ihre Tage ausfüllte, nicht.

Mit einem schmutzigen Dienstmädchen, das in der Küche nicht zu brauchen war, und einem anderen, das klaute und nicht allein gelassen werden konnte, mußte sie natürlich das Kindermädchen zu Hausarbeiten heranziehen. Anfangs kam das nur gelegentlich vor.

»Du kannst das hier schon mal abspüln, wenn ich Eier holen geh'. Das ist gleich gemacht.«

Aron spielte hinter Edlas Rücken. Er gab fast nie einen Laut von sich. Sie stand vor der Spülschüssel, und ihr schwirrte der Kopf von all den Geräuschen rund um sie herum: das Pferdegetrampel und Gepolter der eisenbeschlagenen Karrenräder, das Pfeifen der Züge, die Stimmen und das Gelächter aus dem Schankraum. Sie dachte an ihr Zuhause in Äppelrik, wo man mitten am Tag ganz deutlich das wirbelnde Klopfen des Spechts aus dem Wald hören konnte, selbst wenn man drinnen in der Küche stand und abspülte.

Nach einer Woche waren die gelegentlichen Ausnahmen zur Gewohnheit geworden, und sie wußte genau, was sie zu tun hatte. Sie bemühte sich eifrig, alles recht zu machen, und wollte sich auch groben Arbeiten gewachsen zeigen.

»Wasser reinholen, das schaffst wohl noch nicht.«

Sie wollte beweisen, daß sie es konnte. Als ihr das Kreuz weh tat, wußte sie, daß das nur von dem Faulpelz kam, der sich im Rückgrat regte.

Eines Freitagabends hatten die Bauern oben im Klubraum eine Versammlung, und am nächsten Morgen wußte die Gastwirtin nicht, wer ihr den Fußboden scheuern sollte. Niemand war dafür abkömmlich.

»Wenn du schon mal anfangen könntest«, sagte sie zu Edla. »Ich schick' dann Hanna hinauf, wenn se hier unten fertig ist.«

Edla bekam Scheuersand und einen Eimer mit abgekühlter Waschlauge.

»Das bleicht so gut«, meinte die Gastwirtin.

Zuerst mußte sie den losen Schmutz auf dem Fußboden zusammenfegen. Stroh und Mist vom Viehmarkt waren an den Stiefelsohlen hängengeblieben und hereingetragen worden. Der nun trockene, feine Mehlsand vom Bahnhofsplatz stand wie Rauch um den Kehrrichthaufen.

Sie fühlte sich bedeutend und erwachsen, als sie über den fleckigen Fußboden hinblickte. Eimer und Gerätschaften standen aufgereiht an der Türschwelle. An den Schmalseiten stand jeweils ein Kachelofen. Weiß und in feierlicher Einäugigkeit starrten sie einander mit ihren Klappen an. Bald lag Edla zwischen ihnen und bearbeitete das Holz mit einer fest zusammengebundenen Wurzelbürste. Sie konnte sie nicht wie eine erfahrene Scheuerfrau mit dem Fuß lenken. Als sie sich den ersten Splitter unter den Daumennagel trieb, stiegen ihr Tränen in die Augen, und sie merkte, daß sie nicht war, was sie sein wollte, nämlich eine ausgewachsene und ordentliche Arbeiterin.

Diele für Diele schrubbte sie den Fußboden mit Bürste und Sand, goß Laugenwasser dazu, schrubbte und spülte mit dem Lumpen, der in einem Eimer mit klarem Wasser lag, nach. Sie wischte sorgfältig alles auf, wie es ihr die Gastwirtin aufgetragen hatte. Es durfte kein Schmutzwasser zwischen den Ritzen zurückbleiben und dort sauer werden. Nach zwei langen Dielen begann sie zu verstehen, was diese Arbeit bedeutete.

Es wurde Abend, bevor sie fertig war. Um sie herum schwand das Licht. Die allerletzte Diele schrubbte sie, ohne etwas zu sehen. Als sie nach unten kam, sagte die Gastwirtin:

»Hör mal, du warst aber lang da oben. Ist Hanna denn nicht hinaufgekommen?«

Als sie keine Antwort erhielt, ging sie schließlich mit dem Eierkorb in die Speisekammer. Sie sah Edla noch einmal scharf und kurz an, als sie zurückkam, und dann meinte sie:

»Ja, das is wohl zuviel gewesn. Iß jetzt was.«

Aber Edla konnte nichts hinunterbringen. Sie wollte nur noch schlafen gehen.

»Ja, morgen kannst du mit Valfrid im Magazin Kaffee verlesen. Sag, daß ich das gesagt hab'. Da kannst du den ganzen Tag sitzen.«

Sie war noch nie so gesprächig gewesen, aber Edla hörte sie kaum. Sie ging wieder nach oben in den Klubraum, doch es war schwer, sich die Treppen hinaufzuschleppen. Alle Muskeln waren steif, und sie hatte zum ersten Mal in ihrem Leben Kopfweh. Trotzdem schlief sie in der vom Putzen feuchten Luft schnell und fest ein. Sie hatte vergessen, das Fenster vorher zu öffnen.

Unten in der Wirtsstube hatte man den Schanktisch beiseite

gerückt, um tanzen zu können. Manchmal wachte Edla von den Geräuschen auf. Hannas Stimme übertönte alle anderen.

»Fühl mal, wie ich schwitz!« rief sie über die Fiedel und das Getrampel der Füße hinweg.

Edla schlief jedoch wieder ein, und im Schlaf kehrte der gescheuerte Fußboden zu ihr zurück, und ihr war, als prüfe sie ihn Zoll für Zoll samt der Astlöcher und Knorren und der langen, vom Schmutz fetten Ritzen. Erschrocken versuchte sie sich von dem Fußboden in ihrem Schlaf zu befreien, doch nun war es, als schaue sie auf die Tapetenmaschine des wunderlichen Kunstschreiners in Vallmsta. Anstelle der mit feinem Blumenmuster bedruckten Papierrolle kam der gescheuerte Fußboden aus der Walze, die Knorren glotzten sie an, die Ritzen krochen dahin. Hier war um ein Ast herum das Holz abgetreten, dort wellte es sich holprig und grau, weich vom Sand und nach verschüttetem Bier stinkend.

Sie versuchte, dies am nächsten Tag Valfrid zu erzählen, als sie im Magazin saßen und brasilianischen Kaffee verlasen. Es war das erste Mal, daß sie ihm etwas anvertraute, und er war beinahe aufgeregt. Er wollte eine ausführliche Beschreibung der Tapetenmaschine haben und fragte, ob sie ihn einmal dorthin mitnehme, damit er sich das anschauen könne.

Sie wußte bereits, daß Valfrid ein überdrehter Mensch war. Kurz vorher hatte er ihr erzählt, daß er von dem ehemaligen Ladengehilfen Franz Antonsson, der zu Hause bei seiner Mutter an Lungenschwindsucht gestorben war, ein Paar Schuhe geerbt hatte. Franz hatte »Einsam im schattigen Tale« singen können, und Valfrid hatte vorgehabt, das Lied zu lernen. Er kam aber mit seinen Füßen nicht in die Schuhe, und ohne sie konnte er sich nicht vorstellen, diese Sache weiter zu verfolgen. Er weinte beinahe und beklagte sich ganz unmännlich bei Edla: Sein ganzes Leben lang habe er von einem Paar richtiger Schuhe geträumt, und jetzt, da er sie habe, seien die Füße zu groß! Selbst ohne die Frostbeulen an den Fersen und den Kno-

30

ten an der großen Zehe seien sie noch zu lang, und er sei bereit, zur Axt zu greifen. Er versuchte Edlas Blick aufzufangen, aber sie schaute beharrlich in den Kaffeesack. Es schien, als schäme sie sich dafür, daß er sich gehen ließ.

Ein paar Tage später kam sie am Holzschuppen vorbei, und da hörte sie durch die offene Tür ein kurzes Stöhnen. Es war Valfrid. Sie wollte schnell vorbeigehen.

»Edla!« stieß er hervor.

Er hatte tatsächlich einen Fuß auf dem Hackklotz gestellt und mit beiden Händen die Axt umfaßt. Edla erkannte aber, daß er schon lange über den Moment hinaus war, in dem er hätte zuhauen können. Trotzdem sah es schauerlich aus, wie der nackte Fuß da auf dem Hackklotz stand, die seltsam langen und weißen Zehen mit den gelblichen Nägeln und den feuchten, schwarzen Winkeln dazwischen. Obwohl sie wußte, daß das alles nur Theater war, schrak sie zusammen. Valfrid heulte und schwang die Axt, geriet jedoch ins Taumeln und ließ sie ins Birkenholz fallen. Weinend setzte er sich auf den Hackklotz. Am meisten weinte er aber deswegen, weil Edla nicht eingegriffen hatte, weil sie das Theaterstück durchschaut und es mit vor der Brust verschränkten Armen wie eine ganz alte Frau betrachtet hatte.

»Ich wollt' bloß warten, bis du kommst«, schniefte er. »Du hättst mich zur Gemeindeschwester bringen solln.«

Und Edla sah, daß er vor dem Holzschuppen einen Warenschlitten für seinen Krankentransport bereitgestellt hatte.

Dies blieb sein einziger Versuch, sich die Füße zu kürzen, und daraufhin entschloß er sich schmollend, die Schuhe nach Hause zu bringen, zur Kate Nasareth, und sie seinem Bruder Ebon zu geben. Der war ein verwirrtes Individuum und nach Valfrids Meinung der Schuhe nicht wert.

»Scheiß Ebon«, jammerte er.

31

Valfrid ging an einem Sonntag im September mit den Schuhen nach Nasareth. Er bat Edla, ihn zu begleiten, und sie bekam frei, ohne etwas sagen zu müssen. Das hätte sie auf keinen Fall gewagt. Doch es war nach einem arbeitsreichen Markttag, das Gasthaus war voll gewesen, und Frau Isaksson hatte ganz vergessen, wie alt sie erst war, so daß sie einen Teil des Sonntags frei bekam.

Zuerst nahm Valfrid Abschied von den Schuhen. Sein Arbeitstag begann immer damit, daß er das Schuhwerk des Gastwirts und des Ladengehilfen putzte. Zur Winterszeit mußte er außerdem im Kamin des Schankraums Feuer machen und die Tür zum Laden hin öffnen, damit es dort warm wurde. Dann mußte er in das Magazin hinausgehen und das geronnene Baumöl mit einer kleinen Lampe unter der Zisterne erwärmen.

Vor langer Zeit hatte er eines frühen Morgens Franz Antonssons Schuhe geputzt, nachdem er mit den anderen fertig gewesen war. Ihr vollkommen makelloses Leder glänzte herrschaftlich. Bevor er sie nun in graues Packpapier einschlug, stellte er sie im Lager auf eine Zuckerkiste und betrachtete sie genau. Es waren Schuhe des Modells Schnürstiefel, das ein Stück über die Fesseln reichte. Am Schaft war das Leder faltig, und Franz hatte mit seiner Lungenschwindsucht so lange daniedergelegen, daß sich in den Falten Staub ansammeln konnte. Valfrid entfernte ihn mit einem Zipfel seines Hemdes.

Je mehr er von der Welt und vom Schuhwerk der Leute sah, um so überzeugter war er, daß zwischen der Fußbekleidung eines Menschen und seinem Charakter ein Zusammenhang bestand. Jeden Morgen um sechs Uhr ging Petrus Wilhelmsson vorbei, auf dem Weg zu seiner Schreinerei. Er trug einen schwarzen Gehrock und eine karierte Hose, denn er arbeitete im Kontor. Wilhelmsson ward nie im Schankraum des Gasthauses gesehen und niemals in Gesellschaft von Schreihälsen und Trunkenbolden. Valfrid fand, daß man das schon von seinem Schuhwerk ablesen konnte, diesen Boxkalstiefeln, die aussahen, als führten sie ihn unerschütterlich auf den Pfad der Gerechtigkeit und der Pflicht. Sie waren stämmig wie kleine Schleppdampfer, blankpoliert, dickhäutig, kräftig besohlt und immer vorwärts weisend.

Jenseits der Eisenbahn hatte sich ein Bauer namens Magnusson ein städtisches Haus gebaut und nannte sich nun Baumeister. Daß er aber nach wie vor Bauer war, erkannte man an den hohen Fahllederstiefeln, die er trug. Er ging schnurstracks vorwärts, ohne nach links oder rechts zu sehen, über die Gleise, so, als könnten diese kräftigen schwarzen Schaftstiefel, die nicht poliert, sondern mit Fett eingeschmiert wurden, ganz von alleine die heranbrausenden Rangierloks zum Stehen bringen. Bisher war er auch nie der Gefahr eines Unglücks ausgesetzt gewesen, während Valfrid in seinen abgelatschten und zu klein gewordenen, typisch schwedischen Stiefeln immer Seitenstechen bekam, weil er rennen mußte, um mit dem Handkarren hinüberzukommen, bevor eine Lokomotive ihn zerquetschte wie eine Laus an der Tapete.

Wenn bei der Wirtin im Bahnhofshotel alles belegt war, kam es vor, daß auch mal bessere Leute im Gasthaus Quartier nahmen. Man konnte für eine Krone die Nacht ein Einzelzimmer bekommen und brauchte nicht in der Gesellschaft betrunkener Bauern zu schlafen. Der Komfort bestand jedoch nur aus einer Pritsche und einem Stuhl, um darauf den Gehrock abzulegen. Solche Gäste, die eigentlich in das Hotel gehörten, stellten die Schuhe zum Putzen vor die Tür, und da bekam Valfrid Dinge zu sehen, die ihn selig und schrecklich aufgeregt machten. Draußen in der Welt gab es Chevrauxschuhe, die so weich und geschmeidig waren, daß sie sich dem Fuß anschmiegten wie ein Handschuh (natürlich nur, wenn man keine Frostbeulen hatte). Diese Schuhe schienen für einen liebenswerten und elastischen Gang gemacht. Man wagte sich kaum auszumalen, auf welche Pfade solche Schuhe führten und wie deren Träger sich nannten.

33

Doch nun mußte sich Valfrid von Franz Antonssons Stiefeln trennen, und damit nahm er auch Abschied von einem Traum, den er nicht anders beschreiben konnte als mit den Worten des Liedes »Einsam im schattigen Tale, dicht bei dem kühlenden Strom«. Ebons viehisch schwarze Kätnerfüße und diese Schuhe paßten einfach nicht zusammen, soviel war sicher.

Edla bekam von Hanna ein Tuch geliehen, als sie gehen wollten, denn ihr Kleid war abgetragen und nichts, womit man sich unter den Leuten sehen lassen konnte. Hanna legt die Enden vor der Brust des Mädchens über Kreuz und verknotete sie hinten am Rücken. Dann legte sie ihr eine Hand auf das Hinterteil und schubste sie hinaus. Sie gingen nebeneinander her, Valfrid und sie, und anfangs wußten sie nicht, was sie sagen sollten. man kam einander näher, wenn man draußen spazierenging, und es war ein anderes Gefühl, als wenn man im Magazin eingeschlossen saß und zusammen brasilianischen Kaffee verlas.

Auf dem Bahnhofsplatz, den die ersten herbstlichen Regengüsse aufgeweicht hatten, spazierte Mamsell Winlöf, die Wirtin des Bahnhofsrestaurants, in Samtmantel und schwarzem Rock, der an den Knien zusammengezogen war. Dieser Rock war ein öffentliches Ärgernis. Sie führte ihren kleinen Hund an der Leine, einen Hund, wie es ihn bei normalen Menschen nicht zu sehen gab, allenfalls in einem Wagen des Gutes, der Gäste zur Bahn brachte.

»Se heißt Turlur und is ne Hündin«, sagte Valfrid. »Aber wenn se Junge kriegt, stirbt se.«

Der kleine Hund war schwarz und weiß und hatte Ohren wie Schmetterlingsflügel, die ständig vor Angst zitterten. Die Mamsell führte ihn jetzt auf die Erdwälle, die um die frisch angepflanzten Linden aufgeworfen worden waren. Turlur quetschte mit gekrümmtem Rücken und zitternden Ohren kleine gelbe Würstchen aus sich heraus, während Valfrid und Edla immer noch dastanden und guckten. »Scheints kriegt se bloß Sahne und was zu Saufen«, meinte Valfrid. »So'n Elend.«

34

Alma Winlöf mußte eilends zurück in ihr Restaurant, denn der Zwölfuhrzug mußte gleich kommen. Sie nahm den kleinen Hund auf den Arm und ging mit ihm hinein. Wenn sie es eilig hatte, war ihr Gang trotz der kurzen Schritte männlich und ekkig, und der Rock schwebte einige Zoll über dem lehmigen Matsch.

»Wir schaun uns noch den Zwölfezug an, vor wir gehn«, schlug Valfrid vor.

Sie kamen genau rechtzeitig, um zu sehen, wie der Büfettwagen von zwei Serviermädchen auf den Bahnsteig hinausgeschoben wurde. Edla schaute sich lieber das Essen an als den Zug. Nach kurzer Zeit kam Mamsell Winlöf heraus. Sie hatte sich umgezogen und in die dienende Frau verwandelt, die sie auf dieser Seite des Bahnhofsgebäudes immer war. Sie trug eine gestärkte, weiße Schürze, deren Brusttuch mit einer Nadel auf dem schwarzen Stoff des Kleides festgesteckt war. Die unteren Teile der Ärmel verbarg sie in weißen Ärmelschonern.

Valfrid und Edla drückten sich an die Hauswand, als der Zug aus Göteborg schließlich stand und die Menschen, so schnell es ihre Würde erlaubte, zu dem Büfettwagen liefen oder schritten. Die schnellen Schritte und das muntere Knarren der Stiefel, die zwischen dem Gezische der Lokomotive zu hören waren, bereiteten Edla Herzklopfen. Sie betrachtete die feinen Hände, die sich nach Gläsern und belegten Broten streckten. Hatten alle, die mit der Bahn fuhren, so feine Hände und so feuchte, rote Lippen? Und wohin waren sie unterwegs? Wie konnte es auf der Welt so vieles geben, das sich nicht zu Fuß erledigen ließ?

Einer der letzten Ersteklassepassagiere war ein Mann in einem langen, weiten, ärmellosen Umhang. Sowohl der Umhang als auch die Hose waren aus feinem, neuem Tuch, das einem tiefschwarzen Bahrtuch glich. Sein hoher Hut glänzte wie der runde Kessel der Lok. Aus dem linken Armschlitz ragte ein schwarzes Lederetui mit glänzenden Schnallen hervor, das er kein einziges Mal während der Erfrischungspause aus der Hand legte. Mit seiner klaren, schönen Gesichtsfarbe, seiner glatten Haut, seinem lockigen Backenbart und den kräftigen Augenbrauen glich er den vielen vornehmen Reisenden, die Edla auf dem hölzernen Bahnsteig hatte stehen und essen und trinken sehen. Sie konnte sich überhaupt nicht vorstellen, was er war oder was er machte, wenn er nicht mit der Bahn fuhr. Valfrid dagegen war vollgestopft mit Worten, die er auf die Leute, die er bei den Aufenthalten der Züge beobachtete, anzuwenden versuchte.

»Bestimmt ein Zauberer«, sagte er. »Oder ein Oberhofsattler.«

»Sei still«, erwiderte Edla, dem Weinen nahe, »du liest zu viel Schmarrn. Halt doch den Mund.«

Als sie sich den Mann in dem bahrtuchschwarzen Umhang ansah, wünschte sie, Valfrid wäre nicht dabeigewesen. Sie wollte ihn ungestört betrachten. Er breitete plötzlich die Arme aus, so daß sich der Umhang öffnete und gegen die vom Steinkohlenrauch grauschwarze und ölbefleckte Hauswand schlug. Gleichzeitig wurde die Innenseite des Umhangs aus glänzender Futterseide sichtbar, und sie flammte auf wie ein purpurroter Blitz.

Jedesmal, wenn Edla zu der großen Erfrischungspause hatte gehen können, hatte sie einen Menschen gesehen, der genauso denkwürdig war wie dieser hier. Sie fürchtete, daß sie sich, wenn sie öfter dorthin ginge, nicht mehr an jeden einzelnen von ihnen würde erinnern können. Zum ersten Mal spürte sie, daß sich unter die Begeisterung Angst mischte.

Sie gingen nebeneinander zwischen dem Haus des Stationsvorstehers und dem Bahnhofsgebäude hindurch weiter und kreuzten den ausgefahrenen Weg für die Holzfuhrwerke, der vom Norden in den Ort an der Bahnstation herabführte. Es gab keinen Weg direkt nach Nasareth, doch man konnte den Pfad nehmen, auf dem die höheren Bahnbeamten immer promenierten. Er führte hinauf nach Fredriksberg, einem kleinen Hügel im Laubwald, den Stationsvorsteher Fredriksson zu einem bescheidenen Park angelegt hatte. Dort lag seine englische Dogge begraben, und darum wurde dieser Ort von allen Leuten Mulles Grab genannt. Valfrid und Edla sannen über Mulles Grabstein nach, der vom gelben Birkenlaub, das der Nachtregen festgeklebt hatte, hübsch gefleckt war. Er trug Mulles Namen und Jahreszahlen, und sie rechneten aus, daß der Hund dreizehn Jahre alt geworden war. Er sei in einer kleinen Kiste begraben worden und in eine sehr feine Decke aus karierter englischer Wolle eingehüllt gewesen. Valfrid wußte das alles von seinem Bruder Oskar Edvin, der lange vor der Anbindung der Strecke schon bei der Eisenbahn gearbeitet hatte. Edla wollte eine ausführliche Beschreibung der Decke haben, und Valfrid lieferte sie ihr ohne Zögern. Er tat sich leicht, Lücken in seiner oder anderer Leute Erinnerung zu füllen.

»'n Hund«, sagte Edla nachdenklich, nachdem sie gehört hatte, welches Karo die Decke gehabt hatte. »Das ist schon komisch.«

Valfrid wollte, daß sie sich ein Weilchen auf die Bank setzten, die oben auf Fredriksberg stand, doch Edla traute sich nicht. Gleich darauf erwies es sich als klug, daß sie es unterlassen hatte, denn jetzt konnten sie das weiche Aufschlagen von Pferdehufen hören: Der Erste Stationsassistent Cederfalk kam auf seiner braunen Stute geritten. Er trug keine Uniform, sondern einen Reitanzug aus kariertem Wollstoff, und er hatte einen kleinen grünen Hut auf, an dem eine Feder steckte. Als Edla knickste, konnte sie aus den Augenwinkeln beobachten, wie Valfrid seine Mütze abnahm und sie nahezu herausfordernd schwenkte.

Völlig trockenen Fußes gingen sie durch das ehemals große, schwarze Moor. Der Weg nach Nasareth war auch Edlas Heimweg, aber Äppelrik lag noch viel weiter weg. Die Hütten der Kätner und Tagelöhner waren die gleichen geblieben, seit sie hier als kleines Kind gegangen war, doch wohnten jetzt überall mehr Leute, Arbeiter bei der Eisenbahn und in Wilhelmssons Schreinerei.

Je mehr sie sich seinem Zuhause näherten, um so finsterer blickte Valfrid drein. Und schließlich drohte er, das Paket mit den Schuhen in einen Busch zu werfen. Lieber das, als daß Ebon seine Mistpaddel von Füßen in sie steckte. Edla reagierte nicht darauf, und das war auch gar nicht nötig. Er behielt das Paket unter dem Arm.

In Nasareth war es schon voll von Sonntagsgästen. Bis zur Kirche waren es zwei Meilen, und Valfrids Großmutter war die einzige, die sich darüber beklagte, daß sie nicht dorthin kam. Drinnen in der Hütte hatte man sich von vornherein so verteilt, daß die Hausleute auf der einen Seite zum Herd hin saßen und standen und die Sonntagsgäste sich um das Sofa gruppierten. Die Bewohner der Kate waren grau wie die Wand der Hütte. Doch Oskar Edvin Johansson, der früher die Pumpenanlage am Bahnhof bedient hatte, war jetzt Nachtbahnmeister und hatte eine Uniform mit doppelter Knopfleiste, einen Rand um die Mütze und einen weißen Hemdkragen. Seine Frau trug eine Bluse aus gekauftem Stoff und die Kinder hatten Kleider an, die aussahen, als seien sie eigens für sie genäht worden. Valfrid hatte noch einen Bruder, der beträchtlich älter war als er, nämlich Wilhelm, der in der Schreinerei arbeitete. Er trug eine schwarze Jacke und eine Melone. Was zu sagen war, hatten sie einander längst gesagt. Oskar Edvin hatte in einem Korb Semmeln vom Markt mitgebracht, doch bislang hatte niemand irgendwelche Anstalten gemacht, Kaffee aufzusetzen. Als Valfrid mit seinem Schuhpaket und einer kleinen Tüte Kaffeeauslese, die er beiseite geschmuggelt hatte, ankam, wurde mit einem Mal offenbar, daß in der Hütte vorher kein Kaffee dagewesen war, obgleich niemand es sich hatte anmerken lassen wollen. Die Mutter holte geschwind den Kaffeebrenner hervor, und Ebon und seine kleinen Geschwister schafften Späne

38

herbei, um im Herd Feuer zu machen. Schon bald breitete sich der eigenartige Duft stark gebrannter Kaffeebohnen in der Küche aus und überlistete den Armeleutegeruch, den Edla jetzt übel fand, da sie vom Gasthaus kam, wo es jeden Tag nach frischem Brot und gutem Braten roch.

Schließlich wurden auch die Schuhe aus dem Paket ausgewickelt und herumgereicht, damit alle das makellose, feinpolierte Leder befühlen konnten. Valfrid erzählte, daß sie von jenem Schuster gemacht worden seien, der seine Werkstatt in dem Haus mit der Kegelbahn habe. Es dauerte seine Zeit, bis man sich geeinigt hatte, denn es gab zwei Schuster am Ort, von denen einer frömmelte und unmöglich in Klot-Kalles Haus wohnen konnte, da dort doch Bier ausgeschenkt wurde. Valfrid schien seinen Gram darüber, daß seine Füße zu groß waren, inzwischen vergessen zu haben, er war jetzt munter und laut nach seinem Erfolg mit der Kaffeetüte und dem Schuhpaket. Ebon wurde das, was er an den Füßen trug, ausgezogen, und er bekam einen Klacks Seife und einen Eimer und wurde mit der Aufforderung an den Hang hinausgeschickt, daß er versuchen solle, seine Füße wie die manierlichen Leute aussehen zu lassen. Er warf in die versammelte Runde, daß es für alle wohl ein Glück sei, Schuhe anzuhaben, mit dem Resultat, daß Oskar Edvin schnell und reflexartig seine Stiefel unter den Stuhl zog, und auf Ebons Wange eine Ohrfeige klatscht, die sie violett färbte.

Als er mit den Schuhen an den Füßen wieder hereinkam, bekam Valfrids Glaube an einen tieferen Zusammenhang zwischen dem Schuhwerk und dem Charakter eines Menschen einen ernsthaften Knacks. Ebon erschien weder aufrechter noch kultivierter, er war noch genau derselbe.

»Die sind z' klein«, sagte er.

»Weil du zu große Haxn hast, du Idiot.«

Valfrid war zum Heulen zumute, als er sah, wie sich das Leder über Ebons Beulen spannte. Mit einiger Mühe zog dieser die Schuhe von den Füßen und warf sie ohne Zeremonien zu Valfrids Stuhl hin.

»Du könntst's doch noch mal probiern«, flehte die Mutter.

»Da pfeif' ich drauf.«

»Was mit diesem Antonsson wohl verkehrt war, daß er so jämmerliche Füße gehabt hat«, wunderte sich Kätner Johansson.

Merkwürdigerweise hatten Valfrid und Edla auf dem Rückweg die Schuhe wieder dabei. Als sie sich am Abend trennten und Valfrid zu den Fuhrknechten in die Stallkammer gehen wollte, um sich schlafen zu legen, nahm er plötzlich das Paket und drückte es ihr an die Brust. »Nimm du se«, sagte er. »Solche kriegst nie wieder.«

Nein, das war ihr klar. Spät abends, im Klubraum oben, probierte sie sie an. Bei den Schuhen, die sie bisher trug, gab es keinen Unterschied zwischen rechts und links, so daß sie diese jetzt erst einmal verkehrt herum anzog und sich nicht erklären konnte, warum sie sich so komisch anfühlten. Als sie sie schließlich doch richtig anhatte, merkte sie, daß sie fast genau paßten. Sie wünschte sich, nicht mehr viel zu wachsen, damit sie sie immer würden tragen können.

Die Herbstabende kamen, und vor den Fenstern wurde es schwarz. Ida und Hanna saßen in der Nähe des Herdes, die eine mit der Haspel, die andere mit dem Spinnrad. Sie glaubten wohl, daß bei dem Surren und Knacken ihr Geflüster nicht zu verstehen sei, doch in der Ofenecke saß Skur-Ärna und spitzte die Ohren.

Die Alte wollte abends nie nach Hause gehen. Sie wohnte mit ihrer Schwester in einer Bruchbude neben der Villa des Postmeisters; Obdach und Brennholz bekamen sie vom Gut, denn die Schwester hatte sich dort ihr Leben lang verdingt. Der Postmeister hatte zu ihrem Hof hin einen Bretterzaun errichtet und wilden Wein wachsen lassen, dennoch wurde er von den Katzen der alten Weiber belästigt.

Skur-Ärna lauschte, und hinterher redete sie Blech. Sie machte jedem, der es hören wollte, klar, daß die Dienstmädchen des Gastwirts gottlos seien. Bald wußte sogar Edla, daß Hanna, das klauende und fröhliche Mädchen, ein Leiden im Bauch hatte. Edla fragte die Bäckerin, was das für ein Leiden sein könne, und erfuhr, daß diese Art von Leiden daher komme, daß sich betrunkene Fuhrknechte auf Hannas Bauch gelegt hätten.

Hanna wurde blaß und langweilig und wollte samstags abends nicht mehr mitmachen, wenn sie in der Wirtsstube den Schanktisch wegräumten und tanzten. Wenn Ida und sie morgens zum Melken gingen, mußte sie erst hinter den Stall laufen. Mehrere Male geschah es, daß Edlas Gesicht an der Ecke auftauchte und nach ihr sah.

Unmittelbar vor Weihnachten ging sie in aller Heimlichkeit, wie sie glaubte, nach Oxkällan, wo es einen alten Mann gab, der sich auf Schweine verstand und der Mädchenleiden kurieren konnte. Halbwegs draußen aus dem Ort, hörte sie Schritte hinter sich. Als sie sich umdrehte, sah sie Edla, die ihr, in das große karierte Tuch geduckt, das sie gewöhnlich geliehen bekam, nachlief.

Hanna wußte nicht, wozu diese Neugier gut sein sollte, doch sie nahm sie mit, um jemand zu haben, dem sie ihr Herz ausschütten konnte. Außerdem fürchtete sie sich vor dem Alten in Oxkällan. Während des Besprechens saß Edla die ganze Zeit dicht neben Hanna und zitterte ebenso wie sie. Auf dem Nachhauseweg schwiegen sie, und um sie herum war der Spätherbst vogelstill und trostlos. Nur das Knacken des Nachteises, das sich in den Pfützen auf dem Weg gebildet hatte, war zu hören.

»Fragt sich, wie lang's dauern wird, bis es wirkt«, sagte Edla plötzlich. Aber da mußte Hanna lachen und das kleine Bündel, das neben ihr ging, tätscheln.

»Darüber solltest du dir keine Sorgen machen«, entgegnete sie.

Hanna wurde lediglich dicker nach dem Besuch beim Oxkäller. Aber auch gereizter und patziger wurde sie und schwor, daß sie das Geld zurückbekommen würde, wenn er nichts ausgerichtet habe. Da Skur-Ärna ihr Geheimnis ohnehin schon im ganzen Ort herumgetragen hatte, kehrte sie die Schande nach außen und redete offen darüber.

Nach ihrer gemeinsamen Wanderung nach Oxkällan freundete sich Edla immer mehr mit der großen und frohsinnigen Hanna an und machte sich Gedanken darüber, was mit dem Kind werden würde, woher Säuglingskleidung zu bekommen wäre und wo sie niederkommen würde.

Es war nun Winter, und am Himmel funkelten klare Morgensterne. Eines Morgens wurde Edla vor vier Uhr geweckt und in den Stall geschickt, wo sie versuchen sollte, so gut sie könne, zur Hand zu gehen, denn Hanna sei krank und könne sich nicht auf den Beinen halten. Erst gegen sieben Uhr kam Edla dort los und konnte in die Kammer hinauflaufen, in der Hanna lag.

Sie teilte das Bett mit Ida, die ihrer beider Decke und darauf noch einen alten Kutschermantel über ihr ausgebreitet hatte. Die Gemeindeschwester, die den ganzen Morgen bei ihr gewesen war, sammelte jetzt ihre Schläuche und Gläser zusammen.

»Setz dich her«, sagte sie zu Edla. »Komm aber auf der Stell runter und sag Bescheid, wenn sich was ändert. Ich brauch' unbedingt 'n bißchen Kaffee.«

Hanna lag auf dem Rücken und war grauweiß im Gesicht. Sie klagte über schweres Herzklopfen und Schwindel, und Edla durfte die Hand auf ihre Brust legen und fühlen, wie das Herz darinnen galoppierte. Wenn sie sich aufzurichten versuchte, sank sie zusammen und verlor für ein paar Sekunden das Bewußtsein. Sie hatte sich oft übergeben.

Edla konnte nichts tun. Sie saß da und horchte auf das trockene Knacken der Kälte im Holz und sah, daß Hannas Gesicht immer grauer und feuchter wurde.

»Holz se denn den Doktor?« flüsterte sie. Ihre Lippen waren so starr, daß sie nur schwer zu verstehen war. Edla nickte.

»Das dauert aber.«

Er mußte zwei Meilen fahren, bis er in dem Flecken ankam.

»Hier, nimm das.«

Hanna hielt irgend etwas fest umschlossen in der Hand. Nun nestelte sie es Edla hin. Es war ein kleines, gefaltetes Päckchen aus Papier.

»Wirf's weg. Auf der Stell. Mach, was ich sag'.«

Edla steckte das Päckchen in die Tasche ihres Kleides und blieb sitzen, bis der Doktor kam.

43

»Mach's jetzt«, flüsterte Hanna, und ihre Worte waren kaum zu hören, so steif waren ihre Lippen geworden.

Der Doktor fuhr wieder ab, und Hanna lag genau wie vorher. Sie sprachen nicht über sie, und lange Zeit war es vollkommen still in der Küche. Doch am Nachmittag des folgenden Tages hörte man auf der Bodentreppe ein Schlurfen. Edla sprang auf und öffnete die Tür zum Flur, dort stand Hanna. Sie mußte sich aufstützen beim Gehen und war nach wie vor grau im Gesicht. Die Wirtsfrau hielt in ihrer Arbeit inne und starrte sie an. Hanna nahm die Blechkelle aus der Wassertonne bei der Tür und trank lange. Als sie mit Edla allein war, fragte sie mit einem Mal:

»Du hast das Zeug doch hoffentlich weggeschmissn?«

Das Mädchen nickte ernst.

»Und daß du ja kein Wort sagst.«

Aber sie hatte es nicht weggeworfen. Das Papier war blau und mit Sternen gemustert, genau wie die Glücksbriefchen, die es auf dem Markt zu kaufen gab. In dem Päckchen war ein körniges Pulver. Sie hatte es in ein Sahnekännchen geschüttet, dessen Tülle kaputt war und das sie gefunden hatte und mit einigen anderen kindlichen Schätzen in einem zerschlissenen Tuch verwahrte. Das Bündel stand hinter einem Haufen Gerümpel auf dem Dachboden des Gasthauses.

Edla beobachtete Hanna eine ganze Woche, konnte aber keine Veränderung feststellen, nachdem sie sich vom Herzklopfen und der Blässe gut erholt hatte. Sie war um die Taille noch genauso dick wie vorher. Da nahm Edla das Sahnekännchen, schüttete das Pulver aus und ließ es auf dem Dachboden durch das Astloch einer Bodenplanke rieseln.

Als Hanna allmählich wieder Farbe im Gesicht bekam, wurde sie von Frau Isaksson entlassen, die sich bis dahin nicht darum gekümmert hatte, was in der Küche geflüstert worden war.

»Solang ich wie gewohnt g'arbeitet hab', hat se sich um nix

gekümmert, die Knauserin«, sagte Hanna. »Aber wo ich jetzt dick werd', wird sie auf einmal fromm.«

Sie stellte ihre fertig gepackte Truhe und ihr Bündel auf den Küchentisch, denn die Gastwirtin hatte verlangt, den Inhalt prüfen zu können, bevor sie ging.

»Ja, ich werd' nicht traurig sein, wenn ich hier weggeh', und sehr schön hat man's g'habt.«

Hanna sprach laut wie immer und klopfte sich auf den Bauch. Skur-Ärna sagte, daß die Werke der Finsternis von Übel seien und der Sünden Lohn ohne Zweifel alle ausbezahlt bekämen und manche in reichem Maße.

Edla aber stand allein in einer Ecke der Küche und sah Hanna ernsthaft an, als sie ihres Weges ging, und horchte auf ihr Lachen, das lauter und härter gellte als früher, da sie mit den Fuhrknechten in der Wirtsstube getanzt hatte.

Die Mamsell Alma Winlöf hatte früher Eriksson geheißen, und sie hatte Brüder, die Eriksson hießen. Man erzählte sich, daß sie als Bäckerin angefangen habe. Die Mutter kochte Sirupbonbons, der Vater machte Särge.

Fünf Jahre lang war Alma Eriksson von dem Ort an der Bahnstation fortgewesen, dann kam sie als Mamsell Winlöf zurück und kaufte mit eigenem Geld die Bahnhofsrestauration. Woher hatte sie dieses Geld?

Im Bahnhofsrestaurant stand ein tiefrotes Plüschsofa. Es war kreisrund und umschloß einen samtbezogenen Konus, der hoch über die Rücken der Sitzenden aufragte. Der Plüschturm war an der Spitze abgehauen, und darauf stand eine Vase, aus der sich graziös Kamelien aus Wachs neigten.

Der selbsternannte Baumeister Magnusson kam eines Tages mit einem Holzhändler, den er im Zug getroffen hatte, in das Bahnhofsrestaurant. Er bekam nun zum erstenmal das Sofa zu Gesicht.

»Na, Teufel aber auch!« rief er aus und blieb mit offenem Mund vor dem Samtaltar stehen. Er hatte geputzte Stiefel und einen karierten Anzug an, sein rundgeschnittenes Haar war mit Wasser frisiert und nach vorne über die Ohren gekämmt, der Kranz um sein Kinn war gepflegt. Er hatte sich so gekleidet und gekämmt aus Respekt vor dem Lokal, das er jetzt zum erstenmal besuchen würde, und das etwas ganz anderes war als das nach Bier stinkende Gasthaus. Nun aber schien er auf einen Schlag seine ganze Achtung vor dem Lokal zu verlieren.

Hinterher erzählte er: Er hatte einmal in Stockholm eine Einrichtung besucht, in der man stundenweise Dienste von Frauen kaufen konnte. Er war in einem großen Raum, der vornehm nach Zigarren roch, mit einer dunklen jungen Dame in sehr locker geknöpfter Kleidung allein gelassen worden. Mitten im Raum stand ein kreisrundes, rotes Plüschsofa. Magnusson hatte versucht, sich selbst und die junge Dame um das Sofa zu biegen. Sie erstickte dabei fast vor Lachen und krümmte sich wie eine Garnele um den Samtturm, er versuchte hinterherzukriechen und etwas auszurichten, aber ohne Erfolg. Schließlich hatte er eingesehen, daß Abartigkeiten und Perversitäten nichts für ihn waren, und er war seiner Wege gegangen.

»Hast du nicht kapiert, daß das nur der Warteraum war?« wurde er gefragt. Magnusson aber war der festen Ansicht, daß das egal sei. Woher das Sofa und Alma Erikssons Geld kamen, war für ihn jedenfalls klar.

Es empörte viele, daß sich die Tochter des Sargschreiners Eriksson Mamsell nennen ließ, allein Magnussons Erklärung, was das Geld betraf, gab dem Wort einen empörenden Klang. Das heißt, es klang leicht empörend, wenn man über sie sprach. Stand man ihr von Angesicht zu Angesicht gegenüber, begegnete man einem braunen Blick, der ruhig und abschätzend auf einem ruhte. Auf der Rückseite des Bahnhofs trug sie immer einen Mantel, einen Hut und Röcke, die so geschnitten waren, daß sie nur kleine, kurze Schritte machen konnte. Weder auf der Vorder- noch auf der Rückseite des Bahnhofs trug sie andere Farben als Schwarz und Weiß. Sie hatte dunkles Haar und einen sehr hellen Teint. Sie sah nach Herrschaft aus und roch auch so.

Sie wohnte nicht mehr bei ihren Eltern, nachdem sie in den Ort zurückgezogen war, sondern in drei kleinen Zimmern im Haus der Bahnhofswirtschaft, von denen eines mit Salonmö-

47

beln eingerichtet war. Sie nahm auch ihre alten Eltern nicht zu sich. Der alte Eriksson schreinerte nach wie vor am einen Ende seines Hauses Särge, und am anderen kochte die alte Frau Sirupbonbons. Man bekam sie nie zu fassen. Nicht einmal bei ihrer einzigen, auffallenden Schwäche, ihrem unerhörten Interesse für Details aus dem Leben anderer. Sie nahm den Klatsch in sich auf, trug ihn aber nicht weiter.

Sie war Großabnehmerin im Laden des Gastwirts, obwohl Frau Isaksson zu denen gehörte, die am eifrigsten Verleumdungen über sie verbreiteten. Mehrere Male am Tag lief Valfrid mit dem Handkarren über den Bahnhofsplatz. Er blieb lange aus, und wenn er zurückkam, roch er aus dem Mund nach Veilchenpastillen. Sie entlockte ihm alles, was bei den Wirtsleuten vor sich ging. So wußte sie beispielsweise von der Entlassung der klauenden Hanna und deren Ursache, obschon Frau Isaksson es nicht zu begreifen vermochte, welches Interesse sie an dem selbstverschuldeten Unglück eines tölpelhaften Dienstmädchens haben konnte.

Ende Februar nahm sie Edla einmal mit über den Platz, obwohl die Wirtin das nicht mochte. Sie sollte der Mamsell die Butter tragen, und Valfrid war nicht zur Stelle, es ließ sich also nichts dagegen machen. Edla stapfte mit gesenktem Blick hinter der Mamsell und ihrem kleinen Hund durch den Schnee. In der warmen Küche des Restaurants, wo mehrere Mädchen arbeiteten, durfte sie das Butterfäßchen abstellen, und sie wurde aufgefordert zu warten. Die Mamsell verschwand in ihren Gemächern und kam nach einer Weile zurück, nach wie vor schwarz und weiß gekleidet, aber nun in einem weiten Rock, der es ihr erlaubte auszuschreiten, und verwandelt in eine teils arbeitende, teils zu bedienende Frau. Nun begann sie Edla auszufragen. Wer verrichtete Hannas Arbeit, nachdem sie hatte gehen müssen? Edla murmelte, daß sie es nicht wisse. Die Mamsell wollte, daß sie berichtete, was sie selbst zu tun habe. Was bekam sie als Lohn? Kost? Einen Kleiderstoff?

48

Das Mädchen antwortete unhörbar. Es schien ihr, als würde sie dem Blick dieser braunen Augen nicht entkommen, als betrachteten sie sie wie die Gastwirtin ein gerupftes Huhn, unmittelbar bevor sie es aufschnitt.

Edla war ein Nichts. Sie war nicht mehr wert als die Arbeit, die ihre Hände verrichten konnten, und das war erbärmlich wenig. Sie war gewohnt, so gesehen zu werden, und alles andere erschreckte sie.

Dieses wertlose und schnell verbrauchte Leben hatte aber Augen, die sahen, und eine Haut, die schauderte. Grausamkeit peinigte sie, und Torheit floh sie oder sie duckte sich, wenn sie ihr nicht entgehen konnte. Sie hatte über fast alles, was sie sah, eine Meinung und genügend Verstand, sie für sich zu behalten. Und nun rupften die nüchternen Augen der Mamsell die schützende Erbärmlichkeit von Edla ab und schienen sie zur Rede zu stellen. Sie fand eine ehrlose Zuflucht darin, daß sie zu weinen begann, und zwar, als die Mamsell sagte:

»Aber Kost hast du jedenfalls, das sehe ich. Du hast zugenommen, nicht wahr? Laß mich dich ansehen.«

Sie streckte die Hände nach dem Mädchen aus und versuchte sie um die Taille zu fassen, aber Edla flüchtete.

Frau Isaksson erzählte sie nicht, was die Mamsell sie gefragt hatte. Sie preßte die Lippen zusammen und starrte hartnäckig zu Boden.

»Du bist unmöglich«, sagte die Gastwirtin. Und zu Isaksson meinte sie:

»Se is doch 'n bißchen zurückbliebn.«

Mamsell Winlöf aber kam in das Gasthaus und fragte, wie alt Edla sei.

»Se ist vierzehn gewordn«, antwortete die Gastwirtin.

So hatte die Mamsell sie alle erschreckt.

Der letzte Wolf wurde in Vingåker 1858 geschossen, und das war auch gut und schön. Wann aber setzt man den Absatz auf die letzte Kellerassel?

Unausrottbares Grau, zahnlose Tristheit. Auf dem Fort flattert eine Fahne, das ist aber auch alles, was noch übrig ist. Die Tribünen abgerissen, die königlichen und herzoglichen Initialen abmontiert, und so ist es nun schon mehr als fünfzehn Jahre. Eingepackt die Flaggen und Trompeten, zusammen mit den Wappen und Emblemen. Nur die Fahne flattert noch auf dem Fort, siebenundzwanzig Meter über dem Meer und nur geringfügig weniger über der Schweineheide.

Als Klio das nächste Mal den Griffel zum Ritzen erhebt, hält mit Gekreisch, Gezische und Dampf ein Zug, und aus dem Fenster des Salonwagens schaut ein königliches Haupt heraus und fragt: »Was kosten denn hier die Kartoffeln?«

Doch ja, so kann man fragen. Das Gefolge bricht artig in Gelächter aus, der König zieht seinen Lockenkopf zurück, und der Zug fährt ab. Auf dem Bahnsteig bleibt Stationsvorsteher Fredriksson zurück, der, der einen Park angelegt hat. Oder wenigstens ein Gehölz um einen kleinen Steinhügel herum hat lichten und durchforsten lassen. Diese Promenade wollte er Fredriksberg nennen, wie aber heißt sie? Mulles Grab.

Hier hängt auf dem Fort schlaff eine Fahne herab.

Der Marktplatz ist ein Acker; ein Karrenweg windet sich

durch den Ort, gerade passend dafür, daß Mistwagen darauf entlangwackeln. In der ersten Zeit kann man nicht Markt halten, bevor Malstuger seinen Hafer geschnitten hat. Daher ist es natürlich am besten in den Jahren, in denen der Acker brachliegt.

Das Flüßchen, das den Ort durchfließt, ist der Abwassergraben. An ihm liegen die Schweineheide, der Pottanger und das Katzenmeer, die Grube und die Greisengasse, das Läuseknakken, der Barfüßerberg und die Glatzkopffestung. Das sind die Namen kichernden Gelächters, schwatzender, wiederkäuender Münder. Tag für Tag, Jahr für Jahr muß man sie in den Mund nehmen, selbst wenn man in der Gegend wohnt, über der die Fahne flattert.

Stationsassistent Cederfalk gab fast jedem Klacks von Hügel und jedem Tümpel in seiner Umgebung einen neuen Namen. Er war wie der erste Adam im Paradies und hoffte, daß sich die Ohren der Menschen auftun würden, sie sollten gewahr werden, daß sie ein garstiges Mundwerk hatten. Mit Malvina Hedberg, Charlotte Lagerlöf und Baron Fogel konnte er von Auroras Strand und der Echogrotte sprechen, sonst aber mußte er übersetzen.

An einem ersten Mai gelang es ihm, an eine respektable Equipage zu kommen, und er lud Malvina zu einer Kutschfahrt ein. Den Wagen hatte er auf Lilla Himmelsö von Baron Fogels Onkel ausgeliehen und die Pferde von Baumeister Magnusson. Dieser setzte seinen ganzen Stolz auf starke und schöne Pferde. Malvina bekam die Erlaubnis mitzufahren, aber ihre ältliche Tante saß mit im Wagen. Die Wagenräder holperten, und Cederfalk und Malvina hüpften auf und nieder und lächelten geduldig. Auf dem Kutschbock saß ein unsicherer Kutscher. Cederfalk hatte ihn nach dem Prinzip des schneidigsten Schnurrbarts und der saubersten Uniform ausgewählt. Sie gedachten eine Weile umherzufahren, das heißt, den Bierkellerhang hinauf und dann wieder zurück. Auf Mulles Grab mußte

51

man verzichten, der Weg war zu schmal für einen Wagen. Dann einen Halbkreis um den Bahnhofsplatz, wo Cederfalk, bevor er ausging, das Terrain gesäubert hatte. Nun konnte er nur hoffen, daß seither kein Betrunkener in den Flieder gefallen war. Man würde dann am Gasthaus und am Katzenmeer vorbeifahren und bei der Grube, hinter der Villa des Postmeisters, die Bahnlinie überqueren.

Soweit ging also alles gut. Als man aber an die Gleise kam, mußte die Equipage anhalten, damit der Kutscher hören konnte, ob ein Zug herannahte. Da furzte das eine Pferd.

Außer sich vor Genance und Verzweiflung stammelte Cederfalk hastig: »Verzeihung!« Malvina senkte den Kopf und sah während der Fahrt durch die Himmelsö Allee nicht mehr auf. Der Kutscher, der die ganze Zeit den Eindruck unverbesserlicher Idiotie gemacht hatte, zeigte sich doch imstande, hinterher zu verbreiten, daß Malvina geantwortet habe:

»Oh, ich dachte, das sei das Pferd gewesen.« Doch das war Lüge, Lüge, nichts als Lüge. Über das eine Wort »Verzeihung« hinaus wurde nichts mehr gesprochen, bis man wieder zur Villa des Postmeisters zurückgekehrt war.

1876 wurde das Bahnhofshotel ausgebaut. Jetzt konnte auch ein Mann mit Ansprüchen in dem Ort übernachten, denn die Mamsell ließ in der oberen Etage komfortable Gästezimmer einrichten. Es war ein schwieriger Umbau, und es kam vor, daß in dieser Zeit Mamsell Winlöfs Mädchen wieder den Büfettwagen hinausschieben mußten.

Auch ein königlicher Speisesaal wurde gebaut. Denn man muß vergessen und verzeihen können, wenn man überleben will, und im übrigen war der Preis für Kartoffeln auf fast zwei Kronen je Scheffel gestiegen.

Sechsundsiebzig bekam Mamsell Winlöf einen Freund. Es war Alexander Lindh. Er war ein Mann von unterdurchschnittlicher Größe, und mit den Jahren wurde er vierschrötig und untersetzt. Er hatte blaue Augen, eine kräftige Gesichtsfarbe und dunkles Haar, das so kurz geschnitten war, daß die Kopfhaut durchschimmerte. Der Nacken faltete sich bereits. Das Haar war in der Mitte gescheitelt, der Schnurrbart borstig. Sein ganzes Leben lang hatte er dieselbe Frisur und denselben kurzen, energischen Schritt. Trotz seiner geringen Größe war er gebieterisch und tat sich leicht, Befehle zu erteilen. Er war ein heller Kopf und kalkulierte rasch, während er mit einer trockenen, rauhen Stimme sprach, die, wenn er eifrig wurde, schmetterte. Er konnte alles Mögliche mit Gewinn verkaufen und hätte sich in jeder Situation zu helfen gewußt. Genance, weitschweifige Ausführungen und gefühlsbetontes Denken waren ihm fremd.

Das erste Mal kam er mit einer kleinen Reisetasche, das nächste Mal hatte er einen großen Koffer dabei. Sein Vater war Hüttenbesitzer in Värmland, und er selbst reiste umher und kaufte bei den Bauern Holz auf. Wahrscheinlich wurde er deshalb Mamsell Winlöfs Freund, weil er sich sachlich und unvoreingenommen nach ihren Geschäften erkundigte. Er begriff, daß sie eine betriebsame Frau war. Er ging schnell durch die Räume und nickte, ohne die kleine, kurze Zigarre aus dem

Mund zu nehmen. Vor dem kreisrunden, roten Plüschsofa blieb er stehen und schlug mit der Hand darauf. »Aber das hier«, meinte er, »ist Eigentum des Staates.«

Die Mamsell nickte.

»Sein Pendant steht im Warteraum für Passagiere Erster Klasse im Hauptbahnhof von Stockholm«, sagte er.

»Ja«, bestätigte die Mamsell, »das stimmt.«

Und so wurde er ihr Freund. Sie achtete persönlich darauf, daß er Birkenholz beim Kachelofen hatte, damit er morgens bei offener Ofentür einheizen konnte, wenn es ihm Spaß machte. Aber er legte nicht viel Wert auf so etwas. Im Bahnhofsrestaurant gab es jetzt drei Klassen. Es kam jedoch vor, daß Alexander Lindh abends in Mamsell Winlöfs eigenem Salon saß. Er berichtete ihr unermüdlich von seinen Holztransaktionen, von Spekulationen und Aussichten. Sie gab ihm vernünftige Antworten und fragte mit Verstand. Alma Winlöf beugte sich nicht über einen Stickrahmen, sie knüpfte keine Seide oder stellte Frivolitäten her. Sie hatte die Hände im Schoß.

Durch sie wurde ihm der Flecken immer vertrauter. Er wußte, daß der Postmeister Kapitalerträge von gut zweitausend Kronen hatte. Er war darüber unterrichtet, daß die große Stockholmer Brennholz- und Kohlenhandlung, aus der die Frau des Eisenbahnbauinspektors stammte, vor langer Zeit liquidiert worden war und daß die Steinhäuser am Narvavägen, auf die die kleine Frau manchmal verträumt zurückkam, vor langer Zeit stark belastet und verkauft worden waren. Er lernte mit Hilfe von Mamsell Winlöf bald, mit welchen Leuten man zu rechnen hatte. Bauer Magnusson, der keinen Zutritt hatte zu irgendwelchen Salons, er, der sich auf keine Bank verließ und dessen gesamte Geschäftsvorgänge in einer Brieftasche aus dickem Rindsleder in seiner Innentasche steckten, er war es, der am Ort neu baute. Petrus Wilhelmsson verkehrte mit niemandem und verbrachte einen großen Teil der vierundzwanzig Stunden eines Tages in seiner Schreinerei. Angefangen hatte er, indem er Darlehen aufnahm. Jetzt hatte er Geld, um zu investieren. Er hatte Grund und Boden gekauft und baute seine Schreinerei aus. Die Mamsell senkte die Stimme, wenn sie von ihm sprach. Alexander hatte ihn am Abend in dem Haus gegenüber gesehen. Er bewohnte zwei Räume im Obergeschoß. Zu vorgerückter Stunde konnte man ihn dort undeutlich wahrnehmen, einen einsamen Mann mit einer Hausmütze auf dem Kopf, der im Schein eines kleinen Wachsstocks über seinen Abrechnungen saß. Es wurde dunkel, und man sah ihn nicht mehr, aber das kleine Licht kroch wie ein Glühwürmchen weiter an den Zifferkolumnen entlang.

Mamsell Winlöfs Vorwand, Alexander Lindh in ihren Privaträumen zu empfangen, war der lange und naßkalte Herbst sechsundsiebzig. Er hatte Halsschmerzen, und alle Schleimhäute waren geschwollen. Die Mamsell lud ihn zu heißem Toddy ein und ließ ihn, der Wärme wegen, in den Salon ziehen, wo sein Stuhl von einer Kellnerin näher an das Feuer herangerückt wurde, während eine andere die Anweisung erhielt, zusätzlich einen kleinen Tisch dorthin zu stellen. Dieser wurde mit einer großen weißen Serviette bedeckt, deren Damast mit den verschlungenen Drachen des Bahnhofsrestaurants gemustert war, und auf diese Weise wurde der Eindruck aufrechterhalten, daß Mamsell Winlöf lediglich eine Erweiterung ihres Schankbetriebs in die Wärme hinein vorgenommen habe.

Über Weihnachten und den Jahreswechsel ward Lindh nicht gesehen. Er verbrachte die Feiertage in Värmland und tauchte erst nach dem Dreikönigstreffen wieder auf, und da hatte er einen Hasen dabei für die Mamsell. Er hatte ihn nicht selbst geschossen.

»Bruder Adolf«, erklärte er kurz, und dies war das erste Mal, daß er seine värmländischen Verhältnisse erwähnte, zu denen, wie die Mamsell von anderer Seite wußte, Frau und Bruder gehörten.

Sie bereitete den Hasen nach den Regeln der Haute Cuisine zu, so gut sich das eben machen ließ mit der Unterstützung von kalt und verdrießlich dreinstarrenden Küchenmädchen, die plötzlich begriffsstutzig geworden zu sein schienen. Alles mußte man zweimal sagen. Der Hase wurde auf dem Rücken kreuzweise mit feinen weißen Streifen gespickt und dann gebraten, bis er nach den Wacholderhügeln seiner Jugend duftete. Angerichtet wurde er mit Gelees und kleinen Essiggurken, gebräunten Champignons und Kapern.

Alexander Lindh kam nicht zum Mittagessen, wie er es in Aussicht gestellt hatte. Erst am Samstag nach Dreikönig habe er, wie er erklärte, Zeit, um bei ihr Mittag zu essen, all der Weihnachtsfeiern wegen. Die Hasenfilets wurden im Mörser zerstoßen und mit Hähnchenleber, Butter und Sahne durch ein Sieb gestrichen, und so erschien der Hase in Pyramidenform mit Sternchen aus Fleischgelee.

Nach der langen Unterbrechung ihres Beisammenseins schien Lindh sonderbarerweise bei Mamsell Winlöf noch mehr zu Hause zu sein als vorher. Als er es sich mit der Kaffeetasse und dem kleinen Punschglas in einem Lehnstuhl bequem machte, suchten seine Füße schon automatisch nach dem Fußschemel.

»Ich will nur eines sagen: Gott sei Dank sind die Feiertage vorbei! Nichts bekommt man zuwege, dafür um so mehr zu essen. Mamsell Winlöf, Sie sind übrigens zu beneiden.«

»In welcher Hinsicht?«

»Daß Sie Ihre Geschäfte nicht ruhen zu lassen brauchen. Ganz im Gegenteil, soweit ich das beurteilen kann. Hier ist vermutlich von der ersten bis zur dritten Klasse volles Haus gewesen.«

»Bei der dritten wäre es mir am liebsten, ich könnte sie schließen«, antwortete die Mamsell.

»Bei diesem Umsatz?«

Aber er wußte sehr wohl, daß die Ehefrauen und sogar die

Kinder ihrer Kunden in der dritten Klasse die Mamsell bedrängten und sie baten und beschworen, den Ernährern der Familie nichts zu servieren.

»Hier ist Geld im Umlauf, das den Bereich der Eisenbahn nie verläßt«, sagte sie. »So ein Eisenbahner oder Bremser holt sich bei der Auszahlungsstelle seine Lohntüte ab und geht damit direkt in die dritte.«

»Sie vergessen Mamsell, daß das ganz aus freien Stücken geschieht. Und im übrigen, was bekommen die Familien nicht alles wieder aus Ihren Körben?«

Sein Ton war ein wenig galant, wie meistens, wenn sie auf dieses Thema kam. Doch sie redete nicht gern über ihre guten Werke. Er war ihr einmal begegnet, als sie unterwegs gewesen war zu den elendsten Behausungen, schwarz und weiß gekleidet, ohne Hund und mit zwei Mädchen im Gefolge, die die Körbe getragen hatten. Seinen Gruß hatte sie jedoch nur mit knapper Not zur Kenntnis genommen.

»Es gibt ausreichend Bierkeller«, sagte Lindh. »Und dann haben wir immer noch das Gasthaus. Isaksson dürfte kaum aus Fürsorge für die Unglückskinder der Gesellschaft zumachen.«

»Dort geht es schrecklich zu. Ein Dienstmädchen führt so gut wie allein die Landwirtschaft, und eines hat gehen müssen wegen Umständen, die allmählich allzu offenbar wurden. Kinder werden als volle Arbeitskraft ausgebeutet und in der Nacht unbeaufsichtigt gelassen.«

Zu den Nachteilen von Mamsell Winlöf und ihrem Zutrauen zählte, daß sie sich nicht ausschließlich über Verhältnisse ausließ, die für Lindh von Interesse waren. Sie berichtete oft über die Unteren und Wehrlosen, und ihre Rede erinnerte manchmal an die Zeitungen, die die Sittlichkeitsvereine verbreiteten. So vernünftig sie auch in geschäftlichen Dingen war, fehlte ihr natürlich doch der Überblick über die gesellschaftlichen Verhältnisse. Sie sah nicht ein, daß es notwendig war, die Probleme im großen Maßstab zu lösen, und es fehlte ihr an Abstraktionsvermögen.

»Bei Isaksson arbeitet ein knapp vierzehnjähriges Mädchen, die Tochter eines Rottensoldaten«, sagte sie. »Sie heißt Edla Lans. Zuerst sollte sie auf den jüngsten Buben aufpassen. So hieß es wenigstens. Mittlerweile verrichtet sie die volle Arbeit eines Dienstmädchens, ohne daß ihre Entlohnung geändert wurde. Ihren Schlafplatz hat sie über der Wirtsstube im sogenannten Klubraum. Die Tür ist nicht abgeschlossen, von der Wirtsstube aus führt eine Treppe direkt hinauf. Ein jeder begreift die Lage des Mädchens.«

»Sie sind eine wahre Frau, Mamsell Winlöf«, sagte Lindh lächelnd. »Sich der kleine Dinge zu entsinnen, ein gutes, empfindsames Herz zu haben!«

Er war froh. Alma Winlöf war doch eine richtige Frau, des Alleinseins und des Geldes zum Trotz. Obschon sie keinen Stickrahmen besaß, fertigte sie doch die schönsten Stickereien an und vergaß nicht das winzigste Detail. Lächelnd döste er in seinem Stuhl und lauschte ihrer Stimme, die sich in gleichmäßigen Intervallen hob und senkte. Da wurde sie plötzlich roh. Er war völlig überrumpelt, denn sie brachte ihre Rohheiten mit der gleichen wohlmodulierten Stimme hervor. Weiß Gott, wie lange das schon so geht!

»Es wird viel geredet vom Aufblühen des Ortes in den letzten Jahren und von den Segnungen der Eisenbahn, und es sieht hier gewiß nett und sauber aus, der Schnee ist barmherzig. Doch warten Sie, bis der Sommer kommt. Dann wird es aus den Gruben und Abwassergräben nach Verwesung stinken.«

Alexander Lindh saß stocksteif in seinem Stuhl und starrte Alma Winlöf an.

»Der Knecht, der keine Kate übernehmen konnte, weil keine übrig war, er wird nun Eisenbahner und wohnt bald darauf in einer Dachkammer mit Herd und hat sich Frau und Kinder angeschafft. Ich bin da oben in den Dachwohnungen herumge-

58

gangen mit den Eßkörben – ich habe einmal ein Kind gesehen, das von einer Ratte gebissen worden war.«

Lindhs Gegenwart schien sie sich jetzt überhaupt nicht mehr bewußt zu sein. Sie hatte sich in ihrem Stuhl auf eine wenig frauliche Art zurückgelehnt, ihre Augen waren halb geschlossen, und sie sprach ohne Punkt und Komma.

»Der Doktor und der Heilgehilfe, sagt man. Gewiß können sie kommen. Der Doktor muß nur zwei Meilen fahren, und er macht keinen Unterschied zwischen oben und unten, das hat er versichert. Aber was kann der Doktor gegen Rattenbisse tun? Ich kenne Mütter, die entlegen, fern allen Aufblühens leben und völlig unaufgeklärt sind. Wenn ihre Kinder Blasen auf der Haut bekommen, glauben sie, daß die Elfen sie gesäugt hätten. Sie binden ihnen Säckchen auf die Brust oder ziehen sie durch Kiefern mit lyrenförmig geteiltem Stamm. Gleichwohl glaube ich, daß sie ihren Kindern besser helfen können als die Mütter, die hier wohnen. Denn welche Möglichkeiten haben die, ihre Kinder zu schützen? Sie sind hilfloser, als wenn sie abergläubisch wären und unaufgeklärt wie die Leute auf dem Land. Die Kinder laufen auf den Bahnsteig und lernen das Stehlen. Ein Passagier verliert ein Geldstück vor dem Restaurant – das ist der erste Schritt. Und dann die Väter! Sie müssen nicht erst eine halbe bis ganze Meile laufen, um einen Krug Branntwein zu bekommen. Nein, sie brauchen nur in den nächsten Bierkeller hinunterzugehen, wo es sauer riecht und wo nicht jeden Tag die Sägespäne auf dem Fußboden erneuert werden.«

Alma Winlöfs sonst so festes und weißes Gesicht hatte zu glühen begonnen. Die zarte Haut an Hals und Kinn wurde vom Blut erhitzt, und ihr Fleisch war nicht mehr dasselbe, es war wohlriechend. Alexander wurde unruhig. Er hörte nicht mehr, was sie sagte, und er stellte mißbilligend wieder einmal fest: so geht es, wenn Frauen mit ihrem schwachen Nervenkostüm Wein und Schnaps trinken. Sie redet bald zusammenhangslos und benutzt schon Worte von dort, wo sie herstammt, sie vergißt sich. Ihr Haar löst sich und die Haut riecht stark. Das sind sichere Zeichen. Gleichzeitig spürte er, wie alles Blut in ihm hinabfloß in sein Glied, er wurde schwach in den Beinen, und ihm schwindelte durch die Blutleere im übrigen Körper. Dennoch erhob er sich auf kurzen und unsicheren Beinen und leerte sein Glas. Anstatt diese bald völlig aufgelöste und wohlriechende Frau zu warnen und ihr Vorwürfe zu machen, lächelte er sie an, und verdutzt verstummte sie mitten im Satz.

Ihm kam ein Gedanke, der ihm bei seiner Frau Caroline nie eingefallen wäre. Als er die Falte an Mamsell Winlöfs Hals sah, eine weiche Vertiefung, die Kinn und Hals voneinander trennte, da dachte er sich, daß er sein Glied gerne dorthin legen würde, daß er sie gerade an dieser Stelle gerne lieben würde. Es mußte etwas mit ihr zu tun haben, daß dieser Einfall nicht von einem ebenso schnell auftretenden Schamgefühl verdrängt wurde. Er hatte nie Stellung genommen zu dem Gerede über ihre Vergangenheit und über die Quellen, aus denen ihr Geld stammte. Aus purer Klugheit hatte er sich zu dem roten Sofa geäußert. Was er gesagt hatte, war im übrigen wahr gewesen. Nun nahmen seine erhitzten Gedanken plötzlich Stellung.

Als er sie umarmte, ging es so schnell, daß er mehr oder weniger über sie fiel. Sie hatte sich in ihrem Stuhl gar zu weit nach hinten gelehnt, sie saß nicht mehr da wie eine anständige Frau. Als er über sie herfiel, gab sie ihm mit dem Leib einen Stoß, einen so heftigen Schlag, daß er abgeworfen wurde und auf dem Teppich vor dem Stuhl landete. Ihm war sofort völlig klar, daß eine tugendhafte Frau keine solchen Instinkte in ihrem Körper haben konnte, die sie so kräftig und so wirkungsvoll mit dem Unterleib werfen ließ, um sich von einem unerwünschten Beischläfer zu befreien. Nein, das war eine geübte und verderbte Bewegung. Er wußte sogleich, was sein nächstes Manöver sein würde und was er sagen wollte, wenn er sich wieder aufgerappelt hatte. Im Ton könnte er sich wohl kaum vergreifen.

Doch er kam nicht hoch vom Teppich. Mamsell Winlöf legte eine Hand, kräftig wie die eines Mannsbilds, an seine Brust und stieß ihn zurück, und dann brach sie in Worte aus wie eine Schankkellnerin. Die Stimme aber war die einer gebildeten Frau.

Es zeigte sich erst nach mehreren Wochen, daß Alexander Lindh der Mann war, auf den Alma Winlöf gewartet hatte. Auf dem Salonteppich erlitt er eine Niederlage, auf dem Kanapee aber siegte er. Er schwächte ihre Widerstandskraft mittels einer Strategie, die aus einem ständig wiederholten Wechsel von Angriff und Rückzug bestand. Sie rangen miteinander im Lehnsessel, und er leistete Abbitte, indem er vor dem Ofenschirm, auf dem Aeneas kniend Anchises aus einem brennenden Troja aus Kreuzstichen schleppte, auf die Knie fiel. Hinter dem Schirm versuchte Mamsell Winlöf fieberhaft die Haken wieder in die Ösen zu bekommen. Sie war groß und stattlich, Alexander Lindh war klein, aber schwer. Es krachte in dem Neurokoko und die Fransen rissen unter ihren stummen Ringkämpfen. Ein Nipptischchen auf dünnen, krummen Beinen bebte mitsamt schwankendem Parianporzellan und klirrenden Gläsern fast eine halbe Minute lang, während Alexander und Alma, die das Beben verursacht hatten, es starr betrachteten, bis es sich schließlich entschied, das Gleichgewicht zu halten. Turlur sprang auf dem Plüschteppich vor dem Kanapee hin und her und bellte glockenhell.

Doch mit jedem Ringkampf kam er ihr ein wenig näher. Bald gab es an ihrem Körper nur noch einen Abschnitt, an den seine Hände noch nicht herangekommen waren, und das war die Partie, die das Schnürmieder fest umschlossen hielt. Dann wurde es eines Nachts doch aufgeschnürt – oder genauer, eines frühen Morgens. Bis fünf Uhr hatte Alexander gekämpft. Er war müde. Sein Glied hing schlaff und krumm und schlummerte auf dem Schenkel. Es war unmöglich für ihn, in das belagerte Troja einzudringen und es in Brand zu stecken. Alma

Winlöf und er schliefen nebeneinander in ihrem Bett ein, nackt und ruhig.

In der folgenden Zeit war sie oft glücklich. Sie teilten das Bett miteinander. Erst früh am Morgen ging er hinauf in sein Hotelzimmer. Nachts zündete Alma im voraus das Birkenholzfeuer für den Morgen an und ließ es bei offener Ofentür brennen. Warmes Licht und weiche Schatten spielten auf ihren Gesichtern. Sie hatten Malaga getrunken, und sie ruhte weich im Kissen. Seltsame Bilder und Worte ohne Zusammenhang kamen und gingen ihr in sanften Wellen durch den Kopf; Alexander, Alexander, wiederholte sie und fand, daß der Name ein langer, sanft gebogener Zweig war, der sich über ihr ausstreckte. Alexander löste Almas Linde und Laub des Weins und der Linde Zweig... und der Winde Spiel und Almas Antlitz im Dunkel zwischen feuchtem Himbeerlaub und unter Alexander... noch nie hatte sie so etwas erlebt, und es erschreckte sie nicht. Am Morgen war es vergessen.

Die Ringkämpfe waren zu Ende und auch Alexanders Verwunderung, daß die Besitzerin des dunkelroten Samtsofas Jungfrau gewesen war. Er besaß sie nur selten, denn sein Glied war meistens zu schlaff. Doch Alma wähnte sich nur froh darüber, daß sie der tiefsten Sorge, dem unschönen Teil der Liebe, enthoben war. Er konnte nicht mehr länger im Hotel wohnen bleiben. Es wurde zu teuer, weil er sich jetzt immer sehr lange im Ort aufhielt. Deshalb mietete er zwei Zimmer mit Küche in einem von Magnussons Häusern. Allerdings lag es südlich der Eisenbahn, und das war mißlich. Gleichwohl hatte er sich Zutritt verschafft zu den Salons, die etwas galten, und zu dem, der nichts galt, nämlich Mamsell Winlöfs. Er lebte teuer. Er gab siebzig bis fünfundsiebzig Kronen im Monat aus. Aber er wußte auch, daß es ein Zeichen für Zukunft war, wenn die Milch und das Holz am Ort immer teurer wurden, und wenn man beinahe jede noch so enge und unbequeme Bruchbude für zweihundert Kronen vermieten konnte.

Sein Mittagessen nahm er nach wie vor im Bahnhofshotel ein, und spät abends, nach einem Abendessen bei Postmeisters oder einer Partie Karten beim Telegraphendirektor, kehrte er dorthin zurück. Jetzt trank er aber nur noch einen abendlichen Toddy in Almas Salon, denn es machte einen allzu schlechten Eindruck, wenn er erst in den frühen Morgenstunden über die Gleise zu dem Haus im Süden, wo er sich eingemietet hatte, zurückkehrte. Deshalb mußte sich Alma mit Umarmungen auf dem Kanapee begnügen.

Doch jede Umarmung ist mit Unbilden und Umständen verbunden. Haken sind aus Ösen zu pusseln, Stofflagen beiseite zu schieben und abzublättern, Schnüre behutsam zu lösen. Alle die kleinen, hart bestickten Kissen müssen unter dem Kanapee gestapelt und über den Seidenbezug ein Handtuch gebreitet werden. Hinterher mußte Alma, die Hand wie eine Schale zwischen den Beinen gewölbt, in ihr Schlafzimmer eilen und sich am Waschtisch ausspülen. Dazu benutzte sie einen Irrigator mit Schlauch und knöcherner Tülle, und das Wasser roch säuerlich nach dem Essig, den sie zugesetzt hatte. Alexander nickte währenddessen ein, und wenn sie im Nachthemd zurückkam und die Berge von Taft, Atlasseide und weißem Leinen ihrer Kleider zusammengesammelt und weggeschafft hatte, schlug er die Augen auf und sagte mit niemals versagendem Takt:

»Ich glaube, ich bin ein Weilchen eingeschlafen.«

Dann kamen seine Kleider an die Reihe. Alma mischte in der Hotelküche einen Schlaftrunk, während er sich anzog. Er war müde und wünschte sich, direkt zu Bett gehen zu können. Die Unterwäsche, die er tagsüber getragen hatte, fand er um diese Zeit muffig und schmutzig.

Diese Unbilden gipfelten eines Abends darin, daß Alma nirgendwo einen Haken finden konnte, um damit seine Stiefel zuzuknöpfen. Alexander wurde immer gereizter, die Farbe seines faltigen Nackens verdunkelte sich, und vor ihm lag Alma auf den Knien und hakte ganz aufgelöst langsam jeden Stiefel vom ersten bis zum dreiundzwanzigsten Knopf mit einer Haarnadel zu.

Danach zog er innerhalb der Wände des Bahnhofshotels nie wieder seine Stiefel aus. Doch ansonsten änderte sich an ihrem Verhältnis nichts.

Der Erste Stationsassistent Freiherr Cederfalk ritt jeden Morgen auf einer braunen Stute aus. Alexander Lindh, mit Pferden nicht vertraut und auch nicht erpicht darauf, sie kennenzulernen, wich aus. Doch Cederfalk ließ die Stute hinterhertanzen.

»Guten Morgen, Herr Ingenieur! Wie steht es mit Ihrer Gesundheit?«

»Danke der Nachfrage. Und der Baron selbst?«

»Ausgezeichnet!«

Gelbes Lindenlaub tänzelte um Pferd und Reiter. Die Stute umkreiste Alexander Lindh, der aufgeregt auf der Stelle trat.

»Meine Sulamith wurde mir zu früher Morgenstunde beschlagen«, sprach Cederfalk. »Sie müssen wissen, daß ich ihretwegen einen Hufschmied herkommen ließ, das ist jetzt drei Jahre her. Und nun blüht das Unternehmen des Schmieds. Dank meiner prächtigen Sulamith.«

Das glaubst du, dachte Alexander Lindh. Die Worte standen wir Girlanden um Cederfalks Mund. Er war der Hofpoet der Frau Postmeister. Lindh hatte Zutritt bei Frau Postmeister Lagerlöf, Cederfalks Hufschmied nicht. Aber seine Aussichten sind vielleicht besser als meine, dachte Lindh. Er hatte schwermütige, kurze schwermütige Momente. Er war der dritte Sohn eines selbstherrlichen Hüttenbesitzers. Sein Großvater war vierundneunzig Jahre alt geworden, ungebrochen.

65

Nun war Lindh auf seinen kurzen Beinen oben auf Fredriksberg und bei Mulles Grab angekommen. Er setzte sich auf die Bank und zündete sich wieder seine kurze Zigarre an; sie war während des Spaziergangs ausgegangen.

Bis vor einem halben Jahr hatte er geglaubt, daß sein Leben darin bestünde, das Ende des polternden Alleinherrschers abzuwarten, der, wie die Dinge langen, mindestens vierundneunzig Jahre alt werden konnte. Dann erschoß sich der Vater. Sechsundsiebzig war das geschehen, eines Abends mitten im Zug der Waldschnepfen, weswegen der Schuß zunächst auch keinerlei Aufmerksamkeit erregt hatte.

Die Geschäfte der Hütte waren von innen her verrottet. Der Alte hatte diesen Zustand, solange es ging, unter Donner und Getöse verborgen. Sein erster Sohn August war ein peinlich rechtschaffener Mann. Er verkaufte das Elternhaus, so daß nach der Auktion nicht einmal mehr eine Kompottschüssel übrig war, und dann bezahlte er die Schulden, die er moralisch am dringlichsten fand. Danach wurde die Hütte liquidiert und August emigrierte. Alexander blieb zurück mit einer zerbrechlichen, jungen Frau und einem Bruder, der mit Mühe auf sich selbst aufpassen konnte, der schöne Adolf, diese große und aristokratische Oberbuchhalterseele.

Nun tätigte Alexander keine Einkäufe mehr für die Hütte. Er kaufte und verkaufte auf eigene Rechnung weiter. Exportierte Sparren. Er interessierte Baumeister Magnusson für ein Getreidegeschäft und brachte ihn dazu, in den Bau eines Magazins zu investieren, damit sie ihre Waren lagern konnten. Sie exportierten und verdienten dabei allmählich so gut, daß Lindh Magnusson aus dem Magazin hinauskaufen konnte.

Doch das Jahr siebenundsiebzig schien schlechter zu werden. Lindh lagerte in dem großen Magazin im großen und ganzen nichts anderes als Spatenstiele und Schneeschaufeln, die er für Petrus Wilhelmssons Rechnung verkaufte. Er mußte immer längere Zeiten in dem Ort an der Bahnstation zubringen. Das

Magazin band ihn, es mußte genutzt werden. Er schaukelte im Tandem umher und fuhr kurze Strecken mit dem Zug. Bald meinte er diese Landschaft besser zu kennen als seine Heimat.

Seine Frau und Adolf waren noch in Värmland. Sie wohnten bei einer verwitweten Tante auf einem kleinen Herrenhof, doch die Nerven seiner Frau wurden von der Barmherzigkeit, derer sie sich dort erfreuen durften, aufgefressen. Adolf äußerte sich nicht dazu.

Nun hatte Alexander lange über den Kauf eines Hofs nördlich des Ortes verhandelt. Die Landwirtschaft hatte der Gastwirt gepachtet, und es könnte gut auf diese Weise weitergehen, wenn Lindh ihn übernahm. Magnusson hatte aufgezeichnet, wie man mit recht einfachen Mitteln das anspruchslose Hauptgebäude so verwandeln könnte, daß es einem Herrenhof gliche. Zwei kleine Flügel, ein kleiner Turm mit Glocke.

Er mußte nun eine Entscheidung treffen. Normalerweise merkte er von seinen Entschlüssen nichts. Sie waren für ihn genauso natürlich wie Schlucken oder in der richtigen Reihenfolge und zum richtigen Zeitpunkt aus- und einatmen. Jetzt saß er auf der Bank und blickte mit Augen, die nichts sahen, auf Mulles Grab, während seine Gedanken in für ihn ungewöhnlicher Weise umherschweiften.

In Gedanken schrieb er seiner Frau einen Brief, in dem er ihr den kleinen Herrenhof am See beschrieb. Doch er war alles andere als ein verlogener Mann. Er wußte, daß der See seicht und schilfig war und die Landschaft rund um den Hof flach. In der Luft lag der dumpfe Geruch des Sumpfes. Ein bäuerliches Anwesen mit Turm und Glocke war kein värmländischer Herrenhof. Gleichwohl beschrieb er es auf seine präzise Art so, daß ihre Träume sehr leicht den größten Teil seiner Lügenarbeit übernehmen würden.

Als er nach Hause kam, schrieb er den Brief ins reine. Noch nie hatte er mitten am Vormittag an einem Privatbrief gesessen. Aber er machte es nur, sagte er sich, um zu prüfen, wie

67

sich ein solcher Brief ausnehmen würde. Er hatte sich noch nicht entschieden.

Tatsächlich sollte er sich nie entscheiden. Er gab den Brief mit dem Vorbehalt, daß der Kauf noch nicht besiegelt sei, auf. Er könnte aus der Geschichte leicht wieder herauskommen, indem er seiner Frau erklärte, daß aus der Sache trotz allem nichts geworden sei. Als er jedoch ihre Antwort erhalten hatte, wollte Magnusson Bescheid wissen. Ihm war klar, daß es untunlich war, sie zu enttäuschen. In der Innentasche hatte er ihren Brief. Sie schrieb, daß er sie noch nie so glücklich gemacht habe. »Diese Pein und Demütigung, in der ich täglich lebe«, schrieb sie, »sind mir um so schwerer zu ertragen, als ich Dich nicht an meiner Seite habe. Du weißt auch, zu welchen Einschränkungen ich in dem letzten Jahr gezwungen gewesen war. Da ich nun das Ende der Demütigungen vor mir sehe, weiß ich kaum, wie ich noch ein weiteres Jahr des Wartens aushalten soll. Meine Nerven sind schwer angegriffen, und Adolf ist, wie Du selbst weißt, eine geringe oder gar keine Stütze.«

Er mietete in Erwartung des Umbaus noch zwei Zimmer von Magnusson, stellte ein Dienstmädchen ein und schaffte Möbel an. An einem Vorfrühlingstag trafen seine Frau Caroline und sein Bruder Adolf mit der Bahn ein. Mamsell Winlöf stand, von der cremefarbenen Seidengardine nahezu verborgen, an einem der Fenster im Obergeschoß und schaute hinab. Sie sah eine Frau, die größer war als Alexander Lindh. Ihre Bewegungen waren langsam, die Augen von einem chronischen Katarrh oder Traurigkeit rot gerändert. Sie trug ein zerknittertes, mit großem Stoffaufwand genähtes Seidenkleid. Zugeschnitten war es nach zehn Jahren alten Modejournalen, und deshalb glich sie, wie sie da mit diesem weiten Rock, diesen Massen von knittrigen Falten und Drapierungen, leicht gebeugt und auf den Arm ihres sehr viel kleineren Mannes gestützt den Bahnhof verließ, einer alten Frau.

Der Schnee schmolz, es taute, und an einem Abhang, gleich hinter Klot-Kalles Bierkeller, kam die Leiche eines Mannes zum Vorschein. Zwischen Kalles langem Schuppen und dem nächsten Gebäude, in dem ein Bahnarbeiter seine Behausung hatte, verlief ein enger Durchgang, Greisengasse genannt. Er mündete auf einen kleinen Abhang, den die drei, vier nächstgelegenen Haushalte als Müllhalde benutzten. Hier lag er. Die Augenhöhlen schmutzig, der schwarze Gehrock stockfleckig vom Schnee. Das Erschreckende war, daß niemand wußte, wer er war.

Dies konnte also passieren. Ein Mann konnte aus dem Zug steigen, ohne daß jemand sein Anliegen kannte, in der Wirtsstube des Gasthauses landen, zum nächsten Bierkeller weitergehen, um dann im äußersten Vorposten zu landen, bei Klot-Kalle. Einen Rausch haben und hinausgeworfen werden. Vielleicht ein paar torkelnde Schritte machen und schließlich den Abhang hinunterfallen und liegenbleiben. Dort lag er noch immer, den Fuß in einem Bettboden verkeilt, den Kalle im Herbst hinausgeworfen hatte. Vielleicht war er erfroren. Vielleicht war ihm etwas anderes zugestoßen. Das sollte von Doktor Didriksson ermittelt werden.

Der Doktor fuhr zusammen mit Pastor Borgström aus Backe in einem Wagen. Es war Mariä Verkündigung. Der Wagen schaukelte und holperte durch Löcher und Spuren, in denen der Lehm an den Wagenrändern sog. Die beiden Vertreter der Obrigkeit lehnten sich müde und apathisch zurück, jeder in seine Ecke. Inertia und Acedia waren vor den Wagen gespannt.

Ich hasse den Frühling, dachte der Doktor. Da schmelzen die Kadaver zutage. Der Dung fließt in Strömen. Ich hasse den Frühling, den ganz frühen. Er ist Tod und Erniedrigung. Es dauert noch lange, bis wieder etwas zu wachsen beginnt. Eigentlich sollte man meinen, daß der Herbst die Zeit des Verwesens sei. Doch im Herbst kommt der Frost, und lange vorher schon haben die Regenwürmer das Laub so behende hinuntergezogen. Nur der rauhe Boden mit seinem dünnen Fell aus wirrem, schlafendem Pflanzenleben und Insekten ist da. Würziger Duft. Der Doktor versuchte sich diesen Duft angesichts der ihm bevorstehenden Amtshandlung in Erinnerung zu rufen.

Die Leiche war auf einer Tür über den Bahnhofsplatz, die Gleise und den Marktplatz getragen worden, dann den Hang hinauf zum Viehstall des Landwirtschaftsvereins, wo das Marktvieh immer untergebracht war, während man auf den Verkauf und die Prämierungen wartete. Bauer Magnusson hatte den Stall für den Verein gebaut. Er gehörte ihm immer noch. Es war das einzige, wirklich öffentliche Lokal des Ortes außerhalb des Bereichs der Eisenbahn. Auf dem Dachboden würde der Pastor einen Hauptgottesdienst abhalten, und dafür war ein weißes Leinentuch mit Einsätzen aus Klöppelspitzen über einen Tisch gebreitet worden. Es war ein Geschenk der ehemaligen Stationsvorsteherfrau an die Gemeinde. Borgström brachte in einer schwarzen Tasche etwas Kirchensilber und ein paar Kerzen mit. Schwarzgekleidete Frauen waren schon zugegen und trafen die nötigen Vorkehrungen.

Sie hatten den Fußboden gefegt und die Bankreihen ausgerichtet. Zwischen den Fenstern war ein milde lächelnder Heiland in gelbgrünem Öl aufgehängt worden. Aber nichts konnte den Geruch von Tabak und süßem Puder, der in der Luft lag, überdecken. Die Fenster ließen sich nicht öffnen, sie waren un-

dicht geworden und hatten sich verzogen. Gequält begab sich
der Pastor in das Hinterzimmer, wo sonst die Taschenspieler,
Vortragenden und Possenreißer vor den Vorstellungen ihre
Kleidung in Ordnung brachten und Bier tranken. Gewöhnlich
schickte er seinen Hilfspastor zu diesem unerquicklichen Got-
tesdienstlokal, doch leidige und unglückliche Umstände hatten ihn schließlich dazu gezwungen, in eigener Person hierher-
zukommen, und darunter litt er so, daß er unter der feuchten,
dichten Wolle des Talars schwitzte.

Es war zehn Uhr. Im Gasthaus schliefen die Mitwirkenden
der Zaubervorstellung vom Vorabend, Ozman Cantor und
seine Assistentinnen. Cantor, der mit deutschem und närik-
schem Akzent sprach, war drauf und dran gewesen, während
der Vorstellung Prügel zu beziehen, da diese selbst für die geringen Ansprüche dieses Ortes zu miserabel gewesen war. Um
den Schaulustigen noch mehr Geld aus der Tasche zu ziehen,
hatte er ein Schwein zum Verlosen dabeigehabt. Die meisten
Veranstalter hielten es so, doch Ozman Cantor traute sich
nicht, das Schwein hereinzuholen, und das war klug von ihm.
Magnusson, der befürchtete, daß auf dem Dachboden geraucht wurde, war selbst hinaufgegangen, um nachzusehen,
ob das Verbot eingehalten wurde. Er hatte sich eine Weile angesehen, wie der Zauberer schwitzte und wie die Assistentinnen, schwerfällig und mit blauen Flecken, sich wanden, daß
der Puder heiß und süß von ihren bloßen Armen aufwirbelte.
»Die können allerhöchstens mit dem Arsch zaubern«, ließ er
sich aus, und dadurch löste sich die zunehmende Unzufrieden-
heit in allgemeines Gelächter auf, und Magnusson rettete Ozman Cantor vor der Gewalt, die sich um ihn herum zusammen-
gebraut hatte.

Die ganze Nacht hatten die Assistentinnen das Publikum mit
den einzigen Zauberkünsten, die sie beherrschten, bedient,
dann hatten sie in ihren Düften wie Tote geschlafen, und nun
wachte eine von ihnen, von ungeheurem Durst gepeinigt, auf.

71

Als sie hinaustappte, um Wasser zu bekommen, stieß sie mit Edla zusammen, die einen schwerbeladenen Korb trug und wie immer, wenn sie ausging, mit dem Tuch bekleidet war, das sie von Hanna bekommen hatte, vor dem Bauch über Kreuz und auf dem Rücken verknotet. Sie starrten einander einen Augenblick an, bevor Edla zur Tür hinaustrat und sich in ihren undichten Stiefeln auf den Weg über den Bahnhofsplatz machte. In dem Frühjahrsmatsch die neuen anzuziehen, brachte sie nicht übers Herz.

Doktor Didriksson hatte im Stall des Landwirtschaftsvereins ohne Begeisterung ein wenig in der Leiche des Mannes herumgestochert und dann, außer sich vor Widerwillen und Ekel, das Ganze dem Heilgehilfen und dem Impfarzt übertragen, wenn sie denn Lust hatten, damit weiterzumachen. Didrikssons Vorgänger als Distriktarzt hatte vorwiegend das Gut, die Herrenhöfe, das Quartier des Hauptmanns und die Pfarrhöfe versorgt. Seine Spezialitäten waren gastritische Beschwerden und Migräneanfälle gewesen. Didriksson hatte den alten Schlemmer und Kartenspieler verachtet und vor zwei Jahren seinen Dienst mit ganz anderen Vorsätzen angetreten.

Aber in dem Ort an der Bahnstation verging ihm schnell die Lust, immer nur hysterischen Pastorengattinnen zu dienen. Die Eisenbahn schien den ganzen Abschaum, der niedersank und sich am Boden der Gesellschaft sammelte, durch die Lande zu verfrachten. Im Wartesaal wurden sie krank, im Schlafsaal des Gasthauses starben sie, günstigenfalls. Seine Aufgabe, Leben zu retten, wurde immer fragwürdiger. Es gab keinen Ort, um ein Leben hinzuschaffen, das nicht mehr länger vom staatlichen Eisenbahnunternehmen durch die Lande verfrachtet werden konnte. Im Distrikthospital war bereits die Hälfte der Patienten venerisch krank.

Wer der Mann auf Klot-Kalles Müllhalde war, wußte er nicht und würde es auch nie erfahren. Die Todesursache war ihm gleichgültig, doch er tippte auf Trunkenheit und Erfrieren.

Er stieg die schon stark abgenutzte Treppe in Magnussons eilig hingestelltem Bau hinauf in das obere Stockwerk zum Pastor und setzte sich zu ihm in das kleine Zimmer, wo sich die Zauberkünstler umzuziehen pflegten und wo nun die Albe und die Stola über zwei Stühle ausgebreitet lagen.

»Der Ort muß einen Polizisten bekommen«, sagte Didriksson.

»Wie wahr, wie wahr«, pflichtete der Pastor bei und fühlte sich schon beim bloßen Gedanken an die vielen gesellschaftlichen Fragen, die die Leiche dieses Mannes aufwarf, müde. Die Frage, wo er begraben werden sollte, war eine davon. Auf dem Kirchhof von Backe begrub man keine unbekannten Personen, das mochten die Bauern nicht. Diesen hier könnte man nach Nyköping verfrachten, mit dem Vorwand, daß das Distrikthospital die Mittel besitze, eine erfolgversprechende Obduktion vorzunehmen. Man konnte nur hoffen, daß sie ihn nicht zurückschickten.

Nun klopfte es an der Tür, kaum lauter als wenn sie ein Vogel mit seiner Kralle berührt hätte, und der Pastor brüllte »Herein!« Edla öffnete und stand mit tropfender Nase und dem Korb am Arm da.

»Es ist das Essen für'n Pastor«, sagte sie, als die beiden Beamten sie anstarrten. Der Pastor kannte die Vereinbarung des Hilfspastors mit dem Gasthaus nicht. Wenn er sonntags morgens frierend und steif mit einem sehr viel schlechteren Wagen als dem, den der Pastor für sich hatte anspannen lassen, ankam, nahm er als erstes ein kleines Frühstück aus dem Gasthaus ein, das entweder Edla oder Valfrid in einem Korb zum Dachboden des Vereins hinauftrug. Er bekam eine Flasche Hafersuppe, die in einem Wollstrumpf steckte, damit sie warm blieb. In der Suppe schwammen Backpflaumen, die gerne im Flaschenhals steckenblieben. Frau Isaksson hatte kaltes Schweinefleisch, geräucherte Bratwurst, Eier und gewürfelten Räucherschinken zwischen Roggenbrotscheiben gelegt. Der

Doktor und der Pastor stocherten in den Sachen herum und lachten bei dem Gedanken an den Hilfspastor, wie er hier immer verfroren vor dem kleinen Kamin saß und ganz allein aß. Das Frühstück war äußerst einfach und derb, und sie dachten gar nicht daran, es anzurühren. Aber wie es so kam, zwackte sich der Pastor einen Bissen Roggenbrot ab, und dann begann er, einen Schinkenwürfel nach dem anderen in sich hineinzuklauben. Der Doktor steckte sich seine Pfeife an, und der Pastor nieste kräftig vom Staub und Puder, die im Sonnenstrahl, der durch das Bodenfenster hereinfiel, wirbelten.

Es war ein befreiendes Niesen. Der Pastor lebte auf wie schon seit Jahr und Tag nicht mehr. Er glaubte sich in die Studierstube seiner Jugend in Uppsala zurückversetzt, und der Doktor mit seiner schnorchelnden Pfeife half ihm, diese Illusion zu verstärken. Die beiden Herren begannen über Religion zu sprechen, das hatte der Pastor dreißig Jahre lang nicht getan. Der Doktor wurde mitgerissen. Er wurde spöttisch und ironisch und lästerte verwegen und jugendlich, wenn es den Theologen aufs Glatteis zu führen galt. Ja, er wurde plötzlich jugendlicher als er es in Uppsala je gewesen war. Sie sprachen über das Evangelium von Mariä Verkündigung, die heikelste der theologischen Fragen.

»Erzähl nun, mein Freund, was du der Frau Stationsvorsteher und der Frau Postmeister – die Frau Eisenbahnbauinspektor nicht zu vergessen! – heute über das dreizehn-, vierzehnjährige Judenmädchen in Nazareth und das Schicksal, das ihr zustieß, zu sagen hast.«

»Nicht zustieß! Wir sollten uns daran erinnern, daß es eine Wahl war«, sagte der Pastor, angeregt durch den sarkastischen Ton des Mediziners. »Sie sagte ja zu dem Engel. Wir sollten uns daran erinnern, daß der Heilige Geist Maria eine Frage stellt, das ist kein Befehl. Meine Predigt wird auf der Überlegung aufbauen, daß Gott dem Menschen eine Frage stellt, und der hat die Wahl, ob er ja sagen will zu ihm. Das ist das Evangelium. Das ist das Wunder. Zwang und Befehl waren dem jüdischen Glauben eigen.«

»Das ist ja eine schöne Überlegung«, versetzte der Doktor. »Ich glaube aber, mein Freund, du weißt ebenso gut wie ich, daß Marias Ja eine Proforma-Antwort ist. Wir leben in gesetzmäßigen Zusammenhängen. Wenn die Natur ihren Willen nicht durchsetzt, dann vergewaltigt sie.«

Edla saß an der Tür und wartete auf den Korb, den die Herren in ihrer Zerstreutheit gänzlich leerten, die Hafersuppe ausgenommen. Sie verstand überhaupt nicht, wovon sie sprachen. Sie nannten die Jungfrau Maria ein dreizehn-, vierzehnjähriges Judenmädchen. War denn die Mutter Jesu die Tochter eines Juden gewesen, der Uhren und alte Kleider auf einem Markt verkaufte? Sie verstand das nicht, wollte es auch nicht verstehen.

Die Augen des Doktors begegneten denen Edlas. Sein Blick fiel zufällig auf das Mädchen neben der Tür, und einige Sekunden lang sahen sie sich in die Augen. Er war bestürzt und unangenehm berührt von dem, was er sah. Doch dann verscheuchte er diese Regung. In diesem Alter verändern sich Kinder so schnell. Er befand sich im Übergang von der theologischen Diskussion mit ihrem Tabaksrauch und Freiheitsrausch zu diesem Sonntag während der schlimmsten Schneeschmelze, da er aus reiner Höflichkeit auf dem Dachboden über dem Viehstall des Landwirtschaftsvereins sitzen und Borgströms Predigt anhören mußte.

Plötzlich spürte er, daß er nicht imstande war, den ganzen Gottesdienst über dazusitzen. Mochte es aussehen wie es wollte, aber er stand auf und entschuldigte sich. Als er gerade die wackelige Treppe hinabstieg, traf er den Heilgehilfen und den Impfarzt, die sich in großer Aufregung befanden. Sie hatten sich mit der Leiche beschäftigt und waren neben vielem anderen darauf verfallen, dem Hingeschiedenen die Kiefer aufzubrechen und in die Mundhöhle zu sehen. Er hatte eine Oblate im Mund.

An diesem Sonntag kam Edla heim nach Äppelrik, sie war eiskalt und hatte nasse Füße von der trostlosen Wanderung durch die auftauende Erde. Ihre Augen waren fiebrig schwarz, und Sara Sabina sah sie mehrere Male über die Schulter hinweg an, während sie am Herd herumstocherte. Sie sagte aber nichts. Vor allem deswegen, weil der Soldat an seinem Platz beim Fenster saß und unermüdlich redete. Er ließ sich über die gesegnete Dienstmädchenstelle aus, die ihr seine Schreibfertigkeit verschafft hatte. Wenn du nur den Mund halten könntest, dachte die Alte, aber auch das sagte sie nicht. Sie fand nun einmal, daß es der Tochter nicht zuträglich sei, wenn sie hörte, wie die Mutter die Krone der Schöpfung anschnauzte.

Eine Zibbe trug ein Lamm, und Edla ging in den Viehstall hinaus, um zu sehen, ob es bei ihr schon an der Zeit sei. Da sie nicht zurückkam, glaubten sie, daß sie sich in aller Stille wieder zum Gasthaus aufgemacht habe. Das Mädchen war jedoch zu der Zibbe in den Verschlag geklettert und hatte auf dem Stroh zwei leere Säcke ausgebreitet. Das Tier stand ganz in der anderen Ecke, hatte den Kopf gesenkt und guckte sie an. Edla hatte sich entschlossen zu bleiben und zuzusehen, wie es vor sich ging.

Wenn sie sich zu etwas entschloß, tat sie es ernsthaft. Sie hatte vor langer Zeit gelernt, mit solch kleinen Beschlüssen, die sie prompt und unerbittlich ausführte, die Angst in die Flucht zu schlagen. Sie beeindruckte Valfrid immer sehr damit, der leicht den Mut sinken ließ und herumrannte und sich selbst mit Schreckphantasien über das, was alles geschehen könnte, aufhetzte. Er könnte ja das Lager in Brand stecken oder sich den Daumen abschneiden oder den Schlüssel zum Sekretär des Händlers in die Siruptonne fallen lassen.

Doch die Langsamkeit, mit der die Zibbe gebar, erschütterte Edlas ernste Ruhe allmählich. Die Mutterbänder waren gesunken, und das Euter war gespannt und fest. Sie war sicher, schon eine Stunde dagesessen zu haben, doch es war nichts geschehen. Gegen ihren Willen, gegen ihren entschiedenen Vorsatz begann ihr nun die Angst unter der Haut zu prickeln.

Die Zibbe hatte Schmerzen. Irgend etwas stimmte nicht. Es war, als säße Valfrid neben ihr und flüsterte und hetzte. Sie hatte auch früher schon Geburten gesehen, dabei aber wohl nie so genau darauf geachtet, wie es vor sich gegangen war. Doch eines wußte sie: schneller war es immer gegangen.

Stunden mußten schon vergangen sein, und die Zibbe verharrte noch immer in ihrem geduldigen Schmerz. In der Stille konnte Edla auf der anderen Seite der Wand die Kühe wiederkäuen hören. Schaute sie hinauf zur Luke, schnitt ihr das Licht, das durch die Ritze drang, durch das Auge. Die Frühlingssonne brannte draußen heiß gegen die Stallwand und weckte die Nesseln und Insekten.

Wußte das Tier etwas oder nicht? Konnte es sich erinnern? Wenn es aber das erste Mal war, wie konnte es da so geduldig sein? Als ob es bereits verstünde: zu diesem Schmerz bin ich geboren. Es lohnt nicht, dagegen anzukämpfen. Die Zibbe arbeitete mit den Wellen des Schmerzes mit, der Kopf zog sich zurück, die Augen schlossen sich. Sie stellte sich in den Dienst des Leidens, ohne zu fragen, was dabei herauskommen würde.

Die Stunden vergingen. Das Euter glänzte und war zum Bersten voll, die Zitzen waren angeschwollen, und ihre Farbe wechselte vom Rosenroten ins Blaurote. Sie trampelte, scharrte mit den Vorderhufen, drehte sich auf dem Strohbett im Kreis herum und legte sich schwerfällig hin. Jetzt wurde sie wieder eins mit ihrem Bauch; zuvor hatte er tief unter ihr und ihrem spitzen Rücken und den harten Lendenwirbeln gehangen und gar nicht so ausgesehen, als gehöre er zu ihr. Sie schürzte die Oberlippe, das hatte auch der Schafbock getan, als er sie bestieg. Aber sie schürzte sie im Schmerz. Edla glaubte, sie bliebe nun liegen. Sie war so schwer und die Wehen so heftig, daß sie es wohl nicht mehr schaffen würde, hochzukommen, bevor alles vorüber war.

Aber jetzt stand sie wieder auf. Lange Zeit stand sie still da, scharrte mit einem Huf und hielt starr den Kopf schräg. Jetzt krümmte sie vor Schmerz den Rücken. Sie wurde gewaltsam zusammengezogen, und ergeben neigte sie den Kopf. Die großen, dunklen Augen sahen Edla nicht mehr, nichts sah sie von ihrer Umgebung. Der Blick war starr und von weißen Wimpern beschattet.

Sie schien hinten immer schwerer zu werden. Immer wieder schürzte sie die Lippe, und schließlich kam ihr ein Klumpen zum Wiederkäuen hoch, den sie jedoch wieder hinunterschluckte, ohne ihn noch einmal zu zermahlen. Dann fiel sie um. Laute begannen aus ihr aufzusteigen, sie stöhnte schwach und regelmäßig, die Ohren nach hinten gelegt. Ihr Blick war jetzt matt und viel heller, ihre Pupillen hatten sich zu Rechtecken zusammengezogen.

Edla lehnte den Kopf gegen das Holz der Wand. Der Schlaf zog an ihren Augenlidern, und gleichzeitig hatte sie unfaßbare Angst. Als sie das nächste Mal aufsah, stand die Zibbe wieder, stand vollkommen ruhig und mit vorgerecktem Kopf. Das dauert noch ewig, dachte Edla vage und erschrocken. Immer wieder fiel sie mit ihrem dicken Bauch um, und jedesmal fiel es ihr schwerer aufzustehen. Lieber guter Gott, warum ist das denn so? Armes Tier. Die Zibbe riß vor Schmerz das Maul auf, brach lautlos die Kiefer auseinander, es krachte und knackte, doch sie gab dem Schmerz keine Stimme.

Die Ratten wurden frech dort, wo Edla saß und döste. Sie liefen ganz nahe an ihren Füßen vorbei und raschelten in dem Stroh, das sie ausgestreut hatte. Der Schwanz der Zibbe stand gerade ab. Edla starrte im Halbschlaf auf die Geschlechtsöffnung, sie war hellrot und rann und bewegte ihre Falten und Runzeln. Es kam ihr vor, als habe sie schon stundenlang auf diese Öffnung gestarrt. Die Zibbe riß vor Schmerz das Maul auf, brach gewaltsam die Kiefern auseinander und stöhnte. Sie lag auf der Seite, während sie arbeitete, und streckte die Beine von sich. In ihrem Leib rumorte es, ihr Bauch hallte von Luft wider, während die Arbeit voranging. Aber warum um Himmels willen dauert es so lange?

Plötzlich sah sie, daß eine feuerrote Blase aus der Geschlechtsöffnung herausgekommen war. Die Zibbe stand auf und gebar. In einem Sack aus zäher, dunkler, safranfarbener Haut lag mit angewinkelten Beinen das Lamm, leblos, wie es schien. Da sah Edla, und ihr wurde dabei übel vor Ekel, was es hieß, tot zu gebären.

Kaum hatte sie dies erfaßt, drehte sich die Zibbe um, schubste das Junge mit der Schnauze an und gab einen dreisilbigen Laut von sich, wie ihn Edla noch nie zuvor gehört hatte, einen tiefen, ruhigen Laut. Da zuckte das Junge zusammen. Das war das Leben. Edla weinte vor Ekel und Freude und vor Müdigkeit. Noch ein Zucken – doch es sah aus, als würde es ersticken. Nein, die Zibbe begann die zähe, gelbe Haut vom Kopf des Lammes abzulecken, und die ganze Zeit über waren ihre kleinen dreisilbigen Laute, das Gurren, zu hören. Das Lamm antwortete, sobald sein Kopf frei war, mit einem kleinen, dünnen Schrei, und dann taumelte es blind zum Euter, immer noch zur Hälfte mit der zähen, gelben Fruchtblase bedeckt.

Nein, das war nicht so, wie ich geglaubt hatte, dachte Edla und kletterte mit steifen, eingeschlafenen Beinen aus dem Verschlag. Überhaupt nicht. Es war ganz anders. Aber jetzt wußte sie etwas. Vorsichtig versuchte sie, sich um die Ecke zu stehlen, als sie in den Sonnenschein hinauskam, und den Weg unten zu erreichen, ohne von den Fenstern aus gesehen zu werden. Jetzt wußte sie es. Eine, die gebären würde, durfte nicht aufrührerisch sein. Sie mußte geduldig arbeiten, denn der Schmerz war ein strenger Gebieter. Siehe, ich bin die Magd des Herrn. Mir geschehe nach seinem Wort.

Mitte Mai bekam Edla noch eine Geburt zu sehen. Sie kam mitten in der Arbeitswoche heim nach Äppelrik, fragte nach der Mutter und erhielt die Auskunft, daß sie in Malstugan sei und den Stall schrubbe.

Edla ging den ganzen Weg dorthin, ohne der Lerche und dem Kuckuck zu lauschen. Sie war weiß um die Lippen.

Als sie in den Stall kam, sah sie zuerst nichts. Die Augen schmerzten vom Frühlingslicht draußen. Doch sie hörte die Stimme der Mutter:

»Bist krank?«

Sie nickte.

Nun erschien ganz hinten die Gestalt der Mutter, grau, als hätte sie sich aus dem Steinsockel gelöst.

»Mutter! Könnt Ihr heimkommen?«

Die Mädchenstimme klang gellend in dem qualmigen Dunkel. Sie sank auf dem Gang zwischen den Viehboxen nieder, sie, die sonst so um das Kleid und das Tuch besorgt war. Jetzt sah sie, daß Malstuger selbst da war, er stand hinter dem Hinterteil einer Kuh, die man dabehalten hatte, als die anderen auf die Weide getrieben worden waren. Sie hatte gekalbt, stand aber nun in der Box und kam nicht an das Kalb heran, um es abzulecken. Malstuger zog ein Strohbündel in den Kot um ihre Hinterbeine und schmiß ihr etwas zum Kauen hin. Das schlacksige Kalb warf er auf einen leeren Sack und ging damit

80

weg. Die angebundene Kuh warf den Kopf und versuchte frei-
zukommen.

»Was ist denn?« fragte die Mutter und half Edla auf die
Beine. »Bist krank? Geh schon mal voraus. Ich komm' nach,
sobald ich kann.«

Edla stützte sich an den Verschlägen der Kälber ab, als sie
ging. Ganz am Ende der Reihe lag das Neugeborene. Malstuger
hatte es mit dem leeren Sack am Rücken abgezogen, aber es
war noch immer naß. Es zitterte gewaltig, und das Maul suchte
und suchte in dem Stroh blind nach einer Wärme, die nicht zu
finden war.

»Mutter, Ihr müßt kommen«, sagte Edla. »Es ist ganz dringend. Ich schaff' es allein nicht.«

Die Mutter mußte sie den ganzen Weg nach Hause führen.
Am Abend gebar sie. Die ganze Nacht schlief sie tief, erschöpft
von der schweren Arbeit. Als Sara Sabina das neugeborene
Mädchen am Morgen neben sie legen wollte, fieberte sie und
schien nicht zu begreifen, was vor sich gegangen war. Am dritten Tag starb sie.

Jetzt kommt er heim. Holt sein' Teller runter. Laßt den Speck liegen, den kriegt er. Geht nauf auf den Dachboden und legt euch hin, jetzt kommt er.«

»Großvater« sagte sie nie. Tora wußte nicht, daß er das war. »Vater«, das war unaussprechlich. Gut möglich, daß einer der älteren Jungen das hatte sagen können.

»Er muß nach Malmköping.« Tora horchte auf. »Er muß fort.« Hatte sie jetzt nicht eine hellere Stimme, ein freudiges Zittern? Ein ganz schwaches nur. Einmal im Jahr ging er auf ein Fest. Nach Åsen, zum Sattler Löfgren, wenn dieser Geburtstag hatte. Dann mußte Tora die Knopfgabel auf den Uniformrock legen und die Knöpfe ebenso gründlich blankreiben, wie wenn er nach Malmköping mußte. Die Lodenhose und den blauen Deckel, einst die Uniformmütze des früheren Rottensoldaten, legte er ab, dann zog er die Dienstuniform an und drehte den Schnurrbart nach oben. Essen, den ganzen Tag lang essen, erwartete ihn und ein anständiger, fast ehrenvoller Rausch. Und kein anderes Arrestlokal als eine kühlende Fliederlaube.

Zu Hause darbten sie. Die Mutter legte Hühnerdaunen in den Brotkasten, damit sie nicht stibitzten. Merkwürdigerweise hatten ihre Kinder immer einen Schrecken vor Hühnerdaunen gehabt. Ihre erste Kinderschar auch schon. Sie war nun in alle Winde zerstreut, und zwei waren tot.

82

Edlas Tochter Tora nannte Sara Sabina »Mutter«. Vielleicht wußte sie es nicht anders.

Ein knappes Jahr nur nach Edlas Tod hatte Sara Sabina einen Jungen bekommen, der den Namen Rickard erhielt. Es war vielleicht kein ebenso großes Wunder wie dasjenige, das ihrer Namensschwester in der Bibel widerfahren war, aber es war auf jeden Fall ein Wunder, und viele lächelten darüber. Zählte man es an den Fingern ab, war ganz klar, daß das Mirakel eigentlich in der Mittsommernacht geschehen war, in der der Farn blüht und in der so manches andere geschieht, was in einer anderen Nacht des Jahres nicht passieren konnte. Ebenfalls am Mittsommerabend hatte der Sattler sein Fest.

In den letzten Jahren hatte Sara Sabina damit begonnen, mit Rickard und Tora dorthin zu gehen. Sie hatte große Rocktaschen. Abgesehen von dem, was sie mit nach Hause nehmen konnte, rechnete sie auch damit, daß die Kinder so klug sein würden, soviel zu essen, wie sie kriegen konnten. Lans konnte nichts dagegen sagen, daß sie mitging, denn nicht er war mit dem Sattler verwandt. Sara Sabina war dessen Kusine, während sich die Abstammung des Soldaten schnell im Dunst urzeitlicher Finsternis verlor. Auf dem Fest war er gewöhnlich betrunkener als der Durchschnitt, aber auch lustiger. Hier zählte er nicht, denn das war ja ein Familienfest, dennoch erzählte er allen, die es hören wollten, von seiner Herkunft. Nirgendwoher komme er, er wisse nicht, wer seine Mutter sei, sagte er. Dahinter steckte freilich nichts Bemerkenswerteres, als daß ihn eine bedauernswerte Magd auf irgendeine Treppe gelegt hatte, doch er brachte es so vor, daß es nach einem seltsamen Ursprung klang. Er war in einem ganz anderen Kirchspiel aufgewachsen, und seine erste Erinnerung galt dem großen Stall des Gutshofes Kedevi. Dort hatte er bis zu seinem zwölften Lebensjahr mit dem Kuhhüter zusammen in einem Raum neben der Milchkammer gewohnt. Er erzählte auch über die lange Wanderung von Kedevi nach Vallmsta und wie er von einer Kiefer stürzte, als der Mörder August Wilhelm Johansson geköpft wurde.

Diese Geschichte hatte Tora schon viele Male gehört. Ob er jedoch ihr Vater oder Großvater war, wußte sie immer noch nicht. Doch die Geschichten sind klüger als wir und behutsamer, und sie verändern uns nur langsam. Wieviel hatte sie nicht schon gehört, was sie wissen mußte, um leben zu können. Auf diesem Fest schlief sie mit Rickard auf einem Unterbett, das in der Sattlerwerkstatt auf dem Fußboden lag. Sara Sabina wollte ihre Kinder ins Heu betten, doch Löfgrens Frau erbarmte sich ihrer, nahm sie mit in die Werkstatt und breitete ein raschelndes Strohunterbett aus. Es roch nach Pech, und in den Garten und die Nacht hinaus stand ein Fenster offen. Vögel schrien in der Ferne. Man hörte den Soldaten seine Geschichten zum besten geben, und Tora lauschte schläfrig. Am liebsten mochte sie immer den Anfang seiner Geschichten.

»Es war am Ostermorgen, wenn die Sonne tanzt«, begann er gewöhnlich. Oder: »Dies geschah zwei Tage vor Mittsommernacht, in der der Farn blüht.« Hier war es besser als daheim auf dem Dachboden zu liegen und zu horchen, denn hier wurde er nie böse. Er vergaß ganz einfach, daß sie da waren. Tora und Rickard lagen in der Werkstatt auf dem Unterbett so eng beieinander wie Garn in einer Litze.

Daheim sagte der Soldat, daß Rickard nichts als ein großes Unglück sei. Er meinte, er sei nur deshalb aus dem vertrockneten Körper der alten Krabbe gekommen, damit die Leute ordentlich was zu lachen hätten. Wahrscheinlich. Doch zu welchem Zweck Tora auf die Welt gekommen war, sagte er nicht. Er sah sie nicht oft an. Nur manchmal.

»Ja, Edla, ist gestorbn«, sagte er dann. »Ja, ja.«

Die Augen zwinkerten feucht und rot. Es war vieles, was man nicht begriff. Wahrhaftig. Koch eine weiße Schlange und trinke von der Brühe, so wirst du allwissend. Das Leben wirst du trotzdem nicht verstehen.

Schon fehlte nicht mehr viel bis zum Mittsommermorgen. Die Sonne war bei klarem Wetter aufgegangen, jetzt wurde sie jedoch von kleinen, schnellen Wolken verdeckt, die unaufhörlich von Ost nach West zogen. Ein Dienstmädchen mit zwei Eimern an einem Joch trat auf die Treppe zum Domizil des Stationsvorstehers heraus, zitternd vor Kälte. Das graue Holz der Treppe war von Regentropfen gesprenkelt, als sie aber in die Luft schnupperte und das Gesicht gegen den Wind hielt, konnte sie keinen Regen spüren.

Jenseits der Eisenbahn wurde gerade der Hund des Molkereibesitzers vor der Tür wach. Er lief mit steifen Beinen zwischen den Häusern umher und pinkelte schließlich vor dem Magazin an den Pflock zum Anbinden der Tiere. Man hörte kaum etwas anderes als das langsam dahinfließende Wasser des Abwassergrabens. Das Mädchen, dessen Blut so früh am Morgen genauso langsam floß, stand noch immer da und sah vor sich hin, ohne etwas zu sehen. Das Geklapper von Holzschuhen auf den Holzbohlen zwischen den Schienen weckte sie, und sie machte sich nun auf zur Pumpe. Gegenüber kam eine alte Frau aus einem Haus und leerte einen Pißpott über den Zaun auf den Schnittlauch des Nachbarn. Dazu mußte sie sich so weit vorbeugen, daß sie fast hinüberfiel. Wütend warf sie die Tür hinter sich zu, als sie hineinging. In der Molkerei schepperten die Blechkannen, und dann begann es tief und ein-

85

tönig zu knirschen und zu knarren, als sich das blinde Pferd auf seine Wanderung begab.

Die Arbeiter kamen auf unbefestigten Wegen und durch lehmige Radspuren über das Feld zu Wilhelmssons Schreinerei. Ebon Johansson lief neben seinem älteren Bruder her, doch je näher sie kamen, desto weiter blieb er zurück. Schließlich stellte er sich vor dem Tor im Bretterzaun zu der Gruppe von Jungen, die jeden Morgen darauf warteten, Arbeit zu bekommen. Ebon war schon vierzehn und eigentlich zu alt, um noch bei den kleinen Jungen zu stehen. Er schämte sich und trat beiseite, als der Vorarbeiter herauskam und die Schar prüfte.

»Fünf Stück!« sagte er und alle reckten sich. Hier durfte man nicht auffällig riechen oder Tabaksaft am Kinn haben, worum der Vorarbeiter selbst sich keinen Pfifferling kümmerte. Doch Petrus Wilhelmsson hatte es so angeordnet. Der Fabrikant, der sich kürzlich an der Gründung des Vereins für Aufklärung und Sittlichkeit unter den Arbeitern beteiligt hatte, kam manchmal höchstpersönlich heraus und trat sehr nahe an sie heran, bevor sie eingestellt wurden. Diejenigen, die gelernt hatten, nicht wie das Vieh das Maul aufzureißen, wenn sie ordentliche Leute sahen, wurden oft genommen, denn Wilhelmsson konnte ihnen nicht so ohne weiteres in den Mund sehen.

Da Ebon keine Arbeit bekam, ging er in Richtung Bahnhof. Hinter ihm hatten die Sägeblätter bereits begonnen, sich in das Holz zu beißen. Er schnitt wilde Grimassen, um ein paar kleine Kinder zu erschrecken, die über die Gleise gerannt kamen. Doch die schnitten nur ihrerseits Grimassen. Da erkannte er die Kinder des Soldaten Lans, die so über den Abwassergraben jagten, daß es schien, als berührten ihre Füße kaum den Steg. Er stellte sich vor einen Kohlenkran, wo die Bremser am Morgen immer abwarteten, wer von ihnen Arbeit bekommen könnte. Hier wiederum war er zu jung und würde kaum etwas kriegen. Er stocherte mit der Schuhspitze im Boden herum. Die Sohle hatte sich gelöst, und weicher Kohlenstaub drang zwischen seine Zehen. Von Süden her fuhr ein Zug ein. Er ging näher hin, um besser zu sehen.

Nachdem sich die Leute mit ihren Bündeln und Körben zerstreut hatten, stand nur noch ein kleiner Mann in einem schwarzen Gehrock da. Er hatte einen borstigen Bart und einen Stock in der Hand. Um ihn herum standen drei Reisetaschen. Ebon fand es lohnend, ihn zu beobachten, denn früher oder später mußte er ja losgehen. Er hatte an einem Stiefel einen höheren Absatz, woraus folgte, daß er hinkte, und Ebon stellte es sich interessant vor, ihn hinken zu sehen.

»Hör mal, Bursche!« rief der Mann plötzlich, ohne sich von der Stelle zu bewegen. Mit seinem Stock zeigte er jedoch eindeutig auf Ebon, der nur dastand und glotzte.

»Bursche, komm mal her«, sagte der Mann, und er hörte sich trotz seiner sonderbaren Sprache nicht im geringsten wie ein Stationsvorsteher an.

»Was?« fragte Ebon.

»Hast du denn nichts zu tun?«

Ebon grummelte nur undeutlich, da er nicht wußte, worauf diese Frage hinauslief.

»Bist du fix?«

»Jaa... naa«, antwortete Ebon und fragte sich, ob er wohl dasselbe meinte wie Baron Cederfalk, wenn er fragte, ob man ein flinkes Kerlchen sei und zu den Ölkannen laufen könne, um Öl zu holen. Oder ob er gesund meinte, gesund im Kopf womöglich.

»Hast du Lust, Zeitungen zu verkaufen?« fragte der Mann.

Nun mußte Ebon zwei der Reisetaschen nehmen, und dann ging es so schnell ab in den Wartesaal, daß er gar nicht dazu kam zu sehen, wie der andere denn nun hinkte. Auf einer Holzbank wurden die Taschen geöffnet. Sie enthielten Zeitungen über Zeitungen, fast nichts anderes. Ein Nachthemd, Rasierzeug und einige Bücher glaubte Ebon flüchtig dazwischen gesehen zu haben. Doch jetzt ging alles sehr schnell. Er bekam ei-

87

nen ordentlichen Packen Zeitungen, auf denen »Der Volkswille« stand, unter den Arm. Ihm wurde eine Adresse genannt, wo er abrechnen sollte, und er erfuhr seine Provision. In all der Eile konnte er dem ganzen nicht recht folgen.

»Du sollst versuchen, sie in der Frühstückspause an die Arbeiter zu verkaufen. Was gibt es hier noch außer der Schreinerei? Die Maschinenfabrik? Lauf jetzt, was du kannst!«

Einer der Stationsassistenten hatte sie nun durch die Luke des Fahrkartenschalters gesehen und seine Dienstmütze aufgesetzt. Er näherte sich, die Hände auf dem Rücken. Ebon rannte davon, so schnell er mit seiner schlappigen Sohle nur konnte.

Nun war der Morgen so weit vorgerückt, daß der Stationsvorsteher und Freiherr Gustaf Adolf Cederfalk aus seinem Bett stieg und warmes Wasser und sein Rasiermesser auf einer Serviette hereingebracht bekam. Noch ehe das Dienstmädchen mit dem Kupfereimer verschwinden konnte, hatte Cederfalk sein Madapolamnachthemd ausgezogen und präsentierte, gewissermaßen aus Versehen, sein rotes und kräftiges Geschlechtsorgan, das zwischen dem kleinen, blassen, rundlichen Bauch und den schmächtigen Schenkeln schräg nach oben ragte. Er entblößte sich gerne vor dem Mädchen, so er dazu kam. Wenn er es jedoch zu arg trieb, weigerte es sich hinaufzugehen, und dann nahm die alte Botilda unten den Kupfereimer und stapfte mühsam und wütend die Treppe hinauf. Falls Cederfalk nichts merkte und glaubte, daß das Mädchen komme, stand er mit dem Hemd über dem Kopf da, und Botilda schwappte dann mit dem Wasser um sich und zischte »Pfui Schande« und »Pfui Teufel«, so laut sie es wagte. Cederfalk riß das Hemd über seine Scham herunter und brüllte:

»Hinaus, Alte, bis ich mich angekleidet habe! Schämst du dich nicht!«

Manchmal hörte man es draußen, denn auf der von Geißblatt überwucherten Giebelseite stand das Fenster offen.

Ein Zug brauste ein, und die zwei Kinder aus Äppelrik, die jetzt auf dem Rückweg waren, rannten vor der Lok über die Gleise und versuchten auch dem dichten Steinkohlenrauch zu entkommen. Sie trugen zusammen einen Korb, über den zum Schutz des Inhalts ein weißes Papier gebreitet war. Arbeiterjungen mit Blechkanistern stiegen in den Zug nach Norrköping. Es war die Abordnung, die den Branntwein für das Fest holen sollte.

Draußen auf dem Bahnhofsplatz hatten sich Alma Winlöf und Großhändler Lindh getroffen. Die Mamsell führte ihre kleine Hündin Parisina zwischen den Büschen umher, und die Kinder blieben in einiger Entfernung stehen und glotzten, denn von weitem sah die Hündin aus, als hätte sie kein Fell. Mamsell Winlöf sah Tora mit scharfen, braunen Augen an und rief sie zu sich. Doch erst, als Großhändler Lindh, der für seine Kinderfreundlichkeit bekannt war, seine Geldbörse zückte, kam das Mädchen näher. Die Mamsell betrachtete aufmerksam Toras Gesicht, ihr helles, streng nach hinten gekämmtes Haar, das sich an den Schläfen kräuselte, und das karierte Kleid aus handgewebtem Stoff, dessen dunklen Farben der Schmutz nicht viel anhaben konnte. Sie sah dem Mädchen direkt in die ernsten blauen Augen und fragte, wie sie heiße und wie alt sie sei, und sie erhielt einsilbige Antworten.

»Ja ja«, sagte Mamsell Winlöf abwehrend, als ob sie ein leises Unbehagen ergriffen hätte, und sie scheuchte die beiden weg. Aber Lindh hatte die Geldbörse, die seine Frau Caroline gehäkelt hatte, geöffnet, und die Kinder verhielten sich ruhig wie Hunde, wenn man Zucker stößt.

»Wohin geht ihr denn?« fragte er freundlich.

»Heim.«

»Und wo seid ihr gewesen?« fragte er und lächelte über ihre Köpfe hinweg der Mamsell zu.

»Bei der Feinbüglerin und ham Stärkewäsche für'n Propst in Vallmsta g'holt.«

»Das ist ein weiter Weg für zwei so kleine Leute.«

»Mutter muß zum Propst zum Waschen, und da nimmt se die Kragen gleich mit«, sagte Tora.

»Sie wird aber doch nicht am Mittsommerabend waschen«, meinte die Mamsell, als traue sie ihnen nicht.

»Naa, aber se legt se in die Laug'«, antwortete das Mädchen prompt.

»Ah ja«, sagte Lindh und drückte Rickard ein Fünf-Öre-Stück in die Hand, die so geschwind vorgeschnellt kam wie ein Auge zwinkert. Sie nahmen den Korb und flitzen davon.

»Halt halt halt! Jetzt habt ihr das Allerwichtigste vergessen.«

Sie blieben stehen und starrten ihn an.

»Ihr sollt Euch bedanken«, sagte Mamsell Winlöf ein wenig ungeduldig.

Tora knickste mit fest zusammengepreßten Lippen, und Rickard konnte sich nach wie vor zu nichts durchringen.

»Ja, nun lauft schon«, sagte Lindh. Die Mamsell war womöglich verärgert, sie nickte ihm nur kurz zu und ging mit Parisina hinein. Er selbst ging weiter zur Wohnung des Stationsvorstehers, wo sich um neun Uhr der Gemeindevorstand treffen sollte, und er war ausgezeichneter Laune. Er war von Jettersberg hereinspaziert, das nun schon seit sieben Jahren in Gertrudsborg umbenannt war. Dort draußen wohnte seine Frau weit genug vom Ort entfernt, um nicht gestört zu werden und nicht zu stören. Mamsell Winlöf hatte sich schon längst mit den neuen Verhältnissen abgefunden oder genauer gesagt damit, daß die Verhältnisse sich in keiner Weise änderten. Ein bemerkenswertes Frauenzimmer.

Es wurde acht Uhr, und der hinkende Agitator, den Ebon für einen Prediger hielt, schlug am Scheunengiebel des Landwirtschaftsvereins ein Plakat an. Drunten bei der Schreinerei hockte Ebon am Bretterzaun, die Zeitungen neben sich, und wartete darauf, daß die Arbeiter zur Frühstückspause herauskämen. Da kam Petrus Wilhelmsson. Ebon war eingenickt und noch nicht ganz wach, als dieser auch schon vor ihm stand und den »Volkswillen« las. Er sah ihn aus der Froschperspektive, und da erschienen die staksigen Beine unglaublich lang in der engen karierten Hose.

»Komm mit ins Kontor«, sagte Wilhelmsson.

»Sehn Se, ich wollte bloß, doch nur in der Frühstückspause«, stammelte Ebon. Aber der andere schwieg und ging mit langem, gebeugtem Rücken voraus über den Hof, wo die Bohlenträger mit schwankender Last und gebeugten Knien ankamen und nicht ausweichen konnten, so daß Wilhelmsson und Ebon in krummen Zickzacklinien zum Kontorgebäude gehen mußten. Drinnen mußte Ebon lange warten. Er traute sich nicht, den Zeitungspacken abzulegen. Der Arm schlief ihm ein, und die Mütze konnte er auch nicht abnehmen.

Wilhelmsson saß da und schrieb. Hinter ihm an der Wand waren Rechnungen und Frachtzettel auf Stahldrahthaken gespießt.

Er hatte ein einfaches Schreibzeug, eine Blechplatte mit einem Tintenfaß aus Glas und eine Sanddose. Er schrieb auf gelbliches Strohpapier von der allerbilligsten Sorte, und immer wieder blieben in der Federspitze kleine Fasern hängen, so daß er im Schreiben innehalten und sie saubermachen mußte. Er benutzte dazu einen Tintenwischer, der einem kleinen, spitzen Beutel glich.

»Wie viele Zeitungen hast du in dem Stoß?« fragte er plötzlich.

»Hundert!« Ebon schrie fast. Er war ganz trocken im Mund. Ihm war, als müßte er gleich in die Hose pinkeln.

»Ich gebe dir fünf Kronen für den ganzen Stoß.«

Ebon stand der Mund sperrangelweit auf. Wilhelmsson fuhr fort, mit der Spitze der Stahlfeder in dem kleinen Beutel, der mit blauen Tintenflecken übersät war, herumzufeilen.

»Leg sie dorthin.«

91

Er zeigte ihm mit dem Federhalter eine Stelle.

»Kannst du noch mehr bekommen?«

»Klar doch!«

Ebon war vor lauter Schrecken dazu bereit, und beinahe wäre er davongelaufen, ohne sich bezahlen zu lassen. Aber er schnappte sich den Schein doch noch und zerknüllte ihn in der Hosentasche, während er endlich dazu kam, die Mütze abzunehmen.

»Danke.«

Er erinnerte sich, daß sein Bruder Valfrid, der bei Gastwirt Isaksson Ladenbursche war, gesagt hatte, daß es in geschäftlichen Angelegenheiten »ganz ergebensten Dank« heiße, doch das brachte er nicht heraus. Er raste zu dem Haus, in dem die Witwe des Schmiedes Eriksson Zimmer vermietete, und rechnete mit dem Agitator ab.

»Du bist ein tüchtiger Bursche«, rief der kleine Mann aus. »Sie müssen sie dir ja aus den Händen gerissen haben!«

Ebon stürzte mit einem neuen Stoß von hundert »Volkswillen« davon. Er lief, bis der Vorrat zu Ende war. Er solle nicht mehr als hundert auf einmal nehmen, meinte Wilhelmsson. Doch ansonsten gab es keine Beschränkung. Und Ebon staunte, daß dieser Mann fünf Kronen auf fünf Kronen bezahlte, er, der so geizig war, daß über ihn behauptet wurde, er esse seine Milchsuppe mit der Ahle.

Es war nicht ganz aus der Luft gegriffen, wenn Valfrid Johansson seinen Bruder Ebon für einen Idioten hielt. Deshalb traute er seinen Augen kaum, als dieser mit durchtrieben langsamen Bewegungen in Isakssons Krämerei kam und mit der Provision für den Verkauf der Zeitungen am Vormittag fächelte, die er zwischen den Fingern hielt. Beim Gehen zeigte er mit dem klaffenden Schuh in die Luft. Ein Weilchen noch prasselten die Kaffeebohnen durch ihr eigenes Gewicht in die Tüte, während Valfrid nur dastand und ihn anstarrte.

»Wo hast du das Geld her?«

Ebon erzählte es ihm. Zur selben Zeit steckte der Gastwirt den Kopf durch die Tür und fragte, worum es gehe, rein routinemäßig. Er erwartete keine Antwort.

Valfrid las gerne. Er las Schriften über Propeller und Morsetelegrafie, über Elektrizität, Affen und Verbrennungsmotoren und das Leben Jesu. Er wußte, was am Totenbett des Zaren Nikolaus I. los gewesen war und wann Siemens seine ersten Versuche mit der elektrischen Eisenbahn in Berlin gemacht hatte. Erst seit wenigen Jahren fand er Geschmack an den großen Ereignissen und Fortschritten in der Welt. In Ebons Alter hatte er noch mit einer Hand unter der Decke im Bett gelegen und »Das Gespenst«, »Das zitternde Herz«, »Berichte aus dem Abgrund«, »Memoiren eines Freudenmädchens« und dergleichen mehr gelesen. Die ganze Zeit hatten seine Kiefer dabei eine beißende süße Masse aus Kandiszucker, Rosinen und Kuchenkrümel aus dem Laden gemahlen und geknetet. Aber das war lange her. Letzten Abend hatte er so lange gelesen, wie das Licht vom Dachfenster her ausreichte, und das Heft, das er dann unters Kissen geschoben hatte, hieß »Wie der einzelne Mensch den Lauf der Geschichte beeinflussen kann«.

»Idiot!« sagte er zu Ebon, geschlagen davon, wie grotesk die Wirklichkeit die Wahrheiten der unaufgeschnittenen Hefte verdrehen konnte. »Weißt du, was der Sozialismus ist?«

»Ja, das ist, wenn se einem alles wegnehmen, was man hat«, antwortete Ebon prompt. »Nicht mal soviel wie 'nen Suppenlöffel darf man behaltn.«

»Du Kohlkopf!« stöhnte Valfrid und langte sich an die Stirn, um anzudeuten, daß ihm schwindelte, wenn er sich über den Abgrund von Ebons Debilität beugte. Im selben Augenblick fühlte er auch, daß er für den Sozialismus Sympathien hegte.

»Ja so, jetzt hast du's also geschafft, daß nicht ein Mensch in diesem Ort erfährt, was Sozialismus ist. Bist du nun zufrieden?«

»Worum geht es hier?« brüllte der Gastwirt erneut von der Tür her, und diesmal war ihm anzuhören, daß er eine Antwort haben wollte, und Ebon schlappte aus dem Laden.

Im Grunde war er ein Junge mit recht regem Verstand, so rege, daß ihn nicht einmal der Schrecken, der ihm oben bei Wilhelmsson in die Glieder gefahren war, noch länger zu bannen vermochte. Ihm war eingefallen, daß Wilhelmsson vor ein paar Jahren an die Gemeinde zweihundert Kronen bezahlt hatte für die Erlaubnis, Bier auszuschenken.

Er hatte aber nie Bier ausgeschenkt, er wollte nur sichergehen, daß drei anderen Antragstellern dieses Recht verweigert wurde. Als Ebon mit den Zeitungen zwischen dem Agitator und der Schreinerei hin- und hergelaufen war, hatte er immer mehr begriffen. Sein Gewissen begann locker und breiig zu werden wie alter Schnee im März. Darum hatte er auch auf Valfrids Frage hin zur verstocktesten Definition von Sozialismus gegriffen, die er kannte. Sie ging auf Skur-Ärna zurück, die auf dieser Welt mit knapper Not einen Suppenlöffel besaß. Jetzt eilte Ebon zu Krämer Levander und versetzte seine ganze Provision, bevor sein Gewissen so faul wurde, daß er hindurchwatete und darin steckenblieb. Er setzte sich mit den Tüten auf einen Kohlenkran und dachte nach.

Nein, Valfrid hatte unrecht. Ein blaßblauer Halbhunger hatte Ebons Verstand dreizehn Jahre lang getrübt. Aber jetzt, da er denken mußte, entdeckte er, daß er es konnte. Er beschloß, seinen Bruder Wilhelm, der in der Schreinerei arbeitete, aufzusuchen.


Auf Alexander Lindhs Schreibtisch stand ein Adler aus Bronze und hielt mit zwei kräftigen, bekrallten Füßen einen geschlagenen Hasen fest. Der Adler saß aufrecht, hatte einen wachsamen Blick und bot ein Bild kühner Tatkraft. Der Hase lag dagegen mit beinahe laszivem Behagen auf der Bronzeplatte ausgestreckt und spreizte schlapp die Glieder von dem aufgeschlitzten Bauch ab. Lindh pflegte, wenn er einer Sache Nachdruck verleihen wollte, die Hand auf den Kopf des Adlers zu legen, der deshalb nach sieben Jahren eine blankgeriebene Glatze hatte. Doch im Moment stützte sich der Großhändler aus Nervosität auf den Adler.

Der Gemeindevorstand und Doktor Didriksson betraten gerade das Kontor. Er hatte die Zusammenkunft vom Domizil des Stationsvorstehers in sein eigenes Kontor verlegt, aber er wagte erst dann an seinen Erfolg zu glauben, wenn er Cederfalk wirklich vor sich sitzen sah. Der Stationsvorsteher war der Aufsichtsbeamte des Orts und der Vorsitzende des Gemeindevorstands. Nach wie vor stand er unter dem Porträt des gebildetsten Monarchen Europas und hielt die Hände auf dem Rücken. Er war ziemlich mißvergnügt.

Lindh hatte nunmehr für sein Kontor eine ganze Etage von Baumeister Magnusson gemietet. Als Mamsell Winlöfs Mädchen mit Körben, deren Inhalt unter Leinenservietten klirrte, hereinkamen, hörte man schon über drei Räume hinweg, wie sich ihre Schritte dem hintersten Kontor näherten. Das Personal an den Pulten und Schreibtischen erhob sich. Lindh hatte den Vorstand mit dem Versprechen über die Gleise gelockt, daß es ein Frühstück gebe.

Stationsassistent Baron Fogel rieb sich über den Körben die Hände. Er und Didriksson waren Vielfraße und am leichtesten über die Gleise zu locken gewesen. Magnusson war nicht gekommen, und Petrus Wilhelmsson war von Lindh absichtlich ein falscher Zeitpunkt genannt worden. Er war Abstinenzler, und mit einem Frühstück konnte man ihn nicht reizen. Dies war der dreisteste Streich des Großhändlers, und er konnte leicht aufgedeckt werden. Der Impfarzt und der Heilgehilfe hatten ebenfalls Nachricht erhalten, eine Stunde später zu kommen, denn Lindh konnte nicht erwarten, daß Cederfalk und Fogel in ihrer Gesellschaft frühstücken würden. Sie soll-

95

ten zusammen mit dem Doktor und dem Gemeindevorstand eine Inspektionsrunde durch den Ort machen, um zu kontrollieren, ob die Beschlüsse der Sanitätskommission befolgt würden. Macht, Herrlichkeit und Eisenbahneruniformen mußten zur Schau getragen werden, um die Bevölkerung dazu zu bewegen, anstelle von Gruben und Abhängen Mülltonnen und Latrineneimer zu benutzen.

Die schwarzgekleideten Mädchen aus dem Bahnhofshotel breiteten ein Tuch über den Schreibtisch, und Fogel klatschte vor Begeisterung in die Hände. Es roch nach sauberem Leinen und liebreizenden Mädchen, Kümmelschnaps und in Lorbeer gekochtem Fisch. Die Kellnerinnen stürzten eingemachten Seehecht aus der Form und fischten Radieschen aus einer Schale mit Eiswasser. Sie waren eingeschnitten und gingen in der Wärme auf wie Rosen. Es gab in Scheiben geschnittenen Schinken und zwei Sorten Heringe, frisches Brot und reifen Käse. Die Butter kam in einem doppelwandigen Tontopf auf den Tisch, sie war kellerkalt und dunkelgelb. Die Schankkellnerinnen nahmen ihre leeren Körbe und knicksten an der Tür; sie bekamen von Lindh Geld und knicksten noch einmal. Da erwachte Cederfalk aus seinen Gedanken, zückte eine Lederbörse und gab jedem Mädchen ein 25-Öre-Stück, und erst jetzt wagte Alexander Lindh, ruhig zu atmen und die Herren an den Tisch zu bitten.

»Prost«, sagte Fogel. »Trinken wir Kümmel. Das betäubt den Geruchssinn angesichts dessen, was uns bevorsteht.«

Fogel und Cederfalk neigten leicht die Köpfe voreinander. Beide waren sie große, aufrechte Männer in ihren Uniformen. Cederfalks Bauch war klein und kugelig und mit einer Goldkette geschmückt. Das dunkelblaue Tuch des Uniformrocks und der Weste folgten im Schnitt dessen Wölbung. Didriksson war genauso groß wie die beiden, aber massig, und er atmete keuchend. Alexander Lindh war der kleinste. Sein kräftiger, untersetzter Körper besaß jedoch ein beträchtliches Gewicht.

Jetzt krachte eine Tür im Entree des Kontors. Glasscheiben klirrten, und sie hörten Magnussons rauhe Stimme und das Getrampel seiner breitgeformten Stiefel, als er schnurstracks durch die Kontorräume marschierte und das Personal veranlaßte, sich erschrocken aufs neue halb und halb zu erheben. Er fuchtelte mit einem großen Blatt Papier herum und fluchte, als er es auf Lindhs Schreibtisch warf, ohne die Frühstückstafel wahrzunehmen, so daß er es wahrhaftig mit größtem Nachdruck in den Fischaspik drückte.

»Lesen Sie das!«

»Hasser des Königtums, des Kriegswahnsinns und der Pfaffenherrschaft sind am Mittsommerabend zu einer Versammlung eingeladen. Um sieben Uhr. Sofern es regnet, wird die Versammlung drinnen auf dem Dachboden des Landwirtschaftsvereins abgehalten«, las Fogel mit spöttischer Stimme. »Aha! Lassen Sie uns nun aber doch um Gottes Willen den Aspik retten.«

Vorsichtig löste er das Plakat und faltete es über dem Gelee, das auf der Rückseite klebte, zusammen. Er reichte es zur Tür, wo sich das Kontorpersonal drängte, die Gruppe wich jedoch zurück, um die einzige weibliche Angestellte, Fräulein Tyra Hedberg, durchzulassen. Sie schob die Ärmel ihres Kleides zurück, ehe sie das Päckchen entgegennahm.

»Lundbom, dieser Idiot! Wer hat den Verein dazu veranlaßt, ihn anzustellen? Die Scheune gehört immer noch mir!« tobte Magnusson.

»Das hat niemand bestritten.«

»Wir werden das hier selbstverständlich verhindern, es gibt jedoch keinen Anlaß, sich derart aufzuregen«, meinte Cederfalk, der sich wieder unter das Porträt des Monarchen gestellt hatte und aus dieser Entfernung Magnusson ziemlich kritisch anblickte.

»Es ist schon verhindert! Die Scheune gehört mir, und da werden keine Aufrührerversammlungen abgehalten.«

»Nun denn«, entgegnete Cederfalk. »Die Sache scheint sich erledigt zu haben. Ich persönlich glaube übrigens, daß unsere Arbeiter viel zu vernünftig sind, um sich von den sozialdemokratischen Verrücktheiten anfechten zu lassen. Das ist ein Köder, den nur sehr hungrige Fische schlucken.«

Alexander Lindh teilte seine Meinung, sagte aber nichts. Er hatte sich unter das andere Porträt im Kontor gestellt. Es war ein Ölgemälde, auf dem sein Vater abgebildet war, und das jetzt, bald zehn Jahren nach dessen Tod, nach einer Fotografie gemalt worden war. Der Künstler hatte den Hüttenbesitzer Lindh mit viel zu langen Beinen und einem viel zu wuchtigen Kopf ausgestattet, aber es war ja auch sein erstes Porträt gewesen. Er war Elchmaler. Lindh hörte hin, ohne wirklich zuzuhören. Die Einzelheiten entgingen ihm. Magnusson brüllte herum und wurde zurechtgewiesen. Seine Kiefer zermalmten Radieschen. Biergläser klirrten, Fogel zupfte sich mit einer langen, spitzigen Gabel Heringsstückchen heraus und meinte, daß Lundbom, wer immer das auch sei, ein Arbeiterfreund zu sein scheine.

»Ein Idiot! Ein ganz gewöhnlicher Idiot nur«, versicherte Magnusson mit vollem Mund, und dann forderte er Cederfalk auf, eine Erfrischung zu sich zu nehmen und reichte ihm das Bier. Der Stationsvorsteher lächelte geduldig. Lindh stand unter dem Bild seines Vaters, der mit viel zu langen Beinen wie der König des Waldes porträtiert worden war, und im stillen dankte er in seiner gemessenen Art der Vorsehung, daß sie Magnusson und dem Landwirtschaftsverein einen Agitator geschickt hatte. Denn nun hatte sich der Gemeindevorstand zum ersten Mal in seinem Kontor versammelt, und niemand hatte je die Angemessenheit des Versammlungsorts zur Sprache gebracht.

Ihre Porträts waren schon vor langer Zeit gemalt und aufgehängt worden. Cederfalk, die Hand im blauen Tuch, das V des Schnauzbarts in die entgegengesetzte Richtung wie die Flügel des Rads auf der Mütze weisend. Seine Augen sahen wie das weiße und blaue Email des Schilds an der Tür aus: Betteln verboten. Doch das war Schummelei. Denn schon als das Porträt gemalt wurde, waren bereits kleine Äderchen geplatzt und ausgelaufen und seine gesunde, kräftig durchblutete Haut hatte die Farbe bleicher Winterbutter angenommen.

So wenige Menschen nur um ihn herum. Allein Dienstmädchen, skrofulöse Kinder mit dicken Lippen, Leute, die sauer rochen. Morgens begab er sich oft hinab in diese Höllenkreise und zog sein Nachthemd hoch. Seine Munterkeit stieg jedoch mit der Sonne.

Unter dem Fliegenglas auf dem Speisezimmertisch irrten auch sieben, acht Fliegen umher, erstickt surrend und von Arrakduft und Alkoholdunst berauscht. Sie ertranken mit zähen, erlahmenden Bewegungen in dem gelben Punsch.

Alexander Lindh war mit dem Bucharateppich vor sich dargestellt, so daß sich dessen feuerroter Schein auf seinem Gesicht niederschlagen konnte. Die Gesundheit aber, der trockkene, nüchterne Duft frischer Haut, die sauberen Nägel, die Entsagung, sie fand sich nicht auf dem Bild, konnte gar nicht wiedergegeben werden.

Seine Welt war ein mit geschliffenem weißen Quarz einge-
faßtes Rondell. Ganz am Rand waren da die niedrigen, blüten-
losen Blattgewächse, und dann kam ein Kreis nach dem anderen: die niedrige braune Samtblume und die anspruchslosen
Wolken des Schleierkrauts, Winteriberis und die starre Perlen-
immortelle. Keine machte den anderen den Platz streitig; die
dunkelviolette Astilbe neigte sich und beschattete mit ihren Fe-
derrispen die wachsende Schmucklinie, wo diese am zartesten
war, und das tortenähnliche Arrangement wuchs mit dunkelblauem Akonit und einer Kugeldistel auf die Mitte zu. Im Zen-
trum stand grüner Mais in kräftigen, fruchttragenden Stauden.

Die Frau Postmeister hatte auch ihr Rondell. Noch in der
graupeligen Winterdämmerung, ehe der Schnee kam, raschelten die Maisstauden.

Valentin, der älteste Sohn der Banvalls-Brita, arbeitete manchmal in Lindhs Magazin, er lief mit einem Karren herum und klapperte mit seinen Holzsohlen. Er hatte eine Hasenscharte, doch Didriksson hatte sie zusammengenäht. Jetzt lief er mit einem Warenschlitten zur Schreinerei und neben ihm her Ebon. Am Eingang blieb Ebon jedoch zurück, denn er durfte nicht gesehen werden. Sein Bruder Wilhelm schleppte da drinnen Bohlen, er hatte eine Stunde gebummelt und war schon zweimal zurechtgewiesen worden. Als Valentin mit dem Warenschlitten ankam, wich er mit der schwankenden Bohlenlast vom Kurs ab und steuerte auf ihn zu.

»Dort sind sie«, sagte er und nickte in Richtung Kontortreppe. »Beeil dich.«

Schon kam der Vorarbeiter, und Wilhelm lud sich erneut seine Last auf und verschwand zwischen den Stapeln.

Der Fabrikant wollte gerade weggehen, als Valentin kam. Der Vorarbeiter war schon bei der Treppe und versuchte, die ungleiche Begegnung zu verhindern, indem er nach seinen zerrissenen Rockschößen griff. Doch es war schon zu spät.

»Ich komm' wegen Papier für die Gipsrosetten«, sagte Valentin und nuschelte atemlos mit seiner Hasenscharte.

»Wie bitte?«

»Der Großhändler hat kei Papier. Er is total aufg'schmissen. Er hat vergessn, dass mit'm Zwölfezug mitsolln.«

101

»Das hat der Großhändler vergessen?« fragte Wilhelmsson
mißtrauisch.

»Naa, der Fredriksson im Lager. Aber der Großhändler is
aufg'schmissn, weil er nix zum Einpackn hat für die Deckenrosetten. Die solln mit'm Zwölfezug mit.«

»Will er Espartogras haben? Späne? Was soll es denn sein?«

»Papier«, sagte Valentin. »Normales Zeitungspapier reicht,
wenn se eins ham. 'S is leichter zum Packn.«

»Wir haben hier kein Papier.«

»Er will's kaufn...«

»Zeitungspapier?«

»Ja, s' macht nix, wenn's Zeitungspapier is«, gab Valentin
zurück und starrte Wilhelmsson unverwandt in die Augen, bis
sich der ältere Herr endlich nach dem Zeitungspacken auf dem
Fußboden umschaute. Ebon, hinter dem Bretterzaun, war
nicht darauf gefaßt, daß der Fabrikant gerade weggehen
würde. Er wartete mit hämmerndem Herzen und war drauf
und dran hervorzustürzen, Wilhelmsson, der neben dem Warenschlitten herging, direkt in die Arme. Der Schlitten war mit
dem »Volkswillen« beladen. Sachte ließ sich Ebon in die Nesseln beim Bretterzaun sinken, bis er soweit unten war, daß
nicht einmal mehr etwas von der Mütze zu sehen war. Die Nesseln stanken und brannten, doch er hielt durch.

Ein Regenschauer ging über die Dächer und über den Marktplatz nieder, der im Frühling geeggt und mit Gras besät worden war, ansonsten aber baumlos und ungeschützt dalag. Ein
Laufbursche von Lindh fing Wilhelmsson ab, bevor er über die
Gleise ging, und teilte ihm mit, daß das Treffen in das Kontor
des Großhändlers verlegt worden sei. Wilhelmsson dachte
nicht weiter darüber nach. Er fand es angenehm, dem Regen so
schnell wie möglich zu entkommen. Gleich in der Garderobe
traf er Alexander Lindh mit dem Plakat des Agitators, das
Fräulein Tyra gesäubert hatte.

»Ja, ich hatte auch schon einige Scherereien durch diesen Kerl«, sagte Wilhelmsson. »Hast du die Zeitungen bekommen?«

»Welche Zeitungen?«

»Sind sie noch nicht da?«

Dann verstummte er und blickte den Großhändler scharf an.

»Du wolltest Deckenrosetten verschicken mit dem Zwölfuhrzug?«

»Was meinst du?«

Wilhelmssons Gesicht verfinsterte sich, der Mund wurde zu einem Strich, und die knochigen Wülste der Augenbrauen beschatteten seinen Blick.

»Ich habe mich geirrt«, bemerkte er kurz. »Laß es gut sein.«

Nun kamen die Herren aus dem hinteren Kontor, sie brachten Wilhelmsson, der in seine Gedanken versunken war, den Duft von Essen und Branntwein mit, und Baron Fogel war so aufgedreht, daß er sich einen Augenblick auf das Galoschenregal setzen und sich sammeln mußte. Der zweite Buchhalter kam jetzt vom Balkon herein und teilte mit, daß es aufgehört habe zu regnen, doch Alexander Lindh nahm vorsorglich einen großen schwarzen Baumwollschirm mit, als sie losmarschierten. Wilhelmsson blieb noch einen Augenblick stehen und faßte den zweiten Buchhalter am Rockaufschlag.

»Ist im Magazin einer angestellt, der eine Hasenscharte hat?«

»Das weiß ich nicht genau, aber ich kann das natürlich in Erfahrung bringen!«

Der Buchhalter befahl dem Kontorboten, hinüberzulaufen und sich bei Fredriksson, dem Magazinleiter, danach zu erkundigen. Die Hygieneinspektion des Gemeindevorstands war schon über die Gleise und in den Bereich des Bahnhofshotels vorgedrungen, als der Bote den Trupp einholte. Der Heilgehilfe und der Impfarzt gingen als letzte, und ihre Jacken waren völlig durchnäßt, weil sie draußen im Regen gestanden und gewartet hatten.

»Ein Junge mit Hasenscharte namens Valentin hilft bisweilen beim Beladen! Zuletzt im Mai, meinte Fredriksson.«

»Und der Nachname?«

»Den wußte er nicht.«

»Worum geht es?« fragte Lindh. »Um einen meiner Angestellten?«

»Nichts«, erwiderte Wilhelmsson kurz. »Nur eine Verwechslung.«

Ein Zug aus Stockholm fuhr in den Bahnhof ein. Die Dächer der Coupés glänzten nach dem Regenschauer. Acht festlich gekleidete Herren, die in einem Halbkreis um einen Misthaufen standen, blickten den aussteigenden Passagieren nach, und einer von ihnen, Stationsvorsteher Cederfalk, ging auf seinen königlich langen und schmächtigen Beinen ein paar Schritte zur Seite, um von dem Misthaufen wegzukommen. Gräfliche Festgäste stiegen aus den Erste-Klasse-Coupés und gingen zu den Wagen des Gutes, die auf dem Bahnhofsplatz warteten. Die Pferde waren hellbraun und langbeinig, und man hatte ihnen gehäkelte Kappen über die nervös zwinkernden Augen gezogen. Der Kutscher hatte Mühe, sie so lange ruhig zu halten, bis die Röcke der Damen endlich an Bord des leichten Wagens verstaut waren. In dem anderen wurden das Gepäck und ein paar Kisten Wein gestapelt, die ein Bediensteter aus Stockholm mitgebracht hatte. Die Wagenräder setzten sich in Bewegung, und Cederfalk starrte ihnen mit unbeweglichen, weitsichtigen Augen nach. Es gab ein besseres Leben. Es gab ein Dasein, das nicht von fauligen Gossen und Abwassergräben durchkreuzt wurde, nicht aus endlosen Winternachmittagen und verregneten Dienstschichten auf dem grauen hölzernen Bahnsteig bestand.

Als der Zug abfuhr, standen Sanitätskommission und Gemeindevorstand noch immer mit den Händen auf dem Rücken

104

in einem düsteren Halbkreis um den großen Misthaufen beim Schweinestall der Bahnarbeiter.

Sie wurden vom Bahnhofsrestaurant aus von einem Mann beaufsichtigt, der sonst nie seinen Fuß in ein Schanklokal zu setzen pflegte, jetzt aber hinter einer Topfpalme Posten bezogen hatte und die Gardine ein klein wenig beiseite schob, um freie Sicht zu haben. Er war die Schlange an ihrem Busen, die Laus in ihrem Pelz und der Dorn in ihrem Auge, der Volksschullehrer Edvin G. Norrelius. Sieben Männer und drei Frauen hatten sich um die Volksschullehrerstelle beworben, und an Norrelius, einem Småländer, war man, allzu beeindruckt von seinem Zeugnis, hängengeblieben und hatte ihn mit mehr als fünftausend Steuereinheiten bei der Wahl durchgesetzt. Der Graf hatte seinen Verwalter mit der Vollmacht und dem Wunsch, als letzter wählen zu dürfen, geschickt, es war aber doch allgemein bekannt, daß der Graf einen seiner eigenen Schullehrer auf die Stelle zu setzen wünschte. Er hatte fast siebentausend Steuereinheiten und konnte in allen Fragen eine einmütige Gemeinde überstimmen. Dieses Mal verzichtete er jedoch darauf und erklärte, daß er sich dem ausgesprochenen Willen der Gemeinde nicht widersetzen wolle. Und man bekam Norrelius.

Nun schnarrte sein Småländisch auf jeder Versammlung, zu der er mit Fug und Recht Zutritt hatte oder sich irgendwie verschaffte. Er hatte an der Spitze einer Phalanx gestanden, die versucht hatte, Gastwirt Isaksson in den Gemeindevorstand zu wählen, damit aber gescheitert war. Er unterstützte Petrus Wilhelmssons Aktion, die Schankkonzessionen zu verringern. Es gab elf Schanklokale für achthundert Einwohner, und es gab noch mehr, die unter dem Tisch verkauften. Wilhelmsson handelte wenigstens in religiösem Eifer, doch es gab Leute, die behaupteten, daß es mit Norrelius' Religion für einen Erzieher und Leiter der Kinder reichlich kühl bestellt sei. Dagegen sei er übermäßig an gesellschaftlichen Fragen interessiert. Nun saß er hinter der Gardine, um zu überwachen, ob seinem Begehren, daß alle Misthaufen im Bereich des Bahnhofs beseitigt würden, Rechnung getragen wurde. Er war ein Feind von Schweinen und verlangte, deren Haltung im Ort zu verbieten.

Er hatte recht. Doch er hatte oft viel zu sehr recht, und er trieb mit schnarrender Logik seine Forderungen weit über die Grenze des Möglichen. Selbst wenn man ihm beipflichtete, daß der Ort von den Schweineställen im Prinzip befreit werden müßte, bedeutete ein Verbot doch auch, daß man dem Unternehmen, das bislang an der Spitze der Entwicklung des Ortes gestanden hatte, Sand ins Getriebe warf – dem Bahnhofsrestaurant. Mamsell Winlöfs Wirtschaft baute auf einem natürlichen Kreislauf auf, und ihre Schweine waren schon so kultiviert, daß sie Abfälle, die sauer geworden waren, verschmähten. Außerdem kosteten Transporte Geld.

Von Norrelius überwacht, machte jetzt der Vorsitzende der Sanitätskommission Didriksson vor dem Misthaufen eine große und ausladende Geste, die dessen Beseitigung bedeutete. Cederfalk antwortete mit einem beruhigenden Wink als Zeichen der Zustimmung und danach mit einem gebieterischen Signal in Richtung der Bahnarbeiter bei der Wand. Niemand, der dieses stumme Spiel sah, konnte dessen Bedeutung mißverstehen. Es war so beeindruckend, daß es kaum verwundert hätte, wenn sich der Misthaufen durch ein mystisches Erheben aus dem Bereich des Bahnhofs entfernt hätte und majestätisch im Nieselregen von dannen geglitten wäre.

Nachdem Norrelius in der Fensterlaibung Genüge getan worden war, kehrte man Mamsell Winlöfs großen Schweinehöfen, die neben dem Gasthaus lagen, den Rücken und betrachtete das Katzenmeer, den schwarzen Teich, aus dem die Wasserspeicher der Eisenbahn gespeist wurden. Der Frühling war trocken und windig gewesen, und die Ressourcen des Katzenmeers waren so erschöpft, daß der Schrott von zwei Jahrzehnten aus dem bißchen Wasser, das den Grund noch be-

deckte, herausragte, und an den Rändern wurden halb vermo-
derte Säcke sichtbar, die im günstigsten Fall Steine und er-
tränkte Katzen enthielten.

»Saubermachen«, ordnete Großhändler Lindh an, und der
Impfarzt protokollierte.

»Der Bereich der Eisenbahn«, sagte Doktor Didriksson, und
Cederfalk nickte langsam, wobei er die gewölbten Augenlider
gesenkt hielt. Dann ging man weiter, immer noch auf der
Nordseite des Ortes, und die Frau Postmeister winkte ihnen
aus dem Halbdämmer hinter dem Laubwerk ihrer Veranda zu.
Doch in der Nachbarschaft von Postmeisters wohnte noch immer Skur-Ärnas Schwester mit ihren Katzen und ihrem Unrat.
Vielerorts waren, ebenso wie hier, die Brunnen mit einem Dek-
kel verschlossen, und seit Doktor Didriksson Proben entnom-
men und einen nach dem anderen für ungesund und krank-
heitserregend erklärt hatte, war es verboten, daraus Wasser zu
verwenden. Alle Dienstmädchen des Ortes trabten nun über
die Bahn zum Grundstück des Eisenbahnarbeiters Dahlgren
gleich am Marktplatz und holten ihr Wasser aus seinem Brunnen. Er besaß das einzige Waschhaus in der Gegend, denn der
Abwassergraben floß durch sein Grundstück, und er stellte es
gegen eine Gebühr zur Verfügung. Selbstherrlich und je nach
Laune konnte er jedoch jeden beliebigen Haushalt davon aus-
schließen.

Die Kommission und der Vorstand gingen nun hinüber auf
die südliche Seite und fanden nichts zu beanstanden bei Dahlgren. Sein Brunnen war gereinigt, zugedeckt und abgeschlossen, sein Müllkübel geleert. Man ging weiter, stelzte auf
schmalen Stegen über die Gräben und begegnete dem jungen
Abraham Krona, der in letzter Minute vor der Inspektion die
Latrinenkübel wegfuhr. Der Impfarzt nahm einen Vorschlag
zu Protokoll, daß die Abfuhren nur nachts vorgenommen werden dürften, und Krona salutierte mit der Peitsche. Hochmütig
und unbeweglich saß er auf der Fuhre und glich sehr seinem

107

Vater, der einst den Auftrag für diese übelriechenden Transporte bekommen hatte. Sein gescheitelter Bart war jedoch immer noch jugendlich rot.

Ein Schwanz von Kindern folgte der Inspektion in immer geringerem Abstand durch die Schweineställe, Mülltonnen und Abtritte. Sie johlten, wenn Ratten auf roten Pfoten erschreckt aus ihren Verstecken fuhren, und sie saßen auf einem Schuppendach und harrten gespannt der Dinge, die da kommen würden, als Baron Fogel mit dem Stock in einem Misthaufen nach einer Erhebung stocherte, die er für Maische, die man zum Gären angesetzt hatte, hielt, dann aber nur ein krepiertes Schwein fand. Mit Taschentüchern vor dem Mund zog der Trupp weiter.

Viele Arbeiter hatten frühzeitig Schluß gemacht oder feierten. Der spärliche Kies in den Höfen war gerecht und die Vortreppen aus grauem Holz mit Laub belegt. Der süße Geruch nach Verwesung vermischte sich mit dem Duft bitteren Birkenlaubs und verblühten Flieders. Ziehharmonikas erklangen, und man roch Branntwein und mit Seife gewaschene Hälse, wenn man zum Inspizieren so nahe herantrat wie Großhändler Lindh. Unermüdlich fand er in einer Abfallgrube nach der anderen die seltsamsten Dinge, nach denen er sich erkundigen mußte. Cederfalk war schon halbtot vor Ekel und schleppte sich nur noch mit bloßer Willenskraft von Hof zu Hof, und ihr Gefolge wurde immer größer. Halbwüchsige Arbeiter gesellten sich zu den Kindern, eine Ziehharmonika jammerte hinterhältig kommentierend. Als die Inspektion den Hof des Bierzapfers Svensson mit der gräßlichen Abfallgrube am Hang zur Molkerei hinunter verlassen hatte, trat der Soldat Lans aus dem Eingang zum Keller des Bierzapfers, von wo aus er alles observiert hatte. Der Soldat war beschwipst und übertrieben gut gelaunt, denn er würde auf das Fest des Sattlers Löfgren in Åsen gehen, und er hatte schon angefangen zu feiern. Nun schritt er auf die gleiche Weise wie Cederfalk, und es war er-

staunlich, wie er es fertigbrachte, daß sein kleiner Körper dem
des Bahnhofsvorstehers glich. Er spreizte die Beine, damit sie
länger aussahen, beugte vornehm den Rücken und blickte mit
halbgeschlossenen Augen. Der Haufen von Kindern, Arbeitern und Ziehharmonikaspielern zog erwartungsvoll lärmend
hinter ihm her. Der Soldat legte die Hände auf den Rücken, als
er sich über die Abfallgrube beugte, die Bierzapfer Svensson
am Morgen mit Brettern abzudecken versucht hatte.

»Aha, was haben wir denn da?« sprach er und hob ein Brett
an. »Oh, oh, oh. Das sieht finster aus, sagte der Alte, als er seiner Alten in den Arsch guckte.«

Cederfalk gewahrte den Auftritt aus einiger Entfernung und
sah ein, daß die Inspektion lächerlich zu werden begann. Er
schickte den Heilgehilfen zu Schutzmann Roos, er solle kommen und die Menge auf Abstand halten. Darum wußten die
Leute nicht, was geschah, als die Inspektion zum Haus der
Witwe des Schneiders, Korta Ben, ging. Bei ihr fand keine La-
trinenentleerung statt, dafür war sie aber berühmt für ihr safti-
ges Gartenland. Ihr Haus und ihre Schuppen bildeten ein Vier-
eck, und die Eingänge waren durch offene Gräben versperrt.
Am frühen Morgen hatte die Witwe die Stege eingezogen, und
jetzt stand sie da drinnen und knickste. Baron Fogel irrte auf eigene Faust vor den Schuppen umher, um einen Eingang zu finden, und prüfte den Rand eines gärenden Grabens mit der
Spitze seines Chevreauxlederschuhes. Da tauchte die Witwe
vor ihm auf und knickste abermals anmutig, doch was gesprochen wurde, konnten die Zuschauer, die von Roos in Schach
gehalten wurden, nicht hören.

Zwischen dem Abtritt und dem Holzschuppen türmte sich
ein Abfallhaufen und schnitt den Zugang ab. Man sah, wie der
große Cederfalk den Hals reckte, um darüber hinwegzuschie-
len. Die Kinder, die auf den rauhen Teerdächern der Schuppen
auf der Lauer lagen, berichteten, daß er einzig die Witwe Korta
Ben zu sehen bekommen habe, die knicksend hinter dem Ab-

109

fallhaufen stand und in größter Ergebenheit etwas zu ihm sagte.

Als die Inspektion es leid geworden war, sich in dem üppigen Garten der Witwe umzuschauen und sich in den Grabenrändern abzutreten, ging sie weiter, und die Leute kamen angelaufen, um zu hören, was vor sich gegangen war.

»Was ham se gesagt?« wurde die Witwe gefragt. »Was ham se gesagt, Tante?«

»Die ham g'fragt: wie kann man denn da reinkommen?«

»Und was hast du geantwortet?«

»Da wird man drumherumgehen müssn, hab' ich geantwortet.«

Und die Witwe Korta Ben knickste immer weiter, während sie wiederholte, was sie zu den Herren gesagt hatte.

»Das is 'ne gute Antwort, Tante!« jubelten die Leute. »Und was sagten se denn?«

»Das weiß ich nit, weil ich so alteritert g'wesn bin.«

Es sprach sich aber schnell überall herum, wie gut sie es ihnen gegeben hatte, und in nicht mal einer Stunde waren alle Stege und Bohlenstücke eingezogen, Gerümpel türmte sich in den Toreinfahrten, und hohe Mülltonnen standen eingekeilt zwischen Schuppenwänden. Großhändler Lindh war rot im Nacken, und Cederfalk brüllte, wie er es sonst nur auf dem Bahnhofsgelände tat. Doch überall erhielten sie von ergebenen Bewohnern, die vorgeschickt wurden, die Auskunft, daß es vielleicht das Beste sei, drumherum zu gehen.

Sara Sabina Lans mußte den halben Tag auf ihre Kinder warten, die die Stärkewäsche des Propstes bringen sollten. Hätte sie ein bißchen Verstand gehabt, wäre sie nach Vallmsta vorausgegangen und hätte sich darauf verlassen, daß sie mit dem Korb nachkommen würden. Sie hatte vorgehabt, bis zum Abend mit dem Einweichen fertig zu sein, damit sie sich mit den Kindern auf den Weg nach Åsen machen konnte und etwas

vom Festessen bei Löfgren abbekommen würde. Sie wusch für
den Propst für fünfzig Öre am Tag, und die Haushälterin vergaß gerne die Abendstunden, die sie zum Einweichen
brauchte. Doch Sara Sabina scheute sich keineswegs, sie daran
zu erinnern.

Als Tora und Rickard kamen, war sie böse, und sie versuchten, sie zu besänftigen, indem sie ihr erzählten, was sie im Ort
gesehen hatten. Sie berichteten, wie die Witwe Korta Ben es
der Obrigkeit gegeben hatte und von all dem Gerümpel, das
plötzlich zwischen den Häusern hochgewachsen war und jedes
Durchkommen verhindert hatte.

»Dann sind se also um die Schande drumherumgegangen«,
sagte Sara Sabina.

Tora schwieg eine Weile.

»'s Vergnügen is dazu da, daß man die Schande nit merkt«,
meinte die Großmutter, doch Tora verstand sie nicht.

»Was ist'n das für 'ne Schande, die se da drin ham?« fragte
sie schließlich.

»Du kannst fragen.«

Die Großmutter kehrte ihr den Rücken zu.

»Der Arme, der hat die Schande.«

»Warum denn?« fragte Tora.

»Weil die Schande die Not verdeckt.«

»Ja, das is ja nur gut so«, erwiderte Tora altklug, obgleich sie
es nicht begriff.

Die Großmutter hatte eine Pfanne auf den Dreifuß gesetzt
und kochte ihnen Grütze, bevor sie ging. »Doch die Not«, fuhr
sie fort, »verdeckt nichts. Sie sagt, wie es ist.«

Tora verstand auch diese Worte nicht. Sie mußte nachdenken. Die Schande war vielleicht dieselbe wie die, über die sie
früher schon hatte reden hören. Auf die Schande trifft man
überall. Sie ist wie Pferdeäpfel auf den Straßen. Manchmal
hieß es »alter Schandkerl«. Dann sah sie einen halbseidenen,
buckligen Herrn mit Melone vor sich, der um eine Ecke strich.

Doch zuerst kam das Vergnügen, und das kannte man ja. Das war, wenn der Soldat mit seinen Kumpanen tanzte und die Mutter dazu singen und den Takt angeben sollte, indem sie mit der Zunge gegen den Gaumen schnalzte. Wollte sie die Geräusche aber nicht machen, schlug er sie auf den Mund. Sie setzte sich breitbeinig hin und tat, was er verlangte, und dann tanzten die Alten, gingen in die Knie und schlugen die Hände vor sich zusammen. Ja, jetzt fängt das Vergnügen an, sagte der Alte, wenn er seine Alte verprügelte.

Die Not mußte das Kind in der Holzkiste sein, das sie einmal zusammen mit der Großmutter gesehen hatte, ein Kind, das die Augen geschlossen hatte. Die Kiste war aufgebockt, und sie hatten sie mit Hobelspänen ausgelegt und Tüll mit Silbersternen darübergebreitet. Die Erklärung hatte sie von einer Nachbarin, die an der Tür stand.

»Das ist die Not«, sagte sie.

Ja, die Not war eine schmalzweiße Kinderleiche mit blauen Schatten um den Mund. Sie wollte es Rickard erzählen, wenn sie sich hingelegt hätten. Als sie aber dann selbst schlafen wollte, begannen die Worte zu tanzen. Zuerst kam der staubgraue, halbseidene Herr anstolziert und bog um die Ecke, und dann kam das weiße Kind, das die Augen geschlossen hatte. Dann kam das Vergnügen, und das war der tanzende Alte, der seine Alte schlug, bis sie sang.

Gegen Mittag hatte es aufgeklart, die rastlosen Wolken trieben über das sumpfige Land hinweg, und es sah aus, als würde es ein kühler, aber recht schöner Mittsommerabend. Valentin und Ebon hatten alle Exemplare des »Volkswillens«, die auf dem Schlitten waren, ein zweites Mal verkauft und saßen nun hinter der Fliederhecke bei Klot-Kalles Keller und tranken Bier, das sie sich von ihrem Verdienst gekauft hatten. Sie konnten ja schlecht zu dem Agitator gehen und noch einmal abrechnen. Valentin hatte keine Moral, und Ebon hielt es nach einigem Überlegen mit der seinen für vereinbar, das Geld zu behalten. Er wußte, daß an der Sache irgendwo ein Haken war, doch sein Kopf war von dem lauen Bier benommen, und er kam nicht darauf, wo.

Ein Exemplar hatten sie an Volksschullehrer Norrelius verkauft, der sie damit verblüfft hatte, daß er aus dem Bahnhofshotel kam. Er habe in der Zeitung »Vaterland« etwas über den berühmten »Volkswillen« gelesen, der von einem Schneider und zwei Schuhmachern im Land verbreitet wurde, und er sagte, daß er darauf neugierig sei. Als sie später am Nachmittag mit einem Sack voll Bier, den sie vorsichtig trugen, damit es nicht klirrte, am Schulhaus vorbeigingen, saß er auf der Veranda beim Mittagessen und hatte den »Volkswillen« aufgeschlagen vor sich liegen. Er winkte sie zu sich heran, und Valentin ließ den Sack vorsichtig in den Graben gleiten.

»Wo hält der Agitator seine Versammlung ab?« fragte Norrelius.

»Er wollt se in der Vereinsscheune abhalten, aber da is er von Magnusson höchstpersönlich rausg'schmissn wordn, wie der das Plakat g'sehn hat«, erzählte Ebon patzig, obschon er mit einem Schullehrer redete. »Dann durft er zum Pächter nach Kvistertorp, aber dann hat der Graf Besuch kriegt, und die sin an Kvistertorp vorbeig'fahrn, wie se vom Bahnhof kommen sin, und da ham se das Plakat g'sehn. Dann is er auch da rausg'schmissn wordn.«

Norrelius saß lange schweigend da und starrte auf seinen Teller, auf dem Ebon Kartoffelschalen und Heringsgräten liegen sah. Er war ganz verwundert, daß der Schullehrer nichts anderes aß als das, was auch er bekommen würde, wenn er nach Hause ginge, und er traute sich zum ersten Mal, den Blick von den Heringsgräten zu heben und Norrelius' Gesicht genau zu betrachten. Der Schullehrer war ein blasser Mann mit regelmäßigen Zügen und einem weichen, dunkelbraunen Bart.

»Wo ist der Agitator, wißt ihr das?« fragte er.

»Bei der Witwe vom Schmied Eriksson, er ißt dort Mittag!«

Er forderte sie auf, ihn zu holen.


»Ich bin ein Arbeiterfreund«, begrüßte der Schullehrer den Agitator und drückte ihm kräftig die Hand. »Aber ich will Ihnen gleich sagen, daß unsere Ansichten nicht übereinstimmen. Unverschämtes Auftreten und unbillige Forderungen sind der Sache der Arbeiter nicht dienlich! Ich will Ihnen sagen, daß diese Aufläufe, die Sie Streiks nennen«, fuhr er fort, aber plötzlich wurde ihm von dem Agitator, der einen Kopf kleiner war als er, das Wort abgeschnitten:

»Sie dürfen Ansichten haben, wie Sie wollen, mein Herr. Aber die Burschen sagten mir, daß Sie einen Platz für die Versammlung hätten? Stimmt das?«

»Ja und nein«, antwortete Norrelius mit Nachdruck.

Es dauerte ziemlich lange, bis der kleine Agitator begriff, daß der Preis dafür, die Versammlung im Garten des Schullehrers abhalten zu dürfen, eine Disputation mit Norrelius war. Ebon und Valentin tauchten hinter dem Rittersporn und den Eberrauten in Frau Norrelius' Rabatten unter und belauschten den Meinungsaustausch. Wohl war Norrelius wie sonst auch in den Gemeinderatssitzungen scharf und logisch und schnarrend. Doch der Kleine war ein Giftzwerg, er gab nicht nach. Er nahm Norrelius mehrmals den Wind aus den Segeln, reckte seinen borstigen Kinnbart vor, dem anderen geradewegs vors Gesicht, und stieß mit der Stockzwinge energisch auf den Boden der Veranda. Ebon verstand kein Wort, jedenfalls so lange, bis der Agitator zu erzählen begann, daß er am Vormittag auf der Suche nach einem Versammlungsort einen Spaziergang gemacht habe und dabei bis zum Vallmarsee hinausgekommen sei. Dort hatte er fünfundvierzig Mann angetroffen, die in einer langen Reihe am Seeufer standen und Sparren behauten. Diese sollten nach England exportiert werden, und der Agitator hatte erfahren, daß dieser Auftrag so dringend sei, daß man, um ihn zu erfüllen, wahrscheinlich den ganzen Mittsommerabend dazu brauchen werde.

»Ein Großhändler namens Lindh hatte alles, was es an Kätnern und Tagelöhnern in der Umgebung gab, aufgeboten«, sagte der Agitator, »und da draußen lief sein Vorarbeiter herum und trieb die Männer an, miteinander zu wetteifern. Bezeichnen Sie das als freien Wettbewerb, Herr Schullehrer?«

»In diesem Punkt gebe ich nicht nach«, antwortete Norrelius. »Ein freier Wettbewerb zwischen den Menschen stärkt den Charakter und nützt auf lange Sicht sowohl dem einzelnen als auch der Allgemeinheit. Nehmen Sie die Lust zum Wettstreit weg, die den Mann zur Kraftanstrengung anspornt, dann nehmen Sie auch das Fundament des Staates selbst weg!«

»Doch sagen Sie mir: Wer gewinnt diesen Wettstreit, wenn der Tagelöhner Andersson und der Kätner Johansson zwölf

Stunden lang Sparren behauen und einander zu zeigen versucht haben, wer der größte Kraftmeier ist? Andersson bekommt unverändert einsfünfzig am Tag, doch der Vorarbeiter findet, daß Johansson kräftiger zugepackt hat, und gibt ihm einsfünfundsiebzig. Wer gewinnt nun eigentlich diesen edlen Wettstreit zwischen freien Männern?«

Norrelius schwieg nun eine Weile, und da geschah etwas Merkwürdiges mit Ebon. Er glaubte einen starken Drang zu spüren, auf die Frage des Agitators zu antworten, so stark und brennend, daß er alle Furcht vergaß und sich hinter dem Rittersporn halb erhob. Er glaubte auch, daß er die Antwort wisse und daß sie ihm auf der Zunge liege. Doch das Wort selbst konnte er nicht sagen.

Sein Vater behaute diesen Mittsommerabend Sparren am Vallmarsee. Er erinnerte sich nun, daß es am Samstag vor Pfingsten genauso gewesen war. Auch damals hatte im Hafen von Göteborg ein Schiff gelegen und auf die Eisenbahnwaggons mit dem letzten Teil der Ladung gewartet. Damals war Großhändler Lindh persönlich draußen gewesen und hatte den Männern die Dringlichkeit erklärt. Davon wußte der Agitator nichts, dennoch sagte er:

»Woher kommt das denn, daß es just am Tag vor einem Feiertag so schnell gehen muß?«

Ebon spürte jetzt wieder den starken Drang zu antworten, und das war eigentlich verwunderlich, befand er sich doch in Hörweite eines Schullehrers. Er stellte sich auf die Knie, und sein Mund mit den dicken Lippen begann still Worte zu formen. Der Agitator entdeckte ihn und forderte ihn auf zu sprechen. Da sagte Ebon:

»Das kommt, weil am Tag drauf Feiertag ist.«

»Daraus folgt?« fragte der Agitator weiter und zeigte mit seinem dünnen Finger auf ihn. Norrelius starrte Ebon an, der aus der Rabatte hervorgekommen war wie ein häßlicher und fleischiger Rharbarbersproß zwischen Blumen.

»Daß se ausruhn können«, sagte er. »Ohne daß 'ne Arbeit verlorngeht.«

Nun fiel Valentin neben ihm ins Gras und kicherte gewaltig darüber, daß Ebon es gewagt hatte, sich in die Diskussion einzumischen und noch dazu so ernsthaft. Doch Ebon hörte ihn gar nicht mehr. Es war ihm völlig gleichgültig, was Valentin dachte.

Am Samstag vor Pfingsten hatten sie bis gegen neun Uhr auf den Vater gewartet. Er und Lina hatten am Fenster gestanden und ihn unten am Wäldchen kommen sehen, als es zu dämmern begann. Er ging jedoch ganz sonderbar.

»Spring und schau, was los is«, sagte die Mutter.

Er fand ihn bei dem kleinen Steinhügel, wo im Sommer immer Katzenpfötchen wuchsen. Er war auf den flachen Felsen gesunken und stützte sich auf die Ellbogen. Ebon saß die Angst in den Gliedern, als er ihm in der hereinbrechenden Dunkelheit entgegenlief, wie er aber näher kam, sah er, daß der Vater lachte, obgleich sein Gesicht grau war in der Dämmerung.

»Es sin nur die Beine, die wolln nimmer«, sagte er. »Es war jedenfalls d' Höll, wie mich das g'schafft hat.«

Er war wirklich arg dran.

»Ja, mach dir keine Sorgen«, hatte der Alte gesagt, und dann hatte er gelacht und einen langen, hellbraunen Strahl in Richtung der Hütte Nasareth gespuckt, wohin er sich sehnte, aber nicht kommen konnte, bevor seine Beine wieder mitmachten.

»Ich teile Ihre Ansichten nicht«, sagte Norrelius, erhob sich und reichte dem Agitator die Hand zum Zeichen, daß die Disputation zu Ende war. »Doch im Namen des freien Meinungsaustauschs lade ich Sie ein, Ihre Versammlung im Schulgarten abzuhalten.«

»Edvin!« stieß Frau Norrelius hervor, die längere Zeit unruhig um sie herumgelaufen war. Er schien sie nicht zu hören.

»Edvin! Edvin!«

Doch der Agitator und der Schullehrer hatten sich nun so

117

kräftig und lange die Hand geschüttelt, daß sie begriff, daß gegen den Entschluß des Mannes nichts zu machen war, und sie ging hinein und zog halb schluchzend die Tür hinter sich zu.

»Doch nun wollen wir die Taktik durchgehen«, meinte Norrelius und richtete den Zeigefinger auf den Agitator, und mitten in seiner großen Ernsthaftigkeit fand Ebon, daß sie an diesem Nachmittag ziemlich viel mit den Zeigefingern voreinander herumgefuchtelt hatten.

»Kein Wort über die Versammlung vor vier Uhr! Dann aber kleben Sie erneut die Plakate an, und diese flinken Jungs helfen Ihnen dabei, die Neuigkeit zu verbreiten. Um vier Uhr findet draußen auf Gertrudsborg ein Essen statt, das Großhändler Lindh für den Gemeindevorstand und Teile der Sanitätskommission gibt, das ist mir bekannt. Nach vier Uhr ist die Luft rein!«

Ebon ging gemächlich nach Nasareth, er wollte sehen, ob er so spät noch etwas zum Mittagessen bekommen konnte. Doch eigentlich war er gar nicht hungrig. Zum ersten Mal in seinem Leben glaubte er, sich selbst zu sehen. Er sah einen ziemlich zerlumpten, schlampigen Kerl in einer schwarzen Jacke mit schütteren Säumen und kurzen, blankgewetzten Ärmeln. Er sah die bauchige Mütze mit dem Schirm so deutlich, daß er nach ihr auf den Kopf greifen mußte. Das war merkwürdig! Ein durch und durch sonderbarer Morgen war das gewesen. Er verschwendete normalerweise nicht viele Gedanken an das, was geschehen war, doch jetzt konnte er sich durch den Nieselregen längst vergangener, kühler Morgen trotten sehen. Er konnte sich sehen. Das war so merkwürdig: er war gesehen und beim Namen genannt worden. Er mußte noch einmal nach seiner Mütze greifen, und dann strich er mit der Hand über sein Gesicht, als spürte er es zum ersten Mal.

Als er nach Hause kam, hatte die Mutter Ebereschen in einer Schüssel auf den Küchentisch gestellt. Aus dem Bruch der Zweige strömte ein herber Duft. Das jüngste Mädchen habe sie heimgebracht, sie sei noch so klein, daß sie den Unterschied zwischen Ebereschen und Birken nicht kenne, erzählte die Mutter und lachte. Er war sich unsicher, ob er sie vorher schon einmal hatte lachen sehen. Sie war sonst immer so ängstlich darauf bedacht, die Lippen über ihren kaputten Vorderzähnen zusammenzukneifen. Er konnte sich auch nicht erinnern, jemals einen Geruch so deutlich wahrgenommen zu haben wie diesen bitteren Duft der Ebereschen.

Nun fragte sie, was er getrieben habe. Er wußte nicht, was er darauf antworten sollte. Es war viel zuviel, das konnte man nicht erzählen. Plötzlich nahm er den Holzkorb und lief damit hinaus. Dann setzte er sich auf den Holzklotz und betastete vorsichtig sein Gesicht. Die Wangen waren feucht von Tränen, ohne daß er gemerkt hatte, wie sie dorthin gekommen waren. Es war, als hätte man im Schlaf eine Wunde bekommen und wachte blutend und ahnungslos auf.

Auf Gertrudsborg trat die Köchin auf den Platz vor dem Hauptgebäude heraus und schritt so ungestüm auf das Gartentor zu, daß der Kies um ihre feinen, schwarzen Schuhe stob. Ein Küchenmädchen mit vom Weinen verschwollenem Gesicht schleppte zwei Reisetaschen hinter ihr her.

»Stell sie zurück«, rief die Köchin und schlug mit den Armen nach dem Mädchen aus. »Die beiden und den Koffer kann man mir nachschicken. Soll sie sie durchschauen! Ich weiß, wessen ich beschuldigt werden kann!«

Sie ließ das Gartentor offenstehen und lenkte ihren Schritt durch die Birkenallee auf den Ort zu. Etwa auf halbem Wege nahm sie ein Pächter auf seinem Wagen mit, und auf diese Weise blieb es ihr erspart, dem Großhändler zu begegnen, der gerade auf dem Heimweg war. Als er in sein Haus trat, saß das Küchenmädchen in der Halle am Fuß der Treppe und heulte wie ein Schloßhund, und aus dem oberen Geschoß vernahm er die wohlbekannten, kurzen und atemlose Schreie, die die hysterischen Anfälle seiner Frau einzuleiten pflegten. Das Hausmädchen lief an ihm vorbei nach oben mit einem Tablett, auf dem ein Glas und eine Flasche standen.

»Wo ist Lilibeth?« fragte er.

»Im Garten mit Miß Preston«, sagte das Hausmädchen außer Atem und verschwand um die Treppenbiegung. Das Tablett klirrte, und die Schreie dort oben steigerten sich. Nach einer Weile wurden sie ruhiger, klangen aus und wurden von Schluchzen und leisem Jammern erstickt. Dann wurde es plötzlich vollkommen still. Alexander Lindh stand regungslos da und wartete. In diese Stille hinein begann der Kanarienvogel in der oberen Halle zu singen.

Er ging nicht die Treppe hinauf, sondern setzte sich in das Speisezimmer und las seine Zeitung. Erst als alles wieder ruhig schien, holte er das Hausmädchen herein und erfuhr, daß die Köchin von der ungeseihten Ochsenschwanzsuppe weggegangen war und einen geschuppten Zander auf der Küchenbank hinterlassen hatte, mit dem kein Mensch etwas anzufangen wußte.

Der Großhändler war an häusliche Katastrophen gewöhnt. In zwei Stunden jedoch würden seine Gäste eintreffen. Er schickte einen Boten in den Ort zur Mamsell Winlöf. Nach oben ging er nach wie vor nicht. Lilibeth, jetzt neun Jahre alt, kam mit ihrer englischen Bonne herein, und der Vater erklärte ihr, daß die Mutter unpäßlich sei. Sie nahm die Nachricht entgegen, ohne in ihrem länglichen Gesicht eine Miene zu verziehen.

Er wartete ab, bis Mamsell Winlöf mit ihren Mädchen und ihren Körben in einem Wagen angekommen war. Dann ging er hinauf in das Schlafzimmer seiner Frau. Dort waren die Rouleaus heruntergezogen, und es herrschte ein blauer Halbdämmer. Er sah sie nicht. Er sah nur ganz am oberen Ende des großen Himmelbetts eine undefinierbare Ansammlung von Tüchern und Kissen.

120

»Alexander«, flüsterte sie, und er hörte, daß sie bereits eine schwere Zunge hatte. »Ich bin verzweifelt! Alles ist meine Schuld!«

Er schwieg.

»Bist du böse? Ja, natürlich bist du böse! Jetzt habe ich dir dein Essen verpatzt. Hast du absagen lassen?«

»Nein.«

»Aber das Küchenmädchen kommt mit dem Essen doch nicht zu Rande, Alexander!«

»Das Bahnhofsrestaurant kommt her.«

Es wurde still. Und dann, obgleich er neben der Tür stand und mindestens drei Meter von ihr entfernt war, spürte er, daß sich ihr unsichtbarer Körper in dem Halbdunkel dort versteifte, ahnte, wie sich ihr Rücken wie ein Bogen spannte, wie sie kürzer und immer weiter oben im Hals atmete.

»Ruhig!«

»Das Bahnhofsrestaurant! Du meinst – diese Frau da. Das kannst du nicht tun! Nicht hier in unserem Haus!«

Er ging einen Schritt zur Seite und griff nach der Rouleauschnur. Als das straff gespannte Rouleau mit dem Laut einer kräftigen Ohrfeige nach oben fuhr, verstummte sie jäh. Dann setzte sie sich auf und starrte ihn mit aschgrauem Gesicht und herabhängendem Haar, das sie unter die Haube zu stecken versuchte, an. Er wußte, daß der Schrei wie ein kleines Tier in ihrer Halsgrube lauerte. Auf dem Nachttisch standen die Portweinflasche und das Glas. Ebenso die Medizinflasche von Doktor Didriksson, doch die hatte sie nicht angerührt.

»Ich lasse dir noch eine Flasche Portwein heraufbringen. Und dann bist du still. Den ganzen Abend. Nicht einen Ton will ich hören von hier oben.«

Sie verkroch sich unter der Decke und den Tüchern, die über das Bett gebreitet waren. Er ging hin und versuchte sie zu finden, suchte zwischen der Decke und den Wolltüchern nach ihrer dünnen Hand. Als er sie fand, war sie schlaff und kalt. Er versuchte sie ein wenig warm zu reiben. Dann schlug er das Laken zurück und fand ihr Ohr, strich ihr die starren, glänzenden Haarsträhnen weg. Leise sprach er direkt in dieses Ohr:

»Du weißt, daß du still sein mußt. Ich werde dich sonst fortschicken, Caroline. Sei also still, dann geht alles in Ordnung.«

Er legte das Laken zurück und schlug die Decke über die kalte Hand, die sie so fest ballte, daß die Knöchel weiß wurden und rote Streifen bekamen.

Mamsell Winlöf ließ die Suppe durchseihen, schmeckte sie aber selbst ab. Den Zander hatte sie, bestreut mit Semmelbröseln und mit Butter übergossen, in den Ofen gestellt, und sie goß von der Seite her Sahne auf und ließ das Küchenmädchen knubbelige Champignons bräunen, mit denen sie ihn garnieren wollte. Aus dem Bahnhofsrestaurant hatte sie kalten, aufgeschnittenen Truthahn in Gelee und die dazugehörigen Salate mitgebracht. Was sie nicht hatte, war passendes Gemüse. Das Hausmädchen deckte den Tisch, und ein Mädchen aus dem Restaurant half ihr, die Decken auszubreiten. Die Engländerin schrieb mit fürchterlicher Orthographie die Tischkarten. Draußen auf der Küchenveranda saß ein anderes Mädchen aus dem Restaurant und bediente die Eismaschine. Auf dem Fußboden knirschte es von Salz und Eis.

Als der Zander fein gebräunt und seine Rückenflosse knusprig war, nahm Alma Winlöf ihre Schürze und die Ärmelschoner ab und übertrug das Servieren dem Hausmädchen und einer der Schankkellnerinnen. Im Servierraum fand sie einen Spiegel, vor dem sie ihr dunkles Haar kämmen und vorsichtig etwas Reispuder auf ihr vom Kochen gerötetes Gesicht auflegen konnte. Während des Essens stand sie im Speisezimmer am Bufett und überwachte das Servieren. Freiherr Cederfalk und Baron Fogel begrüßten sie, indem sie ihr die Hand gaben. Doktor Didriksson machte es ebenso, doch Baumeister Magnusson grunzte nur irgend etwas in ihre Richtung. Was, schien ihr gleichgültig zu sein. Sie grüßte ihn in gleichbleibend gemessen freundlicher Art, und ihre Aufmerksamkeit für die Mädchen, die die Suppe hereintrugen, ließ nicht einen Augenblick nach. Von den Frauen grüßte Mamsell Winlöf keine anders, als daß sie dieselbe Miene allgemeinen Wohlwollens aufsetzten, die Frauen zu haben pflegen, wenn sich Kinder oder Tiere im Raum befinden.

Lindh ergriff bereits bei der Suppe das Wort und hieß sie willkommen. Er erinnerte sie an ihre Aufgabe vom Vormittag, tat dies aber auf eine Art, die sie im nachhinein geruchlos und erhaben erscheinen ließ. Weiter wünschte er, daß ihre kleine Gemeinde in Eintracht und Ruhe gedeihen möge. Er wollte, daß sie mit vereinten Kräften den fürchterlichen Kampf, in den umherziehende Aufwiegler die Klassen stürzen wollten, fernhalten würden, und Baumeister Magnusson bellte dazu heiser wie ein Rehbock, zum Zeichen, das er den Redner unterstützte. Lindh hob hervor, daß es verkehrt und nutzlos sei, wenn eine Gesellschaftsklasse die andere bekämpfe, und beendete seine Rede damit, daß er die zukünftige Gesellschaft heraufbeschwor: Ein jeder arbeite dann nach seinem Vermögen und auf seinem Gebiet zum Nutzen der Allgemeinheit. Die Herren streckten ihre Gläser zur Mitte des Tisches, wo Mamsell Winlöf den Baumkuchen hingestellt hatte, der zum Eis angeschnitten werden sollte. Sie machte ein Tablett zurecht, indem sie von allem eine hübsche Portion darauf anrichtete, sogar ein Kelchglas mit Gefrorenem, das in einer Schale mit zerstoßenen Eisbrocken stand, fehlte nicht. Damit wurde das Hausmädchen in die obere Etage geschickt, und kam wieder herunter und sagte, daß die Frau es dabehalten habe.

Die Frauen fragten nach Caroline. Eine nach der anderen hielt den Kopf schräg und fragte den Großhändler mit leiser, vertraulicher Stimme, wie es seiner armen Frau Gemahlin gehe. Offiziell nannte man ihr Leiden eine schwere Migräne, aber es war ebenso offiziell bekannt, daß sie trank.

Man durfte sich nicht zu lange mit dem Essen aufhalten, denn der Stationsvorsteher sollte spätestens um sieben Uhr auf dem Bahnhofsplatz den Mittsommertanz eröffnen, und sie wollten alle dorthin gehen. Cederfalk hatte es deshalb fürchterlich eilig, als er beim Eis und den Ruinen des Baumkuchens seine Dankrede halten sollte.

»Wohl beschatten nicht vielhundertjährige Eichen der Tradition unsere Straßen und Plätze«, hub er an. »Doch die zarten Linden des Gewerbefleißes und Aufbaus eines Gemeinwesens sind in der Väter Erde gepflanzt, und sie stehen nun im frischen Grün ihrer ersten Kraft!«

Frau Postmeister Lagerlöf, die zwar schon eine ältere Dame zu werden begann, sich aber dennoch ihre ironische Ader bewahrt hatte, gelang es, mit einem einzigen Blick auf den kleinen, untersetzten, doch kräftigen Lindh Baumeister Magnusson glauben zu machen, daß Cederfalks Anspielung ein Scherz gehobenen Stils sei, und verleitete ihn dazu, zu prusten und Bravo zu rufen.

Mamsell Winlöf stand unbeweglich neben dem Bufett und hörte zu, allein ihre braunen Augen glitten von einem zum andern. Als sie sich vom Tisch erhoben hatten, blieb sie noch eine Weile stehen und betrachtete die zerknüllten Servietten und die verkrümelte Decke. Das Hausmädchen kam mit dem Tablett aus der oberen Etage herunter, Caroline Lindh hatte es nicht angerührt, sondern es nur beinahe zwei Stunden bei sich behalten. Sie hatte aufrecht im Bett gesessen und auf die Suppe gestarrt, die langsam eine glänzende Haut bekam. Sie beobachtete, wie das Eis zu Soße schmolz und die Sahne über den Fischstückchen eintrocknete. Ab und zu nippte sie an dem süßen Portwein. Schließlich läutete sie nach dem Hausmädchen.

»Bring das Essen hinunter zu Mamsell Winlöf«, sagte sie und schob das Tablett von sich weg. Das Hausmädchen glaubte zuerst, daß sie mit dem Essen etwas gemacht habe, und suchte mit starrem Gesicht auf den Tellern nach etwas Ekligem. Caroline hatte die Oberlippe hochgezogen und zeigte ihre Vorderzähne, spitzige, leicht gewölbte Zähne wie von einem Nagetier.

Gastwirt Isaksson saß lustlos da und soff. Er war nicht mehr länger Anhänger Hickmans oder Malins, ja, aufrichtig und ehrlich gesagt, war es ihm scheißegal, ob die Guttempler in ihren Logen Neger hatten oder nicht. »Die Freudenquelle« hatte irgendwo ihr Mittsommerfest, vermutlich bei Petrus Wilhelmsson. Er gehörte nicht mehr dazu. Auch »Die reine Quelle« feierte Mittsommer. Irgendwann vor der Spaltung war Isaksson der ursprünglichen Loge »Die Quelle« beigetreten, und er hatte die Absicht gehabt, mit beidem Maß zu halten, mit dem Schnaps und mit der Abstinenz, und das alles nur wegen der verdammten Politik. Er hatte sich an den neuen Schullehrer Norrelius gehalten, der es übernommen hatte, ihn als Kandidaten für den Vorsitz des Gemeindevorstands zu lancieren. Es war aber alles schiefgegangen, die ganze Isakssonsche Phalanx war bei der Wahl durchgefallen, und der Gastwirt gab dem Småländisch des Schullehrers dafür die Schuld, das war schließlich ein Zungenschlag, den kein anständiger Sörmländer ertrug.

Er erinnerte sich an den Schullehrer Malm aus Backe. Ein rechtschaffener Mann, der gelehrt hatte, daß die Erde dreimal überflutet gewesen sei. Warum waren sie nicht so gescheit gewesen und hatten den genommen, den der Graf vorgeschlagen hatte? Und dann auch noch diese Demütigung, als die gräfliche Stimmabgabe aus Gnade unterblieb, damit sie bekommen würden, was sie wollten! Sie hätten sich genausogut einen Sack Kreuzottern ins Schulhaus holen können.

Isakssons Kungelei mit den Bauern war ihm außerdem schlecht bekommen. Sie stiefelten im Gasthaus aus und ein und besuchten nie das Bahnhofsrestaurant. Doch in dem Flecken war eine Generation herangewachsen, die sich von den Bauern des Kirchspiels und deren Repräsentanten nicht regieren lassen wollte. Isaksson war auf den Arsch gefallen, wie Magnusson so richtig gesagt hatte.

Alles war so fein geworden. Die Frauen der Lokführer trugen Hüte und grüßten die Frauen der Heizer über den Flur hinweg, pflegten aber keinen Umgang mit ihnen. Die Männer saßen im Bahnhofsrestaurant und nippten an süßen Getränken. Man wünschte sich einen Musikpavillon und einen Rauchsalon. Im Gasthaus aber roch es nach wie vor nach Bauern, seit zwanzig Jahren schon. Die Kunden im Laden wechselten zum Krämer Levander oder zum Händler Plantin. Isaksson war nicht ruiniert, doch die Zeit hatte ihn überholt. Er würde an seinem Mittsommerabend mit den Bauern zusammen saufen.

Oben in der Dachkammer hatte sich Valfrid fertig gemacht und drehte sich unter dem Zaren Nikolaus vor einem Stück Spiegel. Er nahm die Uhr vom Nagel und befestigte die Kette in einem Westenknopfloch. Das Vorhemd neigte dazu, sich auszubuchten, so daß er eine würdevoll gebeugte Haltung einnehmen mußte, um es gerade zu halten. Pfeifend spazierte er die Bodentreppe hinunter, doch als er an der Küchentür vorbeiging, war er still, um nicht die Instinkte der Wirtsfrau, von ihm Dienste zu verlangen, zu wecken.

Draußen regnete es. Der Maibaum auf dem Bahnhofsplatz lag noch immer auf seinen Böcken, und die Flagge hing naß und schlaff herunter. Er hatte keine Verabredung und überlegte sich, über die Gleise zu gehen und zu sehen, was man dort so vorhatte. Mitten auf den Gleisen traf er jedoch seinen Bruder Ebon und Valentin mit der Hasenscharte.

»Jetzt werden die alten Gauner, die den Ort regiern, ihr Fett wegkriegen droben bei der Schule«, sagte Valentin. »Komm mit und hör's dir an.«

»Ich wollte tanzen gehn«, erwiderte Valfrid.

»Da sin doch bloß Weiber. Komm mit zur Schule rauf.«

Als sie die lange Anhöhe zum Schulhaus hinaufgingen, schloß sich ihnen Valentins Schwester Frida an. Sie war ungefähr in Valfrids Alter. Sie trug einen Hut. Er war glänzend schwarz lackiert und von zwei großen Nadeln durchkreuzt.

Weil sie die Schwester dieses unheilbar näselnden Valentin war, wollte er sich am liebsten gar nicht mit ihr abgeben. Sie war aber die Tochter der Banvalls-Brita, und das schüchterte ihn ein wenig ein. Sie hatte den gleichen durchsichtig blassen Teint wie ihre Mutter und flinke, hungrige Augen.

»Das is ja unglaublich, wie viele Leut da offensichtlich kommen«, sprach er einfach so in die Luft.

Auf eine derart galante Anrede antworteten natürlich weder Ebon noch Valentin.

»Das sin wohl mindestens dreihundert Stück«, entgegnete Frida.

»Ich hab' nicht gedacht, daß der Sozialismus so ein Ereignis is«, sagte Valfrid mit einem matten Seufzer.


Ziehharmonikaspieler für das Fest auf dem Bahnhofsplatz zu bekommen, war nicht schwer. Doch Cederfalk wollte einen Fiedelspieler haben. Er hatte nach Lasse in Vanstorp geschickt, doch der wollte nicht.

»Wenn da jemand spielen soll, dann die Spel-Ulla«, meinte er. »Was ich kann, hab' ich von ihr gelernt.«

Als es soweit war, schickte er Spel-Ulla, und Cederfalk war gar nicht glücklich über diesen Tausch. Sie war eine feiste, fünfzigjährige Frau mit kurzen, stämmigen Beinen, und vor dem Festkomitee setzte sie ein unergründlich stumpfes Gesicht auf.

»Ja in Gottes Namen, Mensch«, sagte Cederfalk, »da kann man kaum was machen. Aber können Sie denn spielen?«

»Kann's ja mal probieren«, meinte Ulla.

Es klang nicht allzu schlecht, als sie zu spielen begann. Doch schlimm war es, wie sie aussah. Die Damen des Festkomitees betrachteten ihren Rock, der nahtlos in das Mieder überging und von ihrem runden Rücken und ihrem großen Busen hochgezogen wurde, mit dem Ergebnis, daß man ihre Beine bis zur Mitte der Waden sehen konnte. Sie hatte eine große Fiedel, und die hielt sie wie ein Cello zwischen den Knien.

Leider regnete es fast ununterbrochen. Anfangs versuchte man sich eine Weile im Freien aufzuhalten, doch dann mußte man im Wartesaal Zuflucht suchen, der vorsorglich auch mit Laub geschmückt worden war. Wie üblich waren vom Gut Körbe mit Erfrischungen gebracht worden, und die Wirtschafterin übergab sie Cederfalk, der ein Hoch auf das gräfliche Paar ausbrachte. Dann spielte Spel-Ulla zur Vorführung des Tanzkreises, und das machte sie hübsch und nett, wie die Frau des Telegrafendirektors fand. Mamsell Winlöf hatte zwei Topfpalmen hergeliehen, und diese hatte man vor Ullas Platz hingestellt, so daß sie zur Hälfte verdeckt war.

Den Tanzkreis bildeten Jugendliche in Volkstrachten. Baron Fogels Neffen von Lilla Himmelsö trugen Lappentrachten aus weicher Wolle, und zwischen den Zähnen hatten sie Tabakspfeifen, die natürlich nicht angesteckt waren. Einer von ihnen tanzte mit Lilibeth Lindh, die eine Leksandtracht anhatte. Ihre Sämischlederjacke war aus gelbem Samt, und die Schaffellkanten sahen aus wie flaumige Schwanendaunen. An der Spitze der langen Haube wippten Bällchen aus Seide.

Nach dem Tanzkreis boten zwei Jungen den Ochsentanz dar. Doch da bekam die Fiedel einen schnarrenden Klang, fand die Frau Postmeister, und das schwere Gestampfe und die fast zu täuschend echten Ohrfeigen, die die beiden Rivalen einander gaben, waren auch nicht sonderlich schön.

»Es wird so leicht übertrieben«, erklärte Cederfalk. »Doch es sind anständige Jungen.«

Es hatte sich dennoch ein rauher Ton eingeschlichen, nicht zuletzt in das Fiedelspiel.

Der allgemeine Tanz begann, und Cederfalk hätte ihn gerne mit einem Walzer eröffnet, doch es erklang eine Polka. Von seiner Dame bekam er einen Korb, in diesem merkwürdig aufreizendem Rhythmus könne sie nicht tanzen. Da forderte er die Wirtschafterin des Gutes auf.

Spel-Ulla beugte sich beim Spielen vor, den Mund halb offen und die Fiedel zwischen den Knien. Es waren nicht mehr sehr viele, die noch tanzten, denn der Takt war wilder geworden. Ein Paar nach dem anderen setzte sich oder stellte sich an das Bufett und trank Limonade. In der Mitte des Wartesaals jedoch wirbelte der Stationsvorsteher mit der kleinen Wirtschafterin herum, die schon ganz grauweiß um die Lippen war. Sie bat ihn um Verzeihung – aber sie könne jetzt nicht mehr! Könnten sie sich nicht hinsetzen?

Sie waren allein. Er trippelte bis an den Rand des Saales und mußte seine Dame bei jeder Drehung fast hochheben. Sie stießen an einen Spucknapf aus emailliertem Blech, der scheppernd über den Fußboden schlitterte und nahezu die Fiedel übertönte. Das schien Spel-Ulla dazu zu veranlassen, von neuem und mit noch schrillerem Ton zu beginnen.

»Kommt, setzt euch her, liebe Freunde!« rief die Frau Postmeister. »Ruht euch ein bißchen aus! Ich schenke Fräulein Nebelius etwas Limonade ein.«

Er hörte sie gar nicht. Auf- und abhüpfend drehte er mit der Wirtschafterin im Arm seine Runden. Sie sah ihn mit starren, runden Augen an.

»Aufhören!« rief sie der Fiedelspielerin zu. »Ich kann nicht mehr!«

Doch Spel-Ulla hatte den Kopf gesenkt und lugte nur unter Augenbrauen, buschig wie die eines Mannsbilds, hervor. Sie

130

spielte wild und häßlich. Die Aufstriche schmerzten wie Peit-
schenhiebe. Cederfalk sah sie nicht an, er drehte die Runden
mit immer steiferen Beinen, und seine Lippen waren schon
weiß. Ein ums andere Mal stieß er an den Spucknapf, und
schließlich schien es, als sei das scheppernde Gefäß mit ihnen
durch all die übelriechenden Ecken des Wartesaals getanzt.

Plötzlich, als sei sie einer langweiligen Beschäftigung, der
ihre Hände, nicht aber ihre Seele nachgegangen war, überdrüssig, ließ Spel-Ulla den Bogen sinken und erhob sich. Cederfalk
hielt jäh im Tanzen inne, und die Wirtschafterin, ihrer Stütze
beraubt, taumelte und fiel nach hinten, der Frau Postmeister
geradewegs in die Arme.

Cederfalk holte sein Taschentuch hervor und drückte es einen Augenblick an den Mund. Dann ging er, ohne mit jemandem ein Wort zu sprechen, zur Tür, die zu den Gleisen führte.
Spel-Ulla nahm ihre Fiedel und verschwand durch die Tür zum
Bahnhofsplatz. Sie ging ohne Eile durch den Regen.

Es goß in Strömen, und als die Festbesucher im Wartesaal hin-
ausschauten, sahen sie eine kleine, magere und unscheinbare
Person ohne Regenschirm, die an der Spitze einer Schar von
Menschen, die alle Zeitungen oder ausgebreitete Tücher über
den Köpfen hielten, über den aufgeweichten Platz strebte.
Zwei- oder dreihundert Menschen hatten sich oben bei der
Schule die Rede des Agitators angehört, und viele folgten ihm
nun zum Bahnhof, um im Wartesaal noch zu tanzen. Der Agitator wollte mit dem letzten Abendzug fahren. Großhändler
Lindh hatte einen Ziehharmonikaspieler holen lassen. Das
Fest kam eben wieder in Gang, wenngleich es jetzt einen anderen Charakter angenommen hatte, und die Honoratioren
schickten sich an, nach Hause zu gehen. Cederfalk hatte sich
ein Weilchen in seinem Dienstzimmer ausgeruht und kam im
selben Augenblick zurück, in dem der Agitator und seine Gesellschaft den Wartesaal betreten wollten.

»Das ist hier ein privates Fest für die Einwohner dieses Ortes«, sagte Lindh, der ihnen in der Türöffnung entgegentrat. »Sie müssen draußen warten.«

»Ich habe noch nie gehört, daß der Wartesaal in einem Bahnhof ein Privatlokal ist«, entgegnete der Agitator, der genauso groß war wie Lindh.

»Dann hören Sie es jetzt!«

Cederfalk stand vor ihm und schien sich gut erholt zu haben.

»Dann, meine Freunde«, rief der Agitator mit einer ausladenden Armbewegung, die nicht nur seine eigene regendurchnäßte Schar, sondern auch diejenigen, die in dem laubgeschmückten Wartesaal an den Wänden entlang standen, umfaßte, »dann sollen diejenigen, die einen staatlichen Bahnhof als geziemenden Ort für ein Gesellschaftsspektakel und die Wohltätigkeit der oberen Klassen ansehen, dort drinnen bleiben, und wir anderen warten unter freiem Himmel auf die Ankunft des Zuges!«

Es entstand Bewegung, als der Trupp durch den Wartesaal marschierte, und Alexander Lindh glaubte einen Augenblick, daß er sich leeren und nur er und seine Essensgäste übrigbleiben würden. Doch so schlimm war es nicht. Der hinkende Agitator konnte nur etwa zehn der Tanzenden zum Mitgehen bewegen, und Cederfalk gab dem Ziehharmonikaspieler ein Zeichen, daß er weiterspielen solle. Sobald er aber eine Pause einlegte, hörten sie den Regen auf das Dach prasseln, und vom Bahnsteig drang der Gesang, den der kleine Agitator draußen im Regen anführte, herein.

»Was singen die denn da?« fragte Frau Postmeister.

»Das weiß ich nun wirklich nicht«, sagte Cederfalk.

»Aber ich weiß es!« erwiderte freudestrahlend Baron Fogel. »›Söhne der Arbeit‹! Das ist ein Lied von einem Korkschneider Menander.«

Eiskalt und naß und mit aufgeweichtem Vorhemd sang Valfrid draußen auf dem Bahnsteig. Er drückte Fridas Hand und

sang, daß er bisweilen selbst seine Stimme die der anderen
übertönen hörte, und er sah, wie Valentin Ebon in die Seite
stieß und sich über ihn lustig machte. Doch was kümmerte ihn
das! Stand dort nicht einer, der mit Hohn übergossen worden
war, seit er angefangen hatte zu agitieren, und hatte es denn etwas anderes bewirkt als seine Empörung nur noch mehr anzu-
stacheln? Valfrid hatte so etwas Großartiges wie diesen Agitator noch nie gesehen und gehört. Und es schien ihm, als seien
die geringe Körpergröße und das Hinken geradezu Vorausset-
zungen dafür, die Größe dieser Seele hervortreten zu lassen.
Ach, wäre man doch lahm! rief Valfrid in seinem Herzen, und
er sang, daß es ihm selbst in den Ohren dröhnte.

Nach der Rede war er vorgestürzt und hatte dem Agitator
die Hand gedrückt und ihm, ohne etwas von dem nacht-
schwarzen Verbrechen seines Bruders Ebon mit dem »Volkswillen« zu erwähnen, gesagt, daß er sein Leben der Arbeiterbe-
wegung und ganz besonders der Sozialdemokratie weihen
wolle. Valfrid wußte nicht, daß Ebon die Zeitungen ein zweites
Mal verkauft hatte, und der Agitator wußte nicht, daß sie Brüder waren. Doch er bot Valfrid an, Zeitungsverkäufer zu werden, und teilte ihn so schnell ein, daß es unmöglich war, es sich
anders zu überlegen. Ihn, der bereit war, ihm vom Fleck weg zu
folgen, mit dem ersten Zug hinaus ins Land zu reisen und zu
den Menschenmassen zu sprechen und wie einer seinesglei-
chen verspottet zu werden!

Der Agitator fuhr nun ab, und Valfrid und Ebon, jeder mit
einem Packen Zeitungen unterm Arm, blieben zurück. Sie hatten verabredet, daß mit der Eisenbahn eine neue Sendung
kommen werde, sobald die nächste Nummer erschienen sei. Es
war also zu spät, um noch etwas zu ändern.

Doch was machte das! Und welche Rolle spielte es, daß er
kalt und durchnäßt war – wie mußte der Agitator selbst sich
erst fühlen! Er war hier, dachte Valfrid, und wir konnten ihm
nicht einmal einen Regenschirm anbieten.

»Man wird das Faktum nicht wegzaubern können, daß wir heute einen großen Mann getroffen haben«, sagte er und drückte Fridas Hand. Wie gerne gäbe er nicht seine gesunden, langen Beine und seinen schlaksigen Körper her, um von Größe erfüllt zu werden! Und würde nicht erst ein verkrüppelter und gebrechlicher Körper die Größe, die aus dem Inneren kommt, richtig zum Ausdruck bringen können? Ach, wäre er doch lahm!

Es nieselte auch noch am Morgen nach der Mittsommernacht, als der Farn blühen sollte. Johannes Lans war betrunken und glaubte, er ziehe hinaus in den Krieg und marschiere mit donnerndem Stiefeltritt.

Zog ein Kriegsknecht des Königs, ein Soldat aus Schweden hinaus und marschierte, stand die Sonne aber voll und rund, als blase sie die Trompete! Der Staub der Landstraße stand wie Pulverrauch um die Stiefel. Teufel noch mal, es regnete überhaupt nicht! Doch Lans marschierte, leider nicht alleine, denn hinter ihm lief in Stiefeln, die in der Nässe leckten, seine Alte, dieser Kotzbrocken Sara Sabina Lans. Sie hatte es einfach nicht geschafft, auf das Fest des Sattlers mitzukommen. Immer schneller lief sie nun auf ihren Steckenbeinen, und als der Soldat merkte, worauf das hinauslief, schritt er aus.

Allein durch ihren Mißmut, ihre leidige Miene erinnerte sie ihn daran, daß er nur dahinstiefelte und träumte. Beim nächsten Manöver würde er wieder anstatt im Uniformrock in einem steifen und schmierigen Lederrock an der Kochgrube stehen. Er war bald uralt und würde nie Korporal werden. Wie oft er wegen Trunkenheit im Dienst bestraft worden war, konnte er schon gar nicht mehr zählen. Zu Hause auf dem Küchensofa lagen Schande und Lächerlichkeit und hielten einander mit schwitzigen Händen. Alle wußten, daß das eine Kind von Edla war und das andere sein eigener Nachkömmling auf seine alten Tage.

Sara Sabina war gekommen, um ihn nach Äppelrik heimzu-
holen, und sie war mürrisch und müde. Der Soldat schwenkte
um die Gastwirtschaft, wo Jugendliche bei den Pferchen auf
der Weide darauf warteten, frische Milch trinken zu können,
ehe sie nach dem Tanzen endlich nach Hause gingen. Die
Dienstmädchen waren mit ihren Eimern auch schon unterwegs.

Der Soldat winkte und krähte ihnen zu, und dann setzte er
über den Bahnhofsplatz, und als er bei den Gleisen war, sprang
er geradewegs auf den größten Kohlenhaufen im Kohlenban-
sen hinauf, nur um seine Alte zum Narren zu halten. Er begann
zu klettern, und die Kohlen prasselten unter seinen Händen
und Knien, und er glitt ständig einen Schritt zurück, wenn er
zwei nach oben geklommen war. Doch zu guter Letzt hatte er
die Spitze erreicht und sah auf Sara Sabina herunter, die sich
auf einen Kohlenkran gesetzt hatte, um sich in dem grauen
Morgen ein wenig auszuruhen.

»Ne Elster saß auf nem Kellerdach«, sang und jubelte er dort
oben. Abwärts ging es nach der anderen Seite in einem Rutsch
aus Kohle und Staub. Doch nun hatte ihn ein Bahnarbeiter entdeckt und begann ihm fluchend hinterherzulaufen. Der Soldat, jetzt leichtfüßig wie ein kleiner Junge, trieb seinen Spaß
mit ihm und lief Haken schlagend über die Gleise. Ein Frühzug
fuhr ein, und der Soldat wollte ausweichen, stellte sich dabei
jedoch selbst ein Bein. Er lachte noch, als der Zug über ihn
fuhr.

Sintemalen und alldieweil«, sagte der Soldat Lans zu seiner Frau, denn er hatte selten einen anderen Zuhörer, seit ihm der Zug die Beine abgefahren hatte und er zu Hause saß. »Sintemalen und alldieweil ich im Kirchspiel Stegsjö auf dem Gutshof Stora Kedevi als Kind unbekannter Eltern auf die Welt gekommen bin.«

»Das wissen wir«, sagte Sara Sabina. »Jetzt lies aber.«

»Dann gib schon her. Ein sündig Mann, er lag im Schlaf der Sünden.«

Sie wollte lesen lernen, wozu es auch immer gut sein sollte.

»Da hört' die Stimm' des Himmels er verkünden: Wach auf, wach auf! Vernimm die tröstlich' Kunde. Sieh, welch ein Licht am Berg und in dem Grunde!«

Er las prächtig, und am liebsten sagte er es auswendig her. Doch die Frau war ungeduldig und schob ihm das Buch hin. Ihre Lippen bewegten sich nach den seinen.

Ja, jetzt war Schluß mit dem Vergnügen! Da saß er nun mit einer Alten und einem Gesangbuch! Am schlimmsten war es im Winter, wenn es nicht soviel zu sehen gab. Er kannte jedes Astloch auf dem Fußboden. Hier hatte er dereinst mit den Kumpanen getanzt. Mit Getskoger, Malstuger und Stora Smen, mit Vargmoser und dem Alten aus Löskebo. Damals war es wahrhaftig lustig zugegangen, und zwei gesunde Beine hatte er auch gehabt.

136

Im Sommer konnten sie wenigstens die Tür offenstehen lassen und seinen Stuhl näher hinrücken, so daß er den Hermelinen und Eichhörnchen zuschauen konnte. Auf dem Holzklotz bei der Tür konnte er nicht sitzen, er brauchte eine Rückenlehne, denn er war ja wie ein Topf Pökelfleisch, ein Körper, aber keine Knochen. Und mit dem Vergnügen war es Schluß! Sowohl Getskoger als auch Stora Smen waren tot, der Alte aus Löskebo saß im Armenhaus. Mit Vargmoser kamen sie nicht zu Rande, er saß nach wie vor in seiner Hütte, doch es ging ihm schlecht in seiner Einsamkeit. Der einzige, der ab und zu auftauchte, war Malstuger, doch auch mit ihm war nichts mehr los, mit dem alten, zahnlosen Grantler, der über Schmerzen in den Beinen jammerte. Schmerzen in den Beinen!

»Ja, wenn einer solche Sorgen hat«, seufzte Lans, und dann versuchte er, Malstuger sein altes Soldatenlied vorzusingen, um ihn auf andere Gedanken zu bringen.

Ja, Bauern hab' ich betrogn
betrogn hab' ich den Pfaff
und Madln hab' ich betrogn
dreihundertachtzig und acht
als ich noch jung war!

Doch es wirkte nicht. Malstuger tränten die Augen, und sein Kinn bebte.

In gewisser Hinsicht hatten sie dennoch Glück gehabt. Er hatte nach dem Unglück eine Pension von vierundzwanzig Kronen bekommen sowie die Hütte und ein paar Scheffel Land ringsum behalten dürfen. Äppelrik war in jedem Protokoll als minderwertige und unvollständige Soldatenkate geführt worden. Es war Lans jedoch sehr recht gewesen, daß er als Ausgleich für die fehlenden Werte eine höhere Löhnung erhalten hatte, denn er war kein Bauer. Und nun durfte er in Gnaden hier sitzen. Das war für die Bauern billiger als auf Kosten der

Gemeinde für den Soldaten, seine Alte und seine Kinder zu sorgen.

Sara Sabina brachte immer etwas mit heim, wenn sie vom Waschen oder Putzen nach Hause kam. Doch der Soldat wußte nichts davon oder wollte nichts davon wissen. Er prahlte nach wie vor damit, daß er unfähig sei, Wohltaten und Almosen entgegenzunehmen. Hinter seinem Rücken lächelte man jedoch über ihn, denn es war allgemein bekannt, daß seine Frau heimlich fast bettelte. Es gab zumindest nichts, was sie verschmähte, wenn ihr etwas angeboten wurde.

So schlugen sie sich durch den Alltag, doch die großen Ereignisse, mochten sie noch so vorhersehbar sein, machten sie ratlos. Als Rickard in die Schule kommen sollte, waren seine Hosen schon so aufgetragen, daß der Hintern zu sehen war. Rosig leuchtete er durch das fadenscheinige Gewand. Ja, da sah man ganz deutlich, wie gefährlich es war, Kinder in die Welt zu setzen, wenn man alt und arm wurde.

»Da wird's nix mit der Schule für ihn«, sagte Lans, als er es satt hatte, diesen nackten Hintern anzustarren.

»Dann kriegn wir wohl 'ne Hose von der Gemeinde«, glaubte Sara Sabina.

»Nur über meine Leich«, gab der Soldat stolz zurück.

Es gab aber doch Hosenstoff im Haus. Sara Sabina konnte in diesem Sommer kaum die Augen von ihm wenden. Und schließlich sprach sie es aus.

»Und wenn wir das nehmen, was von deiner übrig ist?«

»Was?«

Sie mußte es ein zweites und auch noch ein drittes Mal wiederholen. Dann verschlug es ihm die Sprache. Nach einer ganzen Weile sah er sie scharf an und sagte:

»Das laß bloß bleiben.«

Damit sie verstehen würde, daß er es bitterernst gemeint hatte, ließ er einen ganzen Tag verstreichen, bevor er noch einmal auf die Sache zu sprechen kam. Doch dann sagte er unmit-

telbar vor dem Einschlafen, nachdem sie seinen Körper in das
Bett in der Kammer gehievt hatte:

»Meine Hose rührst du nicht an. Nicht, solang ich noch
leb'.«

Sie hatte sich schon vorgenommen, es sein zu lassen, denn
sie verstand, daß er es ernst meinte und daß ihm die leeren Hosenbeine, die sie ihm hochgeschlagen und festgeheftet hatte,
etwas bedeuteten. Doch je länger sie den einwandfreien Stoff
betrachtete, der gut und gern für eine Jungenhose reichen
würde, desto weniger verstand sie, was es für eine Rolle spielen
konnte, ob diese leeren Hosenbeine nun dort hingen oder
nicht. Er konnte doch auf keinen Fall hoffen, jemals wieder
eine Verwendung für sie zu haben.

Rickard war ganz begierig darauf, in die Schule zu kommen,
und er tat ihr leid. Eines späten Augustabends faßte sie einen
Entschluß. Dann lag sie fast die ganze Nacht auf der Lauer,
damit sie ja früh genug aufwachte. Sie mußte das erste Licht
des Tagesanbruchs nutzen, er durfte aber noch nicht wach
sein.

Still ging sie hinein, schnappte sich die Hose vom Stuhl und
schloß die Kammertür, die sie schon im voraus mit Schmalz
geschmiert hatte. Das Morgengrauen hatte eben erst einge-
setzt, so daß das Licht noch farblos war und das Laub der Apfelbäume draußen vor dem Fenster grauweiß schimmerte. Sie
breitete die Hose auf dem Tisch aus und schnitt rasch zu.

Es reichte für die Jungenhose, und bis der Soldat und die
Kinder aufwachten, hatte sie sie halbfertig genäht. Darüber
hinaus hatte sie die Schnittkanten der Hose des Soldaten um-
geschlagen und mit kleinen, dichten Stichen zugenäht. Als er
sie in die Hand nahm, sank sein Kinn herab und begann wie bei
Malstuger zu beben. Auf alles war sie gefaßt gewesen in puncto
Zornesausbruch, und sie hatte sich für das meiste auch schon
eine Antwort zurechtgelegt. Er aber weigerte sich, sich in die
beinlose Hose stecken zu lassen. Nicht ein Wort sagte er. Er

rollte sich nur im Bett auf die Seite, so daß er mit dem Rücken zum Zimmer lag, und wollte nicht hochgehoben und auf den Stuhl gesetzt werden.

Es war ein verheerenderes Elend, als sie es sich je hatte vorstellen können. Rickard bekam Angst, als der Vater nur so dalag, und weigerte sich zunächst, die neue Hose anzuziehen. Sie mußte ihn sich erst einmal ordentlich hernehmen, und schließlich hatte sie ihn soweit, daß er sich zur Schule aufmachte. Mit steifen Bewegungen, so als fürchte sein kleiner Körper, den Stoff zu berühren, trippelte er von dannen. Und in der Kammer lag der Soldat wie ein Paket und jammerte leise. Er war weit jenseits aller menschlichen Würde. Aber um Gottes willen! Sie hatte nicht geglaubt, daß diese in einem Paar leere Hosenbeine sitzen würde.

Sie sprach mit ihm, und er ließ es schließlich zu, daß sie ihn ankleidete und in den Stuhl setzte. Das ging ein paar Tage so, und es war verdächtig leicht, ihn zu überreden. Sein Schwung war vollkommen dahin. Da sah sie ein, daß sie etwas unternehmen mußte.

Sie gönnte ihnen aber auch gar nichts in diesem Herbst. Jedes Fünfzigörestück, das sie beim Waschen verdiente, sparte sie, bis sie ihm bei einer Kleiderhökerin auf dem Markt im Flecken eine neue Hose kaufen konnte.

»Und das ist nicht irgend jemand, der die getragn hat«, sagte sie, als sie sie auf seiner Bettdecke ausbreitete.

»Wer denn?«

»Das mußt du raten.«

Sie war weit im Bund und hatte bis zum Beinansatz fast die Form einer Kugel. Sie mußte um einen mächtigen Bauch gesessen haben.

»Kann es Klot-Kalle sein, der früher den Bierkeller gehabt hat? Is der denn g'storbn?«

»Die is nicht von einem, der tot is«, entgegnete sie. »Und im übrigen is se von bessern Leuten.«

Er dachte an Krämer Levander und sogar an den Molkerei-
besitzer. Doch keiner, den er kannte, hatte einen derart dicken
Wohlstandsbauch. Schließlich dämmerte es ihm.

»Ist's denn möglich?« fragte er.

Sie nickte.

»Der Großhändler?«

»Ja«, antwortete Sara Sabina. »Der höchstpersönlich. Großhändler Lindh. Se ist natürlich an einen verschenkt wordn.
Doch das war einer, der nur Schnaps habn wollt und se verkauft hat. Und drum gehört se jetz dir.«

Ohne noch weitere Worte über die Sache zu verlieren,
schlug sie die Hosenbeine hoch und heftete sie mit einer Nadel,
die sie schon vorher eingefädelt und bereitgehalten hatte, fest.
Er wollte hingegen nicht, daß sie den Umfang änderte. Er fand
es lustig, sie über dem Bauch rauf und runter zu ziehen und zu
zeigen, welch gewaltigem Großhändler sie gehört hatte und
welch kurze Beine dieser doch hatte.

Ja, er war wieder der alte. Sie glaubte fast, daß er nach kurzer
Zeit alles vergessen hatte. Sie selbst aber vergaß es nicht. Man
mußte sich demütigen, wenn man arm war, das wußte sie besser als die meisten. Sie hatte versucht, ihm etwas davon zu ver-
mitteln, als er so hilflos dalag und seinen abgeschnittenen Ho-
senbeinen nachjammerte. Doch offenbar gab es für jeden Menschen eine Grenze, über die hinaus er sich nicht, auch nicht um
der Armut willen, demütigen konnte, ohne sich selbst aufzuge-
ben. Das vergaß sie nicht. Sie fragte sich, ob sie selbst solch
eine Grenze habe und wann sie zu ihr hinabreichen würde.

Sie wurden immerhin um eine Sorge ärmer, als Sattler Löfgren Rickard zu sich nahm und versprach, daß er ihn bei sich in
die Lehre nehmen werde, sobald er die Schule hinter sich
hätte. Dem Sattler war mittlerweile klar, daß er selbst keinen
Jungen mehr haben würde. Er hatte zwei dicke, dunkelhaarige
Töchter, die seine Augensterne waren. Er wollte aber auch jemandem sein Handwerk weitergeben.

Es war leer, nachdem der Junge weggangen war. In den letzten Jahren hatte sich der Soldat recht viel mit ihm unterhalten. Er war doch immerhin ein männliches Wesen. Jetzt saß Lans an der offenen Tür und horchte auf die Geräusche im Wald.

»Jaja«, sagte er zu sich selbst, »früher war's anders. Da waren die Leut' wenigstens noch gut gelaunt. Heutzutag sind se barscher und boshafter.«

Sara Sabina warf ihm einen erzürnten Blick zu, doch er redete nur mit sich selbst. Er hörte auch fortwährend soviel im Wald: Stimmen, Jagdhörner. Doch wenn sie hinzutrat, war nichts, nur das Getriller der Amseln und das ewige Guck-du! Nur-zu! der Hohltauben.

Tora spielte gewöhnlich auf der Steinplatte vor der Tür, sie kümmerte sich selten darum, was er schwatzte, denn er meinte sie ja nicht. Manchmal aber sprachen die Alten miteinander. In den frühen Morgenstunden erwachte sie von ihren Stimmen, konnte aber nicht verstehen, was sie sagten: Sie klangen leise und eifrig, wie sie sie sonst nie gehört hatte. Einmal schlief sie nicht sogleich wieder ein, sondern beobachtete, wie die Großmutter den beinlosen Körper des Alten zum Fenster trug und ihn auf einen Stuhl setzte. Er war ungeduldig.

»Kommt er bald?« fragte er. »Siehst'n?«

Tora setzte sich auf, um auch aus dem Fenster sehen zu können. Es war im Morgengrauen und alles sah so wunderlich aus, denn das Licht kam aus der verkehrten Richtung. Die Südseite des Stalls lag noch in tiefem Schatten, das hatte sie noch nie gesehen.

Doch sie sah niemanden kommen. In dem tückischen Morgenlicht war nichts wie gewohnt. Dort draußen war vieles, was sie ängstigte. Aus dem Moor waren Stimmen und Schreie zu hören. Sie steckte die Finger in die Ohren und starrte mit brennenden, schlaftrunkenen Augen hinaus. Graue Schatten verschwanden raschelnd im Steinsockel des Stalles. Es kam aber niemand. Unten auf der Wiese wirbelten Nebelschwaden auf und verflüchtigten sich wieder. Jetzt sah man die Hexenringe im Gras. Dort unten getraute sie sich nie zu spielen.

Sie wurde größer und weniger ängstlich und durfte auch kaum mehr spielen. Am allerwenigsten durfte sie mit untätigen Händen herumsitzen. Sie strickte für sich selbst und für Rikkard schwarze Strümpfe und haßte sie schon, bevor sie sie anzog, da sie so erbarmungslos kratzten. Nicht lange und es klafften Löcher an den Fersen, und dann mußte sie sie stopfen. Das seien Morcheln, meinte die Großmutter, und Rickard klagte, daß er auf ihrer knotigen Stopferei nicht laufen könne.

Was ihr als einziges wirklich Spaß machte, war, die Kleider der Pröpstin und ihrer Töchter zu zerschneiden, wenn Sara Sabina für sie Teppiche weben sollte. Tora saß dann unter der Schattenmorelle, und es war fast wie ein Spiel. Sie hütete sich jedoch zu sagen, daß es ihr Spaß machte. Die Streifen dünnen Linons und anderer feiner Stoffe wanden sich um ihre nackten Füße. Sie fragte sich, was sie in diesen Kleidern getan haben mochten. Vieles mußte aussortiert werden, obgleich es noch vollkommen in Ordnung war. Es war zu dünn und weich und würde keine starken Teppichflecken abgeben.

Sie mußte das Ende der Kette halten, wenn die Großmutter sie aufbäumte. Allmählich konnte sie die Kettfäden besser durch die Litzen ziehen als Sara Sabina, denn sie hatte schärfere Augen. Es dauerte jedoch einige Zeit, bis sie so viel Kraft in den Armen hatte, daß sie das schwere Gewebe des Flickenteppichs anschlagen konnte oder mit dem Teigrührer zurechtkam, wenn sie Teig für Kartoffelbrote angesetzt hatten.

»Arbeit mit Ruh', Mädel«, sagte die Großmutter, und Tora packte zu. Es war schwer. Der feste Teig wollte sich nicht bewegen in dem Trog.

Als Tora das erste Mal den Küchenfußboden scheuerte, saß der Soldat neben der Tür, und Sara Sabina hievte ihn mit dem Stuhl über die Schwelle. Er saß zur Küche gewandt und schaute dem Mädchen beim Scheuern zu.

»Ja, jetzt is Schluß mit dem Vergnügen«, sagte er. »Jetzt fängt der Ernst an.«

Über den einen oder anderen Anschnauzer hinaus hatte er eigentlich nie etwas zu ihr gesagt. Seit er die Beine verloren hatte, wußte sie nicht, was sie von ihm denken sollte. In gewisser Hinsicht war er der alte geblieben, und sie fürchtete ihn nach wie vor. Was sie aber am meisten beeindruckt hatte, waren eben seine Beine in den schweren Stiefeln gewesen. Früher gingen sie immer den ganzen Weg bis Åsen, um den Sattler zu besuchen. Er polterte im Staub der Landstraße und nie kümmerte er sich darum, ob Rickard und sie mitkamen. Und nicht ein Wort sprach er mit ihnen auf dem ganzen Weg. Kinder sollten folgen. Das war alles. Doch seine großen Schritte in den stubsnasigen Stiefeln hatte sie stattlich gefunden – er war immerhin Soldat und nicht irgendein dahergelaufener Kätner. Und er war ihr Großvater. Jede Viertelmeile hatte er sich beim Meilenstein ausgeruht und seine Pfeife angesteckt. Den Kinder hatte er jedoch den Rücken zugekehrt, wenn sie rasteten, und er hatte geschwiegen, selbstverständlich.

Jetzt war er alt und ohne Beine und saß neben der Tür auf einem Holzklotz, für den Rickard ihm eine Rückenlehne geschreinert hatte, weil er anders nicht sitzen konnte, sondern umfiel wie ein voller Topf.

»Ja, die Zeiten haben sich geändert, wahrhaftig. So ist das.«

Er sprach mit ihr, nicht nur einfach in die Luft, das wurde immer deutlicher. Sara Sabina war arbeiten gegangen. Rickard war weggezogen.

»Ja, jetzt is Schluß mit dem Vergnügen«, sagte er.

»Dann kommen wohl Schande und Not«, versetzte sie, ehe sie sich besinnen konnte. Woher sie das hatte, wußte sie nicht, wohl aber, daß sie zusammengehörten.

Sie nahmen sich bei der Hand und tanzten in ihren Gedanken, der halbseidene Herr, das blauweiße Kind und der Alte mit dem Stock.

»Was hast g'sagt?«

Es war das erste Mal, daß sie sich getraut hatte, ihm zu antworten, und da entfuhr ihr so ein dummes Zeug. Sie schwieg erschrocken und wagte es nicht, sich zu erklären.

»Se ist wahrscheinlich 'n bißchen z'rückgeblien«, meinte der Soldat zu Sara Sabina. »Ne andre Erklärung gibt's da nicht.«

Danach sprach er nicht mehr mit ihr. Ihretwegen legte er aber jedenfalls wenig Eitelkeit an den Tag. Er fragte gewöhnlich Sara Sabina, ob das Mädchen gut mitkomme in der Schule.

»Ihre Mutter war nicht dumm.«

Sara Sabina gab darauf keine Antwort. Als aber der Soldat fortfuhr zu schwadronieren, wie unbegreiflich schnell Edla das ABC und die Kunst der Rechtschreibung durch hatte, schnitt sie ihm scharf, wie mit einer Schere, das Wort ab:

»Wer hat denn was davon g'habt? Se mußt' nur aufhörn und zwei Jahr früher in Stellung gehn.«

»Ja, da hat se wenigstens was zu essen g'habt«, entgegnete der Soldat.

Jetzt drehte sich Sara Sabina um, so daß er ihr Gesicht sah. Sie hatte noch nie vorher über Edlas Unglück gesprochen.

»Se is noch nicht mal eingesegnet g'wesn«, sagte sie.

Der Soldat schlug die Augen nieder und machte den Eindruck, als wolle er etwas antworten, doch erstaunlicherweise brachte er nichts über die Lippen.

Über Edla gab es nur eine einzige Geschichte. Tora hatte sie zum erstenmal gehört, als sie noch ganz klein war, und da war es eigentlich die Geschichte über den weisen Alten in Oxkällan gewesen, der Zucker und Spinnweben auf Wunden schmierte und Mädchenleiden durch Besprechen heilte. Er hatte einen kleinen Dämon unter dem linken Ringfinger gehabt, erzählte der Soldat Lans. Den fütterte er jeden Abend mit einem Tropfen Blut. Doch Sara Sabina nahm dem Soldaten diese Geschichte weg, und bald wußte Tora, daß auch Edla bei dem Alten in Oxkällan gesessen hatte, als er ein Dienstmädchen namens Hanna besprochen hatte. Die Geschichten sind so viel klüger und behutsamer als wir, so daß Tora im Laufe der Jahre verstehen lernte, daß sich beide Mädchen der Besprechung des Alten unterworfen hatten. Er legte eine Schere auf den Tisch, wenn er Mädchen besprach, erklärte Sara Sabina. Der eine Schenkel zeigte nach Norden und der andere auf den Leib des Mädchens. So mußte es sein, wenn es etwas bewirken sollte.

Behutsam machte die Geschichte Tora etwas wissen, das sie brauchte: Edla war nicht ihre Schwester, wie sie immer geglaubt hatte, und der eine Schenkel der Schere hatte auf Hannas Leib gewiesen, der andere aber auf Edlas.

»Hat das g'holfen?«

Da kräuselte sich Sara Sabinas Mund, der jetzt so dünn und runzlig war, daß er aussah, als sei er zusammengenäht worden, und sie kicherte leise und verstohlen. Langsam lernte Tora diese Geschichte verstehen, ohne sich vor ihr zu fürchten.

Doch Sara Sabina hätte sich nicht zu ängstigen brauchen, daß Tora die Schule zu schnell durchlaufen und frühzeitig entlassen würde. Sie war nicht dumm, gehörte aber nicht gerade zu den Hochbegabten. Als sie zum Konfirmandenunterricht ging, sagte der Soldat ängstlich:

»Se g'hört doch wohl nicht zu'n letzten?«

Nein, mit der langsamen Truppe mußte sie nicht gehen und stand auch nicht unter den letzten. Sie war größer und kräftiger als Edla. Sie hatten seltsamerweise für die jüngsten Kinder mehr zu essen gehabt. Für die Konfirmation hatte Sara Sabina von der Vorsteherin des Armenhauses ein Kleid, das eine alte Frau hinterlassen hatte, gekauft und mit Brasilholz schwarz gefärbt. Mit den Fischbeinstäbchen im Mieder sah Tora schlank und stattlich aus. Sie sei an den richtigen Stellen kräftig, meinte der Soldat. Doch mit dem Hut, den sie sich geliehen hatte, konnte er sich nicht abfinden. Zuerst hatte er daran gedacht, ihn ihr zu verbieten, in dem Glauben, daß

146

nur eine gewisse Sorte von Frauenzimmern Hüte trage, abgesehen von besseren Leuten. Er mußte umlernen. Heutzutage trugen die Konfirmandinnen Hüte, die hoch oben auf dem Scheitel schwebten und mit Nadeln festgehalten wurden, die direkt durch den Haarknoten gingen. Doch ihm gefiel dies nicht.

»Und außerdem waren die Mädel runder im Gesicht und küßriger, wie se noch Kopftücher aufg'habt ham«, sagte er. »Das war was ganz andres.«

Tora konnte sich nicht vorstellen, daß ihn jemals Mädchen hatten küssen wollen. Sein weißer Bart wurde um den Mund herum immer grüner.

Eigentlich hatte Sara Sabina es vermeiden wollen, daß das jüngste Mädchen sich bei Bauern abrackern sollte, es kam aber gar nicht in Frage, daß Tora in den Marktflecken kommen würde, auch wenn sie das noch so gerne wollte. Mehrere Male hatte die Mamsell Winlöf sie nach der Schule auf dem Nachhauseweg aufgehalten und mit ihr gesprochen, als kenne sie sie schon lange. Tora fand das sonderbar.

»Du siehst Edla ähnlich«, sagte Sara Sabina kurz.

Sie könne bei der Mamsell eine Stelle in der Küche bekommen, erzählte Tora zu der Zeit, da sie zum Konfirmandenunterricht ging. Doch Sara Sabina sagte nein, kurz und bündig nein, ohne einen Grund zu nennen. Tora kamen Tränen der Ohnmacht. Einmal, erinnerte sie sich, war sie mit einem Kleid und schwarzen Schnürstiefeln für eine Weihnachtsfeier, die der örtliche Nothilfeverein jedes Jahr veranstaltete, herausgeputzt worden. Fein angezogen hatte sie dabeisein und sich vier Gesellschaftsstücke ansehen dürfen, in denen der schöne Baron Fogel, der Stationsassistent, alle vier männlichen Hauptrollen spielte. Die Stücke hießen »Eine unruhige Nacht« und »Rosen auf Kungsholm«, beides Lustspiele in einem Akt, und in dem unvergeßlichen Stück »Die beiden Direktoren« hatte der Bart des Telegraphendirektors Feuer gefangen, als er vollkommen außerhalb des Stücks über die Rampe gestolpert war und dabei eine Petroleumlampe mitgerissen hatte. Tora hatte zusammen mit drei anderen Kindern den Prolog zu der Feier, der aus der Feder des Stationsvorstehers Cederfalk stammte, aufgesagt, und ihre Verse hatten gelautet:

Kein Licht auf den Straßen wir haben
Doch sind unsre Herzen nicht tot!
Denn hier gibt es Mägdlein und Knaben
Die leiden an Kälte und Not.

Sieht man den Weihnachtsstern strahlen
Im Dunkel der heiligen Nacht
So wird auch dem Armen in Qualen
Ein Schimmer der Hoffnung gebracht.

Sie vergaß sie nie. Als sie jedoch mit dem Kleid und den Stiefeln nach Äppelrik zurückkam und der Großvater begriff, daß sie sie auch nach dem Fest behalten durfte, lehnte er dies schroff ab. Er nehme keine Almosen entgegen. So mußte sie, erfüllt von Haß und Aufruhr, das beste Kleid, das sie je gehabt hatte, zurückbringen.

Und jetzt weigerte sich die Großmutter, überhaupt anzuhören, was Mamsell Winlöf gesagt hatte. Statt dessen rannte sie den Bauern die Türen ein, und als der Unterricht und Toras Konfirmation vorüber waren, hatte Sara Sabina bei einem ihrer Verwandten eine Dienstmädchenstelle für sie. Der Hof hieß Änga, und der Bauer war wohlhabend. Als die Frau des Soldaten das erste Mal dorthin kam, um wegen der Enkelin vorzusprechen, war es Sonntag, und es wurde ein gekochtes Huhn in weißer Soße aufgetragen. Auf Sara Sabina machte dies einen beruhigenden Eindruck, sogar die Fliegen wirkten fett und langsam in dieser großen Küche. Erst hinterher fiel ihr jedoch auf, daß sie gar nicht darauf geachtet hatte, für wie viele

148

dieses Huhn reichen mußte, und es hatte sie doch wahrhaftig niemand gebeten zu bleiben.

Tora Lans war fünfzehn Jahre alt, als sie nach Änga kam. Sie war stark und taugte gut zum Arbeiten, wie ihre Großmutter hervorhob. Sie war blond und kräftig. Vielleicht war sie doch ein bißchen dumm, sorgte sich Sara Sabina im geheimen. Aber die Hauptsache war doch, daß sie stark war und mit der Arbeit zu Rande kam. Sie hatte mindestens fünfzig Arbeitsjahre vor sich. Das Natürlichste war wohl, daß sie im Laufe der Zeit einen Knecht in ihrem Alter treffen würde. Man konnte nur hoffen, daß sie eine Kate bekommen würden und nicht Landarbeiter zu werden brauchten. Am allerliebsten hätte es Sara Sabina aber gesehen, wenn sie auf einen Herrenhof gekommen wäre und etwas anderes hätte lernen können, als schwere Arbeit zu verrichten. Nach all den Jahren, die sie mit dreckigen, matschigen Arbeiten dahingebracht hatte, hatte sie einen Traum. Sie träumte, daß Tora in der Molkerei arbeiten würde. Doch das war ein heimlicher Traum.

Sie kam oft nach Änga, um zu sehen, wie es dem Mädchen erging. Von der Bäuerin wurde sie bezichtigt, daß sie versuche, sich irgend etwas unter den Nagel zu reißen. Doch das wies sie erbost von sich und kam auch weiterhin, denn bereits das allererste Mal, als sie Tora dorthin begleitet hatte, war sie nachdenklich geworden. Damals hatten sie bei einer Scheune am Rand der Ländereien von Änga eine Rast eingelegt, um ihren Beinen etwas Ruhe zu gönnen. Wie sie so dort saß, fiel ihr Blick auf eine Stelle der Scheunenwand, an der etwas geschrieben stand. Die Schrift war mit einem Nagel tief eingeritzt, und es schien, daß sie von vielen erneuert wurde, denn sie wirkte alt und ständig nachgezogen.

In Äng', wo sie der Hunger plagt,
bleiben weder Knecht noch Magd.

Doch Tora blieb.

Im Herbst 1894 kam sie nach Hause. Da war sie siebzehn Jahre alt. Sie hatte ihr Bündel dabei und dachte nicht daran, nach dem Wochenende nach Änga zurückzugehen. Sara Sabina erfuhr, daß die Bäuerin sie hinausgeworfen hatte.

Sie hätte ihr so schnell wie möglich eine neue Stellung verschaffen müssen, doch sie erkannte ziemlich bald, daß das keinen Zweck hatte. Tora begann zu erzählen, wenn auch erst unwillig. Die Geschichte dauerte den ganzen Winter über, und sie glich sehr dem Lied vom armen Knecht, der so untröstlich weinte, weil er in den Armen des Mädchens schlafen wollte. Doch es war natürlich nicht irgendein Knecht gewesen, sondern der Sohn des Hauses, der künftige Bauer auf Änga. Was hatte sie sich nur eingebildet, dieses arme, dumme Ding?

Nachdem er endlich in ihren Armen hatte schlafen dürfen, war er ebenso außer sich vor Sehnsucht danach, zwischen ihre Beine kommen zu dürfen. Und so wie es geschrieben steht, verschmachtete er vor Verlangen, ihn hineinstecken und auf und ab hopsen zu dürfen. Alles hatte sie ihm so nach und nach erlaubt, denn sie war noch nie vorher einer Liebe begegnet, die ausgewachsenen Mannsbildern so stark zusetzen konnte, daß sie heulten wie kleine Kinder. Sie war sich vorgekommen wie die Spenderin aller guten Gaben, und außerdem wähnte sie sich mit jedem kleinen Hopser einer Zukunft als Bäuerin auf dem Hof näher, mit der bösen und geizigen Schwiegermutter im Streit. Daß man ständig halb am Verhungern war, war nicht schwer zu ertragen gewesen mit solch einer Zukunft in greifbarer Nähe.

War sie nicht doch ein bißchen dumm, wie Sara Sabina befürchtet hatte? Nein, jetzt nicht mehr.

Als sie rundlich wurde, wurde sie von der Bäuerin hinausgeworfen, und der Jungbauer war natürlich untröstlich gewesen. Er weinte leicht, dieser Junge. Doch er gehorchte der Mutter, und bei seinem allerletzten Auftritt schlug er die Augen nieder

150

und murmelte nur, daß er nicht wisse, was er glauben solle, nachdem Tora ihm entgegengeschleudert hatte, daß seine Mutter behaupte, daß er nicht ihr einziger gewesen sei.

Der Verrat war der Teil der Geschichte, den sie am schwersten aus sich herausbrachte. Hierauf hätten die Vorwürfe folgen müssen, ja, sie hätte ordentlich ins Gebet genommen gehört. Doch die Geschichte hatte sich hingezogen, und Sara Sabina sprach nie aus, was sie hätte vorbringen müssen. Auch war sie viel zu sehr um Toras Gesundheit besorgt. Ja, der Soldat fand dies lachhaft, wenn man bedachte, wie gesund und stark das Mädchen doch war.

Im ersten Monat, den sie wieder zu Hause war, war sie auch schöner, als sie es jemals wieder sein würde in ihrem Leben. Dann wurde sie ungeschlacht und bekam Mutterflecken im Gesicht. Da sie das allergrößte Mitleid mit dem Jungbauern während der Heuernte gehabt hatte, würde das Kind Anfang April kommen. Den ganzen Spätwinter rannte Sara Sabina zu einem kinderlosen Paar nach Stegsjö und versuchte es zu dem Entschluß zu bewegen, Toras Kind anzunehmen.

Sie hatten einen Hof, er war aber auch Ofensetzer, und sie lebten gut, wenn auch recht bescheiden. Ihr großer Kummer war, daß sie keine Kinder hatten. Sie gingen beide auf die Fünfzig zu, und es bestand auch nicht mehr die geringste Aussicht. Schon seit mehreren Jahren redeten sie davon, das Kind eines gesunden und guten Mädchens in Pflege zu nehmen. Jetzt aber, da alles so gut aussah, konnten sie sich nicht entschließen. Sara Sabina fürchtete, daß sie bei dem ganzen Gerenne nach Stegsjö in diesem Winter ein Paar Schuhsohlen durchlaufen würde. Jedesmal, wenn sie dorthin kam, setzten sie sich in der gleichen Weise an den Küchentisch und wackelten in der gleichen Richtung mit den Köpfen und konnten sich nicht entschließen. Zu guter Letzt mußte sie in dem Marktflecken ein Schusterpaar finden, das das Kind auch nehmen wollte, und da rangen sie sich endlich unter großen Seelenqualen zu einem

Entschluß durch. Sie gaben ihr fünfzig Kronen, damit Tora während der letzten Zeit, in der sie das Kind trug, gut zu essen bekäme. Nun dürfe es ihr ja in keiner Weise mehr schlechtgehen, mahnte der Ofensetzer. Den Fünfziger segnete Sara Sabina in mehr als einer Hinsicht. Er stand nun zwischen dem Paar in Stegsjö und ihrem Wankelmut. Sie konnten ihn schlecht zurücknehmen.

In der Osterwoche bekam Tora ihr Kind. Sara Sabina mußte sie allein entbinden. Den Soldaten hatte sie in die Küche gebettet. Sara Sabina war die Ängstlichere der beiden. Doch Tora war gesund und arbeitete mehr als zwanzig Stunden wie ein Tier. Dann brachte sie einen großen und stämmigen Jungen zur Welt, und die alte Frau hatte noch nie eine Wöchnerin gesehen, die sich so rasch aufrichtete und die Arme nach dem Kind ausstreckte.

»Das lassen wir lieber bleiben«, sagte Sara Sabina.

Der Ofensetzer und seine Frau saßen beim Soldaten draußen in der Küche und warteten. Sie hatten sich ausbedungen, daß das Kind auf keinen Fall zur Mutter durfte. Sie fürchteten, daß sie es dann zurückhaben wollte.

»Gib mir das Kind«, sagte Tora. »Ich will's wenigstens 'ne Stund' haben. Dann können se'n ihr ganzes Leben ham.«

Trotz ihrer Müdigkeit klang sie wütend, und sie versuchte, aus dem Bett zu steigen und zur Großmutter hinzugehen, die ihn gebadet hatte und dabei war, ein Paket aus ihm zu machen.

»Er kommt nicht klar ohne Milch.«

»Se ham 'ne Amme für ihn.«

»Gib ihn mir!«

Sie bekam eine Blutung und starrte erschrocken auf ihre Beine hinunter. Langsam schleppte sie sich wieder auf das Bett und lag völlig regungslos da. Sie war matt und müde und schlief ein, obgleich ihr die Tränen über die Wangen liefen. Da kamen sie aus der Küche und berührten sie vorsichtig an der

Schulter. Sie glaubte, sie hätten das Kind bei sich und versuchte, sich danach auszustrecken, bekam jedoch statt dessen die trockene Faust des Ofensetzers zu fassen. Sie mußte sie feierlich drücken und versprechen, sich nie mehr mit dem Kind zu befassen.

»Ich verspreche es. Zum Teufel mit euch«, brach es aus Tora.

Die Frau begann zu weinen.

»Se is kaputt«, beruhigte Sara Sabina. »Kümmert euch nicht drum, was se sagt.«

»Ja, das war eben ein saubrer Anfang«, meinte der Ofensetzer.

»Jetzt geht heim«, sagte Sara Sabina. »Das is am besten.«

Sie fürchtete, daß sie es sich plötzlich anders überlegen würden. Der Soldat lag in der Küche auf dem Sofa und war ausnahmsweise ganz und gar still und zwinkerte nur mit den Augen.

Sie blieb gerade noch einen Monat in Äppelrik. Die Großmutter meinte, noch nicht genug getan zu haben, und wollte erneut versuchen, ihr eine Stellung auf einem Hof zu verschaffen. Doch Tora erklärte, daß sie in den Ort gehen werde zu Mamsell Winlöf, die ihr einmal Arbeit versprochen hatte.

»Es gibt noch ein anderes Leben«, sagte sie.

»Du weißt nicht, was du da redest.«

»Das hab' ich mir verdient bei'n Bauern, wahrhaftig.«

Als sie gegangen war, hegte Sara Sabina die Hoffnung, daß Mamsell Winlöf ihr Versprechen schon lange vergessen haben würde. Auch wenn es klar und deutlich war, daß es einem Mädchen bei den Bauern genauso übel ergehen konnte wie in dem Flecken, hatte sie sich doch keinem Sinneswandel unterworfen. Bei den Bauern wußte man jedenfalls, woran man mit ihnen war.

Tora kam jedoch in einem neuen schwarzen Kleid nach

153

Hause und packte einen Korb aus dem Bahnhofsrestaurant aus. In einem Napf lag eine unförmige, wabbelnde Masse, von der sie behauptete, daß es ein Fischaspik in Form einer Pyramide auf einem Stern gewesen sei.

»Jetzt gibt's ein anderes Leben«, sagte sie. »Ihr werdet schon sehen.«

Der Korb enthielt auch altes Brot und Wurstenden. Doch Sara Sabina konnte die Augen nicht von der wabbelnden Fischmasse wenden.

»Da is nix Schlechtes dran«, sagte Tora. »Da ist nur einer mit'm Ellenbogen reing'kommen. Das is eingekochter Seehecht.«

»Solln Menschen das essn«, grantelte der Soldat.

Er wurde immer einsamer. Malstuger starb. Außer Tora und ab und zu Rickard kam niemand mehr nach Äppelrik und unterhielt sich mit ihm. Er saß meistens an der Tür und horchte, es war jedoch nicht möglich, Sara Sabina dazu zu bewegen, das gleiche zu hören wie er: die Jagdhörner und die weit entfernten Stimmen.

»Ich glaub', du hörst allmählich schlecht«, meinte er. Da er aber niemand anders zum Reden hatte, sagte er wie schon so oft bisher zu ihr:

»Sintemalen und alldieweil, so hat man sein Leben wohl gelebt. Es hat im Kirchspiel Stegsjö ang'fangn, auf dem Gutshof Stora Kedevi.«

»Ja, ja«, erwiderte Sara Sabina. »Aber weil du grad nix andres zum Tun hast, kannst mir das Geschnörkel hier abschreibn.«

»Was für eins denn? Wes ist die Stimme.«

Sie wollte schreiben lernen, begnügte sich nicht damit, lesen zu können, was er ihr in den ersten Jahren, nachdem er invalid geworden war, beigebracht hatte.

»Wes ist die Stimme, die uns erreicht im Herzensgrund? Des Engels aus dem himmlischen Verbund. Ach schlaf nicht mehr«, rezitierte er mit dröhnender Stimme, denn er verpaßte ungern eine Gelegenheit, laut zu lesen. Die alte Frau aber war ungeduldig wie eh und je und trat mit der Feder vor ihn hin. Sie sah aufmerksam zu, wie er den schwierigen und verschnörkelten Buchstaben H aus dem Gesangbuch abschrieb. Die Schreibschrift, die er vor Jahrzehnten beim Regiment gelernt hatte, beherrschte er, als gäbe es keinen Unterschied.

»Was willst'n damit, Alte, wenn schreibn kannst?« fragte er. »Kannst mir das verratn?«

»Das geht dich nix an«, antwortete sie.

In dem Moment, die sie hineingehen und die Suppe auftragen wollten, flüsterte Ebba Tora etwas zu. Sie hatte keine Hand frei, deshalb hielt sie sie mit dem Ellbogen zurück. Tora bekam ein rotes Ohr. Das kam wohl von der Wärme von Ebbas Mund, doch es sah aus, als hätte sie dort zu erröten begonnen. Sie holte tief Luft, um ein Kichern zu unterdrücken, und so betraten sie mit starrem Blick den Speisesaal der Gesellschaftsräume und wagten einander nicht anzusehen, aus Furcht, vor Lachen zu explodieren. Als sie Stationsvorsteher Cederfalk den Suppenteller vorsetzte, neigte er sich leicht vor, die gewölbten Augenlider halb geschlossen, der Blick erloschen. Seine große, wohlgeformte Nase spürte dem Aroma nach, das von dem Teller aufstieg. Er hatte ein langes und empfindliches Geruchsorgan. Auf der Oberfläche war es uneben und großporig. Man konnte ohne weiteres auf den Gedanken verfallen, daß außen Riechzellen saßen und die Empfindlichkeit erhöhten. Tora errötete immer mehr, und ihre Augen füllten sich langsam mit Tränen. Mit schreckensstarrer Beherrschung servierte sie zwei Suppenteller und ging dann steif und ohne sich umzusehen und vor allem, ohne Ebba anzusehen, zur Tür hinaus in den Servierraum. Dort sank sie über dem Tisch mit den Besteckkörben zusammen. Sie versuchte, leise zu lachen, es kamen aber die ganze Zeit nur kleine Piepser aus ihr heraus. Sie spürte Knüffe und hörte, wie die anderen sie warnten, doch dann kam plötzlich Ebba, erhitzt und mit Lachtränen, die ihr über die Wangen liefen, und schlug die Arme um sie. Sie lachten und erstickten die Laute an Brust und Hals der anderen. Oben an der Hohlsaumkante wurde das Brusttuch von Toras gestärkter Schürze feucht, und Ebbas vorher so fein gekräuseltes Haar an den Schläfen hing jetzt naß und strähnig über die Wangen.

»Vorsicht! Vorsichtig!« keuchte Tora. »Meine Schürze!«

Dann ließen sie voneinander ab. Gezwungenermaßen. Ebba rannte die Treppen hinunter zur Küche und folgte beim nächsten Gang den Mädchen, die in Mamsell Winlöfs privatem Speisezimmer servierten.

»Worüber lacht ihr denn?« flüsterte Tekla, als sie und Tora mit den Tabletts aneinander vorbeigingen. Doch Tora zischte ihr nur ein Scht zu. Man konnte es ohnehin nicht erklären. Denn Ebba hatte nur gesagt:

»Schau mal Cederfalks Nase an.«

Und das war kein bißchen lustig, wenn man nicht wußte, daß Tora vor zwei Jahren, als sie in das Bahnhofsrestaurant kam, Ebba todernst erzählt hatte, daß man sich nur die Nase eines Mannes anschauen müsse, um zu wissen, wie er an einer anderen Stelle beschaffen sei. Das habe sie von einer erfahren, die im Gasthaus gearbeitet habe. Daraufhin hatte Ebba ihr jedoch gesagt, daß das nicht richtig sei, auch wenn fast alle Mädchen das einmal zu hören bekommen hätten. Es sei genau umgekehrt. Und es sei das beste, das zu wissen, wolle man den gräßlichsten Enttäuschungen aus dem Weg gehen. Wenn man eine edel gebogene, kühn hervorspringende und womöglich schön blaurote Nase zu sehen bekomme, so könne man davon ausgehen, daß es in der Hose dieses Kerls nicht mehr gebe als eine Handvoll schlaffer Haut um ein Ding, das einem Daumen glich.

»Das ist die schlichte Wahrheit«, sagte Ebba.

Und seither hatten sie jedesmal die Luft anhalten müssen

157

vor Lachlust, wenn sie den feinen und ahnungslosen Postmeistertöchtern begegneten, die mit schönen jungen Männern aus dem Beamtenstab des Bahnpersonals promenierten, jungen Männern mit kühnen Nasen. Cederfalk war aber doch die Krönung, das mußte Tora zugeben. Es gab auch sonst eine ansehnliche Sammlung von Nasen um den langen Tisch im festlichen Speisesaal. Da gab es ferner gespitzte Lippen, die den Rand eines Weinglases suchten und mit den bebenden Nasen in Verbindung standen. Es gab Zungen, sicherlich nicht jungfräulich, aber von Zigarrenrauch und Frühstücksschnäpsen noch nicht vollkommen rauh und verdorben, die weich die mit Kalbsbries gefüllten Blätterteigpasteten wälzten. Stumpfe, aber nicht unempfindliche Fingerspitzen befühlten den ersten Spargel des Jahres, der knabenhaft zart und schlank war. Auch Schullehrer Norelius war da, er aß, ohne näher darauf zu achten, was er sich da mittels seiner Gabel einverleibte, und er spähte die ganze Zeit kauend umher, um jemanden zu finden, mit dem er eine Debatte beginnen könnte.

Jetzt war also das neue Schulhaus eingeweiht. Es hatte fast dreißigtausend Kronen gekostet. Großhändler Lindh ging auf seinem Morgenspaziergang nun am Bahnhofshotel vorbei und machte beim neuen Postgebäude, das nach dem Vorbild des Riddarhus in Stockholm erbaut worden war, kehrt. Natürlich hatte man es kleiner machen und sich bescheiden müssen, und natürlich hatte es gekostet. Aber es galt, die Schweineheiden auszutilgen, die platten Felder zu verwandeln. Dort unten beim Post- und Riddarhus machte er kehrt, blieb aber auf derselben Straßenseite. Jetzt konnte er bis zu seinem eigenen Neubau sehen. Es war mit dem Gedanken an das Stammgut entworfen worden. Doch das Schloß war eine Schöpfung der Großmachtzeit, es war maßlos. Man hatte den ursprünglichen Plan verkleinern, zurechtrücken, sogar verstümmeln müssen. Jeden Morgen bereitete ihm diese Umkehr Vergnügen und Schwindelgefühl. Er wunderte sich, daß es nicht nachließ.

Dann pflegte er, vorsichtig den Wagenspuren und den Löchern auf der Straße ausweichend, zum Bahnhofspark hinüberzugehen, und von dort setzte er seinen Morgenspaziergang fort bis zu Mulles Grab. Allein die Aussicht, die man von dieser Stelle aus hatte, wollte er sich zusätzlich gönnen. Genau gegenüber dem Bahnhofsgebäude lag jetzt das neue Gerichtsgebäude, es war freilich nur aus Holz und nicht viel größer als die Privathäuser die ganze Kungsgata hinauf. Doch man hatte wenigstens einen würdigeren Raum für die Gottesdienste als den stinkigen Dachboden über der Scheune des Landwirtschaftsvereins.

Er schwenkte auf den Weg nach Åsen ein, der das erste Stück trotz seiner Unebenheiten und Löcher den Charakter einer richtigen Straße hatte. Hier lag das neue Sparkassengebäude, ein Ziegelbau mit Treppengiebeln. Es roch stark nach Medikamenten, als er daran vorbeiging. Es störte ihn manchmal, daß nichts nur das sein konnte, was es war. Im Gerichtsgebäude fanden Gottesdienste und Vorträge gegen den Alkoholismus statt. Im Sparkassengebäude hatte sich die Apotheke eingemietet. In seinem eigenen Patrizierhaus war das ganze Erdgeschoß für Kontore vorgesehen, und außerdem hatte das Telegrafen- und Telefonamt Räume bei ihm gemietet. Wenn man an den offenen Fenstern vorbeiging, hörte man das Knattern des Morseapparates und aus seinem eigenen Kontor die hellen, eifrigen Telefonsignale, die keinem anderen Ton auf der Welt glichen.

Während der Zeit, als das Schulhaus mit seinen romantischen Fenstern und einem gestutzten Turm gebaut wurde, änderte Alexander Lindh seinen Morgenspaziergang, so daß er nicht mehr bis zu Mulles Grab führte (das im übrigen auch nur mehr schwerlich zu erkennen war, der Stein war ins Gras gesunken). Beim Sparkassengebäude machte er kehrt, ging dann zurück zur Kungsgata und folgte dieser bis zum Schulhaus hinauf.

159

Auch an diesem Morgen war er zur Schule hinaufgegangen und hatte die Vorkehrungen für die Einweihung inspiziert; die Tribüne, auf der die Eisenbahnerkapelle spielen sollte, die Rednerbühne mit Flagge, Laub und Blumen. Von hier aus trug Cederfalk dann seine Verse zur Einweihung vor, und jetzt saß Lindh da und fürchtete, daß der Stationsvorsteher sie zum Dessert wiederholen würde. Er würde selbst eine Rede halten. Zerstreut stieß er mit den Schullehrern an und starrte auf die Serviererin an der Tür.

Mamsell Winlöf stellte am liebsten große, gesunde Mädchen mit kräftigen Beinen ein, muntere Mädchen. Sie liefen mit vollbeladenen Tabletts die Treppen rauf und runter und ließen die Türen offenstehen. In dem Durchzug schwebten der gelbe Zigarrenrauch, die Wärme und die Stimmen von Etage zu Etage. In den ersten Monaten hatte Tora das Gefühl gehabt, als trügen die Stimmen und die Wärme sie die Treppen hinauf, wie eine Hand unter dem Po. Dann hatte sie die Stiefel schiefgetreten. Der Schaft schlug Falten, das Leder war zu schwach und schlaff, es verlieh dem Spann keinen Halt. Jetzt wurden auch die Absätze schief, und sie spürte bis hinauf ins Kreuz, daß die Belastung nicht mehr richtig gelagert war.

Auf der ausgebreiteten rechten Hand hatte sie ein Tablett. Mit der Linken hatte sie drei Weinflaschen an den Hälsen gefaßt. Es war ein fester und gewohnter Griff zwischen den Fingern. Sie konnte auf diese Weise vier Flaschen Bier tragen.

»Schick Serviererinnen und keine Schankkellnerinnen«, hatte der Großhändler einmal zur Mamsell gesagt. Das hatte sie ihnen, grimmig und blaß, während des Durchexerzierens erzählt. Im Augenblick aber war sie nicht da. Sie stand nicht wie sonst in einem schwarzen Seidenkleid unbeweglich am Büfett. Tora verlagerte das Körpergewicht auf den rechten Fuß, und die Hüfte schob sich vor.

Lindh sah, daß es dasselbe Mädchen war, das am Morgen in sein Kontor gekommen war. Alma hätte telefonieren können, doch das tat sie nicht gerne. In diesem Fall, so vermutete er, hatte sie einem Disput entgehen wollen.

»Mamsell Winlöf läßt grüßen und ausrichten, daß sie die Bestellung für das Essen heute abend nicht annehmen kann, wenn es nicht im Restaurant stattfindet!«

Das Mädchen war bis in sein Privatkontor vorgelassen worden. Sein Bruder Adolf hatte dabeigestanden und mit den Augen gezwinkert.

»Warum nicht?«

»Sie hat keine Leute. Sie wird auch noch eine andere Essengesellschaft haben.«

»Dann hat sie ja gar keinen Raum«, sagte er. »Wenn der festliche Speisesaal belegt ist.«

»Nein, das ist bei ihr privat.«

Das Mädchen hatte ihm nicht in die Augen gesehen, während es sprach. Ihre Blicke krochen über die einzelnen Einrichtungsgegenstände. Hinterher würde sie den anderen Schankkellnerinnen erzählen, wie es in Alexander Lindhs Kontor aussah. Er beherrschte sich nur mit Mühe, drückte den Scheitel des Adlers und schickte sie weg.

In seinem Haus gab es keine Gastgeberin. Caroline wohnte am liebsten weiterhin draußen auf Gertrudsborg. Sie bekleidete sich nur mit zerknitterten und stoffreichen Morgenrökken. Er verlangte, daß die Kisten mit dem Dessertwein über seine Firma laufen sollten. Ansonsten verlangte er nichts von Caroline, absolut nichts. Doch konnte er nur Gäste einladen, wenn Alma Winlöf sich des praktischen Arrangements annahm, und das erbitterte ihn. Man stellt doch nicht einen Neubau mit antiquarischem Auktionsgut voll, um dann seine Bankette in einem Lokal zu veranstalten!

Er war unzufrieden mit der Bedienung. Es ging nicht so schnell, wie er es gewohnt war, und ein Teil der Mädchen wirkte ausgelassen und machte Finck und Mandelstam schöne Augen, gerade so, als befänden sie sich im öffentlichen Speise-

saal. Als Alma Winlöfs Glanzstück, ein Chaudfroid auf Truthahn, hereingetragen wurde, wurde er ernsthaft argwöhnisch.
An dem, was vorne bei ihm als dem Gastgeber aufgetragen
wurde, war nichts auszusetzen, doch weiter unten am Tisch
meinte er, zwischen den glacierten Brotscheiben, die um die
gefüllten Trüffeln herum angerichtet waren, weißes, fettiges
Papier schimmern zu sehen. Die Geleewürfel am Rand der
Platte schienen auch matt und schon einmal durchgerührt. Er
versuchte, das dort unten schärfer in den Blick zu bekommen,
doch jetzt nahm sich Mandelstam, und er rührte nur noch
mehr darin herum, ohne zu merken, was er tat. Er liebäugelte
mit dem Mädchen, das servierte.

»Sie scheinen heute fröhlich zu sein, Tora«, sagte er leise.

Ihre Antwort bestand lediglich darin, daß sich die Farbe ihrer Wangen vertiefte und ihre Augenlider sich senkten. Finck
flüsterte etwas, um sie zum Lachen zu verleiten, doch es gelang
ihm nicht. Sie ging mit der Platte weiter, und die langen, steif-
gestärkten Schürzenbänder, die bis zum Rocksaum hinunter-
reichen sollten, fingen an, sich aufzurollen, und es sah aus, als
ob die Enden miteinander spielten.

Doch Alexander Lindh, der ein scharfes Auge darauf geworfen hatte, wie am unteren Tischende serviert wurde, war nun
ziemlich sicher, daß dort etwas aufgetragen wurde, von dem
schon einmal genommen worden war. Er begann sich zu fragen, ob die Hast und Unruhe beim Servieren von der anderen
Essengesellschaft herrühre, die Alma bei sich unten bewirtete.
Es wäre ihm doch am liebsten gewesen, wenn Alma an ihrem
Platz beim Büfett gestanden und die Mädchen im Auge behalten hätte. Kalte Wut ergriff ihn, als er daran dachte, daß sie womöglich Gerichte auftrugen, in denen vorher schon andere Gäste herumgestochert hatten.

»Wen bewirtet denn Mamsell Winlöf in ihren Räumen?«
fragte er das Mädchen an seinem Ellbogen.

»Es ist eine private Gesellschaft«, antwortete es, und es war

ganz offensichtlich, daß das nicht seine eigenen Worte waren.
Er winkte Adolf von der anderen Seite des Tisches zu sich.

»Geh hinunter und finde heraus, was das für eine Privatgesellschaft ist, die Mamsell Winlöf in ihrer Wohnung hat. Mach
es aber unauffällig.«

Adolf zwinkerte. Er sah fein aus, er sah aus wie eine königliche Hoheit. Seine Augen waren ebenso gewölbt wie die Cederfalks, seine Nase gekrümmt. Er lebte jedoch in einem Zustand
beherrschter Einfalt. Seine schleppende Stimme und sein glasiger, hellblauer Blick verrieten oft Hilflosigkeit und Verwirrung. Doch hatte sich gezeigt, daß er ein Talent für Buchhaltung hatte, und er war manisch penibel. Über das äußere Kontor herrschte jetzt er. Seine zierlichen Ziffernkolumnen waren
mustergültig, ebenso sein staubfreier Habit. Er war es auch,
der jede Woche das Verkaufsbarometer der Großhandelsfirma
aus der Lokalzeitung ausschnitt. Er pinnte es in Alexanders
Kontor an die Wand. Lindh verkaufte jetzt fast ausschließlich
Landmaschinen, und den Grundstock seines Verkaufsgeschäfts lieferte Wärnström.

MIT SCHWEDISCHEN MASCHINEN
BESTELLT SCHWEDENS LAND

lautete die Devise, die Adolf hinter dem Nacken seines Bruder
hatte anbringen lassen. In einem kreisrunden Bild kam aus der
Großhandels AG Alexander Lindh eine riesige Erntemaschine
hervor. Dies hatte auf dem Almanach gestanden, denn Alexander hatte den Wert der Reklame erkannt und genierte sich
auch nicht dafür. In seinem Kopf nahm aber bereits eine neue
Devise Gestalt an.

BESTELLT DIE WELT
MIT SCHWEDISCHEN LANDMASCHINEN

163

Sein Export war bereits beträchtlich. Er hatte bald die alleinigen Verkaufsrechte der meisten Produzenten im Land. Doch die Welt war groß, und er wollte sie haben. Die ganze Welt außer Rußland, denn Rußland jagte ihm einen Schreck ein.

Er beteiligte sich nur zerstreut an der Unterhaltung und ließ die Tür nicht aus den Augen. Er erwartete Adolf zurück, im Grunde aber hoffte er, daß Alma hereinkommen und sich an ihren Platz am Büfett stellen würde. Er wußte, daß sie über ihn ungehalten war. Die Lehrerinnen waren zu dem Essen nach der Schuleinweihung nicht eingeladen worden. Seine Schwägerin Malvina war im übrigen ebenfalls ungehalten. Er hatte sie darauf hingewiesen, daß es für anständige Frauen undenkbar sei, eine Einladung anzunehmen, die es mit sich brachte, daß sie alleine und unverheiratet, den Abend in einem Lokal verbringen würden.

»Womöglich würden sie sie sogar annehmen!« hatte seine Schwägerin erwidert.

»Eben«, antwortete Alexander säuerlich. »Da halte ich es für taktvoller, ihnen diesen Fauxpas zu ersparen. Ich werde sie nicht einladen.«

»Deine väterliche Fürsorge kennt keine Grenzen«, gab Malvina zurück.

Zu Hause und im gesellschaftlichen Leben herrschte Adolf über gar nichts. Malvina sagte und tat, was sie wollte. Als eine der allerersten hatte sie sich zur Gehsportenthusiastin bekehren lassen.

Ingenieur Tucker, der aus England berufen worden war, um die Pläne für die englische Molkerei zu zeichnen, hatte im vorigen Frühjahr Lawntennis eingeführt. So weit ging Alexander mit, und er ließ auch auf seine Kosten einen Platz einrichten. Ihm gefiel sogar der Anblick der Damen, die sich gemächlich Bälle zuschlugen. Jetzt aber hatte sich die blasse, rothaarige Mrs. Tucker mit der spröden Stimme diesen neuen Sport für die Damen der allerhöchsten Schicht des Ortes ausgedacht (die, wie Lindh als erster einsah, zu dünn war, um sich auch nur die geringste Lächerlichkeit erlauben zu können).

Es war Frühling. Die Landstraße im Norden hinaus nach Åsen war vom Regen löchrig und porig geworden. Durch diese Kraterlandschaft marschierten die Damen mit aufgeschürzten Röcken und verzierten Wanderstöcken. Anfangs waren kleine Schreie zu hören, wenn das gelbbraune Lehmwasser hochspritzte. Sie schritten aus wie Mannsbilder und warfen sich in die Brust. Sie gingen. Das war Gehsport.

Sie saßen nicht still auf ihren Kanapees und geschwungenen Sofas. Sie lächelten nicht schweigend über ihren Stickrahmen. Sie kamen zurück von ihren Gehsportpromenaden und leerten die Platten mit den belegten Brötchen auf den Teetischen, scherzten mit Adolf und fragten Alexander nach seinem Export.

Adolf kam zurück. Alexander fand, daß er verlegen wirkte. Er glitt an seinem Bruder vorbei und streifte nur sein Ohr mit den Worten:

»Ich weiß es nicht. Du mußt schon selbst gehen, lieber Alex, ich weiß es wahrhaftig nicht.«

Das Mahl war nun an dem Punkt angelangt, an dem die Sinne zu ermatten begannen. Bald würde ihre Empfänglichkeit vollkommen erschöpft sein. Dieser Schlaffheit, diesen betäubten Lebensgeistern hätte man sehr gut auch einen schlechteren Wein anbieten können als den, der serviert wurde. Doch das kümmerte Alexander jetzt nicht. Er entschuldigte sich undeutlich und hob die Tafel auf. Mochten sie sich, zum Teufel, denken, was sie wollten. Gastgeber war schließlich er.

»Ich geh' runter und stoß' mit der Musik an«, brummte er zu Adolf hin, dessen fassungsloses Gesicht er zwischen zwei Kerzenflammen erblickte.

Im öffentlichen Speisesaal hielt er die Eisenbahnerkapelle und einige Bahnbeamte der unteren Ränge frei. Eine der Schankkellnerinnen folgte ihm ängstlich den ganzen Weg hinunter, er ließ sich ein Glas reichen und trank den verschwitzten, roten Gesichtern zu. Man ließ ihn hochleben. Es war geräuschvoll. Das schneeweiße Tuch auf dem großen Tisch, an dem man die Speisen holte, hatte Flecken von roten Beten bekommen. Auf der anderen Seite drängten sich die Bahnreisenden zusammen. Deretwegen stand wie gewöhnlich Sauermilch auf dem Tisch, aber auch Kalbsbraten, Roastbeef und die gewaltigen Türme eingekochten Seehechts in Gelee. Alexander Lindh hob in den Rauchschwaden die Hand und sprach mit lauter Stimme in Richtung Kapelle ein paar Worte, die niemand verstand. Man ließ ihn neuerlich hochleben.

Er verließ sie und trabte wie gewohnt durch den langen Servierraum und die halbe Treppe zu Almas Wohnung hinunter. Zwei Serviererinnen stießen mit ihm zusammen, doch er fragte nicht nach Alma. Er wollte sie hier nicht treffen. Er wollte nur einen Blick auf die Gesellschaft werfen, die sie in ihrem privaten Speisezimmer bewirtete und um deretwillen sie den Honoratioren des Ortes schon einmal angebotene und wieder zusammengeraffte Speisen zukommen ließ. Der Gedanke an gräfliche und königliche Hoheiten war ihm durch den Kopf geschossen, doch der königliche Speisesaal war geschlossen und dunkel.

Eine dritte Serviererin kam mit einem vollbeladenen Tablett herausgestürmt, als er in Almas Salon stand, und er wäre beinahe hinterm Vorhang mit ihr zusammengestoßen. Als sie weg war, zog er den roten, faltenreichen Samt ein ganz klein wenig zur Seite. Aus dem Speisezimmer schlug ihm ein warmer Duft von rußigen Kerzen, atmender Haut, Eau de Cologne und Speisen entgegen. Es waren nur Frauen im Raum.

Sie saßen dicht aneinandergedrängt um den ovalen Tisch. Die Möbel waren zur Seite gerückt und an den Wänden entlang zusammengeschoben worden. Dennoch war es so eng, daß die Palmen sie im Nacken kitzelten und die Etagere umzukippen drohte. Ganz am oberen Ende des Tisches saß Alma, sie sah ihn aber nicht. Alle sieben Lehrerinnen der Schule saßen um ihren Tisch herum. Außerdem waren da noch fünf, sechs Sympathisantinnen mit Malvina Lindh an der Spitze am anderen Ende des Tisches. Sie waren fast alle Gehsportenthusiastinnen.

Alexander Lindh gehörte nicht zu denen, die es ungebührlich fanden, daß Frauen aßen oder daß sie gar zeigten, daß sie aßen. Aber trotzdem. Dies war etwas, was er noch niemals zuvor gesehen hatte, es war grotesk. Eigentlich sah er nur eine einzige, sein Blick blieb an ihr hängen und kam nicht mehr von ihr los. Es handelte sich um eine der Lehrerinnen. Sie hieß Magnhild Lundberg und war nicht mehr ganz jung. Soweit er wußte, hatte sie keine Familie, keine Verwandten am Ort. Sie war natürlich unverheiratet. Diese einsame und eigentlich beklagenswerte Frau saß auf dem Platz neben Malvina. Sie hatte eine große Leinenserviette auf dem Schoß ausgebreitet. Auf dieser prangte ein Weinfleck, der braunviolett nachgedunkelt war. Vor ihr auf dem Teller wölbte sich die halbe Brust einer kleinen Waldschnepfe, die von der Soße glänzte. Magnhild Lundberg lachte mit den anderen, doch sie lachte zerstreut, denn eigentlich konzentrierte sie sich auf den Vogel vor sich und auf die kleinen, krausen Mocheln, die sie eine nach der anderen auf die Gabel spießte und zum Munde führte. Ihre Wangen waren gerötet. Sie kaute kräftig und stopfte sich den Mund voll. Dann setzte sie sowohl das Messer als auch die Gabel mitten in die Waldschnepfe und schnitt recht beherzt zu, so daß das Brustbein brach. Sie schnitt eine große Fleischscheibe ab und führte sie sofort zum Mund. Sie hatte noch nicht zu Ende gekaut, als sie mit einem Stück Farce aus dem Innern des Vogels schon nachstopfte. Als Malvina Lindh etwas zu ihr sagte, konnte sie nicht gleich antworten. Sie kaute, schüttelte den Kopf, und Lachtränen stiegen ihr in die Augen.

Er war völlig durcheinander. Aber eine Sache war für ihn klar: nach dem Essen würden sie nicht dasitzen wie die Damen ihres Alters, die er kannte. Wenn die Spieltische aufgeschlagen wurden, pflegten sie auf den Sofas sitzen zu bleiben und Bilinerwasser zu nippen, blaß von schmerzhaft zurückgehaltenen Fürzen.

Alma entdeckte ihn. Sie war blaß, ihre braunen Augen streng und ernst. Eilends ließ er den Samtvorhang zurückfallen. Er hörte, wie sie sich dort drinnen entschuldigte: sie müsse nach dem Arrangement im Gesellschaftsraum sehen.

Sie war in schwarze Seide gekleidet und hatte ihre Granaten umgelegt. Am Hals war ihr Fleisch so weich, daß die roten Steine in Grübchen ruhten und wie Augen glänzten. Es schoß ihm plötzlich durch den Kopf, daß sie sich diese selbst gekauft haben mußte. Er hatte ihr nie etwas geschenkt. Mit einer seltsamen, ihm unverständlichen Schärfe hatte sie Geschenke immer zurückgewiesen.

Er reckte sich. Almas Taillenweite mußte sich verdoppelt haben, seit er das erste Mal hier in ihrem Salon gestanden hatte, sie war aber auch größer oder wirkte größer. Es war so eine Geradheit an ihr: sie wuchs aus sich selbst heraus.

»Du hast eine Tischgesellschaft«, sagte er.

»Ja.«

Er trat zurück und merkte, daß er beinahe gegen den Ofenschirm stieß. Er war mit dem Raum vertraut und stieß selten einen der vielen Gegenstände um, selbst wenn er sich unachtsam bewegte. Jetzt waren seine Bewegungen wieder umsichtig und gemessen, und er tastete sich noch weiter nach hinten. Seine Hand suchte nach der Kante des Ofenschirms aus braunrotem Mahagoni und folgte ihr, bis er den runden Knauf fand. Hierauf legte er seine Hand.

»Ich zog es vor, die Lehrerinnen nicht mit einer Einladung in Verlegenheit zu bringen«, meinte er.

»Soo?«

»Unverheiratete Damen in einem öffentlichen Lokal, findest du das in Ordnung?«

Sie lächelte.

»Du hattest doch deine Tischgesellschaft im Lindhschen Haus geben wollen«, sagte sie, und er meinte, bei der Nennung des Namens eine Spur Ironie herausgehört zu haben.

»Ich mußte sie aber im Lokal geben.«

»Jetzt verwechselst du Ursache und Wirkung«, entgegnete sie und lächelte noch mehr.

Sein Nacken errötete heftig, er spürte, wie er sich spannte und pochte. Er preßte den Knauf des Ofenschirms. Er hatte gut Lust, ihr zu antworten, erinnerte sich aber, wie ihn der Zorn einmal zu einer Antwort verleitet hatte, die zu einer Blamage und einer sauberen Geschichte im Ort wurde. In seinem Kontor hatte er gebrüllt:

»Hier bedarf es keiner Logik! Hier bestimme ich!«

Deshalb schwieg er. Sie fuhr fort:

»Aber jetzt ist doch alles in Ordnung, da die Lehrerinnen dennoch ihre Tischgesellschaft bekommen, und das ganz privat.«

Er kannte ihren Körper so gut, daß er es wahrgenommen hätte, wenn sie feindselig gewesen wäre. Er hätte es an ihrem Atem gemerkt und, wenn sie näher bei ihm gestanden hätte, am Geruch ihres warmen Halses. Doch jetzt war sie nur amüsiert. Da sagte er:

»Ich stimme da vielleicht nicht ganz mit dir überein, was den Privatcharakter der Wohnung einer Gastwirtin betrifft.«

Zum ersten Mal während dieses Gesprächs sah er ihr direkt in die Augen. Sie war völlig regungslos, atmete aber schwerer. Die Granaten wurden in ihren weichen Grübchen angehoben.

»Möchtest du hinaufgehen und nach deinen Serviererinnen sehen«, sagte er. »Das ist fast ein Ausschank da oben und kein Servieren mehr.«

Das dürfte gereicht haben, dachte er. Das dürfte gereicht haben. Er ging hinaus. Er fürchtete plötzlich, über eine Teppichfranse oder einen kleinen Fußschemel zu stolpern.

Ebba stürmte an Tora vorbei, sie roch nach Achselschweiß. Sie roch wie ein heißer Herd, auf dem man Konservierungsparaffin verschüttet hatte. Bewahre, jetzt wurde es heiter! Und wie rieche ich selbst, dachte Tora, und Panik ergriff sie, denn hier durfte man nicht riechen. Nicht einmal spät nachts, wenn man mit den allerletzten Tabletts durch den Rauchnebel stürmte. Kopfschmerzen durfte man haben, tanzende Pünktchen vor den Augen und das ganze Bewußtsein wie eine zitternde Nadelspitze im Kreuz sitzen. Nur riechen durfte man nicht.

»Reinlichkeit! Reinlichkeit!« schärfte ihnen Mamsell Winlöf ein. »Dieses bedeutende und wichtige Wort sollte in jeder Küche geschrieben stehen, sei sie groß oder klein.« Sie hatten keinen anderen Lohn als das Trinkgeld, das die Gäste ihnen gaben, doch sie hatten Kost, Logis und Kleidung. Zu den schwarzen Kleidern gehörten kreisrunde Flicken aus Flanell, die sie sie nähen ließ. Sie mußten zu jedem Kleid mehrere Flicken haben, sie zweimal falten und auf der Innenseite zwischen Ärmel und Mieder festheften, um den schwarzen Stoff gegen die Ausscheidungen der Achselhöhlen zu schützen. Die Flicken mußten jeden Abend gewaschen werden. Das hatten sie selbst zu machen. Ihre Unterwäsche dagegen gab sie mit der großen Wäsche in Dahlgrens Waschhaus.

Tora hatte ihren Körper immer sich selbst überlassen, und sie hatte mit ihm sowohl Freude als auch Kummer gehabt, niemals jedoch über ihn nachgedacht. Dann kam sie zur Mamsell und mußte anfangen, auf ihn zu achten, damit er nicht über sie erzählte: ob ihr warm war, ob sie krank oder müde war.

»Am schlimmsten ist's, wenn man mit einem Kerl zusammen war«, sagte Ebba. »Es nützt nichts, wenn man dann die Luft anhält.«

Denn Mamsell Winlöf kam hinauf in ihr Zimmer in Svinefrid und ging selbst die Kleiderhaufen durch, während die Mädchen frierend und nur mit einem Hemd bekleidet nebeneinander im Bett saßen und sich um die Knie faßten.

»Reinlichkeit! Reinlichkeit!« mahnte sie und hielt schmutzige Kleidungsstücke in die Höhe. Die Füße brauchten sie jedoch nicht zu waschen. Die Stiefel schnürten effektiv alles ein, was die Füße über ihr schlechtes Befinden hätten erzählen können.

Nein, ein Körper war eigentlich ein Elend, das wußte Tora jetzt. Der schwitzte und lief und blutete und schwoll. Doch durfte man ihm nichts anmerken, zumindest nicht, wenn man im Bahnhofshotel bleiben wollte. Die Mamsell ließ die Mädchen aus Dochtgarn Binden häkeln. Lumpen oder Zeitungspapier duldete sie nicht. Bei den Schuljungen riefen die Binden, wenn sie zu Dutzenden bei Dahlgrens Waschhaus auf der Leine hingen, wahre Begeisterungsstürme hervor, und die Mädchen weigerten sich, sie abzuliefern. Da mußte Mamsell Winlöf die peinliche Wäsche zur Alten nach Löskebo geben, die so weit draußen wohnte, daß die Jungen nicht so ohne weiteres dorthin kamen.

»Nimm dich vor Mamsell in acht«, flüsterte Tora der verschwitzten Ebba zu.

»Ach was! Die kommt heut abend doch nicht rauf.«

Sie schien es nicht vorzuhaben. Der Großhändler war unten gewesen, und nun sprach es sich herum, was für Gäste die Mamsell hatte. Adolf hatte geplaudert. Tora, sowohl von Mandelstam als auch von Finck danach gefragt, schwieg. Dagegen konnte Ebba nicht an sich halten, sondern erzählte atemlos von den Lehrerinnen. Sie bekam fünfundsiebzig Öre, als Mandelstam und Finck sich verabschiedeten, Tora bekam vom Großhändler fünfzig. Vor Cederfalk und Adolf Lindh knickste sie extra tief, doch da tat sich nichts.

»So ein G'sindl«, sagte sie zu Ebba, als sie ihre Stiefel aufschnürte. »Knickrig zum Gottserbarmen.«

Sie teilten sich ein enges Zimmer in dem langen, hohen Holzhaus genau gegenüber der Post. Das Haus gehörte Mamsell Winlöf, und sie vermietete dort Wohnungen und Zimmer.

Eine paar der Wohnungen hatte sie jedoch in kleine Kämmerchen für ihre Angestellten aufteilen lassen. Unten im Hof quiekten die Schweine der Mamsell Winlöf. Sie bekamen zu unregelmäßigen Zeiten Speisereste, oft nachts, wenn in der Küche des Lokals saubergemacht wurde, und sie hatten sich angewöhnt zu quieken, sobald sie hinter dem Bretterzaun Leute kommen hörten. Der ganze Hof, das hohe, schmale Wohnhaus, die Reihe der Schweinekoben und die Mangelstube wurden Svinefrid genannt. Dort herrschte so gut wie nie Ruhe. Die Eisenbahner, die im Haus wohnten, kamen von der Nachtschicht zurück, und die Schweine quiekten erwartungsvoll. Sand prasselte gegen die Fenster der Schankkellnerinnen, und sehr oft wurden, noch bevor sie antworten konnten, andere Fenster aufgerissen, und Frauen schimpften wie Rohrspatzen.

»Die werdn neidisch, wenn se verheirat sind«, meinte Ebba.

In dieser Frühlingsnacht hörte man, als es für ein Weilchen still war, unter dünnen Sohlen den Kies knirschen und dann ein manierliches Pfeifen, dem ersten Trillerversuch eines Kanarienvogels nicht ganz unähnlich. Ebba lugte durch die Gardine.

»Das sin Mandelstam und dieser kleine Scheißkerl Finck! Der hat so Hände wie'n Mädchen. Hast du das gesehn? Der Finck hat aber 'ne kleine Nase, pfui, der soll sich schämen! Soll ich aufmachn, Tora? Wir können uns ja mal anhören, was se wolln.«

Sie wollten mit Ebba anstoßen, hatten einen Schlaftrunk dabei.

»Pfui, so was mag ich nicht«, belferte sie zurück.

»Das ist aber süßer und guter Wein, kleine Ebba. Sei jetzt nett! Wir haben kalte Füße.«

»Denen ist wohl recht kalt«, sprach Ebba in das Zimmer gewandt zu Tora. »Solln wir se ein Weilchen reinlassen?«

Tora gab jedoch keine Antwort. Ihr Kleid lag über dem

172

Stuhl, die Stiefel standen mit hängenden, schlaffen Schäften
daneben. Sie war auf ihren Platz ganz an der Wand gekrochen
und hatte Ebbas Teil des Bettes freigelassen. Sie schnarchte bereits.

»Markierst du?« fragte Ebba. Der Kanarienvogel ließ sich
wieder hören, doch er weckte Tora nicht.

»Äh«, meinte Ebba. »Du markierst bloß.«

Sie gähnte herzhaft und schloß das Fenster. Nachdem sie
sich hingelegt hatte, hörte sie noch eine Zeitlang das feine Pfeifen, und sie lächelte beim Einschlafen.

Sie war dreiundfünfzig Jahre alt und gab sich nie irgendwelchen Tagträumen hin. Hatte dies selbst in ihrer zartesten Jugend nur äußerst selten getan. Sie gab sich nur mit der Wirklichkeit ab, und in ihren Wünschen lebten die Menschen kein
Scheinleben. Über sich selbst sprach sie nur selten und gegenüber anderen oftmals mit einer gewissen Schärfe. Nie jedoch
kamen ihr im Inneren die verstümmelten und unklaren, dennoch leicht dahinfließenden Sätze des Tagtraums.

Das war wahr: Ihre Bewegungen waren würdevoll, und
diese Würde rührte von Anfang an von einem Traum her, den
sie von sich selbst gehabt hatte. Sie hatte ihn aber auch verwirklichen können.

In Alma Winlöfs Wohnung gab es nur ein Möbelstück aus
dem aufgelösten Haushalt des Sargschreiners Eriksson, das
einzige, was sie nach dem Tod der Eltern behalten hatte. Es
war ein heller Birkensekretär, den ein Kunstschreiner in Stora
Kedevi hergestellt hatte. In seinen kleinen, gelben Schubladen
hatte sie mehrere Jahre lang Mittel verwahrt, die es ihr erlaub-
ten, mit den Menschen in der Wirklichkeit zu leben.

Sie hatte freundschaftliche Verbindungen, die sich in feinen
Verästelungen quer durch alle gesellschaftlichen Schichten er-
streckten. Da gab es Abhängigkeiten, die auf Kreditverbindun-
gen und Vertragsabschlüssen beruhten. Aber auch solche, die

nur in den Nerven zu spüren waren: geahnte Möglichkeiten, Zugeständnisse und leichter Druck, den man steigern konnte, vielleicht aber nie zu steigern brauchte.

In den Schubladen mit den gelben, beinernen Knöpfen hatte sie viele Jahre lang Schuldscheine verwahrt. Am wichtigsten aber waren ihr doch die ungeschriebenen Schuldscheine Alexander Lindhs gewesen. Er hatte überall im Ort, wo es möglich war, Geld geliehen, denn während seiner ersten Jahre war es mit den Finanzen schlecht bestellt gewesen. Nun sei die Marktlage eine andere, sagte Alexander Lindh. Die Zeiten seien gut. Er hatte schon lange alles zurückbezahlt.

In dieser Nacht gönnte sie sich den seltenen Luxus eines nächtlichen Wachtraums. Sie sitzt am Sekretär. Für eine kleine Weile ist es im ganzen Bahnhofshotel ruhig. Der Tabaksgeruch ist bis in ihren Salon gedrungen. Gewöhnlich vermag sie ihn draußen zu halten, den Geruch nach öffentlichem Lokal. Dann erinnert sie sich, daß Malvina Lindh und zwei der Lehrerinnen nach dem Essen geraucht haben.

Sie hat alle Lampen ausgelöscht, bis auf die eine auf ihrem Sekretär. Nun hört sie Alexander Lindh in ihrem Traum. Sie hört seinen Schritt und seinen energischen Atem. Jetzt steht er in der Dunkelheit dort am Vorhang. Ihr Rücken spürt ihn. Sie hat die Lampe so weit heruntergedreht, daß nur ein Kreis um ihre Hand, die auf der Birkenplatte des Sekretärs ruht, beleuchtet ist. Sie kann ihre Hand nicht mehr ansehen, ohne gleichzeitig an deren Trockenheit zu denken. Überall sonst an ihrem Körper hält das Fleisch die Haut straff und glatt, doch ihre Handrücken haben ein kariertes Muster aus trockenen Runzeln. Eine Eidechsenhand, denkt sie angeekelt. Eine trockene, flinke Hand mit der Haut einer alternden Frau.

Sie hat ihn da draußen am Vorhang stehen lassen, während sie ihre Hand betrachtet hat. Nun holt sie ihn hervor. Er macht einige Schritte über den Teppich.

»Alma!«

Er spricht mit leiser Stimme. Er dringt auf sie ein. Sie wendet sich nicht um, doch ihr runder Rücken in der straff gespannten schwarzen Seide richtet sich auf.

»Alma, verzeih mir, was ich gesagt habe. Du kennst doch meinen Jähzorn.«

Sie lächelte hinab auf die Hand, die auf der polierten Birkenplatte mit ihren Schleiern und Augen ruht. Ja doch, sie kennt seinen Jähzorn. Er treibt ihn voran; die Kolben des Zorns, der heiße Dampf in ihm. Nun betrachtet sie erst eine Weile ihre Hand, dann wendet sie sich langsam nach ihm um, ja, im Traum sind alle ihre Bewegungen langsam und bewußt.

»Lieber Alex«, sagt sie, und in dem Moment, da sie, an ihrem Sekretär sitzend, ein wenig zusammensinkt, erhebt sie sich in ihrem Traum und tritt mit offenen Armen auf ihn zu.

»Viele Jahre lang hast du also ein öffentliches Lokal besucht, wenn du zu mir gekommen bist. Ich weiß, Alex. Das ist mir nicht neu. Ich weiß, daß es deiner Stellung nicht wiedergutzumachenden Schaden zugefügt hätte, wenn du mit einer anderen als der Wirtin ein Verhältnis gehabt hättest.«

Sie mußte innehalten und schlucken.

»Eine Sache muß deine Freunde jedoch verblüffen. Wenn sie sich die Steuerliste ansehen, so stehe ich ganz oben mit einem Einkommen von fast achttausend Kronen. Danach kommst du mit etwas mehr als fünftausend im Jahr. Dann Cederfalk, Wilhelmsson, Wärnström. Und so weiter.«

Sie lächelt ein wenig.

»Deine Freunde müssen also feststellen, daß nicht die Not mich getrieben hat.«

Im selben Augenblick beschließt sie, nichts von der Steuerliste und den Einkommen gesagt zu haben. Das wird sie sich statt dessen denken, und während sie es sich denkt, wird sie am Sekretär sitzen bleiben. Erst danach erhebt sie sich und tritt ihm entgegen: seinem Gesicht, einem Schattenfleck.

»Du brauchst mich nicht um Verzeihung zu bitten, lieber

175

Alex. Ich weiß schon lange, was du deine Freunde glauben machen willst. Meine Freundschaft für dich hat das ausgehalten. Ja, sie umfaßte auch deine —«

— Feigheit, denkt sie. Ein fettes und schmieriges Wort. Deine Feigheit, Alex. Sie verspürt einen Brechreiz. Sie beugt sich über die Schreibklappe, und ihr Leib schüttelt sich vor Übelkeit. Kalter Schweiß kommt ihr, sie öffnet die Hand und sieht die Feuchtigkeit in den Furchen der Handflächen und erkennt, daß dies nicht zum Traum gehört. Sie wird sich womöglich auf dem Teppich übergeben.

Da klirren die Glasscheiben der Außentür, die Tür zum Servierraum schlägt zu, schnelle Schritte und ein Klopfen. Er kommt! denkt sie wider alle Vernunft, denn es sind behende Mädchenschritte. Er kommt doch!

Es ist Tora Lans. Sie ist eingetreten, ohne eine Antwort abzuwarten. Sie hat ein Tuch um, das Kleid ist nicht zugeknöpft, und das Hemd schaut vor.

»Tora!«

»Es brennt, Mamsell!«

Almas Übelkeit ist verschwunden. Sie faltet die Hände auf der Schreibplatte und sieht Tora lächelnd an.

»So dramatisch, liebe Tora!«

Sie ist diese Alarme schon gewohnt. Das Fett im Rauchabzug über dem großen Eisenherd fängt oft Feuer, und einmal ist eine Gardine in der Gästeetage in Flammen aufgegangen.

»Nein!« schreit Tora. »Es brennt wirklich! Svinefrid brennt! Hören Sie nicht, Mamsell?«

Und erst jetzt hört sie die Rangierlock draußen auf und ab fahren und mit der Pfeife heulen, und ihr dämmert, daß sie es womöglich schon lange gehört hat.

»Mach dein Kleid zu, Tora«, sagt sie und erhebt sich. »Wir gehen zusammen.«

Als Svinefrid brannte, roch es bis nach Backe und Vallmsta nach gebratenem Speck, wurde erzählt.

Aber nicht ein Schwein kam um in dem Feuer. Als allererstes öffnete man die Türen zum Schweinestall, und fünfzehn Mastschweine stürzten hinaus durch die Reihe der jungen Männer, die mit Stangen die Leute auf Abstand zu halten versuchten. Ihre rotweißen Stangen zersplitterten, die Leute und die Schweine brachen jeweils von ihrer Seite her durch.

Weit weg, jenseits der Bahnlinie, heulten bei Wilhelmsson und Wärnström die Fabriksirenen. Der Gutsbesitzer Helmer Svensson, der zur Feuerwehr gehörte, rannte zwischen den Häusern hin und her und blies in ein Horn.

Man gab seine Kommentare ab. Man zog zu dem lodernden Svinefrid hin, das sich noch nie so stolz ausgenommen hatte. Das Feuer tobte, Fensterscheiben wurden heiß und barsten. Es klirrte und zischte in der Hitze. Die Lokomotive fuhr die ganze Zeit vor und zurück, vor und zurück und heulte und sprühte heißen Dampf. Fünfzehn galoppierende Schweine wurden mit Besenstielen zusammengetrieben, mit abgebrochenen Stecken gepiekt, und sie schrien angstvoll und bösartig. Im Lager der Mamsell explodierte das Bierfaß, und im Krämerladen im Erdgeschoß loderten und knallten die Fässer mit Öl und Petroleum.

Jetzt trampelten derbe Uniformstiefel und Botten durch das Treppenhaus. Das waren die Leute des geflügelten Rades, die dem roten Hahn entflohen, wie der Redakteur der Zeitung später vermeldete. Aber da waren auch, um die Wahrheit zu sagen, dünnsohlige Lackschuhe, die die Treppen hinabflohen, und draußen auf dem Hof brach Beifall los, als zwischen den anderen Finck mit flatternden Hosenträgern herausgestürzt kam und hinter ihm Tekla, eine der Schankkellnerinnen, mit seinem Frack über dem Arm. Ebba, die zerzaust und frierend und mit einem Bündel zu Füßen, das ihre ganzen Habseligkeiten enthielt, dastand, rümpfte die Nase.

Am anderen Ende des Hauses jedoch mußte man sich an zusammengedrehten Laken abseilen, und man plumpste, nur mit einem Hemd bekleidet, herab. Dem Lokomotivheizer Ervin Adolfsson spendete man Applaus für seine maschinengestrickte Unterhose. Ja, es war vieles anders als in früheren Zeiten, als alles, was Beine hatte, mit einem leeren Eimer zum Brandplatz angerückt war, um sich in die Kette der Löschenden einzureihen. Jetzt sah man viele breitbeinig und mit einem gefährlichen Glanz in den Augen dastehen. Zahlen flogen zwischen den Männern hin und her – man spekulierte über die Feuerversicherung der Mamsell. Es waren jedoch nur Mutmaßungen, eine phantastischer als die andere. Schließlich kam Mamsell Winlöf auch mit einem ihrer Mädchen im Schlepp. Sie blieb gerade stehen, um zu schauen; die Hitze schlug ihr ins Gesicht, doch sie rührte sich nicht. Der dreisteste unter den Zuschauern meinte halblaut:

»Jaja, das wird schon, sagte der Bauer, als das Scheißhaus brannte.«

Dann kam endlich die Feuerwehr mit den beiden großen Spritzenwagen. Der Brandmeister, Freiherr und Stationsvorsteher Gustav Adolf Cederfalk, hatte noch seine Frackhose an. Er hatte Schluckauf von der kalten Nachtluft. Die Spritzen wurden montiert, die Pferde ausgespannt, und man versuchte, Schweine und Leute davonzujagen. Jetzt richteten die Spritzenführer die Wasserstrahlen aus, die anfangs nur ungleichmäßig und pulsierend kamen, bis die sechzehn Männer an den Pumpen endlich ihren Takt gefunden hatten. Doch irgend etwas stimmte nicht, einer der Spritzenführer fuhr herum und schrie eine Frage, und der erste gerade Strahl dickflüssigen Wassers aus dem Katzenmeer traf Cederfalks Rücken, der davontanzte, als wäre er von einer harten Hand am Nacken gepackt worden. Der Spritzenführer taumelte erschrocken, und der Strahl ging in einem Bogen über die Zuschauer hinweg, verabreichte ihnen eine Dusche und ergoß braunes Wasser in

178

ihre offenen Münder und ihren rohen Jubel. Cederfalk wandte sich um, fand mit flatternden Armen sein Gleichgewicht wieder und schrie die Worte, die alle Quellen, die braune Tintenschrift der pedantisch geführten Tagebücher, die Zeitungsausschnitte und die Briefe, die bald auseinanderfallen, bis in die Orthographie hinein übereinstimmend bewahrt haben:

»Bist du denn varückt, Klempner!!!«

Ja, die Spritzen waren rostig und die Leitern verrottet, das ist wohl wahr. Aber das ist erlogen, daß Schreinermeister Frederiksson, der das Signal geben sollte, beim Ausrücken der Feuerwehr gar nicht mitkam, sondern bewußtlos am Ende eines Laternenpfahls saß. Er schielte, soviel ist richtig.

Als sich immer noch Leute am hinteren Teil des Hauses abseilten, gesellten sich Valfrid Johansson und sein Bruder Ebon zu Tora und fragten, wie sie sich gerettet habe. An Toras und Ebbas Rettung war überhaupt nichts dramatisch, sie waren von Schreien aufgewacht und hatten sofort den Brandgeruch bemerkt.

»Habt ihr alles mitnehmen können?« fragte Valfrid. Da hielt Tora plötzlich die Hand vor den Mund, wie immer, wenn sie unvermittelt den Mund aufriß oder lachte, denn ihr fehlte ein Zahn.

Valfrid gegenüber war sie schüchtern. Sie hatte lange Zeit geglaubt, daß er ihr Vater sei. Da war sie aber noch jünger und dümmer gewesen. Schließlich war ihm klar geworden, was sie dachte, und da war er verlegen geworden.

»Ich war erst zwölf«, hatte er gesagt. »Denk so was nicht. Und ich weiß auch nichts über die Sache, an die du denkst.«

Doch Edla könne er nie vergessen, hatte er gesagt.

»Tora, was ist?«

»Ich habe die Fotografie vergessen«, sagte sie. Sie nahm die Hand vom Mund und schluckte, der Brand hatte nichts Ergötzliches mehr, und sie fror erbärmlich.

»Was für eine Fotografie denn?«

»Die von Edla.«

Sie nannte das Mädchen auf dem Bild nie ihre Mutter. Er wußte, welches Bild sie meinte. Sie hatte es von ihrer Großmutter bekommen, und Edla trug darauf ein kariertes Kleid. Doch ihr Gesicht verblaßte allmählich. Ja, es war wie Asche, die mit dem ersten Wind, der aufkam, weggeblasen wurde.

»Welch ein Jammer«, meinte Valfrid. »Das ist wohl das einzige, was du von deiner Mutter noch hast.«

»Da mußt wohl reingehn und es rettn für se«, sagte Ebon, und eine aberwitzige Hoffnung verklärte Tora, so daß sie trotz ihres fehlenden Zahnes ganz vergaß, den Mund zuzumachen. Aber dann begriff sie doch, daß Ebon scherzte. Sie hatte Angst vor ihm. Die Hände in den Hosentaschen und die Melone in den Nacken zurückgeschoben, stand er da und sah sich das Feuer an. Er war ein Aufwiegler, nach den Worten des Fabrikanten Wärnström. In der Maschinenfabrik und in Wilhelmssons Schreinerei hatte er Hausverbot, und jetzt fuhr er als Bremser. Er hatte einmal versucht, sich mit ihr zu unterhalten, als sie in der dritten Klasse servierte. Sie hatte jedoch Angst, er war überhaupt nicht wie sein älterer Bruder.

Dann geschah etwas Merkwürdiges und Großartiges. Tora konnte es aber nicht sehen. Sie wurde weggedrängt von den Brüdern Johansson, sie wurden von den Schweinen, Leuten und Pferden auseinandergetrieben. Sie nahm einen Eimer und stellte sich in die Kette der Löschenden, die sich vom Katzenmeer hinauf zur Mangelstube gebildet hatte. Der Schweinestall und das Wohngebäude brannten restlos nieder, und der Brandmeister brüllte ohnmächtig die Spritzenführer und die Pumper an, die einander über die Füße und über die verrosteten Spritzen stolperten. Da meinte eine Frau:

»Jetzt brennt gleich die Mangelstub.«

Darauf eine andere:

»Es wär schad drum.«

Es gab im Ort keine bessere Mangel zu mieten, als die, mit

der die Mädchen der Mamsell zwischen zwei großen Steinplatten die Tischdecken des Hotels steif und glänzend mangelten. Da bemächtigten sich zwei Frauen des Ortes der besten Handfeuerlöscher, ein Vorkommnis, das später in das lange Untersuchungsprotokoll des Brandmeisters aufgenommen wurde, das in vielem einem Seeprotest gleichkommen würde. Außerdem stellten sich so viele Frauen, wie in Reichweite waren, mit Eimern in doppelter Reihe vom Katzenmeer bis zur Mangelstube auf, und sie langten hin, daß es zischte. Es schwappte natürlich etliches über in der Freude und in der Hitze, im Eifer und in der Wut, das meiste kam aber doch an und ergoß sich über die angesengten Wände des Schuppens und rettete so die große Mangel.

Doch Svinefrid brannte mit stattlichen Flammen und tosender Hitze nieder. Es brannte nieder bis auf die Grundmauern, und die Ratten stoben zwischen den Füßen schreiender Menschen davon und verwandelten für einige Augenblicke die Straße in einen zottigen Pelz, als sie zum Katzenmeer jagten, wo sie fauchend kehrtmachten und in Löchern, Planken und Hecken verschwanden.

Als das Merkwürdige und Großartige geschah, stand Tora in der Kette und reichte Wasser weiter und konnte es somit nicht sehen. Doch nachher erzählte man ihr, daß Ebon Johansson zu dem noch unbeschädigten Eingang an der nördlichen Giebelseite gegangen sei und hinaufgeschaut habe. Er hatte Ebba gefragt, wo ihr Zimmer liege. Dann setzte er seine steife Melone auf dem Kopf zurecht, ja, er zog sie, soweit er konnte, in die Stirn, knöpfte seine Jacke zu und trat dann geradewegs ins das qualmende Treppenhaus. Die Frauen schrien, der Brandmeister brüllte hinter ihm her, und man richtete die größte Spritze auf den Eingang, durch den er verschwunden war.

Zweimal sah man ihn in einem Treppenhausfenster. Das Feuer züngelte bereits mit verspielten Flammen um die Fensterrahmen.

181

»Er hat sich umgebracht!« schrie eine Frau, und es schien in der Tat so, denn er kehrte nicht durch die Tür zurück. Jetzt barsten schon die Scheiben, und das Feuer tobte im Treppenhaus.

Auf der anderen Seite aber sahen Leute, wie er sich mit einem Laken abseilte, das nur bis auf die halbe Höhe hinabreichte, und wie er sprang und mit federnden Knien landete.

Auf der Hofseite glaubten jedoch viele, daß Ebon Johansson tot sei, und daß der Brand von Svinefrid ein Leben gefordert habe. Er fand Tora im Gedränge und gab ihr die Fotografie. Sie war unversehrt, wenn auch wellig.

Es gibt dunkle Räume, die du vielleicht betreten mußt. Doch viele sind wie Tora. Sie hatte flinke Füße und starke Beine. War schnell im Rechnen. Der Schullehrer hatte das nie gemerkt, doch jetzt ging es um die Wirklichkeit, um kleine Biere, Weinflaschen, Vichywasser und Punsch. Dunkle Räume suchte sie nicht auf. Was gewesen ist, ist gewesen. Manchmal bekommt man dennoch Spinnweben ins Gesicht. Es ist schwer, sich gegen das Unsichtbare zu wehren. Und die Zoten.

Mamsell Winlöf hatte sich jetzt im Erdgeschoß des Gasthauses eingemietet. In der alten Wirtsstube war nun ein Musikcafé und im Schankraum ein Rauchsalon mit Palmen. Vormittags roch es nach frischer Malerfarbe, bis sich dann der Tabakrauch festsetzte. Der rote Wollplüsch war neu und der Fußboden mit Linoleum ausgelegt. Beim Gastwirt drinnen machte sich Tora nie zu schaffen. Dort herrschte graue Vorzeit. Schrecklich alt und grausig war es dort, als ob es schon viel länger als zwanzig Jahre her wäre, daß Edla dorthin gekommen war.

Tora schreckte vor dem Schmutz und dem muffigen Gestank nach abgestandenem Bier und alten gescheuerten Dielen zurück. Die Wirtsfrau war tot; über sie waren Geschichten im Umlauf. Sie sei hart gewesen. Doch Tora wollte es gar nicht hören.

Sie war von der Mamsell mit einem Auftrag zu Isaksson geschickt worden, als sie zum ersten Mal dort hinkam. Sie brachte es schnell hinter sich. Auf dem Rückweg blieb sie jedoch unten an der Treppe stehen. Dieses einzige Mal.

Die Treppe führte in den Klubraum hinauf. Da oben auf dem großen Tisch hatte Edla geschlafen. Sie ging im Dunkeln die Treppe hinauf und in den Raum und erkannte alles aus Valfrids Erzählungen wieder. Da waren die Kachelöfen, die steifen Porträts, der große, fleckige Fußboden. Der Raum war groß und ausgekühlt.

Wer war es?

Jetzt stand sie jedenfalls hier, als glaubte sie, daß die nachgedunkelten Wände und der Fußboden mit seinen fettigen Ritzen das Geheimnis preisgeben würden.

Valfrid? Nein, er war damals noch ein Kind. Ein Reisender. Isaksson selbst oder ein betrunkener Bauer. Die Fuhrknechte...

Es zog im Rücken, denn die Tür zur Treppe stand offen. Drunten war ein enger Gang mit Türen, und eine von ihnen führte direkt in die Wirtsstube. Man konnte sich leicht in der Tür irren, wenn man zum Pissen hinausgehen wollte. Früher.

Es war, als wollte sie jemand zwingen, draußen auf der Treppe auf Schritte zu horchen. Als würde jeden Moment ein Gesicht auftauchen, und sie müßte ihm in die Augen sehen und würde gezwungen, etwas zu empfinden, was sie nicht wollte. Haß vielleicht. Verachtung, Abscheu. Möglicherweise sogar Mitleid.

Nein! Sie wollte keine Antwort bekommen. Nie im Leben wollte sie es wissen. Sie wollte hier weg! Sie begnügte sich mit der Antwort, die in den alten Wänden und Fußböden saß: Es war die Dunkelheit selbst, und die hatte kein Gesicht. Womöglich hatte nicht einmal Edla ein Gesicht gesehen. Wer konnte sich nicht mal in einer Tür irren und die Treppe zum Klubraum hinaufstolpern? Rausch und Dunkelheit. War es Grausamkeit? Dann war die Grausamkeit blind und ohne Gesicht. Sie war sich mit einem Mal sicher, daß sie keinen anderen Vater hatte als diese abweisende Dunkelheit um sie herum.

Valfrid Johansson zog mit einem vergoldeten Schwert und einer Partie Totenköpfe unter dem Arm in das Gasthaus ein. In seiner Jugend war er dort hinausgeschmissen und aus seinem Dienst als Ladenbursche entlassen worden, weil er ein Blättchen verkauft hatte, mit dem sich Isaksson nicht einmal abwischen wollte – ja, an gar keiner Stelle. Valfrid liebte keine rohen Worte. Doch er erinnerte sich bitter an sie.

Viele »Volkswillen« hatte er nicht verkauft. Dafür war er im Ort zum Hanswurst geworden, und es waren Worte über ihn niedergegangen, die ihn peinigten. Fette, stinkende, matschige – alle Arten von Worten.

Ebon verkaufte auch »Volkswillen«, doch er bekam nur Prügel. So seltsam ist die Welt. Es kam im übrigen nicht oft vor, und er verkaufte viel. Mehrere Jahre lang war er einer der besten Verkäufer des hinkenden Agitators. Doch Valfrid hatte schließlich eine Stelle beim Krämer Levander bekommen unter der Bedingung, daß er mit dem Verkauf der Zeitungen aufhörte. Das tat er ohne Gewissensqualen, denn soviel kapierte er, daß die Sozialdemokratie nicht mit diesen paar Exemplaren, die er den betrunkensten seiner Opfer anzudrehen vermochte, stand und fiel. Valfrid wurde Ladengehilfe und mit der Zeit der erste. Er wurde die rechte Hand des Krämers in dem expandierenden Betrieb. Levander war nun fast Großhändler. Bei ihm lag Zukunft.

Doch Valfrid hatte den Glauben seiner Jugend nicht aufgegeben. Jederzeit, erklärte er, würde er es wem auch immer kundzutun wagen, daß die sozialistische Überzeugung seinem Herzen am allernächsten stand. Was unterschied eigentlich einen Menschen vom anderen? Nichts.

Er hatte freilich als reifender Mensch eingesehen, leider eingesehen, daß der sozialistische Grundgedanke unrealistisch sei. Die Natur des Menschen ist nun einmal so, daß der sozialistische Gedanke nicht verwirklicht werden kann. Er wünschte dennoch all denjenigen Glück, die ihn verwirklichen wollten, ja, er wünschte ihnen aus ganzem Herzen Erfolg.

Es ist immer ein Kampf gewesen auf der Erde, weil der Mensch des Menschen Wolf ist. Zu allen Zeiten hat es Ungerechtigkeiten gegeben, zu allen Zeiten wird ein Mensch über den anderen klettern. Das ist eine Tatsache, die man leider nicht wegzaubern kann, wie gern man es auch wollte.

Aber.

Im Gegensatz zu dem, was die ärgsten Agitatoren sagen, wird es die ganze Zeit heller. Die ökonomische Entwicklung, Volksbildung, Humanisierung – schau, das sind doch Dinge, die im Wachsen begriffen sind, sagte Valfrid.

Auf diesen beiden Grundpfeilern ruhte seine Weltanschauung.


Er legte das vergoldete Schwert auf das zugehörige Samtkissen und stellte den Koffer mit den Totenköpfen in einen Schrank. Isaksson grüßte ihn ziemlich respektvoll, denn die Ordensgesellschaft »Urdar« bezahlte eine saftige Miete für den alten Klubraum im Obergeschoß des Gasthauses. Ein Bauer und ein Veterinär gehörten »Urdar« an, der Krämer an der Grenze zum Großhändler und ein renommierter Uhrmacher. Friseur und Fotograf wurden nicht aufgenommen. Der Kürschner dagegen und der Gießereibesitzer Berg waren unter großer Ergriffenheit aufgenommen worden. Valfrid hatte selbstverständlich nicht einmal den niedrigsten Rang im Orden inne, doch sein Arbeitgeber war Großmeister, und Valfrid hatte den Auftrag bekommen, den alten Klubraum umzugestalten. Er hatte ihn streichen und tapezieren lassen und den Fußboden mit hellbraunem, persisch gemustertem Linoleum ausgelegt. Jetzt hängte er an die Wände die dreizehn Sterne und hinter das Podium die zersplitterten Schilde. In die eine Ofennische stellte er ein Christusbild aus weißem Gips und in die andere ein Bild des Todesengels. Den neuen Tisch bedeckte er mit einem schwarzen Samttuch mit vergoldeten Zifferngruppen. Den Rest – schwarze Kutten, Zepter, vergoldete Ketten, einen Adler, Blechharnische, Kissen, Wolken aus Pappe, die schwarzen und weißen Abstimmungskugeln in ihren Behältern, Bibeln, Perücken und Sensen – legte er zusammen mit den Totenköpfen in den Schrank und schloß ihn ab. Den Schlüssel hielt er Isaksson unter die Nase und erklärte ihm, daß er als Hauswirt dafür verantwortlich sei, daß kein Schmu gemacht werde.

»Der Orden ›Urdar‹ wirkt *Gutes*«, sagte Valfrid. »*Wie* er es macht, ist nicht unsere Sache. Drum keine Experimente mit dem Schloß.«

Junge Herren, die häufig das Musikcafé im Erdgeschoß besuchten, öffneten einen Spaltbreit eine übertapezierte Tür zum Klubraum, vergrößerten eine Ritze in den vorgenagelten Brettern und schnitten mit einem Federmesser Löcher in die Tapete. Mit Isakssons Zustimmung amüsierten sie sich dann damit, auf »Urdars« Mysterien zu schielen. Sie lockten die Serviererinnen nach oben und schielten Wange an Wange mit ihnen. Da drinnen gab es nichts Erschreckendes mehr für Tora. Es war übertapeziert. Die Totenköpfe schreckten sie nicht, nicht einmal, wenn sie versilbert waren. Valfrid erzählte ihr, daß »Urdar« im ersten Jahr seines Bestehens 478 Kronen und 43 Öre für bedürftige Kinder aufgebracht habe.

»Hauptsächlichst für Fußbekleidungen.«

»Sag bloß«, erwiderte Tora. »Auch dreiundvierzig Öre.«

»Ich führe die Bücher für sie«, erklärte Valfrid.

Sie wagte nicht, ihm zu erzählen, daß sie das ganze Einweihungsritual beguckt hatte, als der Gießereibesitzer Berg in den Orden aufgenommen wurde. Doch Ebon und seinem Freund Valentin erzählte sie es. Der Gießereibesitzer war von tiefer Regung erfaßt worden, als er in der schwarzen Kutte auf den Knien gelegen hatte.

»Woran gebricht es dir, o Bruder?« fragte Uhrmacher Palmquist.

»An Weisheit«, näselte der Gießereibesitzer.

»Wonach suchst du, o Bruder«, fragte Valfrieds Arbeitgeber aus dem Dunkel der Kutte heraus.

»Nach dem Brunnen der Weisheit.«

Als er jedoch auf das zweite Fragenpaar antworten sollte: »An Güte!« und »Nach der Quelle der Güte!«, wurde er heftig gerührt und vergoß Tränen auf die Bibelseiten vor sich, so daß sich das dünne Papier aufzulösen begann. Das war ein Fest!

Sie saßen bei Mulles Grab und hörten der Eisenbahnerkapelle zu, als Tora dies erzählte. Valentin wimmerte vor Lachen und versuchte, den Gießereibesitzer Berg auf seiner Kniewanderung zum Brunnen der Weisheit nachzuäffen.

»Hör auf«, sagte Ebon. »Ich hab' Arbeit gekriegt in der Gießerei, und drum kenn' ich den süßen Teufel. Ich weiß, was das für ein Aas ist.«

»Genau das meinen wir doch«, entgegnete Tora und wischte sich ihre Lachtränen ab.

»Nein!«

Er stand auf und steckte die Fäuste in die Hosentaschen. Tora suchte ihn zu beschwichtigen. Überall saßen oder lagen Leute im Gras und hörten der Musik zu.

»Nein«, wiederholte Ebon. »Er ist nicht lächerlich. Er ist gefährlich.«

»Ach was, du hättest 'n sehn solln.«

»Ich hab'n gesehn, wie er Lehrbubn z'sammeng'schlagn hat.

Hast du Döva Lund gesehn? Er hat beim Gießer bis letztes Frühjahr g'arbeitet. Hast'n gesehn?«

»Ja doch. Aber der Gießer war nur lächerlich, wie er da'standen is und über der Bibel g'schnieft und gegreint hat.«

»Ihr lacht über alles«, sagte Ebon mit leiser, angespannter Stimme. Er ging vor ihnen in die Hocke, damit sie ihn auch hören würden, wenn er nicht laut sprach. Er balancierte auf den Fersen und behielt die Hände in den Hosentaschen.

»Ihr lacht. Aber es gibt zu wenig Haß in dieser Gesellschaft hier.«

Tora wandte sich halb von ihm ab und lauschte der Musik. Es war die Lustspielouvertüre vom Keler Bela. Sie kannte jedes Stück vom Musikcafé her. Sie war hierher gekommen, um im Gras zu sitzen und zuzuhören, und sie wollte zuhören.

»Komm, Tora«, sagte Ebon. »Komm mit mir, dann zeig' ich dir mal, wie Haß riecht.«

Sie sah ihm ins Gesicht, das nie richtig sauber zu werden schien vom Gießereistaub, jetzt aber blaß und verschwitzt war, und sie verstand, daß er wieder gereizt war, und daß es nur Krach geben würde, wenn sie darauf bestünde, hier sitzenzubleiben. Sie stand auf und raffte ihren Rock zusammen und folgte ihm auf dem vertrauten Pfad nach Lusknäppan, der Kate, die jetzt abgerissen war. Hinter dem leeren Tanzpavillon setzte sich Ebon und brach Zweige ab. Junge Ebereschen brach er genau in der Mitte durch, so daß Stöcke mit weißen Bruchstellen vor ihnen aufragten.

»Du mußt den Geruch von Haß kennen, Tora.«

Sie war ärgerlich, weil sie sich gezwungen fühlte, mit ihm mitzukommen. Sie wollte sich mit ihrem Rock nicht abseits halten. Sie wollte hinten keine Flecken haben, und sie wollte sich den Leuten in dem Rock zeigen, solange er hübsch war.

Doch sie ging jetzt mit Ebon. Es hatte sich von Anfang an so ergeben. Alle wußten, was er getan hatte, als Svinefrid brannte. Sicherlich, sie kannte Ebon schon vorher. Sie hatte seine Wolfsaugen auf sich gespürt, wenn sie servierte, und er hatte versucht, sich mit ihr zu unterhalten. Valfrid glich er nicht die Spur. Er war nicht umgänglich.

»Ebon hatte immer schon etwas Übertriebenes in seinem Wesen«, erklärte ihr Valfrid. »Als Kind war er nahezu ein Idiot. Jetzt liest er zuviel. Und er liest nur Politisches und giftige Pamphlete.«

Wolfsaugen hatte er; solche hatten aber ja viele Mannsbilder. So nannte sie die allzu hungrigen Augen. Die von Ebon konnten jedoch gelb werden. Kann man aber lachen und hat flinke Füße, wenn man sich mit dem Tablett davonschwingt, so schafft man es manchmal, nicht in seltsame Gespräche verwickelt zu werden. Dann hatte sie nicht mehr in der dritten Klasse servieren müssen und ihn nicht mehr gesehen. Doch dann brannte Svinefrid, und er tat, was er für sie tat. Nach einem Tanz oben bei Luskäppan ging sie mit ihm. Sie sprachen über Edla und die Fotografie. Das war ja das mindeste, was er von ihr verlangen konnte.

Er hatte harte Hände. Sie gingen auf dem langen Liebespfad, der in der Birkenallee begann, dann aber von der eigentlichen Promenade abzweigte und sich durch Feuchtigkeit und Dämmer des Laubs bis zu einer Landzunge im Vallmarsee schlängelte. Sie gewöhnte sich an Ebons harte Hände, doch sie lachte nie, wenn sie mit ihm zusammen war.

Er war zielstrebig. Er demütigte sie nicht. Kein Wort verlor er über ihr Kind draußen in Stegsjö, von dem alle wußten, und das jetzt ein großer Junge war, den sie nie gesehen hatte. Kein Wort, nicht einmal in all den Wochen und Monaten, in denen sie ihn zurückwies, und sie nur meist schweigend nebeneinander hergingen. Sobald sie aus dem Ort herauskamen, lagen seine harten Hände um ihre Taille, und sie konnte ihm kaum das Gesicht zuwenden, als sein Mund auch schon da war, fordernd und suchend. Immer und immer wieder versuchte er es. Es war, als könnte er an nichts anderes denken.

Auch jetzt wieder. Von Haß war keine Rede mehr. Er ließ sie lediglich an den Zweigen der Eberesche riechen. Sie verstand nicht, was das sollte und fand, daß seine Gedanken langweilig waren. »Paß auf den Rock auf«, mahnte sie.

Denn vor langem schon hatte Ebon bekommen, was er wollte. Es hatte sich so ergeben. Eines aber wußte sie genau: kein Kind mehr! Das durfte nicht passieren.

Es kam vor, daß sie ihn mit aller Kraft hinausstieß, ihn mit Hüften, Bauch und angezogenen Schenkeln so heftig wegdrückte, daß er neben ihr auf dem Rücken landete. Denn sie wollte nicht noch einmal ein Kind haben, jedenfalls nicht ledig. Nein, das durfte einfach nicht passieren! Und diese Angst war stärker als die Angst vor Ebon – die sie nie ganz losließ.

Schwach von dem Schock lag er neben ihr, die Wut kochte in ihm. Er hatte Mühe zu atmen.

»Du spinnst wohl.«

»Das kann schon sein.«

»Es war noch lang nicht soweit bei mir.«

Und er versuchte, sie wieder hinzulegen, umfaßte hart ihre Unterarme und preßte sie auf den Boden hinunter, setzte sein Knie zwischen ihre Beine und drückte sie langsam auseinander. Das Seltsame aber war, daß die eine Angst nach wie vor größer war als die andere und sie stark machte. Sie warf ihren Körper und setzte sich auf, frei. »Hör auf.«

»Ich war noch lang nicht soweit, hab' ich gesagt.«

Sie reagierte nicht. Wie er jedoch so dalag, blaß und mit fest geschlossenen Augen, sah sie sein Glied an, das immer noch steif war. Da faßte sie mit dem Zeigefinger an die Spitze und fing den Tropfen auf, der dort saß. Er roch nach Erde.

»Es ist am besten, wir hören auf«, sagte sie.

»Ich war noch lang nicht soweit«, wiederholte er.

»Du weißt nicht, was du redest.«

»Na, was denn?« sagte er. »Das wär doch wohl nicht die Welt. Das ist wohl früher auch schon vorgekommen.«

Er meinte es aber nicht so, wie sie zunächst glaubte. Sie hatte schon so viele Sticheleien einstecken müssen, daß sie empfindlich geworden war und überall Verachtung witterte. Er meinte nur:

»Dann heiraten wir eben.«

Sie antwortete nicht, und es änderte sich nichts zwischen ihnen.


Lusknäppan war nicht immer so düster wie zu der Zeit, als Tora und Ebon allein dort saßen und er die jungen Ebereschen abbrach, so daß nur noch Gestrüpp um den Pavillon herum stand. Der Arbeiterverein machte Ausflüge dorthin, und dann waren in jedem Busch Leute. Fahnen knatterten und Velozipede lagen umgekippt im Gras. Man breitete Decken aus und tischte Essen auf.

Natürlich wollte Ebon nicht mitgehen, eigentlich.

»Was ist denn nun wieder am Arbeiterverein verkehrt?« fragte Tora. »Ist dir nicht wenigstens der recht. Gibt es denn gar nichts, was dir paßt?«

Er verachtete sie: den »Ring der Arbeiter«, den »Arbeiterverein«, den »101-Männerverein«. Die waren bedeutungslos. Spaziergänge und Fahnenweihen. Spektakel. Alles Mist.

»Aber es gibt Krankengeld und Geld für Beerdigungen«, sagte Tora. »Was ist daran verkehrt?«

»Die Arbeiter solln einander keine Leichenwagen kaufn«, erwiderte Ebon. »Es gibt doch Wichtigeres.«

»Nein, du bist natürlich damit zufrieden, auf einem Leiterwagen gezogen zu werdn, wenn deine Zeit kommt.«

»Die Arbeiter solln einander nicht beerdigen«, sagte Ebon. »Die solln überleben.«

Er ging jedoch mit nach Lusknäppan, weil er Arbeiter aus Wärnströms Maschinenfabrik treffen und noch einmal versuchen wollte, sie dazu zu überreden, eine Gewerkschaft zu gründen. Zwölf Jahre war es her, daß sich die Arbeiter bei Wilhelmssons organisiert hatten, und bald zehn Jahre, daß die Schwerarbeitergewerkschaft am Ort eine Abteilung bekommen hatte. Die Gewerkschaft der Eisenbahner hatte erst kürzlich eine gebildet, und nur die Arbeiter bei Wärnström wollten nicht mit sich reden lassen.

Tora saß auf der Decke und sah, wie er umherging, wie er Unlust und Ärger erregte an diesem schönen Sonntagnachmittag. Wie üblich kam Valentin und setzte sich zu ihr. Er irritierte sie. Er war so ein hoffnungsloser Fall mit seiner Hasenscharte, nuschelte herum mit seiner gespaltenen Lippe und war so von Herzen anhänglich. Hier saß sie nun, die Arme um die Knie, und hatte niemand anders als ihn, um sich zu unterhalten, und Ebon lief herum und ärgerte die Leute.

»Das wird nichts bei Wärnström«, meinte Valentin. »Die trauen sich nicht.«

»Naa«, sagte Tora müde. »Ich hab' gehört, daß se es eh gut haben. Daß s'es nicht für nötig halten. Die kriegen ja von Wärnström selber Krankenunterstützung, wenn's ihnen schlecht geht.«

»Se können sich was *leihen*«, sagte Valentin finster.

»Ja, du kannst nicht verlangen, daß er Geld verschenkt.«

»Nein«, erwiderte Valentin, »er leiht ihnen Geld. Und dann können se die Arbeit nicht mehr wechseln. Und se dürfn sich nicht erlauben, eine Gewerkschaft zu bildn, weil dann nimmt er se in die Zange und will seinen Kredit wiederhaben. Das ist die reinste Sklaverei.«

»Naa, nie im Leben!« rief Tora und stand auf.

Sie war rasend vor Wut. Sie schnappte nach Luft, um zu Stimme zu kommen, stemmte die Hände in die Hüften und baute sich über Valentin auf, der auf der Decke nach hinten zu rutschen begann. So hatte sie nicht mehr geschimpft, seit sie in der dritten Klasse serviert hatte. Wogen der Wut jagten ihr durch den Körper, und ihr war, als könne sie zum ersten Mal seit Monaten wieder richtig atmen.

»Ich will jetzt kein Wort mehr hören! Sklaverei! Ich kenne
Leute, die bei Wärnström arbeiten, und ich bin doch kein Idiot.
Er hält die Leute nicht auf die Weise fest, das ist eine ewige
Lüge! Lach über ihn, wenn er in der Kapelle sitzt und den Jesus
an der Decke anhimmelt, wenn'd willst. Aber komm nicht an
und behaupt, daß er die Leute in der Maschinenfabrik festhält,
wenn se gehn wolln. In Wahrheit wolln die gar nicht weg von
dort! Die ham's bei Wärnström besser als sonst irgendwo hier.
Frag, wen du willst! Frag Ludde Eriksson, der sitzt da. Tu's
doch!«

Ludde wandte den Blick ab und machte sich davon in Richtung Saftbüfett, doch sonst starrten alle sie an, sogar Lundholm, der den Fischweiher betrieb, reckte den Kopf.

»Aber Jessesmaria«, nuschelte Valentin und schien gespalte-
ner und hoffnungsloser denn je. Um sie herum begannen die
Leute zu grinsen. Tora drehte sich so ungestüm um, daß ihr
Rock Valentin um die Nase fegte, der aufzustehen versuchte,
ohne dabei den Picknickkorb und die Flaschen umzukippen.
Dann packte sie mit festem Griff ihren Rock und ging weg.

»Tora!« rief Valentin. »Warte! Ich komm' mit!«

Der Weg war voller Leute, die mit Hunden an der Leine und
Kindern auf dem Arm oder sogar in Kinderwagen aus Wärnströms Produktion daherkamen. Sie nahm sowohl leer star-
rende Gesichter als auch zaghaftes Gelächter wahr, als sie mit
roten Flecken im Gesicht und diesem Unglück von Valentin
hinter sich her, vorbeimarschierte. Sie ging vom Weg ab direkt
ins Gehölz, und die schmalen Absätze der Stiefel blieben zwischen den Baumwurzeln und Steinen stecken. Gottlob fand sie
nach einer Weile einen Pfad, wurde aber wieder fuchsteufels-
wild, als sie merkte, daß es der Liebespfad war und daß Valentin immer noch hinter ihr war. Sie war schon fast am See unten, als sie sich wieder umdrehte und sehen mußte, daß sie einen richtigen kleinen Zug bildeten. Vorweg gingen sie selbst
und Valentin. Dann erschien Ebon mit den Händen in den Ho-

195

sentaschen, und ganz am Schluß kam ein schwarzweiß gefleckter Hund.

»Haut ab!« schrie sie. »Ich hab' euch satt!«

Valentin blieb stehen.

»Ja, scher dich heim. Ich will dich nicht mehr sehn.«

Er kehrte um und ging langsam zurück. Mehrere Male jedoch sah er über die Schulter nach ihr, blieb mit hängenden Armen stehen, als erwarte er, daß es sie gereuen würde. Tora lehnte sich an einen Stein und versuchte, ruhig zu atmen. Es stach im Zwerchfell. Ebon kam auf dem Pfad gemächlich näher, und sie schloß die Augen, bis er ganz heran war.

»Hau ab.«

Der Hund war immer noch da, und fing an, an ihrem Rock hochzuspringen und ihr die Hand zu lecken.

»Gscht«, zischte Tora. »Verschwinde.«

»Das ist nur Lundholm's Mutte.«

Tora wandte sich zu dem Steinblock um und legte das Gesicht in die Arme.

»Ich will meine Ruhe haben. Ich habe genug von euch beiden. Ich will ein einziges Mal mein Vergnügen haben, ohne daß es so ausgeht.«

»Ich glaub' aber, du hast recht gehabt«, sagte Ebon. »Die fürchten sich nicht vor Wärnström, und die ham es da besser als an vielen anderen Stellen. Ich glaub', daß sie ihn ganz gern haben.«

»Da schau her!«

»Sklaverei ist nicht nur die Peitsche, Tora. Sie sitzt auch in den Rücken.«

»Ich weiß nicht, was du meinst, und ich kümmere mich auch nicht drum.«

»Komm jetzt.«

Der Köter sprang um sie herum. Ebon nahm Tora in den Arm und führte sie zu der Bank am See. Er setzte sie hin, als wäre sie eine große, schlenkrige Puppe.

»Laß sein«, sagte sie, hatte aber keine Kraft mehr. Er zog die Nadeln aus ihrem Hut, erst die eine und dann die andere, und legte sie auf die Bank. Dann machte er mit den Haarnadeln weiter. Sie versuchte, ihn daran zu hindern, doch er legte ihre Hände zurück in den Schoß. Die ganze Zeit über redete er mit leiser Stimme.

»Wärnström und dieser rosarote Jesus, den er in der Kapelle an die Decke hat malen lassen, da lachen se drüber«, sagte er. »Und über Lindh und seine französischen Bücher, die er nicht lesen kann.«

»Laß die Haarwülste in Ruhe.«

Er nahm sie ihr aber aus dem Haar und legte sie auf die Bank.

»Du sollst jetzt so sein. Und Wärnström geht südlich der Bahn mit seinem Vingåkerstock mit Silberknauf mitten auf der Straße: der Brauereiwagen muß anhalten, die Handkarren müssen ausweichen, und die Leute nehmen die Mützen vom Kopf. Lindh geht auf der Nordseite mitten auf der Straße, auch mit einem langen Stock, obwohl seiner einen Goldknauf hat.«

»Das ist gelogen!«

»Vielleicht. Aber einen Vingåkerstock hat er wirklich. Die Leut' wolln se so ham. Die wolln über se lachen und von ihnen versorgt werdn, und se wolln es gut ham. Tora! Die können se nicht hassen.«

Sie saß machtlos da und sah, wie sich Lundholms Mutte mit ihren Haarwülsten davonmachte. Ebon zog ihre Hände weg, als sie versuchte, sich ins Haar zu greifen. Es war dünn und hell. Sie schämte sich dafür. Es wurde nie so lang, wie sie es haben wollte, denn wenn es bis zur Schulter gewachsen war, ging es aus, und die Strähnen wurden dünn und ungleichmäßig.

»Die können nicht hassen.«

»Du redest so – dummes Zeug.«

»Nein.«

Mutte vergrub die Haarwülste. War ganz eifrig. Das Moos spritzte nach allen Seiten.

»Ich hasse sie«, sagte Ebon. »Deswegen ist nichts verkehrt an mir. Manchmal glaube ich, daß das die einzige Kraft ist, auf die ich mich verlassen kann.«

»Warum denn? Was ham se dir denn getan?«

Er hatte seine Hände um ihren Kopf gelegt und fuhr mit den Fingern durch das dünne, fliegende Haar. Er flüsterte.

»Wegen der Kinder in den Werkstätten. Der Jungen wegen. Das sind doch Kinder. Wegen dem Dreck. Wegen der Fingerabschneidemaschinen. Wegen Döva Lund.«

Er rutschte von der Bank herab und legte den Kopf auf ihren Schoß. Mutte kam zurück und wollte sich ihren Hut schnappen, doch sie gab ihm mit ihrer freien Hand einen Klaps auf die Schnauze und setzte dann den Hut auf, obwohl ihr Haar offen herabhing.

»Aber du, du lachst doch auch über sie«, meinte sie. »Wenn se mitten auf der Straße gehen.«

»Nein.«

»Ach so. Was machst dann du?«

»Ich spür Ekel und Zorn«, sprach er tief unten in ihren Rock und drückte seinen Kopf an ihren Bauch. Er hatte solange in den Stoff geatmet, daß die Haut heiß wurde.

»Sei still jetzt«, sagte sie.

Lundholms Köter traute sich nicht mehr her. Er bellte ein paar Mal und lief dann auf dem Pfad weg. Er leuchtete noch schwarzweiß zwischen den Erlen und verschwand. Als Ebon verstummte, hörte sie weit draußen Wildenten schnattern. Der Ufersaum war dicht mit Erlen bewachsen, doch vor der Bank hatte man einige gefällt. Man sah aber dennoch vor allem Schilf. Es stand in einem dichten Gürtel und raschelte, wenn der Wind hineinfuhr. Weit draußen glänzte ein wenig Wasser. Sie fror. Warm war es nur in der Grube, wo er atmete, ansonsten fror sie.

Draußen in Äppelrik hätte sie am liebsten verschwiegen, daß sie mit Ebon ging. Doch das Gerede kam überall hin. Der Soldat war gar nicht begeistert davon, daß sie mit einem Aufwiegler herumzog.

»Weil ich hab g'hört, daß das so einer sein soll«, schimpfte er. »Und solche können kein Handgeld behalten.«

»Ach was, Handgeld«, entgegnete Tora. »Er ist in der Gießerei.«

Er war aber auch über Rickard nicht begeistert, und das machte es für sie etwas leichter. Rickard war bei dem Sattler in Åsen geblieben und hatte seine volle Berufsausbildung erhalten. Er brauchte nur die Wahl zu treffen zwischen den beiden Töchtern, eine reizender als die andere.

Anfangs verstand man, daß er sich vor einer Entscheidung scheute, denn es mußte ja etwas heikel werden, da alle beide gleichermaßen in ihn verliebt waren. Rickard sei ganz außergewöhnlich, sagten sie. Rickard war schwarzhaarig und groß und hatte einen gelenkigen Körper. Seine Bewegungen waren geschmeidig und schnell. Er hatte eine fürchterliche Laune, wenn er geärgert wurde, ansonsten aber war er fröhlich und hatte auf alles eine schlagfertige Antwort. Rickard Lans war der Held der beiden dunkelhaarigen, dicken und reizenden Schwestern Löfgren.

Im Frühsommer siebenundneunzig war er unterwegs, um im Auftrag des Sattlers Arbeiten auszuführen. Er hielt sich auf dem Gutshof Stora Kedevi auf und ging alles durch, was sie dort an Riemenwerk, Pferdegeschirren, Sätteln und Polsterungen auf Wagensitzen und Kutschböcken hatten. Von dort aus fuhr er mit der Magd und Soldatentochter Stella Johannesson aus Vallmsta direkt nach Nordamerika und ließ erst etwas von sich hören, als er mit ihr verheiratet war; da schrieb er nach Hause, daß sie einen Sohn bekommen hätten, der gebürtiger nordamerikanischer Staatsbürger und auf den Namen Karl Abel getauft worden sei.

Die Schwestern Löfgren waren daraufhin einige Zeit krank. Für den Sattler selbst war es ein harter Schlag, denn er hatte großes Vertrauen zu Rickard gehabt und nie ein Wort von ihm gehört, daß er sie zu verlassen gedachte. Er hatte bei ihnen sein täglich Brot bekommen, seit er acht Jahre alt war, und ein Handwerk erlernen dürfen. Eigentlich war es unfaßbar, was er da gemacht hatte.

Stella Johannesson war mit sechzehn Jahren nach Stora Kedevi gekommen. Dort wurde Emelie Högel, die Nichte Högels, die sich der Malerei widmete, auf sie aufmerksam. Sie nahm Stella als Modell, als sie ein großes Ölbild von Ophelia malen sollte.

Jeden Vormittag mußte sie für Fräulein Högel sitzen. Ein Diener holte Blumen und Schilf und eine Seerose, mit denen sie abgebildet werden sollte. Er legte – jedoch nie so, daß Fräulein Högel es hörte – eine große Gereiztheit darüber an den Tag, daß er, der doch himmelweit über der Magd stand, jeden Morgen gezwungen wurde, auf der Jagd nach einer Seerose und Rohrkolben in dem schlammigen Uferrand herumzuplatschen. Schließlich äußerte er sich abfällig über das Modell, und dies führte zum ersten Zusammenstoß zwischen ihm und dem Sattlergesellen.

Stella mußte mit den Blumen auf dem Arm absolut stillsitzen, sich zurücklehnen und den Blick auf eine Urne richten. Sie durfte das Porträt nicht sehen, solange Fräulein Högel daran arbeitete. Als es fertig war, hatte sie sich mit Rickard Lans davongemacht. Man lud jedoch ihre Eltern ein, es sich anzusehen; sie kamen eines Sonntags nach dem Hauptgottesdienst. Soldat Johannesson trug seine Paradeuniform mit Federbusch und Kokarde. Er wußte, daß sein Mädchen sehr schön war, und er war nicht unzufrieden mit der Ähnlichkeit. Das betonte er. Ferner sagte er (er meinte ein paar Worte sagen zu müssen, da es ein feierlicher Augenblick war):

»Das wird wohl teueres Geld kosten, ist mir klar.«

Das stritt Fräulein Högel, die auf einem Stuhl neben ihrem Porträt saß, nicht ab.

»Es ist bereits verkauft«, sagte sie so leise, daß der Soldat und seine Frau Mühe hatten, sie zu verstehen. Sie meinten auch, sie habe davon gesprochen, daß das Bild nach England ginge, doch sie wagten nicht nachzufragen.

»So viele Jahre was zum Essen und Anziehn kriegen«, sagte der Soldat Lans. »Und ein Dach überm Kopf. Ein Handwerk lernen dürfen. Und dann nicht genug Verstand haben, um zu kapieren, daß man zu Dank verpflichtet ist, sondern sich nach Amerika davonmachen. Und sich mit einer wahnsinnigen Magd verheiraten.«

»Stella ist doch nicht wahnsinnig«, erwiderte Tora. »Sondern die in dem Theaterstück.«

»Ne Ähnlichkeit muß da ja wohl sein«, meinte Lans. »Sonst hätt' se se wohl nicht gemalt.«

Rickard bekam das Bild mit Ophelia auch nie zu sehen. Stella jedoch hatte er schon am ersten Tag, den er auf Stora Kedevi war, getroffen. Sie war die schönste Frau, die er je gesehen hatte.


Während sich Rickards Geschicke so unfaßbar und dramatisch änderten, ging Tora weiterhin mit Ebon Johansson. Sie hatte jedoch immer weniger Zeit, mit den Serviererinnen draußen herumzualbern. Mamsell Winlöf hatte den Betrieb verkauft und sich mit ihrer kleinen Hündin Mimi in eine neugebaute Villa gegenüber von Petrus Wilhelmsson zurückgezogen.

Der neue Besitzer war ein Gastwirt aus Stockholm, hieß Oscar Wilhelm Winther und kam im September mit zwei großen Hunden und einem pelzverbrämten Mantel. Es wurde vieles anders. Das Musikcafé im alten Gasthaus bekam noch mehr Palmen und wurde »Winthergarten« genannt. Sein Personal beobachtete er genau vier Wochen lang, und dann mußten sechs Serviererinnen gehen. Zwei von ihnen konnten bleiben und in der dritten Klasse servieren, wenn sie wollten. Doch dann hätten dort natürlich zwei andere gehen müssen, und darum lehnten sie ab. »À la bonne heure!« rief Winther. »Wie Sie wünschen.«

Tora durfte bleiben und bekam sogar neue Arbeitsaufgaben übertragen. Sie war nun für das Weißzeug verantwortlich und mußte sich um die Bestellungen bei der Bäckerei kümmern. Nach drei Monaten aber wurde sie in sein Kontor gerufen. Jetzt ist es aus, dachte sie und wechselte die Schürze, obgleich die, die sie anhatte, noch vollkommen sauber war.

»Denk an mich«, sagte sie zu Tekla.

»Ach was, du hast doch nichts zu befürchten. Das wäre ja wohl der Gipfel, wenn er...«

»Still. Klopf dreimal auf Holz. Ich geh' jetzt.«

Als sie aber vor dem Spiegel stand, um sich ein paar Haare hochzustecken, die sich gelöst hatten und am Hals herabhingen, sah sie, daß Tekla ihr mit ernstem Gesicht nachblickte.

Die großen, blaugrauen Hunde hoben die Schnauzen, als sie hereinkam, und aus ihren Kehlen kam ein leises Knurren. Winther schrieb irgend etwas, er bedeutete ihr zu warten. Die Feder kratzte übers Papier. Stets sputete er sich.

»Tora!« sagte er ohne aufzusehen. »Lächeln Sie!«

Als er mit dem Schreiben fertig war und ihr ins Gesicht schaute, starrte sie ihn nur an, blaß und verdutzt.

»Lächeln Sie doch ein wenig«, wiederholte er.

Absurde Vermutungen schossen ihr durch den Kopf. Ihr wurde der Mund trocken. Womöglich fand er, daß sie den Gästen gegenüber zu ernst sei. War sie hochnäsig und unzugänglich geworden? Sie hatte sich doch in acht genommen vor Albereien und Schankkellnerinnenmanieren, seit er die sechs Mädchen entlassen hatte.

»Da ist doch wohl nichts dabei«, meinte er. »Lächeln Sie mich nur ein wenig an. Soo... nein. Nicht mit geschlossenen Lippen. Nicht wie Mona Lisa!«

Sie bleckte die Zähne, ihre Augen zwinkerten nicht. Er hielt die Feder über das Briefpapier und sah sie an. Er betrachtete sie sehr eingehend, und Tora spannte es schon um den Mund.

»Na also! Tora, möchten Sie Kassiererin werden?«

Jetzt faßte sich Tora endlich, schluckte und sagte laut und deutlich:

»Ja.«

»Das ist gut. Dann wissen wir, wie wir dran sind miteinander. Dann müssen Sie etwas gegen den fehlenden Zahn unternehmen, Tora.«

»Was?«

Er zeigte ihr sein ganzes Gebiß und klopfte mit dem Federhalter auf seine Vorderzähne.

»Als Kassiererin wendet man den Gästen tagaus tagein das Gesicht zu. Das ist das Gesicht des Restaurants, Tora! Schaffen Sie sich Zähne an!«

Sie war jetzt heiß im Gesicht, war bestimmt dunkelrot.

»Das kann ich mir nicht leisten... da ist nix zu machn.«

»Borgen«, sagte er und schrieb.

Sie wußte nicht, was sie antworten sollte und begann rückwärts zur Tür zu gehen.

»Borgen Sie es von mir, wenn dem so ist«, schlug er vor. »Sie bekommen ja jetzt Lohn. Überlegen Sie sich die Sache, Tora.«

»Danke«, stieß Tora hervor. »Ich werde mir die Sache überlegen.«

Ebon gegenüber erwähnte sie nichts von den Zähnen. Doch sie erzählte, daß sie Kassiererin werden könne.

»Und die andern?«

»Welche andern?«

»Die Kolleginnen! Die, die bleiben, wo sie sind«, versetzte Ebon.

»Ja, was glaubst denn du? Daß se alle miteinander Kassiererinnen werden können? Das sieht dir ähnlich. Aber für mich kann sich alles ändern. Ich würde Lohn kriegen.«

203

»Und die andern kriegen weiterhin nur Arbeitskleider und Essen.«

»Die ham, was se von den Gästen kriegen, das weißt du genausogut wie ich.«

»Du selber hast g'sagt, daß die einzigen, die freigebig sind, die Huren sind, wenn sie aus dem Arbeitshaus in Norrköping angefahren kommen und umsteigen.«

Tora lachte.

»Das ist wahr.«

»Tora, Tora«, sagte er. »Dieser Winther wird mit den Mädchen umspringen, wie er will. Und dann ham se keine, die sich mal den Mund aufmachn traut. Nicht, wenn du dich an die Kasse setzt.«

»Ich wär' ja wohl blöd sonst!«

Er saß da mit seiner Ebereschengerte und sah sie an.

»Reden, das kannst du!« brach es aus ihr heraus. »Aber kannst du auch eine Arbeit behalten? Darauf antworte mir mal! Du predigst immer, bis du rausg'schmissn wirst. Dich hält niemand aus! Du verdrehst alles – jetzt sind es bloß *die da*, die nett sind zu den Mädchen. Solche da!«

»Huren«, sagte er lächelnd. »Nutten.«

»Halt den Mund, du!«

»Viele von denen waren selber mal Schankkellnerinnen, siehst du, kleine Tora. Die wissen, wie das ist.«

»Aber ich bin jetzt Kassiererin«, erwiderte Tora und erhob sich.

»Ach so. Du hattest dich schon entschieden.«

»Nein. Aber jetzt tu' ich's.«

Nein, sie hatte keine Angst mehr vor Ebon. Sie war bald fünfundzwanzig und Winthers Kassiererin. Sie sah auch nicht schlecht aus. Sie trug einen schwarzen Rock, der aus vier Bahnen genäht war und um die Hüften ganz eng anlag. Um die Taille hatte sie einen elastischen Gürtel mit glänzender Schnalle, und sie träumte von einer Uhr, die sie an den Gürtel

204

hängen konnte. Ihre Bluse war weiß und hatte Hohlsäume am Kragen. Ganz oben an der Halsgrube saß eine runde Porzellanbrosche, die mit kleinen Rosen bemalt war. Im Schrank hatte sie noch zwei weitere Blusen. Sie wohnte jetzt allein. Ebon durfte manchmal zu ihr hinaufkommen. Draußen aber, im Gehölz und auf den Waldhügeln, legte sie sich nicht mehr hin. In erster Linie war sie um ihre Kleider besorgt. Sie sagte aber auch ganz offen: »Das gibt womöglich Gerede. Ich bin jetzt Kassiererin bei Winther. Man muß sich vorsehen.«

Nein, zwischen Bergerbsen und Vergißmeinnicht hatte sie nichts mehr zu suchen.

Im März 1901 war der große Schneesturm. An den Tagen davor strahlender Sonnenschein, das Schmelzwasser war von den geteerten Schuppendächern geflossen, und die Pferdeäpfel, um die sich die Spatzen rauften, waren in Gärung geraten und geborsten. Allein die Kohlmeise suchte kein Futter, sie sang.

Der Schnee kam an einem Freitag in der Nacht mit einem Wind, der sich zum Sturm auswuchs und hohe Wehen auf den Bahnhof packte. Kein Pflug vermochte mehr dagegen anzukommen, denn der Schnee war schwer und naß. Der Samstag war kein Tag, sondern eine lange, trübe Abenddämmerung, die zeitweise die Augen schloß und sich verfinsterte. Der Sturm heulte in den Schornsteinen. Gegen Abend legte er sich, doch es hörte nicht auf zu schneien, die Schneeflocken fielen nur trockener und dichter.

In dem Zug aus Göteborg, der die Einfahrtsweiche nicht hatte passieren können, saß ein junger Mann und prophezeite flüsternd und lächelnd, daß es nie aufhören werde zu schneien. Er hieß F. A. Otter. In den Gasbehältern sank der Druck, das harte Licht der Lampen in den Abteilen wurde gelber und wärmer, und aus den Ecken wuchsen Schatten. Langsam kam die Kälte gekrochen. Ein Weilchen noch hörte man das Zischen der Auslöseventile und Türen schlagen, die Stimmen wurden leiser. Dann war es still.

Man begann jedoch zu frieren und mußte sich bewegen. Da froren Handlungsreisende und Holzeinkäufer und die gnädige Frau von Lilla Himmelssö, die von einer Englandreise zurückkehrte. Ja, man soll im Winter nicht auf Reisen gehen, wenn man es vermeiden kann.

Die Passagiere mußten aussteigen. Im tiefen Schnee einsinkend und umhertastend, arbeiteten sie sich in den Ort hinein, wo Torpfosten und Zäune schon längst verschwunden waren.

»Das ist vielleicht der Schnee der Ewigkeit«, sagte F. A. Otter, und niemand wußte, ob er scherzte. Weit vor ihnen blinkten die Laternen der Bahnwärter. Sie begriffen, daß sie im Ort waren, daß sie vielleicht eine Straße unter den Füßen hatten, da große Pferde, Pflüge im Gespann, aus der Dunkelheit wuchsen und nichts auszurichten vermochten. Der Schnee wirbelte ihnen in die Augen.

Im Gerichtsgebäude war am Samstag eine Versammlung gewesen, und der große Saal war voller Bauern, die nicht nach Hause fahren konnten. Sie spielten Priffe und Bauernzwölfer und warteten auf die Mädchen vom Bahnhofsrestaurant, die Körbe mit Kaffee, Beefsteak und belegten Broten brachten.

Es standen keine Zimmer mehr zur Verfügung, als die Passagiere des Zuges aus Göteborg kamen. Winther vermietete Toras Zimmer an einen Reisenden, der von Stationsassistent Finck protegiert wurde.

Ihr Zimmer war eigenartig. Winther hatte Mamsell Winlöfs Wohnung in ein Kontor und Lager umgebaut, und ganz am Ende eines Korridors, der durch den Umbau entstanden war, lag Toras Zimmer. Es war mit Schränken für das Weißzeug des Hotels vollgestellt, und ganz hinten waren noch der Kachelofen aus Mamsell Winlöfs Salon und eines der Fenster übriggeblieben. Dieser Kachelofen hatte Winther auf die Idee gebracht, daß dort jemand wohnen könnte.

Er saß auf dem Bett, als sie zurückkam, um nachzusehen, ob sie alle Wäscheschränke abgeschlossen hatte. Es war spät nachts, und die Lampe war heruntergedreht. Er versuchte den einen Stiefel auszuziehen, doch der war durch und durch naß und wurde vom Strumpf gebremst. Er sah mißmutig aus, als er hochblickte, und Tora bat um Entschuldigung.

»Ich wollte nur nachsehen, ob ich die Wäsche eingeschlossen hatte«, sagte sie.

Sie schämte sich sogleich. Kein Wunder, daß er noch mißmutiger aussah. Das war ein ziemlich feiner Mann. Sie sah seinen Mantel an, der über dem Stuhl lag, und seine Hände. Jetzt war es ihm gelungen, den Stiefel vom Fuß zu ziehen.

»Holen Sie warmes Wasser«, sagte er.

Er glaubte, sie sei eines der Zimmermädchen, und sie erwiderte so freundlich wie möglich, um den Eindruck ihrer dummen Äußerung über die Wäsche abzumildern:

»Ich werde eines der Mädchen schicken.«

Er blickte auf. Jetzt sah sie, daß er blaß, ja beinahe weiß war im Gesicht, und sie wurde von einer seltsamen Unruhe erfaßt. Der nackte Fuß hing über den Rand des Bettes, und sie betrachtete ihn. Die Fessel war schmal wie der eines Mädchen, schmäler als ihrer. Er hatte eine hohe, schön gewölbte Fußsohle und gerade Zehen, die dicht beieinander lagen. An der Ferse war die Haut rosig, ansonsten aber war der Fuß so weiß, daß er fast am Erfrieren sein mußte.

»Beeilen Sie sich«, sagte er.

Sie kam selbst mit dem Wasser, das sie erwärmt hatte, zurück. Sie wußte nicht, warum. Es waren immer noch Mädchen wach und auf den Beinen. Er lag noch immer, als sie aber mit der Blechschüssel und einem Eimer eintrat, setzte er sich auf und begann den anderen Stiefel auszuziehen. Sie nahm seinen Mantel und hängte ihn auf. Im Kragen war ein kleines Etikett von einer Schneiderei in Göteborg und darunter eines mit dem Namen: F. A. Otter.

»Jetzt wird es gleich warm«, sagte Tora.

Er stellte die Füße in die Blechschüssel, und sie wartete einen Moment, ehe sie begann, Wasser aus dem Eimer nachzugießen. Beide Füße waren gleich schön.

Das ist ja klar. Wie dumm man doch ist, dachte sie. Hat man einen schönen Fuß, ist der andere ebenso schön. Aber dennoch war es, als könne sie nur schwer glauben, daß er so vollkommen sein konnte, und deshalb war sie auch selbst mit dem Wasser zurückgekommen.

»Aber um Himmels willen, ist das Feuer ausgegangen?« fragte sie und ging die Ofentüren öffnen. »Es hat ja nicht einmal jemand eingeheizt! Kein Wunder, daß es kalt ist.«

Sie knöpfte die Manschetten auf und krempelte die Blusenärmel ein Stück hoch. Er saß da und sah ihr zu.

»Wollen Sie selbst einheizen?« fragte er.

Da fürchtete sie, daß er etwas ganz und gar Seltsames von ihr annehmen würde, deshalb sagte sie:

»Ich bin Kassiererin bei Winther. Doch ich weiß wohl, wie man hier einheizt.«

Sie war drauf und dran zu sagen, daß dies ihr Zimmer sei, besann sich aber eines Besseren. Nachdem sie das Feuer in Gang gebracht hatte, schloß sie die Ofentüren und faßte an die Kacheln.

»Es ist erst vor kurzem ausgegangen«, meinte sie. »Er ist immer noch warm. Ein bißchen jedenfalls.«

Obgleich er so ernsthaft dasaß, mit den Füßen in der Wanne, und sie ansah, fühlte sie sich aufgeräumt. Sie schlug die Arme um den noch lauwarmen Kachelofen.

»Ich nenn' ihn immer meinen Schatz«, sagte sie. »Hier wohnte nämlich ich.«

Da lachte er. Doch nun schämte sie sich erneut, weil sie, ohne sich vorzusehen, genauso dahergeredet hatte wie die Schankkellnerin, für die er sie gehalten hatte. Sie blieb mit den Armen um den Kachelofen stehen, weil ihre Wangen brann-

ten, und wartete nur darauf, daß er anfangen würde, sie aufzu-
ziehen: Das ist doch wohl nicht der einzige Schatz, nehme ich
an! Als sie sich aber schließlich umwandte, glühend und verlegen, sah er sie nach wie vor nur an und lächelte. Er fragte nicht
einmal, wo sie heute nacht schlafen würde, sondern sagte nur:

»Es ist freundlich von Ihnen, daß Sie mir Ihr Zimmer überlassen.«

»Ich werde jetzt Handtücher holen«, sagte Tora.

Sie schloß einen der Schränke auf und entnahm ihm dicke,
geköperte Handtücher für seine Füße.

»Schneit es noch immer?« fragte er, und jetzt hörte man seinen Göteborger Tonfall.

Sie zog die Gardine ein wenig zurück.

»Es ist noch genau wie vorhin.«

»Öffnen Sie die Ofentüren«, bat er, und er klang ganz begeistert. Sie kam seinem Wunsch nach, und das Zimmer wurde
erfüllt von Schatten und Reflexen auf den Schranktüren und
dem Kupfereimer, den sie hereingebracht hatte.

»Behalten Sie Ihre Füße nicht zu lange im Wasser. Es ist
nicht gut, wenn es abkühlt.«

Sie breitete ein Handtuch auf dem Fußboden aus.

»Wenn es nur weiterschneit«, sagte er. »Wenn der Schnee
nur steigt und steigt.«

»Ich werde sie Ihnen frottieren«, sagte Tora. »Nehmen Sie
jetzt beide Füße aus dem Wasser. Es ist nicht gut und wird nur
wieder kalt.«

»Wenn die Pflüge festfahren und die Pferde nicht mehr vor-
ankommen können. Und die Leute bekommen die Türen nicht
auf, und am Ende reicht der Schnee über die Schornsteine.«

»So schlimm wird es wohl nicht werden«, meinte Tora und
schlug das Handtuch um seine beiden vollkommen makellosen
Füße.

»Dann wird der Rauch erstickt, und es wird ganz dunkel und
ganz still und sehr kalt in diesem Haus, die Decken und Wände

210

beginnen zu knacken durch das unglaubliche Gewicht der Schneemassen. Denn jetzt ist er über den Dächern der Häuser und den Fahnenstangen, und die letzte Baumkrone auf dem letzten Berg in Sörmland verschwindet, und alles ist vollkommen weiß und eben, wenn die Nacht und der Mondschein kommen.«

Sie schlug das Handtuch so um, daß aus den Füßen ein kleines Paket wurde, und klopfte sie mit leichten Bewegungen.

»Gibt es in Sörmland Berge?« fragte er.

»Ja, ich weiß nicht, es gibt wohl welche.«

»Ich soll hier nun leben.«

Er seufzte, und es klang, als habe er zu jemand anders gesprochen, darum erwiderte Tora nichts.

Seine Füße waren jetzt ganz trocken und warm. Sie nahm die Handtücher und legte sie zusammen. Eine kleine Weile noch konnte sie sich hier zu schaffen machen. Das Feuer mußte geschürt und ein paar Scheite nachgelegt werden.

»Schließen Sie die Ofenklappe nicht zu früh«, mahnte sie.

»Aber nein«, antwortete er lächelnd.

»Gute Nacht.«

»Gute Nacht, Fräulein.«

Er legte sich in das fremde Bett und horchte. Nachdem er die Ofentüren geschlossen und die Lampe heruntergedreht hatte, war es völlig dunkel in dem Zimmer hinter den Schränken. Ihm war jetzt warm, doch als er einschlafen wollte, meinte er, Geräusche zu hören, und die großen, sanftmütigen Pferde wuchsen in seinen Träumen aus der Dunkelheit und kämpften gegen den Schnee an, der sich nur immer weiter auftürmte. Er fragte sich, ob er die Frau, die bei ihm im Zimmer gewesen war, erschreckt habe, als er davon sprach, wie alles unter dem Schnee verschwinden würde. Die Häuser würden zusammengepreßt und unter dem Druck einstürzen, die Menschen würden einander erstickt in den Armen liegen, und die Hunde und Kanarienvögel würden auch tot sein.

»Was gibt einem denn die Gewißheit, daß es tatsächlich aufhört zu schneien?« fragte er sich selbst. »Was denn bloß?«

Aber er spielte ein Spiel, und er wußte es. Er fürchtete den Schnee überhaupt nicht. Als er in dem großen Haus am Bahnhof, wo es im übrigen nie still war, wach lag und horchte, wußte er sehr wohl, daß die anderen leben würden. Niemand würde unter dem Schnee erstickt werden.

Er zündete das Licht an und stand auf, Angst um sein Leben hatte ihn ergriffen, und es fiel ihm nichts ein, womit er sich sonst zu schaffen machen könnte, als die Ofentüren zu öffnen und mit dem Schürhaken in der lauwarmen Asche herumzustochern.

Er hatte den Traum der schnell Erschöpften von der langen Reise. Seinen ersten Dienst mußte er auf einer Kd-Lok versehen, die Güterzüge nach Hallsberg zog. Sie hatte einen enormen Tender und konnte vier Tonnen Kohle fassen. F. A. Otter fand es unglaublich, fand es gefährlich und nahezu furchterregend, so viel Kraft in glänzende, schwarze Kohle eingebunden zu sehen und sie mit sich tragen zu können. Wenn er schaufelte, war sein Herzschlag so heftig wie das Stampfen der Dampflok an den Steigungen. Der Stiel der Schaufel war abgegriffen und glatt in den Händen, dennoch schürfte er sich die Haut auf. Die Wunden näßten. Er freute sich jedoch über den kräftigen Funkenschweif aus dem Schornstein und über die Wolken aus Dampf und Steinkohlenrauch. Das ist Kraft! Das ist Kraft! sang es in seinem Körper, der von den Schienenstößen gerüttelt und anfangs beim Bremsen gegen die Eisenwände geworfen wurde.

»Denk daran, daß du dir hier nur selbst die Hölle heiß machst«, sagte der Lokführer. F. A. verstand nicht, was er damit meinte, doch es war wohl nur eine ganz allgemeine Drohung, eine Prachttirade, die er bei neuen Heizern anzubringen pflegte. F. A. bezweifelte nicht, daß es beschwerlich sein würde. Bei diesem einzigen Mal, da sie einander von Angesicht zu Angesicht gegenüberstanden, erblickte er Haarbüschel in Malms Nase, und er schlug die Augen nieder. Es ekelte ihn.

213

Der Heizer vor ihm hatte gehen müssen, weil es ihm in der Aufregung passiert war, daß er Malm geduzt hatte. Er war ebenfalls Praktikant gewesen und hatte die Lokführerschule besuchen wollen. Auf solche habe Malm es abgesehen, hinterbrachte man F. A. sehr schnell.

Sechs Monate würde er das hier machen müssen, es gab keine Möglichkeit, das Praktikum zu umgehen. Schweißnaß vom Heizen kroch er über die Waggons, um die Bremsen umzulegen. Durch den Wintereinbruch überzog sich das Metall mit einer Eiskruste. Im Führerstand starrte er auf Malms Rükken – denn es gab während dieser drei Wochen anfangs trotz allem die eine oder andere ruhige Minute, in der er zum Denken kam. Sechs Monate hier und dann die Lokführerschule. Dann stand er selbst dort, die Hand am Totmanngriff und den Blick vor sich auf die Strecke gerichtet, während ein Heizer hinter seinem Rücken seine Anordnungen befolgte. Bald aber starrte er nur noch müde ins Leere und konnte keinen klaren Gedanken mehr fassen.

Er hatte sich eine Mütze aus Stockholm kommen lassen und sie für fünf Kronen und zusätzlich noch Frachtkosten ausgelöst. Doch das Abzeichen war nicht das rechte, es war grob und häßlich. Er bestellte bei Sporrong ein feineres. F. A. war der Ansicht – und sie stammte nicht von ihm selbst –, daß die Lokführer Offiziersrang haben sollten. Malm war noch von der alten Schule und wollte mit Meister angesprochen werden. Zu den Sitzungen des Lokführerverbandes fuhr er mit schwarzem Zylinderhut.

Es dauerte eine ganze Weile, bis F. A. wußte, wie er mit ihm dran war. Hatte er geglaubt, daß es leichter sei, jemandem unterstellt zu sein, den man verachtete, so irrte er sich. Verachtung und Furcht verzwirbelten sich in ihm. Der Magen schmerzte.

Der Magen schmerzte ernstlich. Er hatte nie mit jemandem darüber gesprochen. Ja, seine Mutter in Göteborg hatte irgendwelche Beschwerden, die sie saures Leiden nannte. Es wurde sehr oft erwähnt, und er wußte nicht genau, was alles dazugehörte. Leichtes Aufstoßen vielleicht, Sodbrennen. Ihr gegenüber hatte er angedeutet, daß er Magenbeschwerden habe. Für sie war es gar keine Frage, daß er dasselbe Leiden wie sie habe, und sie gab ihm ein Fläschchen Bikarbonat. Wenn er bekümmert aussah, kam sie mit einem Löffel voll Kartoffelmehl und wollte, daß er es hinunterschluckte. Es lindere das brennende Gefühl im Hals, sagte sie. Lächelnd schob er ihren Löffel weg, legte ihr den Arm um die Schultern und drückte sie.

Nun schuftete er am Feuerloch und kroch im Märzwind über die Waggons. Er hatte drei Tage und Nächte rund um die Uhr Dienst, immer zusammen mit Malm. Sie waren durch den Dienstplan aneinandergekettet und sollten sich sechs Monate lang nicht trennen. In der ersten Nacht wurde er um drei Uhr geweckt. Sie fuhren nach Hallsberg, wo sie mit dem Rangieren der Waggons, dem Laden der Kohlen, dem Ausräumen der Asche und dem Auffüllen des Wassers nicht vor zwölf Uhr fertig wurden. Dort hatte er dann zwölf Stunden Bereitschaftsdienst und konnte sich danach in einem Raum hinlegen, in dem es nach Schmutz und kaltem Tabakrauch roch.

Er hatte Pech mit den Gerüchen. Es war so, daß ihm vom Geruch von Öl auf heißem Metall immer übel wurde. Sein ganzes Leben neigte er schon dazu, Brechreiz zu bekommen, besonders von Öl auf heißem Metall. Diesem Übel wurden nun zwei neue hinzugefügt: der Geruch von Steinkohlenrauch und kreosolimprägnierten Schwellen. Daran litt er und an den Magenschmerzen. Die Mutter schrieb besorgte Briefe und fragte, wie es ihm gehe mit seinem sauren Leiden. Er war gereizt.

Am zweiten Tag wurde er morgens um vier Uhr geweckt. Sie fuhren direkt nach Flen. Sie kamen zu einer kurzen Mittagspause nach Hause zurück. Er nannte es nun Nachhausekommen, denn das Zimmer, das er sich gemietet hatte, war besser als die Aufenthaltsräume. Er kannte einige Leute am Ort. Stationsassistent Finck war ein Verwandter seiner Mutter. Dann war da ein Clarin, der bei der Post arbeitete und den er im Bahnhofsrestaurant kennengelernt hatte.

In der Mittagspause des zweiten Tages lag er zu Hause und aß nichts. Dann fuhren sie wieder nach Hallsberg. Dort hatte er zwölf Stunden Bereitschaft und machte Reparaturarbeiten. Am dritten Tag, nachmittags um drei Uhr, fuhren sie nach Hause zurück, doch er hatte erst um zehn Uhr abends, nachdem er die Asche ausgeräumt und die Kohlen zugeladen hatte, frei.

Er saß daheim und badete die Hände in Seifenwasser, als er am vierten Tag frei hatte. Am Abend würde er ins Hotel gehen. Seit einigen Wochen sang er abends zusammen mit Clarin und dessen Freunden, doch seine Hände und der Hals trieben ihn zur Verzweiflung. Der Kohlenstaub fraß sich ein. Er war bemüht, die Hände so gut wie möglich zu verbergen, wenn er mit Clarin und den anderen zusammen war. Sie hießen Kasparsson und Ahlquist. Zuerst waren sie nicht besonders liebenswürdig, doch dann bekamen sie seine Stimme zu hören, als er Reissigers *Nordmeer* sang.

Schön ist das Meer, wenn ruhig es wölbt
stahlblanken Schild über Wikingers Grab!

Oh, das war schön! Sie hatten gesehen, wie er Finck guten Tag gesagt hatte, fünf Minuten hatte er auf dem Bahnhofsplatz gestanden und sich mit ihm unterhalten.

»Wir sehen uns am Sonntag«, sagten sie. »Im Hotel!«

Er winkte munter, der Magen begann zu schmerzen, und er mußte sich Mühe geben, aufrecht von dort wegzugehen. Er glaubte, daß Malm daran Schuld sei. Irgendwie hatte er sich in den Kopf gesetzt, daß Malm diese Bohrwinde in seinem Magen antrieb. Jetzt ging es nur darum, daß sie am vierten Tag ihrer Schicht, einem Sonntag, keinen Extradienst machen mußten.

Oder daß Malm ihn mit irgend etwas mit Beschlag belegte. Schweigend fuhren sie nach Hallsberg und zurück, schweigend nach Flen. Er träumte noch immer den Traum von der langen Reise, zuerst aber mußte er mit Malm fertig werden, der auf ihn lauerte.

In der dritten Woche mußte er sich, als er am zweiten Tag seiner Dienstschicht in Hallsberg Bereitschaft hatte, übergeben. Er bekam Magenkrämpfe, es schüttelte und würgte ihn. Er fand es abscheulich. Ihn ekelte alles an, was sein Körper absonderte, schon wenn dieser gesund war, und das hier, das war sauer und muffig und krank. Er mußte auch morgens so lange auf einem gewissen Örtchen sitzen. Daran hatte er früher nie einen Gedanken verschwenden müssen, das war in ein paar Minuten erledigt gewesen. Doch jetzt rüttelten die Putzer und Wagenschmierer an der Tür mit den schräggestellten Latten, während er drinsaß und den Atem anhielt. Nachdem dies ein paarmal so gegangen war, kamen sie dahinter, daß F. A. Otter da drin war, und sie begrüßten ihn mit lautstarkem Hallo. Das war roh, und er haßte sie dafür. Sowohl in Flen als auch in Hallsberg ging er dazu über, die Tür zu nehmen, auf der »Frauen« stand. Das ging gut, wenn er vorsichtig hinein- und herausschlich. Eines Morgens stand jedoch eine gewaltige Dame mit Hut vor der Tür, als er herauskam. Er entfernte sich mit ruckartigen Bewegungen. Den ganzen Tag fürchtete er, daß sie ihn melden werde. Seiner Meinung nach wirkte Malm, als ob er triumphierte. Erst nachdem er in seiner freien Nacht geschlafen hatte, sah er ein, daß man nicht schon deshalb entlassen wurde, weil man sich im Türschild geirrt hatte. Er begann jedoch wieder dahin zu gehen, wo »Männer« stand, und lauerte ängstlich auf die kleinen Sachen, die da abfielen. Wie konnte es nur so kommen? Und wie konnte er es nur aushalten, sie anzugucken, auch wenn sie klein und trocken waren, er, der sich noch niemals an einem solchen Ort umgedreht hatte? Am nächsten Morgen hatte er Diarrhöe. Er glaubte langsam verwandelt zu werden, er war nur noch Magen. Er litt viel, doch noch mehr schämte er sich.

Zweimal erwischte Malm ihn beinahe dabei, wie er sich an Bord übergab. Er kämpfte eine lange Dreitageschicht mit seinem argwöhnischen Blick und mit den Krämpfen, die ihn nur dazu treiben wollten, wie ein Taschenmesser zusammenzuklappen. Er war glücklich, da er glaubte, es hinter sich gebracht zu haben und nach Hause zu kommen, um am vierten Tag auszuruhen. Als er um drei Uhr morgens zu einer neuen Dienstschicht aufstehen sollte, war ihm plötzlich alles vollkommen gleichgültig. Er lag nur da und starrte an der brennenden Lampe vorbei in den grauen Dämmer des Zimmers. Dann stand er auf und kleidete sich an, ging hinunter und meldete sich beim wachhabenden Vorgesetzten krank.

Stationsassistent Finck, der Verwandte seiner Mutter, der einen Teil seiner Träume kannte, bestellte ihn zu sich. F.A. machte sich ordentlich zurecht, ging zu ihm und erzählte, was der Arzt, den er aufgesucht hatte, gesagt hatte. Um die Wahrheit zu sagen, er war bei zwei Ärzten gewesen, denn der alte am Ort hatte nur gesagt, daß er Neurastheniker sei.

»Ich habe aber wohl ein Magengeschwür«, berichtete F.A. »Zumindest deutete der Arzt in Hallsberg dies an.«

Er fühlte sich streitbar, zuversichtlich. Es war auf jeden Fall ein Weg aus der Hölle. Er brauchte Malm wohl nie wiederzusehen. Aber das Praktikum als Heizer?

»Gibt es kein anderes Praktikum, keinen anderen Dienst? Ich meine, ich mache alles mögliche.«

»Diese sechs Monate mußt du leider machen. Doch du brauchst sie jetzt ja nicht zu machen. Warte damit, bis du gesund bist.«

»Ich bin sechsundzwanzig!«

Finck wurde jetzt doch etwas ungeduldig.

»In ein paar Wochen wirst du diesen Katarrh hier doch wohl auskuriert haben.«

Da er nicht über die finanziellen Mittel verfügte, um längere Zeit krank sein zu können, sorgte Finck dafür, daß er die Vertretung für einen Fahrkartenverkäufer übernehmen konnte. Er saß von morgens um sieben bis abends um acht und hatte außerdem eine Mittagspause. Jetzt erst wagte er auszurechnen, daß er als Heizer neunzehn und zwanzig Stunden am Tag gearbeitet hatte.

Anfangs glaubte er auszuruhen. Er saß und saß. Aber das Sitzen machte ebenfalls müde. Auch würde der Fahrkartenverkäufer bald zurückkommen; Finck versprach jedoch, daß er versuchen werde, ihn als Aushilfssekretär unterzubringen. Er hatte seine zierliche Handschrift gesehen und wußte, daß er vier Klassen der Oberschule besucht hatte.

Die Vorfrühlingssonntage waren lang und trist. F. A. schlief, solange er konnte, doch sobald er sich bewegte und nach der Kastentür tastete, um an das Nachtgeschirr zu kommen, raschelte es hinter dem Vorhang. Im nächsten Moment erschien die Zimmerwirtin mit dem Frühstückstablett und einem unbeschreiblichen Lächeln, das die rote Kautschukmasse ihres neuen Gebisses entblößte. Sie war Realistin und kümmerte sich weniger darum, daß er mit der Miete im Rückstand war, als darum, daß er mit dem Zweiten Stationsassistent Finck, dessen Mutter im Adelskalender stand, verwandt war.

Vormittags aß er nie etwas. Der Gedanke an Essen mußte langsam, ganz langsam vom ihm Besitz ergreifen, sonst wurde ihm übel. Abends war er dann oft rotwangig und konnte essen.

Am Nachmittag trafen sich die Freunde im »Winthergarten«, und meistens kamen sie so zeitig, daß es dort noch leer war. Clarin setzte sich ans Klavier und spielte die Matrosenlyra, und Kasparsson und Ahlquist machten dazu einige Walzerschritte, frisch angesteckte Zigarren im Mund. Es war jedoch trist. Sie hörten die Rangierloks schnauben und zogen die Gardinen zu. Neben dem Klavier stand ein hölzerner Mohr und reichte ein Messingtablett mit Rauchutensilien, das F. A.

benutzte, um Clarin damit zu begleiten, und eine Weile klang es wie Zimbeln. Hinterher aber war es nur noch ruhiger.

Sie spielten eine Zeitlang Billard in dem leeren Billardraum und zeichneten selbst die Punkte an, danach saßen sie den Rest des Nachmittags im Musikcafé und zankten sich mit dem Lokalpatrioten F. A. gutmütig über den Göteborgpunsch. Dann prüften sie leichthin ihre Möglichkeiten, gegen Abend quer über den Bahnhofsplatz ins Bahnhofsrestaurant zu gehen, ansonsten aber sprachen sie nicht über Geld, denn das war ein unerfreuliches Thema. F. A. hatte vor einem Monat seinen ersten Wechsel eingelöst, und das war so leicht getan wie gesagt. Doch er hatte nicht viel mehr Lohn als ein Bahnwärter, und er wußte nicht, ob er eine feste Anstellung im Bahnhof bekommen würde, wo er durch Fincks Protektion Aushilfssekretär geworden war.

Die Dämmerung brach herein und brachte die gesegnete Dunkelheit. Mit den Kerzenflammen und dem Schein der Lampen kam die Wärme zurück. Ahlquists Anzug sah fast wieder schwarz aus. Bevor er ins Hotel ging, behandelte er die Ärmelkanten mit einer Stickschere, doch das war nur ein Ritus, um die Mädchen zum Lachen zu bringen. Das Musikcafé schloß um sieben Uhr. Dieselben Mädchen, die dort die Gäste bedient hatten, servierten im Hotel das Abendessen. Die zunehmende Wärme tat F. A. gut, und die Musik und die Stimmen munterten ihn auf. Nur die Dampfstöße der Lok draußen erinnerten ihn an morgen, wenn er wieder dasitzen und mit der Stahlfeder in den Büchern herumkratzen würde – Ziffern über Ziffern.

Ahlquist stimmte an, mit seinem nicht ganz reinen, aber sehr warmen Bariton intonierte er gedämpft:

»Im Duft der Ro-o-sen...«

Und Clarin fiel ein:

»Im Blütenhain verborgen...«

»Pom-pom-pompom«, kam Kasparsson ganz leise, und

220

dann hob F. A., der sich zurückgelehnt hatte, die Augen und
begegnete Ahlquists Blick. Er sang mit seinem reinen Tenor,
der so schön trug und ein solch delikates Timbre hatte (wie der
Eisenbahnbauinspektor es ausdrückte), daß er ihm Türen geöffnet und ihn dorthin geführt hatte, wo er anders nicht hätte
hinkommen können. Sie sangen im Quartett und erweckten
den Eindruck, als übten sie nie, als fiele ihnen nur eben ein, zusammen zu singen:

Laßt uns verträumen des Lebens Märzen
Laßt uns vergessen die Wunden der Herzen!

Und am Ende, als keine Gabel mehr auf Porzellan klapperte,
als jedes Räuspern verstummt war und die Kassiererin hinter
ihrem Tresen die Hände auf dem Rechnungsblock übereinan-
dergelegt hatte, F. A. allein:
»Ja, laßt uns!« jubelte sein Tenor mit der geheimnisvollen
Klangfarbe, »laßt uns vergessen die Welt!«
Ja, das war schön! Winther warf die Haare zurück und
stimmte selbst den Applaus an. Vielleicht war er beim ersten
Mal etwas unruhig gewesen, doch sie grölten ja nicht. Sie waren schlichtweg eine Attraktion. Man konnte sie gewähren lassen. Mittlerweile waren sie zu einer Tradition geworden, und
solche schossen in dem Ort an der Bahnstation aus dem Boden
wie Pilze bei feuchter Witterung.
Der Eisenbahnbauinspektor hatte sie als erster zum Wein
eingeladen – eine Flasche Niersteiner, daran erinnerten sie sich
noch. Jetzt hieß es jeden Abend, daß man sich die Ehre geben
wolle, mit den Herren anzustoßen, und das ging gut, bis Kasparsson einmal ein paar Worte zuviel sagte, als es sich nur zäh
anließ und weder »Der Duft der Rosen« noch »Über der Aue
Schönheit glimmt« ein substantielles Resultat zeitigte.
»Dann müssen wir Cederfalk selbst auf die Tränendrüse
drücken«, sagte er, »›Oh welch schöner Abend‹, Freunde!«

Denn es war allseits bekannt, daß der Stationsvorsteher diesen schönen Vers so hoch schätze, daß er die ersten Zeilen in seinen Grabstein gemeißelt haben wollte. Wenn man zu »Des Abends zu der Dichtung lichten Welt der Sage, in Tönen flieht der Geist mit seiner Opfergabe« kam, glaubte er fast, daß er ihn selbst geschrieben habe, und er war ganz überwältigt, wenn er dem Gastwirt Winther winkte und wortlos Champagner bestellte.

Nach Kasparssons Äußerung war es beinahe unmöglich gewesen, F. A. noch zum Singen zu bewegen, denn er war trotz seiner Mittellosigkeit stolz und empfindlich. Der Rechnung widmete er nie besondere Aufmerksamkeit; eines Abends las Kasparsson jedoch einige freche Verse vor, die er im Kontor eifrig zusammengepusselt hatte, und da wurde F. A. verlegen, denn auch in dieser Hinsicht war er leicht vor den Kopf zu stoßen. Er nahm schließlich die Rechnung und tat, als studiere er sie. Da besserte sich mit einem Mal seine Laune, und er zeigte den anderen:

HOTEL DE WINTHER
Rechnung
für Postass. Clarin m. Begleitung
18. April
4 Saupé à 2 Kr.          8 Kr.
quittiert:
Tora Lans

Aber die anderen hatten das schon oft gesehen und meinten, daß die Orthografie wohl auf Winthers unglücklicher Schwäche für Französisch beruhe. Dennoch mußte F. A. die Kassiererin aufziehen, hatte er doch fast vier Klassen der Oberschule besucht. Außerdem war er etwas angeheitert.

»Darf man sich vielleicht die Ehre geben, das Fräulein einmal zum Sopé einzuladen?« fragte er vor ihrem Tresen und machte eine leichte Verbeugung, wobei er zu Clarins und Kasparssons Begeisterung beinahe das Gleichgewicht verlor. Ahlquist packte ihn unter dem Arm.

»Danke!« erwiderte die Kassiererin. Sie saß aufrecht, ihre Augen zwinkerten selten.

»Ich darf nicht ins Hotel gehen, wenn ich frei habe«, sagte sie. »Das darf keine der Angestellten hier.«

Da sah er zu seiner Bestürzung, daß sie sich dankbar zeigte und die Hand auf die Brust legte, als hätte sie heftiges Herzklopfen bekommen. Doch ihre Augen zwinkerten noch immer nicht.

»Das ist schade«, sprang ihm Clarin bei, um ihm aus der Patsche zu helfen. »Dann wird es nichts mit dem Sopé, denn in eine Schankwirtschaft kann man mit einer Dame nicht gehen.«

»Ich bedaure, Fräulein.«

F.A. verneigte sich ironisch, im selben Augenblick erkannte er sie wieder und wurde verlegen.

»Oh«, sagte er. »Ist das nicht die schöne Maria, die mir in der allererersten Nacht die Füße wusch und meinen Worten lauschte?«

Sie hatte jetzt verstanden, daß er sie mit dem Souper nur auf den Arm genommen hatte. Sie saß noch genauso da wie zuvor, unmöglich also zu sagen, woran er es erkannte. Vielleicht atmete sie anders. Jetzt redete er jedoch drauflos.

»Verwandelt in eine Martha«, sagte er, »eine Martha mit vielerlei Aufgaben.«

»Ich heiße Tora«, versetzte sie. »Ich hab' Ihre Füße nicht gewaschen.«

Sie wandte sich ab, und ihre Feder kratzte über das Papier, als sie die nächste Rechnung quittierte.

»Du verrennst dich in etwas«, meinte Clarin und lotste ihn zum Ausgang. Danach war es vergessen. Von allen, außer ihm selbst, glaubte er. Es quälte ihn sehr, wenn er einen Fauxpas begangen hatte. Nun wuchs es, es war, als hätte er ihr eine

223

Grobheit gesagt, und er schämte sich jedesmal, wenn er den blonden Kopf über dem Rand des Eichentresens sah. Doch sie hatte es sicherlich vergessen, nur ihn quälte es. Er mied den Kassentresen, und es kam für ihn selbst völlig überraschend, als er eines Abends Ende Mai allein vor ihr stand und wie ein artiger Schuljunge einen Diener machte.

»Fräulein Lans, wollen Sie mich beim Ausflug nach Gnesta als meine Dame begleiten?« fragte er.

Dadurch, daß er sich mit Clarin, Kasparsson und Ahlquist zusammengetan hatte, war er auch in den Gesangsverein »Juno« aufgenommen worden. Dort sprach man jetzt nur von der Gnestareise. Das Hotel würde die Körbe mit der Verpflegung liefern, deshalb wußte sie, worum es ging.

»Für mich wäre es eine Wiedergutmachung«, sagte er steif und sah ihr in die Augen. Da sie nicht antwortete, sondern ihn nur anstarrte, erläuterter er:

»Für das gescheiterte Souper.«

Sie errötete langsam, und endlich zwinkerte sie.

Auf der Reise nach Gnesta hatte sie ein neues Straßenkostüm aus graulila Wolle an. An den Jackenschößen und Ärmelaufschlägen war es mit Paspeln besetzt. Sie trug einen Hut in derselben Farbe. Als der Chor singen wollte, breitete sie ein Handtuch auf einem Stein aus und setzte sich, um zuzuhören. Es war ein schöner Ausflug, und über Gnesta glomm, genau wie in dem Lied, mild und feierlich die Abendstunde.

Es ging so schnell. Es gab so wenig Bedenken.

Als sie ihren Arm in den seinen und die Hand auf den feinen, gebürsteten Paletotärmel legte, geschah dies, als hätte sie es schon viele Male getan. Doch er schien ständig unschlüssig zu sein. Er tat ihr deswegen leid.

Als sie oben beim Schützenpavillon standen, merkte sie, daß er darüber nachdachte, ob sie die Promenade oder den Liebespfad gehen sollten. Schon lange im voraus hatte ihn diese Frage in Unruhe versetzt. Anständige Paare gingen den Bierkellerhang hinauf, an der Schule vorbei und durch den lichten Wald zum Schützenpavillon. Dann setzten sie ihren Weg auf der Allee fort. Dort aber zweigte, zwischen zwei Birkenstämmen fast unsichtbar, der steil ins Dunkel der Haselsträucher abfallende Liebespfad ab, den man benutzte, wenn man sich nur lieben wollte.

Sie erzählte ihm von dem Pavillon, der früher Lusknäppan geheißen hatte, und von der Banvalls-Brita, die dort gewohnt hatte. Sie tat das nur, damit die Zeit verging und er vor seiner Verlegenheit Ruhe hatte.

»Jetzt gehen wir weiter«, sagte er, und dann spazierten sie auf der Allee fast bis nach Gertrudsborg. Sie erzählte über eine einsame Frau des Großhändlers dort draußen, daß sie trank. Er schwieg. Sie gingen über Felder, sahen Wärnströms große Fabrikgebäude und nahmen den Geruch von Ruß in der Luft wahr. Dies war der Spazierweg der Verlobten. Zum See wollte er jedoch nicht gehen. Er brauchte das Wasser nur zu riechen, dann schüttelte er den Kopf und zog sie in die andere Richtung. Gleichwohl behauptete er, daß er ohne das Meer nicht leben könne.

Sie gelangten nach Malstugan, wo ein Friedhof angelegt worden war, und blieben am Weidezaun stehen. Beim abendlichen Melken kaufte sich jeder einen Becher Milch. Dann wurde ihm kalt, und sie gingen rasch zurück, es war jedesmal dasselbe. Er war verfroren und mager. Anfangs war er feindselig gewesen, hatte sich gerade gehalten und seine Weste ausgefüllt. Doch den ganzen Frühling über war er abgemagert. Das käme von der Erkältung, die er sich bei seiner Ankunft zugezogen habe, meinte er. Wenn es regnete, gingen sie natürlich nicht hinaus. Bereits die allerfeinste Lufttrübung konnte ihn dazu veranlassen, im Haus zu bleiben. Dann saß er den ganzen Nachmittag im Musikcafé und war für sie unerreichbar.

Als sie das nächste Mal beim Pavillon standen, war er wieder genauso unschlüssig. Es kam oft vor, daß sie den Liebespfad einschlugen. Sie wünschte, sie hätte im voraus gewußt, welchen Weg sie gehen würden, der Kleider wegen. Auf dem Pfad wurde der Rocksaum naß, und an dem lilafarbenen Stoff ihres Straßenkostüms blieb das Moos hängen. In der Grotte gab es einen bemoosten Stein, der einer Bank glich. Sie setzte sich, trotz des Rocks. Das Kostüm war überdies zu warm. Die Schlüsselblumen und Maiglöckchen waren nun verblüht. Die Luft roch süßer. Zwischen den Erlen lag ein blauvioletter Schleier, der Waldstorchschnabel war im Begriff überhandzunehmen.

»Ja, jetzt is es bald soweit, daß der Farn blühen wird«, sagte sie.

F. A. lächelte sie an.

»Wissen Sie denn nicht, Tora, daß der Farn eine Kryptogame ist?«

»Das hört sich an, als wenn einer Aas frißt«, entgegnete sie.

»Nein, das ist nur eine Pflanze, die nicht die Fähigkeit hat, sich durch Blüten und Samenbildung fortzupflanzen.«

»Aha«, meinte Tora. »Aber jedenfalls wird er jetzt dann blühn.«

»Was meinen Sie damit, Tora?« fragte er ernsthaft, denn er hatte bei ihr noch nie Sinn für Humor entdeckt. Furcht und Aberglauben schienen ihr ebenfalls äußerst fremd zu sein.

»Das weiß ich selber nicht«, antwortete sie aufrichtig, und da brachen sie beide in Gelächter aus.

Ihr war bisher nie in den Sinn gekommen, einen Mann mit in ihr Zimmer hinter dem Weißzeug zu nehmen, das war zu riskant. Doch jetzt war sie dazu gezwungen. Der Regen malte Streifen auf die Scheiben. Es roch nach sauberer, frisch gemangelter Wäsche um sie herum.

»Oh, wie gut es hier riecht«, sagt er. Es war, als hätte sie vor langer Zeit von einer gehört, die genauso gehandelt hatte wie sie, und deshalb brauchte sie sich nicht zu bedenken.

Seine Wirtin hatte eine Schwester, die in Norrköping verheiratet war und die sie sonntags manchmal besuchte. Da wagte er es, Tora mit auf sein Zimmer zu nehmen. Rechts von der Tür stand ein Diwan mit großen Kissen. Der braune Bezug war persisch gemustert. Dorthin führte er sie sogleich, nur mit Mühe konnte sie sich ein Lächeln verbeißen. Er blieb jedoch noch lange auf der Bettkante sitzen, als sie schon hoch in dem weichen Kissen lagerte. Er hatte nur die Schuhe ausgezogen, sie standen nebeneinander, am Morgen erst frisch poliert. Sie hatten ein Oberteil aus schwarzem Gummi. Es war ihr egal, wie lange er so dasaß, wenn er nur die Strümpfe ausgezogen hätte, damit sie ihn angucken könnte.

Alle, die sie kannte, hatten durch zu kleines und schlecht gearbeitetes Schuhwerk verdrückte und übel zugerichtete Füße.

Sie selbst hatte an der Ferse Frostbeulen, und der große Zeh war nach innen gedrückt und hatte an der Außenseite eine so kräftige Schwellung, daß sie die Stiefel ausbeulte. Sie hatte geglaubt, daß Zehennägel zwangsläufig dick und gelb seien und krumm nach innen wüchsen.

Er war der einzige Mensch mit unversehrten Füßen, den sie kannte. Sie waren klein. Die Nägel waren dünn und wuchsen so gerade, daß die Strümpfe binnen weniger Tage nur immer an derselben Stelle kaputtgingen. Es war, als würden sie von einem kleinen Rasiermesser durchtrennt.

War im Zimmer heller Nachmittag, vermochte er nicht, sich neben sie zu legen, zumindest anfangs nicht.

»Komm«, hatte sie einmal gesagt. Doch sie lernte, dies zu lassen.

Der Diwan stand schräg, und an den Füßen zog es von der Tür her. Vor dem Vorhang auf der anderen Seite stand sein Bett. Sich dort hinzulegen wagten sie nicht, denn es war zu nahe an der Tür der Wirtin. Sie konnte nach Hause kommen, und wenn sie spionieren wollte, ging sie leise.

Durch das hohe, schmale Fenster mit den Tüllgardinen sah man das Magazin der Lindhschen Firma. An die Gardinenschnur war eine Samtrose geheftet. Sie war stark verstaubt.

Im Liegen studierte sie das Zimmer. Vor dem Fenster stand ein Schreibtisch, dessen Platte mit Kunstleder bezogen war. Der Stuhl gehörte zur Speisezimmereinrichtung und hatte geschnitzte Kiefernzapfen an der Rückenlehne. Zwischen dem Diwan und dem Schreibtisch stand ein Piedestal und darauf ein Kupferkrug mit einer Grünpflanze, einem Liliengewächs, das nie blühte. Der Teppich war aus Haargarn, rot und braun und durchgelaufen bis auf die Kette. Der Holzfußboden darunter war grauweiß. Einen Nachttisch hatte er und eine Lampe mit grünem Glasschirm, die er manchmal auf den Schreibtisch stellte. Dann war da noch ein Kleiderschrank mit einem Spiegel in der Tür. Wenn man hereinkam, stand linker Hand der Kachelofen.

Jedesmal, wenn sie den Blick umherschweifen ließ, sah sie etwas, das ihr vorher entgangen war: er hatte ein Uhrkissen auf dem Nachttisch. Die Ofenklappenschnur war voller Knoten. Die Rosenborte auf der braunen Tapete mit den goldenen Lyren war dunkel geworden wie Blutkuchen.

Sie konnte sich bei ihm nicht waschen, da die Kommode in dem Winkel draußen vor der Tür stand. Sie hätte es sich ohnehin nicht getraut.

Jedesmal sah sie etwas Neues. Den Aschenbecher aus gehämmertem Kupfer. Seinen großen schwarzen Koffer unter dem Bett. Die zusammengefaltete »Göteborgs Handels- und Seefahrtszeitung«. Beständig baute sie das Zimmer auf, indem sie es sich ansah. Es mußte höchst wirklich sein.

»Was guckst du denn?« fragte er.

»Ich schau mir dein Zimmer an.«

»Mein Zimmer?«

Auch er ließ nun den Blick schweifen.

»In dem ganzen Zimmer kann ich lediglich eine Zeitung und einen Reisekoffer sehen, die mir gehören.«

Trotzdem blieb sie liegen und schaute.

Er sprach nicht über seine Hemmungen und wie er sie loswerden könnte. Sie konnte nur warten. Dann faßte er behutsam ihren Kopf und legte ihn aufs Kissen, so behutsam, daß ihre Frisur nicht durcheinandergebracht wurde. Er wollte, daß sie die ganze Zeit nur stillag, das lernte sie schnell.

Sie lernte auch, daß sie sein Glied nicht berühren durfte, selbst wenn es seinen Weg nicht alleine fand. Es schob sich hinein wie die Schnauze eines kleinen, freundlichen Tieres, sie mußte geduldig warten und lächelte in seine Achsel.

Es war nicht so schrecklich schön, sie mußten einander erst näherkommen. Mußten miteinander warm werden. Sie fühlte sich jedenfalls einsam, und sie wußte nicht, wie er sich fühlte.

Dann kamen sie darauf, nachts beieinander zu schlafen. Doch dazu mußte Tora freihaben, damit sie liegenbleiben

229

konnte, bis die Wirtin morgens mit ihrer Kupferkanne zum
Einkaufen ging.

»Gib ihr die, falls du ihr im Hof begegnest«, sagte F. A. und
reichte ihr einen ganzen Stock Erweckungsschriften aus dem
Holzkorb. »Dann gibt es keine Mißverständnisse.«

Doch Tora sah genauso gekränkt aus, wie wenn er ernstlich
geglaubt hätte, daß sie Pietistin sei. Nein, Spaß verstand sie
nicht, und Phantasie hatte sie auch nicht. Diese Erfahrung
hatte er. Sie war aber oft vergnügt, und dann lachte sie über
Nichtigkeiten.

»Du hast so eine große Nase«, sagte sie und zog daran.
»Wozu soll das denn gut sein, so eine große Nase zu haben?«

Dann verbarg sie den Kopf an seiner Brust und lachte, daß es
in ihr quiekte.

Wenn er Magenschmerzen hatte und sich unruhig bewegte,
wachte sie auf. Er konnte aber auch einfach wach liegen, das
weckte sie seltsamerweise ebenfalls. Dann konnte sie fast böse
auf ihn werden. Jetzt, da sie doch beieinander schlafen konnten!

»Was ist denn?«

Er gab keine Antwort. Lauschte er im Halbdunkel? Sie
mußte noch einmal fragen.

»Beruhige dich«, sagte er. »Es ist nichts.«

Doch jetzt glaubte sie auch ein Geräusch zu hören, wenn
auch nur leise, ganz leise.

»Hörst du?«

»Nein.«

Er schüttelte den Kopf, und sie spürte die Bewegung unter
ihrer Hand. Die Uhr auf dem Uhrkissen tickte so leise. Die
konnte man doch wohl nicht hören?

»Aber was ist es denn?«

»Es ist vielleicht das kleine Ding, das in Uhren und Menschen eingebaut ist«, sagte er.

Sie wußte jedoch nicht, was das war.

»Es heißt Unruhe.«

Eines Nachts sagte sie seinen Namen. Sie hatte es schon lange tun wollen, sich aber nie getraut. Seine Freunde nannten ihn F. A., und anfangs wußte sie nicht einmal, wie er mit Vornamen hieß. Ihre Bekanntschaft hatte sich so weit entwickelt, daß sie sich genierte, ihn zu fragen. Dann bekam sie eines Abends ein Schriftstück von der Eisenbahn zu Gesicht, und darauf stand, daß er Fredrik Adam hieß. Es dauerte lange, bis sie sich getraute, das auszusprechen. Es könnte ja fast gekünstelt klingen. Fredrik! Aber als sie es dann gesagt hatte, fand sie es vollkommen natürlich. Sie war traurig, daß er zusammenzuckte, als hätte sie etwas aufgedeckt, was er nicht sehen wollte, oder etwas Schamloses verlangt.

Lange Zeit später lag ein Brief auf dem Schreibtisch. Er war von seiner Mama. Eine langweilige Lektüre war das. Das Fuhrunternehmen war nach dem Tod des Vaters liquidiert worden. Es war ein einziges Gejammer und nur Geldsorgen und mein lieber Junge hier und mein lieber Junge da. Sie mochte diese Frau nicht. Ganz oben auf dem Brief stand jedoch: Mein lieber Adam. Tora wurde puterrot, obgleich sie allein war, als sie das las.


Clarin war in die Poststelle von Eskilstuna versetzt worden. Das war eine Beförderung, darum konnte er nicht ablehnen, doch das Quartett war kaputt. Sie suchten einen zweiten Tenor, doch es ging ja nicht nur um die Stimme, sondern, wie Kasparsson es ausdrückte: er muß im ganzen gesehen ein homme de qualité sein, wir sollten nichts überstürzen.

Eines Abends gegen Herbst setzten sich Ahlquist und Kasparsson im Bahnhofsrestaurant bei einer ganzen Flasche eiskalten Punschs nieder und ließen sich Papier und Schreibzeug bringen, denn es war notwendig geworden, Clarin einen Brief zu schreiben. Sie einigten sich darauf, auf dem Papier nur ein

Konzept zu entwerfen und auf der Rückseite der großen Speisekarte des Hotels de Winther den Brief ins Reine zu schreiben, als Erinnerung an gute alte Zeiten, die Clarin ihrer Ansicht nach zu schätzen wissen würde. Sie waren mit dem Brief fertig, als F. A. sich zu ihnen gesellte.

Tora hatte sie von ihrem Tresen aus die ganze Zeit beobachtet, und nun sah sie, wie F. A. zweimal das Geschriebene auf der Rückseite der Speisekarte durchlas, schnell, aber aufmerksam. Dann erhob er sich und riß die Karte mehrmals durch, bis die Stücke so klein waren, daß sich das steife Papier nicht weiter zerreißen ließ. Die Stücke warf er in den Aschenbecher, doch in dem Gemurmel und Porzellangeklapper war es ihr nicht möglich, auch nur ein Wort von dem, was er zu ihnen sagte, zu verstehen. Er war jedoch aufgebracht.

Er verließ den Speisesaal, ohne sich umzusehen und ohne ihr zuzunicken. Ahlquist und Kasparsson verlangten die Rechnung und gaben das Schreibzeug zurück. Als sie gegangen waren, ließ sich Tora von der Servierin den Aschenbecher bringen und verbarg die Papierfetzen in ihrer Rocktasche, bis sie nachts in ihr Zimmer hinter dem Weißzeug kam. Dort puzzelte sie sie zusammen, bis sie den Brief lesen konnte. Der Anfang fehlte.

»...daß Du Ebba 50 Kronen im Jahr schickst, was der beste Ausweg sein dürfte. Freilich gibt es hier eine Frau, die das Kind annehmen würde. Sie heißt Strömgren und wohnt im Haus des Kunstschreiners Larsson direkt gegenüber der Molkerei. (Falls Du trotz allem diesen Ausweg in irgendeiner Hinsicht besser finden solltest.) Doch abgesehen davon, daß das teuer ist, sind mit einer solchen Übernahme gewisse Risiken verbunden. Man weiß nie, ob die Kinder leben. Über Madam Strömgren war freilich nichts Nachteiliges in Erfahrung zu bringen, doch wir raten Dir gleichwohl, Ebba die 50 Kronen zu schicken! Sie wird froh sein darüber, und die Sache wäre ausgestanden.«

Nach den Grüßen folgte ein P. S. und eine kleine Zeichnung

von zwei Paar eifrigen Füßen, die aus einem Ausziehsofa ragten: »Wir singen gar nicht, denn wir haben ja die Beschwer, einen zweiten Tenor zu suchen. Auch wird nicht mehr genauso emsig gevögelt wie zu Deiner Zeit. Tempora mutantur!«

Tora sagte, sobald sie F. A. alleine traf:

»Das war anständig von dir, den Brief über Ebba zu zerreißen.«

Er starrte sie bloß an.

»Liest du anderer Leute Briefe?«

War das denn so schlimm? Im übrigen hatte sie nicht gewußt, daß das ein Brief war. Auf der Speisekarte!

»O pfui«, sagte er. »Du hast die Stücke zusammengesetzt.«

Er sah sie an, als ob sie unrein sei, doch Tora strahlte hingerissen. Da wurde ihm klar, daß sie nicht verstanden hatte, daß er an dem Postscriptum des Briefes Anstoß genommen hatte. Der Roheit schien sie kein Gewicht beizumessen. Nein, sie glaubte, er habe gemeint, daß Ebba mit den 50 Kronen nicht entschädigt wäre.

»Ebba ist doch wohl auch ein Mensch«, sagte sie.

Er schwieg zunächst, erwiderte aber dann vorsichtig:

»Clarin wird es bis zum Postmeister bringen.«

»Ja«, seufzte Tora laut wie ein Kind, »das verstehe ich schon auch, daß er Ebba nicht heiraten kann.«

»Nein, das hat zweifelsohne seine praktischen...«

Vollkommen unempfindlich für die Ironie brach sie aus:

»Doch es war auf jeden Fall anständig von dir, daß du an Ebba gedacht hast!«

Hatte er an Ebba gedacht? Vielleicht hatte er das ja irgendwie. Je länger er in diese hellblauen, aufgerissenen Augen sah, desto mehr schien er über sich selbst zu erfahren. Es berührte ihn jedoch sehr unangenehm, daß Tora womöglich das Postscriptum des Briefes gelesen hatte.

»Hast du den ganzen Brief gelesen?« fragte er.

»Nein, es hat viel gefehlt.«

»Ja, ja«, sagte er. »Reden wir nicht mehr davon.«

Einen Monat später aber legte sie mit großer Zuversicht ihre Hand auf die seine und sagte:

»Wir werden ein Kind haben.«

Er schien nicht zu begreifen.

»Ich bin in anderen Umständen.«

Sie sah beinahe vergnügt aus, die Augen zwinkerten nicht. Er lehnte den Kopf zurück an die Wand mit den goldenen Lyren und schloß die Augen.

»Wie lange weißt du das schon?« fragte er.

In diesem Sommer war Tora ebensooft nach Hause gegangen wie früher, aber über Nacht war sie nur einmal geblieben.

Die Hütte hatte sich nicht verändert, doch jedesmal, wenn sie sie sah, fand sie, daß sie unter der Birke zusammengeschrumpft war. Bevor sie hinaufging, blieb sie stehen und mußte lächeln. Die Tafel am Giebel war weg, denn Lans war ja nicht mehr Rottensoldat. Sie hatte jedoch einen Fleck hinterlassen, um den herum das Holz braun geworden war, als wäre der Teer durch die Sonnenwärme herausgekrochen: Fürchte Gott. Ehre den König. Diene getreulich.

Den Kuhstall brauchten sie nicht, denn das Stückchen Land konnte keine Kuh mehr ernähren. Die Spiegelscherben im Stallfenster waren so verstaubt und mit Spinnweben überzogen, daß sie nicht einmal blitzten, wenn die Sonne darauf schien. Im Frühbeet am Sockel der Hütte hatte Sara Sabina der Eitelkeit gefrönt; dort wuchs Reseda. Der widerliche Liebstöckel war ausgerissen, denn die Fliegen waren mit der Kuh verschwunden.

Auf der Schlachtbank beim Brunnen konnte man einen Teppich schrubben oder einer anderen schmutzigen und nassen Arbeit nachgehen. Sie stand jetzt schon so lange am selben Fleck, daß Klee und Großer Wegerich wie Besen um ihre Beine standen. In der Hütte hatten sie immer noch keinen eisernen Herd, doch sie gaben vor, auch so zufrieden zu sein.

»Denk bloß mal ans Feuerloch im Backofen«, sagte der Soldat. »Wie gut das is im Winter.«

»Wart's ab«, entgegnete Tora. »Das werdn noch ganz andre Zeiten.«

Bei der Tür stand der Klotz, an den Rickard eine Rückenlehne geschreinert hatte, und dort saß Johannes Lans tagsüber und horchte in den Wald hinein nach Jagdhörnern und Klarinetten und nach den Schlägen der Trommeln zu Marsch und Evolution.

»Es ist doch ziemlich still hier in der Einsamkeit«, meinte Tora.

»Ach was«, erwiderte der Soldat. »Manchmal kommt 'n Landstreicher und liegt auf der Ofenbank.«

Tora wußte aber, daß dem nicht so war, denn an der Scheune unten am Weg standen die beiden Zeichen für arm und geizig, die recht selten zusammen zu sehen sind.

Sie legte einen Stoß alter Zeitungsnummern aus dem Ort auf den Tisch neben die Brille, die der Soldat erst einmal nahm und aufsetzte. Dann las er, wie viele Erntemaschinen in der voraufgegangenen Woche verkauft worden waren, und etwas über die Lokomobile Hercules. Er sagte, daß wir im Zeitalter der Erfindungen lebten, wie die alte Frau sage, wenn sie den Floh mit der Kneifzange packt. Sara Sabina mahlte Kaffee. Tora hatte auch Mehl, Butter und Zucker mitgebracht, damit sie frisches Weißbrot haben würden. Sie hatte einen Teig angesetzt und zeigte der Großmutter, wie man Semmeln machte, indem man Streifen schnitt, die man zuerst drehte und dann aufwickelte wie einen Zopf zu einem Haarknoten.

»Will das Ei der Henne 's Eierlegn beibringn?« fragte Sara Sabina und steckte die Hände unter die Schürze, während sie zuschaute.

»Das geht kinderleicht«, meinte Tora. »Schau mal her.«

»Ja ja. Die Kunst dabei is, se alle verschiedn hinzukriegn, wie ich seh.«

236

Dann kicherte die alte Frau ihr ungewöhnliches Lachen, doch Tora war beleidigt und blieb ernst.

»Ich bin's Backen nicht g'wohnt«, sagte sie.

In der Nacht durfte sie in der Kammer schlafen. Mäuse hatten im Kissen gehaust, doch sie brachte es nicht übers Herz, ihnen das zu sagen. Sie legte es neben das Bett auf den Fußboden und rollte ihren Unterrock zusammen, um etwas unter dem Kopf zu haben. Es wurde nie ganz still in der Küche. Der Soldat grummelte. Sie konnte hören, wie ihr Bettzeug raschelte. Im Obergeschoß, wo sie Zukost und Korn und altes Bettzeug lagerten, huschten Mäuse über den Boden.

Die Juninacht war achtsam. Lediglich für ein paar Stunden schloß der Himmel die Augen.

Sie wollte aufstehen und eine Schöpfkelle Wasser trinken, als sie aber die Tür einen Spalt öffnete, hörte sie, daß die beiden alten Leute wach waren. Sie wurde verlegen, als wäre sie wieder ein kleines Mädchen.

»Wie spät isses wohl?« fragte der Soldat.

Sie nahmen nicht seine alte Uhr vom Nagel, um vorne beim Fenster auf ihr nachzusehen, sondern Sara Sabina beugte sich so weit vor, daß sie den Waldrand im Osten sah. Das Licht trog. Draußen konnte man die Apfelbäume nicht von den Morellen unterscheiden. Das Morgengrauen hatte die Farbe feiner Herdasche. Der Soldat war auf seinem Kissen wieder eingeschlafen. Er hörte nicht, was Sara Sabina antwortete.

In der Stille hörte das Gras für ein paar Stunden auf zu wachsen. Bald würde das Licht wieder kommen. Zwischen den Zweigen, dort, wo die Dämmerung am grauesten war, herrschte Unruhe.

»Isses jetzt soweit?«

»Naa, schlaf nur.«

Tora ging zurück ins Bett und schlief ebenfalls eine Weile. Sie erwachte erneut von ihrem Geflüster.

»Kommt er jetzt?«

Der Fußboden war kühl unter den Füßen. Durch den Türspalt sah sie, wie Sara Sabina dem alten Mann ein Tuch umlegte und ihn zum Küchentisch trug. Sie selbst setzte sich auf die andere Seite, legte die Hände auf die Tischplatte. Sie waren untätig. Sie spähte durchs Fenster, und der Soldat, der sich nicht ebenso unbehindert auf dem Stuhl bewegen konnte, fragte begierig:

»Siehst'n? Kommt er?«

Tora trat ans Kammerfenster und schaute hinaus. Sie konnte sehen, was die beiden sahen, aber sie verstand es nicht.

Es war die Zeit des Tages, da der Tau den Duft von Blättern und Gräsern löst. Man konnte sich hinaussehen, dennoch zögerte man. Um diese Zeit kommen die anderen heraus. Jetzt erinnerte sie sich.

Früher hatte sie sich vor grauen Schatten, die unter dem Tennenboden davonhuschten, gefürchtet, und die Nächte, sogar die hellsten, hatten ihr Angst eingeflößt. Vor den Hexenringen, die tief ins Gras getrampelt waren, hatte ihr geschaudert, und sie hatte sich nicht einmal bei Tage getraut, zu dieser Stelle der Wiese zu gehen. Doch die Großmutter hatte ihr erzählt, daß es keine Hexen waren, die dort herumsprangen. Es waren der Rehbock und die Ricke, die in der Brunft diese Ringe und Ewigkeitszeichen machten, und zwar jedes Jahr an derselben Stelle.

Eines Sommermorgens, als sie vom Tanz kam, hörte sie den Rehbock dort bellend und heiser husten, und anstatt hineinzugehen und sich schlafen zu legen, schlich sie hinab zur Wiese. Dann stand sie mucksmäuschenstill und frierend hinter einer Birke und beobachtete, wie sie in engen Kreisen herumhetzten, und sie verstand nicht im geringsten, was sie da sah.

Wenn die Ricke nicht wollte, daß er sie bestieg, warum flüchtete sie dann nicht geradewegs hinauf in den Wald? Und wenn sie ihn doch ranlassen wollte, weshalb hetzte sie dann davon? Was war das für ein Zwang, der sie in dem Kreis herumtrieb? Die Hexenringe hatten Tora nur noch mehr erschreckt, seit sie gesehen hatte, wie sie entstanden.

Die anderen waren immer dort draußen, auch wenn sie sich nicht zeigten.

Ein Hase saß im Klee beim Brunnen. Er war dort, als das Licht kam. Jetzt spitzte er seine langen Löffel und lauschte in eine andere Richtung. Über dem Wald wurde der Himmel von einem feinen Rot getönt, bis schließlich das Goldgelb kam und es überstrahlte. Ein Nebelschwaden strich über das Kellerdach und verflüchtigte sich. Dort war die Amsel. Sie war schon eine Weile zu hören, wie sie im Schatten sang. Jetzt aber hüpfte sie beidbeinig auf das Frühbeet und schwieg, während sie an einem Wurm zerrte.

»Isser da?« fragte der Soldat.

»Naa.«

»Das kann dauern«, meinte er, klang aber nicht ungeduldig. Tora stampfte leicht und versuchte, sich den Flickenteppich heranzuziehen, denn ihre Füße waren langsam eiskalt geworden.

Draußen regte sich nun überall Leben. Auf der niedrigen Mauer beim Keller hüpfte der Steinschmätzer hin und her und blitzte mit dem Weiß seines Schwanzes. Der Hase hinterließ eine lange, gewundene Spur im Tau, der auf dem Klee lag, und verschwand um die Ecke des Stalls. Jetzt fielen die ersten Sonnenstrahlen auf die Vortreppe. Sie wärmten Sara Sabinas Hände auf der Tischplatte. Da kam er.

Er bewegte sich an der Stallwand entlang, setzte dann aber so schnell über das Gras, daß sie ihm kaum mit den Augen zu folgen vermochten. Er schien den Brunnenrand hinaufzulaufen. Dieser lag tief unter den Fliedertrieben, die überall aufschossen, dort war keine Sonne. Jetzt machte er einen anmutigen Sprung, und dann war er auf ihrer Schlachtbank. Das grauweiße Holz war mittlerweile warm geworden; Sonnen-

239

licht umflutete ihn, und er saß ganz aufrecht. Er war klein und schön und grausam, und sie saßen da und betrachteten ihn. Er war verspielt. Wenn es ihm einfiel und die Sonne warm und mild genug schien, vollbrachte er Kunststücke auf der Bank. Er wußte von keinen Zuschauern. Sein Fell war braun und so fein, daß es im Sonnenschein funkelte. Am Schwanzende hatte er ein schwarzes Bäuschchen, das Auge war eine kleine Perle. Wenn er aufrecht saß und lauerte, war der weiße Fleck auf seiner Brust zu sehen. Dann hatte man den Eindruck, er säße nur da, um ihn zu sonnen. Man mußte über ihn lächeln.

»Das is schon 'n kleiner Schlawiner«, flüsterte der Soldat. »Gerissn wie der Teufel.«

»Er kann 'n richtiger Giftnickel sein, wenn er will.«

»Ja, man mag lieber nix mit ihm z'tun kriegn. Jedenfalls nicht, wenn er so aufgelegt is.«

Tora zog ihre Hose aus feinem Flanell aus und wickelte sie um ihre Füße, als sie wieder ins Bett zurückkroch. Sie fand, daß ihre Augen brannten, wie wenn feiner Sand darin wäre. Am liebsten wäre sie hinausgegangen, um eine Schöpfkelle Wasser zu trinken, denn sie hatte einen schlechten Geschmack im Mund, wollte sie aber nicht stören. Sie waren sitzen geblieben, obwohl er sich davongemacht hatte. Sie wußte nicht, ob sie noch mehr erwarteten; sie war so schläfrig.

Die anderen waren ja immer da draußen. Auch sie hatten wohl ihre Gesetze und Ordnungen. Doch man kannte sie nicht. Sie schienen streng und womöglich schön. Aber es gab da auch Spiel und Grausamkeit und Launen. Man wußte nichts über sie und ihren unerbittlichen Zwang. Die Kreise, in denen sie sprangen, kannte man nicht besser als seine eigenen. Was glaubte man zu finden? Eine Ordnung, anders als die des Menschen? Doch sie lag außer Reichweite für einen, für alle Zeit. Man sah nach ihr mit Augen, die stumpf waren vom Mangel.

Sie schlief ein, obwohl ihr die Sonne ins Gesicht schien.

Doch sie träumte alles noch einmal. Die Nacht war noch da und auch das eigentümliche Sommerlicht, grau wie Herdasche. Jetzt ging die Sonne auf. Das Hermelin kam. Es spielte und machte sich wichtig mit seinem weißen Fleck auf der Brust. Die Hände, die untätig auf dem Tisch ruhten, wurden ebenfalls von der Sonne gewärmt.

Ich glaube an die öffentliche Meinung«, verkündete Winther. »Die öffentliche Meinung ist Macht. Das ist die neue Zeit.«

Er ließ Apfelsinen an Schulkinder austeilen und an ihre Lehrer Zigarren.

Sie brachten ihm ein Ständchen, und er überlegte sich, ihnen an seinem fünfzigsten Geburtstag Zahnbürsten samt Gebrauchsanweisung zukommen zu lassen.

»Das ist eine verdammt gute Idee«, sagte er. »Ich werde ihnen fünfzig Zahnbürsten mit dem Namen Winther auf dem Stiel zukommen lassen. Das ist Reklame! Ich glaube an die Reklame!«

Und er setzte die Idee schon am Oscarstag in die Tat um. Er hatte drei Bahnhofsrestaurants und war Mehrheitsaktionär in dem neuen Kurort bei den Quellen in Åsen. Doch nun überlegte er sich, statt dessen ein renommiertes Stockholmer Restaurant zu kaufen.

»Vielleicht ziehe ich weiter«, sagte der Royalist und Kinderfreund. »Vielleicht wird sich der Wintherpalast bald in einen Kramladen verwandelt haben.«

Der Holzbau der Zwölfzimmervilla lag neben der des Großhändlers Levander, dessen Unternehmen expandierte. Die Straße mit dem Gerichtsgebäude und den Villen hieß nun bis hinauf zum Bierkellerhang Kungsgata. In der großen, weißen Villa brannte nachts Licht, und es wurde geträllert:

»Kirri kirri bi...«

Die Theatertruppen blieben seinetwegen und spielten ihre
Stücke, obwohl sich das Publikum unmöglich machte, indem
es an Stellen lachte, an denen es für einen gebildeten Menschen
nichts zu lachen gab. Es fehle der kultivierte Geschmack, sagte
Winther. Er mußte sie trösten, die schönen Helenas, die
Glücksgöttinnen, kleinen Herzoginnen, Ninichas, Heiligen
und Kosakenmädels, alle mußte er sie mit seinen Soupers trösten. Schließlich konnte er einen Laubenplatz mit den Böden
von Champagnerflaschen pflastern, in denen ihre Absätze
steckenblieben. Die großen, blaugrauen Hunde knurrten leise,
wenn sie ihren Einzug in das Haus hielten, doch das störte sie
nicht. Und es wurde geträllert:

»Kirri kirri bi, kirri bi...«

Die Poeten übernachteten hier, wenn sie von ihren Tour-
neen kamen, voll wie Strandhaubitzen, doch bis zum Schluß
den Namen Schwedens auf den Lippen. Manchmal mußten sie
zum Bleiben überredet werden. War das Mädchen in Ordnung? Allesamt! Hier soll es an nichts fehlen! Frische Brioches
am Morgen, einen Kaffee, schwarz wie in Paris. Eines Morgens
kehrte Ebba mit einem Gedichtband in der Hand aus der Villa
zurück. Sie ging durch den Bahnhofspark, in dem die großen
Hunde ihren Auslauf hatten. Sie hoben ihre langen Beine und
pißten an die gußeisernen Pfähle. Ebba ging hinein und zeigte
Tora das Buch. Eine wuchtige Chrysantheme zierte den Lei-
neneinband.

»Schau, was ich gekriegt hab'«, sagte sie.

Sie lasen darin. Es war eine Poesie, frei von Grübelei, doch
waren die Worte schwer verständlich.

»Ich schenk's dir«, sagte Ebba.

Für die Feier seines fünfzigsten Geburtstags bestellte Winther einen Sonderzug und nahm zweihundert seiner Freunde
mit nach Norrköping, um sich am Besten, was Kneipp zu bieten hatte, zu laben.

243

»Den Tag möcht' ich noch im Hotel erleben«, sagte Tora. »Dann hör' ich auf.«

Noch hatte sie aber mit Winther nicht gesprochen. Nach dem Fest kam der große Katzenjammer, der eine Woche über dem nördlichen Teil des Ortes hing. Dann war Weihnachten, und die Inventur stand an. Sie versetzte die Knöpfe an ihrem Rock, sie konnte doch nicht mitten im schlimmsten Trubel gehen. Ihre Arbeit bestand nicht nur darin, hinter dem Tresen zu sitzen. Sie war für bestimmte Vorräte verantwortlich und mußte zusehen, daß sie aufgefüllt wurden. Mit Tabletts hätte sie nicht mehr herumrennen können, so wie sie jetzt beieinander war, viel dicker als beim ersten Mal. Sie war trotzdem geschafft und schleppte sich in die Küche, wo das Geräusch der Kaffeemühle die Abgehetzten auffahren ließ. In der Hektik stand sie zwischen den heißen Herden, goß den Kaffee in die Untertasse, damit er nicht so heiß war, denn sie hatte es eilig. Sie mußte endlich Bescheid sagen, sie mußte jetzt aufhören, doch es ging auch ums Geld. Otter meinte, daß sich das alles regeln würde, sie solle sich nur keine Sorgen machen. Solange sie arbeitete, tat sie das auch nicht. Sie hatte aber herausgefunden, wieviel er als Aushilfssekretär verdiente, und ihr war nicht klar, wie sich das alles regeln würde – später.

»Hör beizeiten auf«, warnte Ebba. »Du hast gesehen, wie es mir ergangen ist.«

Nein, eine Fehlgeburt wollte sie nicht haben. Abends konnte sie auf dem Rücken liegen, beide Hände auf dem Bauch.

»Du bleibst da«, flüsterte sie, und aus lauter Lust, in der Einsamkeit zu lachen, bekam sie feuchte Augen. »Irgendeinen Ausweg wird es wohl immer geben. Doch du bleibst da. Du bleibst da, hast du verstanden.« Sie drehte sich auf die Seite und rollte sich um ihren Bauch zusammen. Sie spürte leichte Bewegungen, und als sie am Einschlafen war, überlegte sie mit dem letzten wachen Teil ihres Bewußtseins: Schläfst du nicht, wenn ich schlafe? Wie seltsam.

Eines Morgens im neuen Jahr rief Winther sie herein. Er wühlte in Papieren und telefonierte. Doch das war sie gewohnt. Sie wartete.

»Verdammt noch mal, Mensch, haben Sie denn nichts zu sagen!«

Überrascht starrte Tora in sein rotes Gesicht und auf das Gewirbel von Papier in der Luft.

»Gar nichts? Was!«

»Naa, ich weiß nicht...«

»Meinen Sie, die Leute sind blind?«

Da kapierte sie. Sie mußte ihre Hände zurückhalten, die sich auf den Bauch legen wollten. Es war peinlich und grauenhaft, und es gereute sie tief. Sie hatte vorgehabt, von sich aus zu kommen und ruhig zu erklären, daß sie jetzt darum bitten wolle, ausscheiden zu dürfen, da sie heiraten werde. Sie hatte es so sagen wollen, selbst auf das Risiko hin, daß es F. A. zu Ohren kommen würde.

»Ich werde heiraten«, stammelte sie und überzeugte damit jetzt nicht einmal sich selbst. »Ich hätte kommen und sagen wollen...«

»Heiraten! Wen?«

Doch darauf wagte sie natürlich keine Antwort zu geben, sie hatte ja keineswegs sein Wort darauf.

»Hat das ganze Quartett gefreit?«

Das saß. Mit trockenen Augen und aufgerissenem Mund starrte Tora ihn an und wunderte sich, daß sie den Schmerz, der ihr durch den Körper fuhr, nur rein physisch empfand, er war nicht von der seelischen Art, nicht im geringsten, sie krümmte sich beinahe.

Schon eine Viertelstunde später suchte sie in dem Zimmer hinter dem Weißzeug mit eiskalten Händen ihre Habseligkeiten zusammen.

»Was wirst du machen?« fragte Ebba.

Sie schüttelte den Kopf. Sie dachte nur an Otter. Gleich

245

nach seiner Arbeit würde sie zu ihm gehen und erzählen, was Winther gesagt hatte. Doch das redete sie sich nur in der ersten Stunde immer und immer wieder ein, daß sie Otter das erzählen würde. Dann überlegte sie klarer. Das wäre vielleicht ein momentaner Trost. Wenn sie jedoch klug war, dann erzählte sie nicht alles, was er gesagt hatte.

»Ich muß jetzt gehen«, sagte Ebba. »Gehst du heim?«

»Heim?«

»Ich kann nicht länger hierbleiben«, meinte Ebba. »Ich muß rein. Wir können uns nachher treffen. – Ja sapperlot, ich glaube, es wäre am besten gewesen für dich, wenn es dir so ergangen wär' wie mir.«

Nein, nach Äppelrik ging sie nicht. Auf gar keinen Fall. Sie versuchte nachzudenken, es klappte aber nicht. Sie ging zum Kachelofen und legte aus alter Gewohnheit ihre Hände darauf, doch er war um diese Zeit nicht eingeheizt, das hatte sie ganz vergessen. Sie mußte sich aber etwas ausdenken, auch wenn es nicht recht klappen wollte.

Als F. A. Otter Feierabend machte und aus dem Bahnhofsgebäude trat, kam ein Zeitungsjunge auf ihn zu.

»Da wartet jemand auf der anderen Seite.«

Er ging in dem Schneeregen um das Haus herum und holte bei jedem Schritt weit aus, denn er hatte nur niedrige Galoschen an.

Auf einer Bank saß Tora mit ihren Bündeln und einer Reisetasche, als warte sie auf den Zug. Einen Augenblick lang verspürte er eine übertrieben große Erleichterung, dann hob sie den Kopf und sah ihn.

»Ich bin g'feuert wordn.«

Sie bemühte sich nicht um die von ihm geschätzte feinere Aussprache. Ihre Augen waren auf ihn gerichtet, zwinkerten nicht. Sie war noch immer die gleiche und auch wieder nicht.

»Aber liebe Tora«, sagte er und setzte sich auf die Bank, die war jedoch so kalt, daß er sofort wieder auffuhr und sie auch hochzog.

»Wo willst du denn jetzt hin?«

Sie sagte nichts. Er faßte sie unter dem Ellbogen und lotste sie vorsichtig am Fenster vorbei, wobei er mit stummen Lippen deutlich zu machen versuchte: die Vorgesetzten!

»Sag was«, bat Tora.

»Was meinst du denn, daß ich tun könnte?« fragte er, als sie um die Ecke gebogen waren. »Ich bin völlig fassungslos.«

Er trug die Reisetasche, sie die Bündel.

»Das weiß ich nicht. Heim geh' ich aber nicht.«

Er war empfindlich und heiter und kränklich. Er war ein bißchen elegant – ja, zumindest war er immer gut gekleidet. Er war ausgesucht höflich, aber auch verletzlich. Vor irgend etwas hatte er Angst. Schließlich kam sie seinem Geheimnis auf die Spur, doch das war erst viel später. Jetzt hatte er jedenfalls Herz genug, sie nicht im Schneeregen stehenzulassen, ins Hotel zu schleichen, nach Amerika zu fahren. Was wußte sie schon von dem, was in seinem Kopf vorging? Tora preßte die Lippen zusammen und lernte so mancherlei.

Drei Nächte in einem Privatzimmer bei der Witwe des Polizisten. Dann verzweifelte er, er konnte sich einfach keine zwei Wohnungen leisten!

»Eine reicht für uns«, sagte Tora. »Die Witwe guckt auch schon. Ich kann im übrigen auch einen Bekannten fragen. Valfrid Johansson bei Levander. Er weiß sicherlich etwas.«

»Nein nein nein.«

Er war einen ganzen Abend fort. Im Hotel, dachte sie, und es erwies sich als zutreffend. Hierauf war er noch einen Abend fort, da nahm sie ihre ganze Kraft zusammen. Am Nachmittag des dritten Tages kam er jedoch und sagte:

»Malermeister Lundholm hat ein Zimmer mit Küche zu vermieten.«

»Hast du es denn gemietet?«

Sie gingen zusammen hin, doch er sagte, sie solle nicht mit nach oben kommen. Auch als er herunterkam und alles abgewickelt war, wollte er nicht, daß sie hinaufging.

»Dort ist das Fenster des Zimmers«, sagte er und deutete hinauf. Es war dunkel. »Und das Küchenfenster geht auf den Hof.«

Das Haus war gelbgrau gestrichen. Es lag schräg gegenüber von Wärnströms Maschinenfabrik, und geradeaus unten am Hang sah man die Gießerei. Rechter Hand stand in nächster Nachbarschaft die Kapelle, die Wärnström für seine Gemeinde hatte bauen lassen.

»Ich glaube nicht, daß ich hier irgendeinen Menschen kenne«, sagte Tora.

In der ersten Zeit spürte sie bitter, was es hieß, sich aufgedrängt zu haben. Er war wieder krank geworden. Sie kochte ihm Milchsuppe, um seinen Magen zu schonen. Hätte sie ihn nicht pflegen müssen, wäre es vollkommen still zwischen ihnen gewesen. Er lag drinnen im Zimmer auf dem Bett und hatte sich zur Wand gedreht. Das sei die richtige Seite für ihn, sagte er. Er könne nicht anders liegen. Dann stand aber das Bett verkehrt! Er konnte doch nicht daliegen und ständig eine braune Tapete anstarren. Auf der gegenüberliegenden Seite war die Tür, das restliche Stück der Wand war zu kurz, um das Bett hinzustellen. Unter dem Fenster konnte er nicht liegen, und gegenüber stand der Kachelofen. So guckte er die Tapete an, bis Tora eines Tages das Bett mitten ins Zimmer rückte.

Er war gezwungen gewesen, wieder etwas Geld zu leihen, damit sie sich eine Küchenausstattung und ein paar gebrauchte Möbel kaufen konnten. Seine Mutter schickte aus Göteborg per Frachtgut auch ein paar Sachen. Einen Fußschemel und eine Kommode, einen kleinen Nachttisch mit Nachttopfkasten und einen Rasierspiegel, der beim Transport gesprungen war. Alles war in Sackleinen und Flickenteppiche eingewickelt.

248

Tora warf die abgenutzten Teppiche nicht weg, sondern knüpfte neue Fransen daran und legte sie auf den Fußboden. Er betrachtete das Arrangement, sagte aber nichts, doch sie begriff gleichwohl, daß er es erbärmlich fand.

Das Küchensofa und den Tisch hatten sie gebraucht gekauft, ebenso das ausziehbare, eiserne Bettgestell. Tora hatte Angst, daß das Bett zusammenklappen könnte, wie es oft vorkam, und er dann eingeknickt würde, den Hintern auf dem Fußboden und Beine und Arme aus der Eisenfalle reckend. Es war vielleicht lachhaft und jämmerlich, doch ihr war bange, und sie konnte das Lustige an dieser Vorstellung nicht sehen. Sie war nicht lustig. Sie wünschte jedesmal, wenn er sich hinlegte, daß er sehr vorsichtig sein möge.

Links neben das Bett stellte sie den Nachttisch mit der Marmorplatte und davor den Fußschemel, dessen schwarzer Bezug mit Rosen bestickt war. Es gelang ihr, die Kommode in die Ecke zu stellen, so daß er sie vom Bett aus sehen konnte. Darauf stellte sie den Rasierspiegel. Er hatte eine Schublade mit beinernem Kopf, und darin bewahrte er die Briefe seiner Mutter auf. Auf die Kommode legte sie »Chrysanthemum«, das Ebba ihr geschenkt hatte. In das Buch hatte der Dichter mit einem gewaltigen Schnörkel seinen Namenszug gesetzt, und sie wünschte, daß er mal hineinschauen würde.

Wenn sie aber versuchte, seinen Wünschen gerecht zu werden und es um ihn herum aufs Beste einzurichten, konnte sie plötzlich gereizt werden und kaum antworten, wenn er sie nach dem Streichriemen oder der Zeitung fragte. Sie verstand sich selbst nicht. Von ihrer letzten Schwangerschaft hatte sie nicht viel in Erinnerung behalten, das war ja ungefähr sechs, sieben Jahre her. Sie war aber wohl ausgeglichener gewesen. Damals hatte sie nichts begriffen. Jetzt wußte sie wenigstens, was es hieß, sich aufzudrängen.

Sie wurde empfindlich und begann wortklauberisch zu werden, sie, die nie recht geglaubt hatte, daß Worte eine entscheidende Bedeutung haben könnten. Wenn er dalag und vom Meer sprach, von dem verfluchten und geliebten Meer, ohne dessen feuchte Nebel er offenbar nicht leben konnte, glaubte sie, daß er sie meinte.

»Das Meer zieht sich von den Klippen zurück«, sagte er. »Das Meer versinkt bei Ebbe.«

»Ja, 's Meer wird schon wissen, wo's hingehn kann«, meinte sie und setzte ihn damit in Erstaunen, denn er erwartete von ihr keine Tiefsinnigkeiten.

»Wenn in der Kasse Ebbe ist«, fügte sie hinzu, und damit war die Stimmung zerstört.

Nach zwei Wochen begann er wieder zu arbeiten. Zuerst war sie erleichtert. Sie hatte sich Sorgen gemacht wegen der Miete, wegen des Geldes für Essen, Lampenpetroleum und Holz und wegen des Honorars für den Arzt. Sie wußte auch, daß er einen seiner Kredite abzahlen mußte.

Jetzt war sie tagsüber allein, und es war, als entdeckte sie erst jetzt, in was für einer Gegend sie hier wohnte. Es war weit weg vom Bahnhof, fand sie. Es war ungewohnt, die Züge nicht zu hören. Nachts konnte sie davon aufwachen, daß sie sie nicht mehr hörte.

Abends konnte man das elektrische Licht bei Wärnström sehen. Unten an der Ecke standen zwei Straßenlaternen, ihr Licht fiel auf die Gemeinde, wenn sie aus seiner Kapelle kam. Sie war mit Ebba einmal drin gewesen. Sie waren dorthin gegangen, um über die Geistesausgießungen kichern zu können, doch es war nichts geschehen. Diese Religion war fast genauso langweilig wie die der richtigen Kirche, und sie hatte seither keinen Gedanken mehr daran verschwendet. Jetzt begann sie aber zu begreifen, daß es viele gab, die religiös waren, und daß sie mächtig waren.

Beim Einkaufen hörte sie einmal, daß sie sie als Otters Haushälterin bezeichneten. Das war an einem ihrer äußerst gereizten Tage, und sie stellte ihn zur Rede.

250

»Aber liebe Tora«, hob er an.

»Ja, das wußt' ich nicht! Das war wahrlich was Neues. Man kriegt doch immer was mit, wenn man unter d' Leut geht.«

Sie konnte ihn mit nichts mehr ärgern, als wenn sie breit und sörmländisch redete.

Sie wußte, daß ihr Mund wie eine Schöpfkelle wurde, mit der sie aufgoß.

»Ich war gezwungen, das zu sagen, das verstehst du doch wohl«, versetzte er steif. »Die ganze Gegend ist freireligiös. Der Vermieter gehört vermutlich der Freikirche an.«

»Lundholm und religiös! Das is ja ganz was Neues!«

»Ich habe das für alle Fälle gesagt, und ich erachte es für das Beste, was ich einstweilen sagen konnte.«

Dieses ›einstweilen‹ schnitt jede weitere Diskussion ab. Tora bereute angsterfüllt ihren Ausbruch. Wenn sie nur einmal lernen könnte, mit dieser Sache vernünftig umzugehen! Sie getraute sich nicht, direkt zu fragen. Er war ja krank und verärgert, und sie hatte sich schon genug aufgedrängt. Doch dann fiel ihr in einer ruhigeren Stunde ein, daß sie einen Umweg gehen könnte und das Wort Heirat nicht zu erwähnen bräuchte. Sie fragte ihn, ob es ihm nicht möglich sei, eine Wohnung in der Eisenbahnersiedlung zu bekommen.

»Als Aushilfssekretär«, erwiderte er, »das glaubst du doch wohl nicht im Ernst.«

»Jaja, freilich, und später mal?«

Er hatte die Zeitung vor dem Gesicht, und es schien, als habe er nicht die Absicht zu antworten, doch schließlich faltete er sie zusammen und klang gezwungen geduldig, als er zu erklären begann.

»Ich kann hier nicht bleiben, Tora. Du weißt, daß ich es mir nicht vorstellen kann, mein ganzes Leben hier zu verbringen.«

»Naanaa.«

»Ich könnte nie ohne das Meer leben.«

Sie sah böse aus, als sie an ihm vorbei aus dem Fenster

blickte, denn sie dachte an das verfluchte Meer, das sie nur von Bildern kannte.

»Und außerdem bin ich ja mit meiner Ausbildung noch nicht fertig«, sagte er.

Von einer Ausbildung wußte sie nichts. Doch sie wurde immer runder.

Sie wurde begafft. Am liebsten wäre sie nicht vor die Tür gegangen, doch sie mußte ja im Hof Wasser holen. Dann guckten die Frauen sie sich mal ausgiebig an. Sie hatte noch mit keiner von ihnen gesprochen, aber trotzdem wußten sie, wie viele Paar Laken sie im Schrank hatte. Oder genauer gesagt: Sie wußten, daß sie zwei Paar hatte und nicht im Herbst und Frühjahr große Wäsche machen konnte, sondern sie in einem Einmachtopf auf dem Herd kochen und hinaushängen und zusehen mußte, daß sie noch am selben Tag trockneten. Sie würde noch ein bißchen mehr Leinen kaufen müssen für Handtücher und zwei Paar weitere Laken, und dann hätte sie eine Zeitlang etwas zu tun.

Sie sollte ein wenig zu essen machen. Sie hatte einen eisernen Schmortopf und zwei kleine Blechpfannen. Ein Reibeisen, Holzlöffel und ein großes Küchenmesser lagen im untersten Schrankfach. In einem hölzernen Doppelkasten mit Tragegriff befand sich das eiserne Besteck. Die sechs Teller hütete sie wie ihren Augapfel, dennoch haßte sie sie genauso wie jedes der anderen gebrauchten Küchengeräte aus Holz, das durch die Abnutzung schon braunschwarz und ganz weich war, und die aus dunklem und fleckigem Eisen. Sie kam aus dem Hotel, wo die Wäsche in großen, duftenden Stapeln aufbewahrt worden war, wo sie mit Neusilber geschöpft und Teller aus kräftigem und schönem Knochenporzellan aufgedeckt hatte.

Sie hatte eigentlich auch nichts zu tun. Essen kochen. Warten. Es war so leer in der Wohnung. Weißnäherei fand sie langweilig, denn es war ihr nie beigebracht worden. Es wurde auch nicht schön. Sie mußte lächeln, als sie sich vorstellte, daß sich Sara Sabina Lans über eine Stickerei auf einem Laken beugte.

Aber am schlimmsten waren die Nachbarinnen. Am liebsten hätte sie nur an ihnen vorbeifegen wollen beim Ausgehen, auf dem Weg zum Bahnhof und zum Hotel, mit ihrem lilafarbenen Straßenkostüm mit dem weit schwingenden Rock. Doch sie bekam ihn nicht mehr um die Taille. In den Hof zum Wasserholen mußte sie in einer großen gestreiften Schürze gehen. Nach und nach fingen sie an, mit ihr zu reden. Doch das hätten sie genausogut lassen können, fand sie, denn jetzt begann das Gift zu spritzen. Jetzt wurde gebohrt und geschwätzt und durch die Mangel gedreht. Ihr schwante eine Möglichkeit, dem zu entgehen, nämlich dadurch, daß sie sich beklagte und F. A. Otter bloßstellte. Darüber könntest du dir dein Hechtmaul verreißen. Dergleichen konnte sie sich an der Pumpe denken, während sie einer Nachbarin starr und ohne zu zwinkern in die Augen sah.

Wenn sie am Fenster des Zimmers saß, sah sie, wie die Leute aus der Kapelle kamen und die Gesichter hoben, um zu fühlen, ob es nieselte. Sie knöpften ihre Mäntel zu und mummten sich ein. Sie hatte noch nie einen Laut aus dem Haus dringen hören, noch nie Gesang. Sie erinnerte sich an den Jesus dort drinnen an der rosaroten und blauen Decke. Seine großen, reinen Füße standen auf einer Wolke.

Morgens sah sie die Arbeiter zu Wärnström und in die Gießerei gehen. Es war jetzt früh hell. Sie sah sie mit ihren Henkelmännern in der Hand. Abends kamen sie zurück, und wenn Otter nicht zu Hause war, stand sie im Dunkeln und betrachtete ihre schwarzen Gesichter unter den Straßenlaternen, wenn sie an Wärnströms Kontor vorbeigingen. Ebon war unter ihnen. Er hatte also bleiben können.

Nie geschah es, daß er zum Fenster heraufblickte. Dennoch war sie fast hundertprozentig sicher, daß er wußte, daß sie jetzt dort wohnte. Manchmal fürchtete sie sich, wenn sie an ihn dachte und wenn sie sein Gesicht unter der Straßenlaterne sah. Es wäre besser gewesen, wenn sie miteinander Schluß gemacht hätten. Nun aber hatten sie sich fast ein Jahr lang immer seltener getroffen. Nachdem sie hinter dem Weißzeug hatte einziehen dürfen, hatte sie es abgelehnt, ihn hereinzulassen.

»Dann flieg’ ich raus«, hatte sie gesagt. Dann hatte sie es bewußt unterlassen, an ihn zu denken, denn das war nur beschwerlich und unangenehm. Er war verschwunden. Doch sie wußte nicht, was er sich gedacht hatte. Und die ganze Zeit war er dagewesen, irgendwo. Jetzt konnte sie ihn jeden Abend und Morgen vom Fenster des Zimmers aus sehen. Wenn sie wollte und Otter nicht zu Hause war.

Vom Küchenfenster aus sah sie nur die Frauen, die ihre frisch gewaschene Buntwäsche aufhängten. Die große Wäsche machten sie in Dahlgrens Waschhaus am Abwassergraben, der jetzt überbaut worden war. Die Kinder spielten beim Holzschuppen und vor der Reihe der anderen Schuppen. Sie schrien zu den Fenstern hinauf:

»Mama! Wirf den Abortschlüssel und ein Sirupbrot runter!«

F. A. Otter wurde blaß vor Ekel, man hörte dies Geschrei nicht eben selten, so daß er ihm nicht entgehen konnte. Er tat ihr leid, denn sie wußte, daß es für ihn mühevoll war und er jeden Tag lange Zeit auf dem zugigen Abort zubringen mußte. Sie glaubte nicht, daß es davon besser wurde, daß er verspannt und angeekelt war von dem, was in den Abteilungen nebenan vor sich ging, und er ihr nie sein Leid klagen konnte. Einmal hatte sie ihn, als er nach einer langen Sitzung heraufkam, voller Mitleid gefragt:

»Ist es weich oder hart?«

Er wurde blaß und sprach nicht mit ihr, während er sich umkleidete. Dann verließ er das Haus und war den ganzen Abend fort.

Die Kinder, die im Hof spielten, mochte sie auch nicht. Es war ihr unmöglich, das, was in ihrem Bauch wuchs, mit solchen wie denen da in Verbindung zu bringen. Sie bat Otter, wenn er seiner Mutter schriebe, sie zu fragen, ob sie eine Fotografie von ihm als Kind schicken könne.

»Weißt du, daß ich ihr schreibe?«

Sie schwieg, konnte ja nicht sagen, daß sie die langweiligen Briefe in der Schublade unter dem Rasierspiegel immer las. Sie waren voll von Klagen. Daher wußte sie auch, daß die Mutter von ihrer Existenz vermutlich keine Ahnung hatte, doch das drängte wohl nicht. Es gab trotz allem schlimmere Dinge im Leben.

»Wozu willst du das haben? Eine Fotografie von mir als Kind?«

Sie schlug den Blick nieder, und plötzlich legte er seine Hand auf die ihre.

»Willst du wirklich eine, kleine Tora?«

»Ja«, nickte sie.

Er umarmte sie und wühlte mit den Lippen in ihrem Haaransatz auf der Stirn, murmelte leise. Sie konnte nicht verstehen, was er sagte, und hätte beinahe zu weinen angefangen. Gab es mal einen solchen Augenblick, fürchtete sie, daß er allzu schnell vorüber sein würde.

»Ich werde Mutter schreiben und ihr berichten, daß wir ein Kind haben werden«, sagte er. »Und dann werde ich um eine Fotografie für dich bitten. Freut dich das?«

Sie nickte. Doch im Inneren hatte sie plötzlich Angst, daß er sie für listig halten würde. Das ließ sie böse werden, und so zerstörte sie selbst, worum sie eben noch so besorgt gewesen war. Nichts war mehr einfach. Nichts. Manchmal kam es sogar vor, daß sie es schön fand, wenn er bis spät abends beim Singen war und sie allein sein konnte. Doch die Tage waren einsam und langweilig, und sie starrte auf den Hof, bis die Augen brannten, starrte, ohne etwas zu sehen.

Lundholms Mutte war das einzige Wesen da unten, das sie leiden mochte. Er war schmutzigweiß und schwarz gefleckt und hatte krumme, halblange Beine, einen Ringelschwanz und eine spitze Schnauze. Er war ihr Freund in dem Hof, obgleich er nie etwas von ihr zu fressen bekommen hatte. Sie wollte nicht einmal sein schmutziges Fell anfassen. Doch sie konnte leise mit ihm sprechen.

»Lachst du, Mutte?« fragte sie. Sie erinnerte sich daran, wie er ihre Haarwülste vergraben hatte, und fand, daß sie ihm ebensogut auch die, die sie noch in der Kommodenschublade hatte, geben könnte. Hier hatte sie keine Verwendung dafür. Als Otters Haushälterin.

Für Mutte waren gute Zeiten angebrochen, nachdem so viele Hunde in den Ort gekommen waren, nicht zuletzt Herrschaftshunde, richtige Rassehündinnen. Krummbeinig, aber drahtig sprang er umher und schnupperte in den Höfen nach läufigen Hündinnen, paarte sich mit ihnen, wenn sich die Gelegenheit bot, und zog sie in den Graben hinunter, wenn sie zu lange Beine hatten und er nicht hinaufreichte. Sie kamen nach Hause oder man fand sie auf den Feldern hinter Wärnströms Fabrik, schmutzig, keuchend und miefig. Mutte hechelte von seiner ewigen, unermüdlichen Rennerei. Er zog die Lefzen über seine gelben Backenzähne hoch.

»Du lachst ja, Mutte«, sagte Tora, denn es sah beinahe so aus.

Die Fotografie kam mit der Post aus Göteborg. Sie wußte auch, daß ein Brief dabei war und daß er in der Spiegelschublade lag. Jetzt weiß sie von mir, dachte sie. Doch sie las diesen Brief nicht. Sie hatte schon die Finger auf dem grauvioletten Papier, besann sich jedoch: Was ich nicht weiß, macht mich nicht heiß. Das stimmte aber nicht ganz.

Sie stellte die Fotografie auf die Kommode. Wenn er jedoch abends das Haus verließ, um im Chor oder im Quartett zu üben, nahm sie sie mit in die Küche. Dann stellte sie sie in das Fenster, wohin sie sich nach dem Abwasch mit einer Handarbeit setzte. Der Junge F. A. hatte keine Ähnlichkeit mit den Kindern im Hof. Das war ein sauberes Kind in einem hübschen, faltenreichen Kleid mit großem, besticktem Kragen, der ein wenig verrutscht war. Er hatte sicherlich soeben geweint und sich dagegen gesträubt, auf den Stuhl vor der großen schwarzen Kamera gestellt zu werden. Er hatte lange, blonde Locken. Das war seltsam, denn F. A. hatte vollkommen glattes Haar. Doch vielleicht lag das daran, daß es jetzt so kurzgeschnitten war. Seine großen, gewölbten Augen waren leicht wiederzuerkennen, und die Nase war auch schon bei dem kleinen Jungen gebogen. Also war er es wohl. Ansonsten hätte sie dieser konfusen Frau in Göteborg mit all ihren ängstlichen Briefen leicht zutrauen können, daß sie ihn mit irgendeinem Bruder verwechselt hatte.

Sie betrachtete seine Füße in den kleinen Stiefeln, die auf der einen Seite mit einer ganzen Reihe beinerner Knöpfe versehen waren. Sie fragte sich, ob die Mutter diese kleinen Füße mit ihren Händen umfaßt hatte.

Den Kindern im Hof würde er nicht ähneln, da war sie völlig unbesorgt. Sie glaubte, daß es ein Junge werden würde, er strampelte so kräftig. Er würde nicht eines von diesen schmutzigen Klappergestellen mit Flechten um den Mund werden. Er würde keinen Wurm im Hintern bekommen und sich ständig kratzen, und auch nicht die englische Krankheit. Noch mit fünf Jahren würde er heile Zähne haben, kleine, glänzende Reiskörner und keine braunzerfressenen Zacken.

»Er soll auch nie ein schlechtes Mundwerk haben«, sagte sie eines Sonntagmorgens zu F. A. mit einem Blick auf die Fotografie. Da fing er an zu lachen.

»Das bin doch ich, Tora. Und aus mir ist nichts Besonderes geworden.«

Das ließ sie verstummen. Sie sah ihn an, ohne Zwinkern. Du, der du der Feinste bist, du bist doch... Sie merkte, daß sie dastand und ihn mit offenem Mund anstarrte, er war irritiert.

»Was ist denn?« fragte er.

»Das ist so seltsam«, antwortete sie.

Seine Mutter hatte auch einen langen, bestickten Streifen geschickt, um ihn an die Ofenklappe zu hängen. Er war vielleicht gleichzeitig mit der Fotografie gekommen, sie bekam ihn aber auf jeden Fall erst am darauffolgenden Samstag zu sehen. Da verstummte sie völlig und legte ihn vorsichtig über den Küchentisch, den sie vorher abgewischt hatte.

»Der soll für die Wohnung sein«, sagte F. A.

»Stand das so drin?«

»Ja.«

Sie war fast froh, als er zum Singen ging (wie er sagte, obgleich sie ziemlich überzeugt war, daß er sich mit Ahlquist und Kasparsson im Hotel treffen wollte). Nun war sie den ganzen Abend mit dem Leinenstreifen allein.

Er war etwa fünfzehn Zentimeter breit und fast genauso lang wie sie. Auf der Rückseite war er mit dünner Japanseide gefüttert. Seine Mutter hatte über den ganzen Streifen hinweg eine einzige lange Ranke rosaroter und weißer Blüten mit hellgrünem Blattwerk gestickt. Sie glaubte, daß es Geißblatt darstellen sollte. Es war eine schöne Arbeit und mußte unwahrscheinlich viel Zeit gekostet haben. Sie war mit Plattstichen und kleinen, feinen Stielstichen gemacht.

Sie konnte das Ganze unmöglich in der kurzen Zeit gemacht haben, die vergangen war, seit er ihr geschrieben und berichtet hatte. Oder etwa doch? Die Arbeit so vieler Stunden und so feines Leinen, so dünne Seide!

Für was für ein Kalb mußte er sie dagegen halten!

Sie knüpfte das Band mit den Seidenschnüren, die an dem Stoff festgemacht waren, an die Klappe. Nach einer Weile nahm sie es jedoch wieder ab, um am Fenster die Stiche zu betrachten.

Was hatte sie selbst gemacht? Einige Dutzend Windeln gesäumt und drei Säuglingshemdchen genäht. Hätte sie nur Flikken gehabt, dann hätte sie gewebt! Die Wochen verrannen nur. Jetzt wurde sie von einem heftigen Verlangen nach einer Tätigkeit gepackt. Ich könnte zu Hause Hemden nähen, wenn ich es bloß gelernt hätte, dachte sie. Das sollte ich tun. Ich werde zur Mamsell gehen und mit ihr reden. Sie weiß vielleicht Rat.

Als sie aber die Straße hinaufging zu Mamsell Winlöfs großer Villa, begann sie der Mut zu verlassen. Obgleich sie sich so weit näherte, daß sie das Mädchen draußen auf dem frühlingshaft unordentlichen Rasen die kleine Hündin herumführen sah, traute sie sich nicht hineinzugehen. Sie war schon so dick geworden. Sie hatte ein graues Tuch und die Enden über ihrem runden Bauch über Kreuz gelegt. Nein, sie ging nicht hinein.

Man konnte schon vormittags um elf Uhr schmucke Fräcke und schwarze Lackschuhe auf dem Bahnsteig zu sehen bekommen. Gehetze war um sie herum, Gehetze und Gesang und große Blumenbukette.

Die Postmeisterswitwe Lagerlöf bekam von winkenden Freunden immer Blumen und Tüten mit einem Pfund Schokolade, wenn sie verreiste. Die Tüten gab sie irritiert dem Schaffner, ehe der Inhalt auf der heißen Plüschbank zerschmolz, und die Blumen waren bereits in Sparreholm welk. Es gehörte jedoch dazu, daß man sie mit ein paar Aufmerksamkeiten umgab. Gleichwohl entbehrte die boshafte alte Dame natürlich der Bedeutung, die sie einmal in der Gesellschaft dieses Ortes gehabt hatte, denn ihr Salon bildete keinen Mittelpunkt mehr.

Sie wäre wirklich überrascht gewesen, wenn ein Männerchor oder auch nur ein Quartett sie mit »Ach, komm du holder Herzensfreund« begrüßt hätte, wenn sie von den Besuchen bei ihren Enkelkindern in Stockholm zurückkam. Den jungen Frauen der Männer der Zukunft bei Alexander Lindh und der neuen Angestellten im Ort stand es jedoch zu, ihre Überraschung zur Schau zu stellen, denn jetzt gehörten Aufmerksamkeiten dieses Stils zu der reizenden Ordnung, die in Opposition gegen die Humorlosigkeit und die schreckliche gesellschaftliche Langeweile, wie Mandelstam es nannte, errichtet worden war. Seit zehn Jahren blies ja das Eisenbahnorchester, wenn Alexander Lindh von einer Reise zurückkam, und der Großhändler lauschte mit der Miene eines Generals. Die junge Garde freilich, die mit im Begrüßungskomitee stand, grinste hinter den hektografierten Programmen. Der Quartettgesang war sehr viel schicker. Er konnte ironisch und verspielt sein, und er war immer zum Hinschmelzen schön. Er hatte alles, was einem schmetternden Blasorchester fehlte.

Kasparssons Quartett war das gefragteste. Clarin hatte einen würdigen Nachfolger bekommen. Sie sangen jetzt an den Namenstagen des Apothekers, Winthers und am Oscarstag im Dezember. Von Walburga bis Sofia, wenn die Birken ausschlugen, begrüßte man den Frühling in der frischen Natur, auf Bestellung der Männer für die jungen Damen, von denen ein paar schön waren, von allen aber wurde behauptet, daß sie es seien.

In den Hauptversammlungen der Unternehmen hatte die gesellschaftliche Langeweile früher ihre größten Triumphe gefeiert. Junge, verkaterte Karrieristen hatten einen halben Skandal dadurch verursacht, daß sie während der Rücklagenbildung für den Pensionsfonds der Angestellten eingeschlafen waren. Wenn die Dividende festgesetzt wurde, hielten sie sich im allgemeinen wohl wach, doch hatten sie jetzt den neuen Zeitgeist auch in die Hauptversammlungen eingeschmuggelt, die immer mit einem Essen abgeschlossen wurden. Beim Kaffee trat das Quartett auf. Sogar die Alten schätzten es. Es war nicht sicher, daß die Aktionäre ihre Gefühle, die sie bei der Entscheidung über die Höhe der Dividende beseelten, selbst deuten konnten. Der Gesang aber konnte es.

Es gab auch Gefühle, die das Zusammenleben zu trüben und zeitweilig den Aufbau des gesellschaftlichen Gefüges anzuhalten drohten. Gesang jedoch erzeugt edle Gefühle oder brachte wenigstens die trüben dazu, sich am Grund abzusetzen. Von dort sollten sie nicht eher aufsteigen, als bis das Recht freier Männer zu produzieren, zu führen, zu verteilen, Preise festzusetzen und zu besitzen das nächste Mal von zersetzenden Kräften bedroht würde. Gesang stillt Harm und Qual. Er ertränkt leicht jeden irdischen Schmerz, besänftigt den Sturm in einem Menschenherz. Er vermag geradezu dem Kampf ums Dasein Einhalt zu gebieten.

Denn immer schrillere Stimmen erhoben ein wirres Geschrei nach Zersetzung und drohten die Gesellschaft in ein Schlachtfeld zu verwandeln.

»Aber«, sagte der frühere Stationsvorsteher und Freiherr Gustaf Adolf Cederfalk, »blühende, schöne Täler, das Heim für meines Herzens Ruh', wird es immer geben.«

Er bekam eine Herzattacke. Das war das eigenartigste und schrecklichste Ereignis in seinem Leben. Sein Arm schmerzte, ihm war übel vor Angst, er lag da und horchte auf die Schritte der Hausgehilfin, die die Treppe heraufkam. Sie sah streng aus.

Doktor Hubendick hatte gesagt, daß er sich nicht rühren dürfe und gepflegt werden müsse. Sie wusch ihn. Hilflos sah er mit an, wie sie sein Nachthemd hochzog und seine hutzlige Scham entblößte. Er wagte nicht, sich dagegen zu wehren, denn er glaubte, daß er dann sterben müßte.

Man besuchte ihn, brachte frisch geschnittene Narzissen aus den Gärten und sagte, daß er bald wieder auf den Beinen sein werde und daß ihm der Chor zu seinem Geburtstag am siebten Juni eine große Aufwartung machen werde.

Wir hüllen uns in Schwedens Fahne, im Tode sie uns Brautbett ist, erinnerte sich Cederfalk, und ihm schauderte vor dem Duft der Narzissen. Er war ganz und gar nicht so dankbar, wie er hätte sein sollen, er war trocken wie Asche im Mund. Wenn es möglich wäre, überlegte er, und er weiterleben könnte, würde er statt dessen lieber jedes Jahr den Jahrestag seiner Herzattacke feiern. Denn erst von diesem Tag an hatte er gesehen, was ein Menschenleben ist.

Es war eigenartig, daß er sich nicht schon früher gefragt hatte, was er getan hatte und was aus ihm geworden war. Er dachte an Wärnström und an Alexander Lindh. Die würden wohl ohne Angst sterben können. Ja, er konnte nicht einmal den Gedanken an Angst mit Alexander verbinden. Er würde das große Buch seines Lebens mit zwei säuberlichen Doppelstrichen abschließen und sie mit Löschpapier trocknen, bevor er den Geist aufgab. Er war ein reicher Mann. Er hatte sich seine Stellung selbst aufgebaut.

Wärnström würde wohl vor Jesus hintreten. Dort würde abgerechnet, und seine Sünden, wenn er denn welche hatte, würden zur Schaffung einer Position wie der seinen sowohl für notwendig als auch verzeihlich befunden werden. Er ist auch ein reicher Mann, dachte Cederfalk. Er hat als mein Hufschmied angefangen.

Doch was bin ich?


Wenn Kaparssons Quartett Aufwartungen machte und an Gedenktagen sang, trugen sie Fräcke. F. A. Otter mußte sich seinen leihen, doch an einem der letzten Apriltage fand Tora in seiner Manteltasche den Brief einer Auftragsschneiderei in Eskilstuna. Sie las ihn, es stand darin, daß er den bestellten Frack am Ende derselben Woche anprobieren solle. Man wolle sich bezüglich des Preises, nach dem er sich in seinem geschätzten Schreiben vom zwanzigsten dieses Monats erkundigt habe, nicht festlegen, könne aber gleichwohl sagen, daß die einhundertvierzig Kronen, von denen man anfangs als Richtwert gesprochen habe, in der endgültigen Rechnung nicht in nennenswert höherem Ausmaß überschritten werden bräuchten, wenn sich die letzte Anprobe für beide Parteien als zufriedenstellend erweise.

Tora las ihn noch einmal. Schließlich verstand sie, daß es um einhundertvierzig Kronen ging. Einhundertvierzig.

Sie faltete den Brief zusammen, legte ihn auf den Küchentisch. Als er nach Hause kam, saß sie da, hatte die Hände im Schoß und einen ziemlich stieren Blick. Er hatte es eilig. War das Essen nicht fertig? Na, dann verzichtete er eben darauf. Er war wahrhaftig nicht hungrig. Das machte nichts. Diese heitere Geschäftigkeit des Frühlings bewirkte, daß er seinen Magen vergaß, jedenfalls fast vergaß.

»Willst du nach Eskilstuna?«

Er hielt in der Tür zum Zimmer inne. Da sah er den Brief auf dem Küchentisch. Während der ganzen Zeit, da er ihr in die Augen sah, zwinkerte sie kein einziges Mal, und langsam wurde er vor Zorn weiß um die Nase. Er versuchte, seine Stimme im Zaum zu halten und ruhig zu sprechen.

»Ich weiß, daß du meine Briefe liest«, sagte er. »Hast du nichts anderes zu sagen?«

»Ja, allerdings«, entgegnete sie. »Daß du neunhundert Kronen im Jahr verdienst.«

»Was weißt du denn davon?« fuhr er sie an.

»Ich weiß es eben.«

Da ging er hinein und schlug heftig die Tür hinter sich zu. Er mußte jedoch wieder herauskommen, um das Wasser zu holen, das sie ihm zum Rasieren warm gemacht hatte und um sein Messer abzuziehen. Dabei beging er die Dummheit, daß er zu Erklärungen auszuholen begann.

»Liebe Tora«, hob er an. »Du mußt begreifen, daß es auf die Dauer nicht billiger ist, einen Frack zu leihen. Überdies ist es äußerst unangenehm, von anderen getragene Kleidungsstücke anzuziehen. Du glaubst doch wohl nicht, daß sie zwischendurch gewaschen werden.«

Doch Tora stemmte die Hände in die Seiten wie ein Marktweib und erinnerte ihn daran, daß sie Anfang Juni ein Kind haben würden und noch fast alles, was das Kind brauche, fehle.

»Aber ich werde zu Mamsell Winlöf hinaufgehen! Das tu' ich. Ich werde sie nach ausrangierten Servietten aus dem Hotel fragen, das sind die besten Windeln, die man kriegen kann. Und billig ist es obendrein!«

»Tora!«

»Was ist daran schlecht? Wir sind arm. Du wirst ja bald auf einer Soiree des Wohltätigkeitsvereins singen – sollte das nicht zugunsten einer armen Familie sein? Bitt nur drum, daß du das Benefiz kriegst!«

»Weißt du überhaupt, was das ist?«

»Ich weiß 'ne ganze Menge. Ich bin bei Winther gewesen. Ich weiß auch 'ne ganze Menge über Wechsel und Darlehen. Und ich habe gesehen, wie das geht!«

»Schrei um Gottes willen nicht so.«

Er kehrte ihr den Rücken und begann das Messer am Leder abzuziehen. Nach einer Weile sagte er mit so leiser Stimme, daß sie sich anstrengen mußte, um ihn zu verstehen:

»Vergiß nicht, kleine Tora, daß, wenn du mit dieser Stimme sprichst, für alle Zeit etwas zerbricht zwischen dir und mir. Und im übrigen ist mir nicht klar, was ich jetzt noch dagegen tun könnte.«

»Du brauchst den Frack ja nicht auszulösen, ganz einfach.«

»Nein, so einfach ist das nicht. Ein Frack wird nicht geschneidert. Der wird gebaut. Der wird nicht wie ein x-beliebiges Kleid oder Jackett zusammengenäht. Er wird um einen ganz bestimmten Menschen herumgebaut und läßt sich zu dem Preis nicht an jemand anders verkaufen. Von diesen Dingen verstehst du nichts, und ich bitte dich nun, damit aufzuhören.«

Sie war nach wie vor wütend und dachte gar nicht daran, aufzuhören, denn seine Stimme war kalt und überheblich. Es schreckte sie nicht mehr, diese Grenze hatte sie überschritten. Als er jedoch mit der Schüssel voll Wasser zum Rasieren und dem Handtuch herantrat, sah sie in seinem Gesicht nur Ängstlichkeit. Da verstand sie, erstaunt über sich selbst, daß sie ihn zwingen könnte, es aber aufgrund der Furcht, die sie an ihm wahrnahm, nicht wagte.

Den Frühling begrüßte er im neuen Frack. Sie sah ihn nur, wenn er das Haus verließ, denn so dick, wie sie jetzt war,

265

wollte sie nicht mitkommen, wenn sie in der Öffentlichkeit im Bahnhofspark oder oben beim Schützenpavillon sangen. Auch er wollte das nicht. Tora war letztes Jahr in ihrem graulila Straßenkostüm fast schön gewesen, auf jeden Fall stattlich, fand er, von weitem gut ausnehmend. Es war aber doch undenkbar, die Freunde mit nach Hause zu bringen. Alle würden sich genieren, und Tora nicht am wenigsten, glaubte er. Sie tat ihm jedoch leid, weil sie so allein war in der Nachbarschaft, und er hatte nichts dagegen einzuwenden, wenn Valfrid Johansson von Levander sie besuchte.

»Du solltest jedoch vorsichtiger sein«, meinte er, nachdem ihm zu Ohren gekommen war, daß Valfrid bei ihr gewesen sei, als sie alleine zu Hause war.

»Ach was«, erwiderte Tora. »Wenn ich mich nach diesen Hexen hier richten würde, dann müßt' ich zu frömmeln anfangen.«

Gegenüber Valfrid tat sie jedoch etwas, was sie hinterher tief bereute und was sie selbst befremdete. Sie klagte über Otter. Von dem Frack erzählte sie nichts, sagte aber, daß er oft ausgehe und im Hotel herumsitze und daß das auf die Dauer teuer würde, selbst wenn er nicht trinke. Doch Valfrid verstand ihre Unruhe vollkommen falsch und versuchte sie zu beruhigen, indem er meinte, daß es kein Grund zur Besorgnis sei, wenn er ausgehe.

»Das machen alle jungen Mannsbilder eine Zeitlang. Das ist nur die Lust am Flirten!«

»Ach was«, versetzte Tora, noch nie von einem Gedanken in dieser Richtung heimgesucht. Doch dann wurde ihr vor Angst eiskalt ums Herz, und sie fand, daß sie ein Dummkopf gewesen sei. Sie konnte nicht mehr einschlafen, ehe er nach Hause kam. Wenn sie seinen Frack bürstete und morgens seine Unterwäsche in die Hand nahm, ließ sie die Unruhe, daß sie auf fremde Gerüche stoßen könnte, erstarren.

Sie bat Valfrid, nur dann zu kommen, wenn Otter zu Hause

sei. Auch Valentin mit der Hasenscharte kam manchmal auf einen Sprung herauf, ihm sagte sie jetzt ganz ab. Dann saß sie allein da, hatte ihre Handarbeit auf dem Schoß, ohne daran zu nähen, und dachte an F. A., daran, daß er ihr verwehrte, überhaupt einen Menschen zu treffen.

Manchmal konnte sie zu weinen anfangen, wenn sie ganz durcheinander am Fenster saß. Ihr kamen ein paar Tränen und ganz oben aus der Halsgrube kurze Schluchzer. Sie konnte aber auch wieder aufhören, wann sie wollte, und fühlte sich dann innerlich kalt und eigenartig fremd.

Ihr Bauch war jetzt überaus rund. Sie trug ihn mit leichtem Hohlkreuz vor sich her. Sie war viel dicker als das letzte Mal. Die Haut auf dem Bauch war vollkommen weiß und so gespannt, daß sie glänzte.

Eines Abends in der Dämmerung stand die Großmutter in der Küche. Sie war so leise hereingekommen, daß Tora sie erst bemerkte, als sie zur Holzkiste auf den Flur hinausgehen wollte. Sie stand da in ihrem grauen Tuch und hatte das Kopftuch so weit in die Stirn gezogen, daß das Gesicht in seinem Schatten ganz klein wurde. In der neuen Umgebung sah die alte Frau überhaupt klein aus, fand Tora. Sie hatte einen aufgerollten Teppich unter dem Arm.

»Ja, Ihr wollt wohl sehen, wie ich wohne«, sagte Tora und bat sie ganz herein. Sie blieb jedoch auf der Schwelle zum Zimmer stehen und guckte.

»Das ist Otters Kommode. Und sein Nachttisch.«

Sie gingen wieder in die Küche.

»Ich werd' jetzt Kaffee aufsetzen«, sagte Tora. »Keine Zichorie. Findet Ihr nicht, daß es hier richtig schön ist?«

Sie sah sich selbst um. Sie hatte neue Gardinen, und im Fenster standen zwei Balsaminen.

»Ja, doch«, bestätigte Sara Sabina. »Das is es ganz bestimmt.«

Sie schlich in der Küche herum, fingerte an den Gardinen und befühlte die Handtücher, die neben der Blechschüssel hingen.

»Aber hier zieht's wie Hechtsuppe«, meinte sie.

»Ja, in der Speisekammertür is 'n großer Spalt.«

268

»Kann denn Otter den nicht zunageln?«

»Ja vielleicht«, erwiderte Tora. »Jetzt setz' ich aber den Kaffeekessel auf.«

Sie sah, daß die Großmutter die Flickenteppiche auf dem Küchenfußboden musterte, und sie beeilte sich zu erklären, daß sie nur provisorisch dort lägen.

»Das sind alte Teppiche, in die die Möbel eingepackt waren, die Otter aus Göteborg bekommen hat.«

»Is er aus Göteborg?«

»Ja.«

Die alte Frau setzte sich und sah zu, wie sie mit ein wenig Kleinholz, damit es schnell ging, den Herd einheizte. Es war immer schwierig, den Zug so einzustellen, daß es nicht zu sehr in den Raum qualmte.

»Taugt der Herd nicht?« fragte Sara Sabina.

»Er ist wohl schon ausgebrannt«, gestand Tora. »Drum hat's auch seine Vorteile, wenn man in der Küche ein Zugloch extra hat.«

Da lachte die alte Frau und schuckelte dabei wie eh und je. Sie tranken den Kaffee heiß aus der Untertasse und brockten erst bei der zweiten Tasse ein. Danach nahm Sara Sabina den aufgerollten Teppich und reichte ihn Tora. Sie rollte ihn in ganzer Länge aus. Woher hatte die alte Frau nur die Flicken? Als hätte sie Toras Gedanken gehört, sagte sie:

»Ja, ich hab' 'ne ganze Zeitlang Flicken gesammelt.«

Der Teppich war in dunklen Farben gehalten. Da waren Asche und Erde, Blau war da und eine Spur Braunlila.

»Ja, es is natürlich nur 'ne einfache Bindung«, sagte Sara Sabina. »Rosengang hab' ich nie g'webt.«

Nein. Etwas anderes als Leinwandbindung hatte sie nie gewebt, und sie hatte auch nie Querhölzer gehabt, die Schäfte waren vielmehr mit groben, knotigen Schnüren an den Tritt gebunden. Tora vermutete, daß der Soldat ihr den Webstuhl einst gebaut hatte.

»Findst 'n zu finster?« fragte die Großmutter.

Tora schüttelte den Kopf.

»Ja, man sieht zumindest den Dreck nicht drauf«, sagte Sara Sabina.

Weiße Flicken bekam sie nie. Man sah nur die dunklen karierten und gestreiften Kleiderstoffe und an den Rändern des Teppichs die blauen Arbeitskittel. Dies war wohl ein schwarzer Rock, der auch aufgetragen worden war, oder Toras gefärbtes Konfirmationskleid. Sie selbst hatte jetzt Unterröcke aus rotgestreiftem Flanell, doch wenn sie sich fein machte, trug sie weiße. Zwischen den Flicken der Großmutter fanden sich jedoch nicht einmal die grellbunten westgotländischen Stoffe.

»Ja, da fällt einem vieles wieder ein, wenn man genauer hinschaut«, sagte Tora. »Ich erinnere mich, wie ich daheim unter der Morelle gesessen und Flicken geschnitten hab'. Damals, als Ihr für die Pröpstin in Vallmsta weben solltet. Wie viele feine Stoffe man da zusammengeschnitten hat!«

Sie meinte die gestreiften Schürzenstoffe wiederzuerkennen, sie mußten aber schon alt sein. Sie erinnerte sich, wie es nach saurem Spülwasser oder nach dem Ruß der Herdplatte riechen konnte, wenn sie ihren Kopf unter dem Bauch der Großmutter verbarg. Wie fein aber roch es, wenn die Schürze sauber war und sie sich zum Backen anschickte!

»Ist das Großvaters Hemd?«

»Das kann schon sein.«

»Es fällt einem soviel wieder ein, wenn man den Schuß anschaut«, wiederholte Tora. »Und wenn man z'rechtschneidet.«

»'s gibt g'wiß Spaßigeres, als in alten Fetzen rumzuwühln«, sagte die alte Frau. »Doch die Kette is gut. Die is neu. Und es sind starke Flicken.«

Tora legte den Teppich jetzt zwischen dem Küchentisch und dem Fenster aus und goß ihnen noch eine dritte Tasse ein. Breitbeinig schob sie ihren Bauch vor sich her und war unsicher, weil die Großmutter nicht fragte, wann das Kind kommen werde. Sie bekam es auch mit der Angst zu tun. Womöglich wollte die alte Frau gar nicht zur Entbindung kommen. Womöglich dachte sie, daß Tora nur die Hebamme dabeihaben wollte, jetzt, da sie im Ort wohnte. Auch wußte sie nicht, ob sie den Großvater allein lassen konnte.

»Es kommt in der ersten Juniwoche«, sagte sie unvermittelt.

»Ah ja, ich seh' schon, daß es bald soweit is. Es hat sich g'senkt.«

»Das doch wohl nicht«, meinte Tora ängstlich.

Die Großmutter brockte ihren Zwieback ein und beließ ihn so lange in den letzten Tropfen Kaffee, bis er sich auflöste. Tora sah sie an, doch sie löffelte nur den Zwieback aus und sagte nichts.

»Wollt Ihr nicht kommen, Mutter?« fragte sie schließlich.

»Ja freilich«, antwortete Sara Sabina. »Das werd' ich bestimmt.«

Sonst aber fragte sie nichts, und Tora bildete sich nun ein, daß sie der alten Frau leid tue. Sie wußte, daß sie während dieser Schwangerschaft allzu argwöhnisch und empfindlich war und daß sie genauso schnell weinen wie böse werden konnte. Es war aber schwer, sich des Gedankens zu erwehren, daß sie der Großmutter leid tue. Vielleicht glaubte sie nicht, daß Otter sein Teil beitragen werde.

»Wir werden heiraten, Otter und ich«, stieß sie heftig hervor.

Sara Sabina schwieg. Tora legte das so aus, daß sie ihr nicht glaubte, und ereiferte sich noch mehr. Doch da meinte die alte Frau, daß es egal wäre. Sie erhob sich, denn sie hatte den Kaffee ausgetrunken.

»Besser keinen Ochsn ham, als einen, der nicht auf seinem Weg bleibt«, sagte sie.

Wollte sie sie trösten? Die alte Frau fegte die Zwiebackbrösel vom Küchentisch in ihre hohle Hand, ging zum Herd und warf sie hinein. Ihr Gesicht gab keinen Aufschluß. Aber sie hatte ihr statt dessen vielleicht einen Rat gegeben, einen Rat oder eine Warnung. Was wußte sie über Otter? Tora fühlte die gleiche kalte Angst, an die sie sich seit einiger Zeit hatte gewöhnen müssen, aber sie wollte nicht danach fragen.

»Was meint Ihr eigentlich«, wollte sie nur wissen, und die Tränen stiegen ihr in die Augen, so daß sie unablässig zwinkern mußte.

»Ich hab' nur gesagt, daß man besser keinen Ochsn hat, als einen, der nicht auf seinem Weg bleibt.«

»Das habe ich gehört.«

Dazusitzen und so etwas zu sagen, wo sie doch wußte, wie unmöglich das wäre!

»Man muß doch jemand haben, der den Karren zieht«, sagte Tora. »Das schafft man allein nicht.«

»Oh, dir geht's wohl nicht nur darum«, erwiderte Sara Sabina und suchte Toras Blick. Da schlug Tora die Augen nieder und betrachtete ihre Hände im Schoß, sie senkte aber den Kopf, und die alte Frau, die aufmerksam ihr Gesicht beobachtete, nickte ebenfalls einmal leicht.

»Jetzt muß ich mich aber auf 'n Weg machn. Lans wartet.«

»Is er allein?«

»Ja, ich hab' 'n hing'legt, und er hat 'n Nachthafn und die Uhr daneben. Jetzt muß ich aber heimgehn.«

»Ich werd' einen Jungen rüberschicken, wenn's soweit ist bei mir«, versprach Tora.

»Tu das. Aber wart' nicht, bis 's Wasser abgangn is.«

»Danke für den Teppich«, sagte Tora und nahm ihre Hand.

Als die alte Frau weg war, war sie traurig und begann zu weinen, jene Art leichtgeweinter Tränen, die sie sich während dieser langen und nicht enden wollenden Schwangerschaft beinahe schon von selbst zu entlocken vermochte. Sie saß am Fenster und heulte. Nach einer Weile schämte sie sich jedoch vor sich selbst und schneuzte sich kräftig.

Der Teppich sah finster aus, als sie die Lampe noch nicht angezündet hatte. Die Dämmerung verdichtete die Farben in der Küche. Er hatte fünf gestreifte Felder, die sich über die Länge hin sechsmal wiederholten. Es hatte viel Nachdenken erfordert, die Flicken so einzuteilen, daß die Wiederholungen regelmäßig wurden. Das erste Feld war grau wie die Asche im Herd, dann kam das braune. Es glich dem sauren Moorboden, auf dem Johannes Lans nur mit großer Mühe etwas Eßbares hatte ziehen können. Das schwarze schillerte wie Sonntagskleider, wenn sie in die Sonne kamen. Dann kam das Dunkelblau der Arbeitskittel und der großen Schürzen. Zuletzt war da ein braunlila Ton, dessen Herkunft Tora nicht kannte, der jedoch den Birken im Märzwinter am Hang unterhalb von Äppelrik glich. Sie sah, daß es eine neue Kette war, und wußte, daß Sara Sabina alle fadenscheinigen und zerschlissenen Stellen aus den Kleidern herausgeschnitten hatte. Es waren starke Flicken.

Als F. A. in den Treppenflur trat, begegnete er einer alten Frau. Sie war grau wie Erde. Als sie aufeinandertrafen, ging sie nicht zur Seite, sondern blieb vor ihm stehen. Sie hatte ein Tuch um den Kopf, und man konnte ihr Gesicht kaum sehen.

»Sind Sie Herr Otter?« fragte sie.

Sie musterte ihn frech. Er hatte nicht die Dienstmütze auf, sondern eine schwarze Melone, und trug seinen Mantel über dem Arm. Sie blickte ihm auch unverblümt ins Gesicht. Er kam die Treppe nicht hinauf, als er versuchte, sich an ihr vorbeizudrücken.

»Ja«, sagte sie schließlich und nickte kräftig und gar nicht unfreundlich.

»Tora ist eine tüchtige und gute Arbeiterin.«

Er war zu überrascht, um darauf antworten zu können, und da er es ihr nicht bestätigte, fügte sie hinzu:

»Das werden Sie schon noch merken.«

Das klang scharf. Sie ließ ihn stehen, huschte durch die Flurtür und längs der Hauswand davon.

Als er nach oben kam, stand Tora in ihrer großen, gestreiften Schürze mitten in der Küche. Die Lampe auf dem Küchentisch hatte sie noch immer nicht angezündet.

»Weißt du was!« rief er, doch dann sah er, daß sie den Fuß auf einen kleinen Teppich hielt und ihn zu ihm hinschob.

»Mama is dag'wesn«, sagte sie. »Se hat 'n Teppich mit-'bracht.«

Normalerweise konnte er es nicht leiden, wenn sie zu breit sprach, jetzt aber mußte er lachen. Er ging zu ihr, legte die Arme um sie und versuchte, sie ein paar Zoll vom Boden zu heben.

»Bist du eine tüchtige und gute Arbeiterin, Tora?« fragte er.

»Das will ich doch wahrlich hoffen«, sagte sie, und es klang richtig scharf.

»Ja, die war nicht schüchtern!« lachte F. A. »Die war nicht schüchtern!«

Als er sich den Teppich, den Sara Sabina mitgebracht hatte, angesehen hatte, überlegte sie einen Moment und sagte dann:

»Eigentlich ist sie gar nicht meine Mama. Sie ist meine Groß-mutter.«

Sie bekam Lust, Edlas Fotografie zu holen und sie ihm zu zeigen. Sie ging sogar ins Zimmer und kramte im Halbdunkel das Bild aus der zweiten Kommodenschublade hervor und schlug das Seidenpapier zurück. Sie konnte nichts sehen, denn auch hier war die Lampe nicht angezündet. Doch sie war so vertraut mit dem Gesicht, das im Begriff war, auf dem Stück Pappe zu verlöschen, und mit dessen ernsthaftem Ausdruck, der immer vorhanden war, daß sie glaubte, das Bild zu sehen, als sie es jetzt in Händen hielt.

Sie überlegte es sich anders und schlug das Papier wieder um das Kind Edla und legte die Fotografie wieder an ihren Platz unter den zwei weißen Blusen.

274

Eines Abends, als er weggehen wollte, stand er da, band sich die Fliege unter dem Kragen und pfiff dazu einen Walzer von Widerström. Den kannte sie so gut, daß sie selbst hätte mitpfeifen können. Er war vergnügt. Sie konnte sich nur vorstellen, daß es ihm seit langem nicht mehr so gutgegangen war. Das letzte, was sie von ihm hörte, waren das Klappern der Absätze auf der Treppe und der Walzer aus der Matrosenlyra.

Gegen zehn Uhr kam er zurück, Kasparsson begleitete ihn nach Hause. Es ging ihm so schlecht, daß er nicht allein die Treppe hinaufsteigen konnte, er schaffte es nicht einmal, sich vor dem Freund zu genieren. Tora bat Kasparsson, auf dem Heimweg Doktor Hubendick zu schicken. Sie begann F. A. auszukleiden, doch mit einem Mal wurde ihm übel, und er erbrach sich über die Hemdbrust. Hinterher war er vollkommen starr vor Ekel und Schreck, und es war ihr fast nicht möglich, ihm das Hemd auszuziehen, ohne es zu zerreißen. Doktor Hubendick fragte, ob er viel getrunken habe.

»Das macht er nie!« versicherte Tora.

Er bat, sein Erbrochenes sehen zu dürfen, und F. A. drehte den Kopf zur Seite. Tora zeigte dem alten Doktor in der Küche draußen das Hemd und das körnige, schwarze Gespiene. Er schüttelte den Kopf, sagte aber nichts, was sie beruhigt hätte. Jetzt schlug auch ihr Herz schneller, es schlug so schwer und fest, daß sie es spürte. In der Nacht saß sie bei ihm. Er schlief von der Medizin, die Hubendick ihm gegeben hatte, bald ein, doch sein Puls flatterte unruhig, und der Atem ging stoßweise und ungleichmäßig. Am Morgen ging es ihm schon wieder besser, doch sie wagte es nicht, ihn allein zu lassen, sondern schickte jemand zur Apotheke und zum Einkaufen.

Doktor Hubendick sagte, daß er mindestens zwei Wochen das Bett hüten müsse. Nach den ersten Tagen ging es rasch bergauf mit ihm. Er fand seine Hilflosigkeit peinlich. Er ließ es nicht länger zu, daß sie ihn wusch und daß sie ihm den Nachttopf brachte. Sie mußte dazu übergehen, den Topf zu leeren, während er schlief, und sich nicht anmerken zu lassen, daß sie es getan hatte.

»Arme Tora«, sagte er. »Du brauchst jemand, der dir das Wasser heraufholt, jetzt, wo du so schwer bist. Schone dich ein wenig.«

Doch selbst in seiner Fürsorge für sie klang er geistesabwesend und seltsam. Er hatte sich so schnell verändert, daß sie gar nicht gemerkt hatte, wie es vor sich gegangen war. Sie hatte die ganze Zeit gewußt, daß er kränklich war. Gewöhnlich hatte sie es jedoch als eine äußerliche Empfindlichkeit wahrgenommen, als eine ständig zunehmende Gereiztheit. Sie konnte ihn sich nicht anders vorstellen, nicht einmal vor langer Zeit, als er noch ganz gesund gewesen sein mußte. Daran glaubte sie nicht so recht.

Nun aber hatte er große Angst. Das konnte sie an seiner Stimme erkennen und sogar an seiner Art zu scherzen, als es ihm allmählich wieder besser ging. Auch von der Angst hatte sie gewußt, sie war ebenfalls nicht von seinem Wesen zu trennen. Jetzt war sie jedoch ansteckend. Ein einziges Mal redete er offen, und seine Stimme klang dabei fast nonchalant.

»Ich glaube, in meinem Magen wächst etwas.«

»Nicht doch!«

Als Doktor Hubendick das nächste Mal kam, fragte sie ihn, schloß die Zimmertür ordentlich und fragte mit leiser Stimme, während er sich in der Schüssel mit lauwarmem Wasser, die sie auf den Küchentisch gestellt hatte, die Hände wusch.

»Otter hat ein Magengeschwür«, erklärte Hubendick.

»Er glaubt aber, daß es etwas anderes sei. Er hat Angst.«

»Ja, das kann genausogut sein. Dann schont er sich fürderhin. Und wenn er das tut, dann braucht er vor nichts Angst zu haben.«

Sie traute sich nichts mehr zu sagen. Das Wort, an das sowohl sie als auch F. A. dachten, hätte sie doch nie auszusprechen gewagt.

»Er ist siebenundzwanzig!«

»Ja«, erwiderte der Arzt. »Das kommt vor, daß man schon in jungen Jahren ein Magengeschwür bekommt. Das ist eine Frage der Veranlagung. Er muß sich schonen.«

Ende Mai kam er wieder auf die Beine und begann zu arbeiten.

Sobald er gegangen war, umgab sie wieder dieselbe hoffnungslose Welt. Leute strömten in die Kapelle und wieder heraus. Die Arbeiter kamen aus der Gießerei und von Wärnström. Sie fand, daß sie sich nur langsam dahinschleppten, und erinnerte sich an das Gehetze am Bahnhof, die schnellen Absätze auf dem Fußboden im großen Speisesaal. Sie konnte jetzt nicht dorthin gehen. Diese Welt wurde immer unwirklicher für sie. Sie konnte kaum mehr glauben, daß sie Cléo de Merode gesehen und sich zur Begrüßung hinter dem Kassentresen erhoben hatte, als sie hereinkam und so nahe an ihr vorbeiging, daß die großen Straußenfedern fast Toras Wange streiften. Der König von Portugal, Holger Drachmann und die Gräfin Casa di Miranda! Sie glaubte nicht einmal mehr, daß es sie gab.

Wenn F. A. abends nach Hause kam, saß Tora oft da und starrte aus dem Fenster. Das Essen hatte sie so rechtzeitig zubereitet, daß es wieder kalt geworden war und aufgewärmt werden mußte. Es war dämmrig, und er fand es gar nicht lustig, die Lampe immer selbst anzünden zu müssen.

277

»Was ist denn mit dir?« fragte er.

»Nichts.«

War sie nicht zufrieden? Ach was. Spukte ihr immer noch der Frack im Kopf herum?

»Tora!«

»Ich sitz' doch nur da und drumsle vor mich hin!«

Er wußte nicht, was das war. Er zündete nun die Lampe an, machte sich am Docht die Finger rußig und roch an ihnen, nachdem er sich gewaschen hatte.

»Ja, jetzt ist Schluß mit dem Vergnügen«, sagte Tora.

»Ach ja? Was war denn so ein Vergnügen? Bei Winther mit den Tabletts herumzulaufen?«

»Ich bin nicht mit Tabletts herumgelaufen. Ich war an der Kasse.«

»Ja, ja.«

Sie schwieg eine Weile und schaute weiter auf den dämmrigen Hof hinaus. Jetzt lächelte sie ein wenig.

»Weißt du, was ich für das Vergnügen gehalten habe, als ich klein war?«

»Nein.«

Ach was. Sie konnte ihm doch nichts von dem Kerl erzählen, der seine Alte verprügelte. Das würde er nicht vergnüglich finden. Das war es ja auch nicht. Wenn sie manchmal an die drei Figuren dachte, die sich die kindlichen Gedanken zurechtgezimmert hatten, zog es ihr das Herz zusammen. Da war der Alte, der tanzen wollte und seine Alte mit dem Stock traktierte. Der bucklige, halbseidene Herr war da und lächelte und zauderte. Er war die Schande, ein alter Bekannter. Und die Not, die war noch ein Kind.

»Adam!«

Das hatte sie noch nie gesagt. Es lag ihr einfach fertig im Mund, und es kümmerte sie nicht, daß er sie anstarrte.

»Adam, was sollen wir tun?«

»Was meinst du?«

»Wenn es dir schlechter geht.«

Er schwieg. Sie verstand wohl, daß sie ihm weh getan hatte.

»Ich meine ja nur, bis du gesund bist«, sagte sie. »Im übrigen weiß ich nicht, was mit mir los ist. Man kann so komisch werden, wenn man in anderen Umständen ist. Und immer dasitzen und nichts zu tun haben. Und dann dieser Hof!«

»Mir gefällt es hier auch nicht«, versetzte er. »Aber es ist ja auch nur ein Provisorium. Hier kann ich nicht leben.«

»Aber wo sollen wir denn wohnen?«

Durfte sie »wir« sagen? Da schrie er heftig:

»Ich kann ohne das Meer nicht leben!«

Die Wahrheit aber war: Er konnte nicht leben. Sie stand auf und begann die Pfannen auf dem Herd zurechtzurücken, um sein kaltgewordenes Essen aufzuwärmen.

»Setz dich jetzt hin«, sagte sie. »So können wir nicht miteinander reden.«


Unglücklicherweise wurde er genau zu der Zeit wieder krank, als sie das Kind zur Welt bringen sollte. Die Hebamme kam, zog einen ungeheuren weißen Mantel an, der am Rücken zugeknöpft wurde, und erteilte Sara Sabina herrische Anweisungen, die ihr zwar zur Hand ging und herumsprang, dabei aber kein sonderlich entgegenkommendes Gesicht aufsetzte. Für Tora war es auch nicht viel besser als beim ersten Mal, obwohl die Hebamme zugegen war. Sie war ausgebildet und hatte auch langjährige Erfahrung, verlangte jedoch viele Handlangerdienste und viel Kaffee, verstreute ihre Instrumente und Schalen um sich und sammelte nichts selbst ein. Hinter der geschlossenen Zimmertür lag F. A. und konnte alles hören, was vor sich ging. Tora versuchte, auf ihn bedacht zu sein, doch es war eine schwere und langwierige Entbindung. Sie schrie erst am Schluß, ertappte sich aber immer wieder dabei, daß sie langgezogen stöhnte, um die Wehenarbeit zu unterstützen und den Druck und den Schmerz zu lindern. Sie sah zur Tür. Bis zum

279

allerletzten Moment mußte sie an sie denken. Sie fürchtete, daß sie aufgehen und F. A. mitten in das Chaos aus Wassereimern, besudelten Laken und halbgeleerten Kaffeetassen um sie herum treten würde.

Sie war die ganze Zeit bei vollem Bewußtsein, selbst nach dem letzten, zerreißenden Schmerz und der Erleichterung und Leere, die sie einen Augenblick lang fühlte. Die Hebamme hatte ein großes Handtuch über ihren Schoß gebreitet, sie hatte es aber fallen lassen und konnte sehen, wie die Frau mit dem weißen Mantel das Kind, das von Fett und Wasser und Blut glänzte, holte.

»Es ist ein Junge. Ein recht kräftiger!«

»Geben Sie ihn mir!«

Die Hebamme lachte nur und trug ihn zum Küchentisch, wo das Wasser bereitstand.

»Geben Sie ihn mir«, wiederholte Tora. Sara Sabina stand die ganze Zeit daneben, als sie das Kind wusch und den Nabel verband. Als sie ihn auf die Wickeldecke, über die ein Baumwollaken gebreitet war, legen wollte, um ihm die ganze Montur aus Nabelbinde, Windel, Wickeltuch, Hemd und Decke anzuziehen, ergriff die alte Frau seinen Körper mit Händen, die sich neben denen der anderen sehr mager und dunkel ausnahmen. Sie legte ihn nackt und ohne sich um die Proteste der Hebamme zu kümmern zu Tora ins Bett.

»Er ist groß«, sagte Tora undeutlich, denn sie hatte ganz trockene und aufgesprungene Lippen. »Daß der Kopf groß ist, habe ich schon gespürt.«

Er lag in ihrem Arm und bewegte den Mund, obgleich er nicht schrie. Vorsichtig berührte sie mit der anderen Hand den Scheitel, der war immer noch feucht. Er hatte keine Haare. Unter der dünnen Haut über der Fontanelle pochte es. In den Ohren und der Falte am Hals saß noch etwas Fett. Sie fragte sich, was das sei. Er hatte es am ganzen Körper gehabt. Sie faßte die kleinen Hände an und versuchte die Finger und die Handfläche

280

auszubreiten. Die Zehen waren genauso zusammengekrümmt. Es sah aus, als schliefen sie für sich selbst, obgleich sich der Körper suchend bewegte. Die Oberschenkel waren dünn und rot, und die Hoden und das Glied zwischen ihnen wirkten fast unnatürlich groß. Er zuckte zusammen und zog die Beine an.

»Es ist wohl alles in Ordnung mit ihm«, sagte Tora.

Seinen Bauch fand sie groß, und unter der Haut konnte sie seine Rippen spüren. Sie waren so zart, als wären sie noch aus Knorpel. Sie hatte jetzt Schmerzen. Es war sehr schwer, im Bett so weit nach unten zu rutschen, daß sie ihr Gesicht dem seinen nähern konnte. Die Augenlider waren dick und hatten rote Tupfen, doch ließen sich seine Augen öffnen, und sie sah, daß sie ganz dunkel waren und von einem seltsamen Violettbraun, wie sie es noch bei keinem Menschen gesehen hatte.

»Es soll ihm aber nicht kalt werden«, sagte sie, und die Großmutter nahm ihn und gab ihn der Hebamme, die ihn nun anzuziehen begann.

»Jetzt bist wahrscheinlich müd'«, meinte Sara Sabina.

Der Junge fing kräftig an zu schreien. Die Hebamme versicherte, daß er sich wie ein zwei Wochen altes Kind anhöre.

»Das ist ein kräftiger Brocken, das ist jedenfalls sicher.«

Tora bekam etwas Kaffee, den sie so heiß, wie sie konnte, trank, doch dann kümmerte sie sich nicht mehr darum, was sie mit ihr machten. Sie hatte Nachwehen, und obgleich sie viel leichter waren, fühlte sie sich todmüde und all dessen überdrüssig, was in ihr zerrte und weh tat. Sie wünschte sich, in Ruhe schlafen zu dürfen. Sie wechselten das Laken unter ihrem Po, sie fand das unnötig, weil bald die Nachgeburt kommen würde. Doch es war auch egal, sie machten es so, wie sie es für richtig hielten. Sie wollte nur so gerne schlafen.

Durch das Fenster sah sie den Juniabendhimmel, und einen Augenblick lang sehnte sie sich danach, ans Fenster zu treten und sich hinauszulehnen, um noch mehr davon zu sehen. Einzig und allein die Müdigkeit hinderte sie daran, und daß die Stimmen der beiden anderen Frauen in übereifriger Fürsorge laut werden würden. Dann war es schön, sich danach zu sehnen, daß einen nichts mehr daran hinderte zu erreichen, was man haben wollte.

Sie legten das Kind zu ihr. Nun war er ein großes Paket mit einem kleinen, von sonderbaren Anstrengungen ganz dunkelroten Gesicht. Sie mußte den Kragen mit der Häkelkante umbiegen, um seinen Mund sehen und mit dem Zeigefinger etwas Sabber abwischen zu können.

Es sah aus, als ginge etwas in ihm vor. Er kämpfte und mühte sich ab. Doch womit, konnte sie jetzt nicht mehr wissen. Sein Gesicht hatte einen gleichzeitig selbstvergessenen und bekümmerten Ausdruck. Er schnorchelte beim Atmen, und manchmal kam ein Schluckser. Sie stützte ihn ein wenig unter dem Rücken, so daß das kleine, dunkelrote Gesicht mit den dicken Augenliedern hochkam und der Speichel klar und dünn am Kinn herunterlief. Das beschwerliche und geheimnisvolle Geschehen hielt an. Aber sie hörte ja, daß er richtig atmete, und wenn sie mit den Fingern unter der Baumwolldecke und dem dünnen Stoff des Hemdchens danach tastete, konnte sie fühlen, daß sein Herz schlug.

Auf dem Kirchhof von Backe ruhten die Gebeine jenes Mannes, den man einst mit einer Oblate im Mund unterhalb der Greisengasse auf einer Müllkippe gefunden hatte. Man hatte nie herausgefunden, wer er war und woher er gekommen war, doch den Küster von Backe hatte sein Schicksal gefesselt, und er hatte Pastor Borgström gebeten, ein einfaches Holzkreuz anfertigen und auf das Grab stellen zu dürfen. Der Pastor war damit einverstanden. Er erkundigte sich jedoch nie danach, was der Küster in das Kreuz zu ritzen und mit schwarzer Farbe auszufüllen gedachte. Jetzt stand dort:

EIN BAHNREISENDER
GEST. 1877

Noch zwanzig Jahre lang mußte dieser Kirchhof Leute aufnehmen, die nicht im Kirchspiel geboren waren, und auch einige, die dort nicht einmal gelebt hatten, sondern mit der Eisenbahn angereist kamen. Dann aber schaukelten die Toten zu ihrer Beerdigung nicht mehr auf holprigen Wegen nach Backe. Man hatte einen Friedhof im Ort angelegt, und es war gut, daß der alte Malstuger dies nicht mehr zu erleben brauchte, denn der Herr des Stammgutes ließ zu diesem Zweck das beste Stück Ackerland des Pachtgutes abteilen. Es war ein Gebiet oberhalb der sumpfigen Felder, die im Frühling, wenn sich der Vallmar-

283

see füllte und über die Ufer trat, immer unter Wasser standen. Einige Leute aus Vallmsta kauften ebenfalls eine Grabstätte im Ort, um das Gefühl von Sicherheit zu haben. Denn der Kirchhof von Vallmsta, hieß es, werde von unterirdischen Wasseradern und Strömungen durchzogen, die die Toten wegschwemmten oder auflösten.

Der Hofprediger, der den Friedhof einweihte, wußte vielleicht, daß Malstuger dort oben seinen besten Weizen geschnitten hatte, denn er sagte:

»So ward die Stätte zu einem Acker Gottes.«

Man hatte wohl auch nicht angenommen, daß dieser Boden vor dem Jüngsten Tag noch irgend etwas hervorbringen würde, aber man irrte sich. An einem stillen und kühlen Samstagnachmittag im September 1902 waren einige Angehörige des früheren Stationsvorstehers und Freiherrn Gustaf Adolf Cederfalk dabei, sein Grab zu pflegen, und da machten sie einen Fund. Gerda, die Tochter seiner Schwester, wollte Narzissenzwiebeln einsetzen, plötzlich ging der Spaten durch etwas Weiches, und Gerda bekam Angst. Sie war dafür, das Loch schnell wieder zuzuschaufeln, doch ihr Mann beugte sich vor und guckte, und dann stocherte er mit der spitzen Handerdschaufel herum.

In Cederfalks Grab wuchs eine Trüffel. Bald standen sie da und hielten einen Pilz, groß wie ein kleiner Kinderkopf, in Händen. Sie war zart und duftete, wie es sich gehörte, und wo sie der Spaten durchschnitten hatte, war ihr Fleisch ganz fest. Sie waren gleichzeitig befangen und erfreut. Selbst wenn sie ebenso fein war wie die beste Trüffel aus Périgord, mußte man doch der Pietät wegen ihrem unbeschreiblichen Aroma entsagen; man konnte doch nicht etwas essen, was an der Stelle gediehen war, an der der alte Stationsvorsteher und Onkel langsam verweste. Man einigte sich sogar darauf, nichts von dem Fund zu erzählen, doch das war ungleich schwerer, und bald war es herum. Es gab Menschen, die tatsächlich so respektlos waren, Gerda zu fragen, wo sie die Trüffel gelassen habe.

Es kam schließlich auch Frau Postmeister Lagerlöf zu Ohren, und sie, weit berühmt für ihre ironische Ader, sollte sich zu der Sache äußern. Doch sie war inzwischen alt geworden und eidechsenhaft und so abgestumpft, daß sie meistens nur zu sagen vermochte, was war.

»So viele gute Essen, wie sie der liebe Gustaf Adolf zeit seines Lebens verspeist hat, da nimmt es doch gar nicht wunder, wenn aus seiner Leiche eine Trüffel wächst«, faßte sie jetzt zusammen, und der Atem kam ihr wie eh und je in kleinen Stößen aus der Nase.

Der Hofprediger hatte mit einer feinen Anspielung auf den Kampf zwischen den Klassen, der in der Gesellschaft ausgetragen wurde, gesagt, daß an dieser Stätte, nämlich dem Friedhof, aller Streit ein Ende habe. Derjenige, der sonst wenig oder nichts habe auf der Welt, was er sein eigen nennen könne, finde doch hier einen Platz, dessen ihn keiner berauben könne.

An einem brennend roten Oktobertag 1902 wurde auch der Leichenwagen des Arbeitervereins eingeweiht, für dessen Anschaffung man vier Jahre lang hatte sammeln müssen. Die Einweihung war immer wieder verschoben worden. Zuerst wurden weder die Schreinerei noch die Polsterei rechtzeitig fertig. Dann entschied man in einer Versammlung, daß der Verein für die Feier eine neue Standarte anschaffen sollte, und der Gießer und Fahnenträger John Lundell, genannt Store John, fuhr als Bevollmächtigter des Vereins nach Norrköping und bestellte die neue Fahne in einem Atelier. Er führte den Auftrag peinlichst genau aus.

»Se soll rot sein«, sagte er. »Aber nicht zu rot, und aus Seide soll se sein.«

Das war gegen Frühling. Es kam zu Streikdrohungen und Umgruppierungen, und die Arbeiterkommune wurde gebildet. Store John trat aus dem Arbeiterverein aus und trug statt dessen die sozialdemokratische Standarte nach Svältas Äng, wo Branting sprach. Erst im Herbst war der in seinen Fundamenten erschütterte Arbeiterverein in der Lage, die Vorbereitungen für die Einweihung des Leichenwagens wiederaufzunehmen. Doch nun stellten sich neue Schwierigkeiten ein, die man zuvor nicht bedacht hatte. Man brauchte eine angemessene Einweihungsleiche.

Freilich war vorgesehen, daß in dieser schwarzen Pracht Geringfügigkeiten beherbergt werden sollten – die Verbrauchten, die noch kaum in Erscheinung Getretenen, die Unwissenden und Stimmlosen. Man kam jedoch ins Schwanken, als es sich bei dem ersten Toten nach der Fertigstellung des Wagens um einen Malergesellen handelte, der sich das Leben genommen hatte. Die Zeitung berichtete wie gewöhnlich recht ausführlich über das Ereignis, so daß es nicht zu verheimlichen war. Man beschloß zu warten, doch wartete man mit wohlbegründeter Unruhe, denn Selbstmord war neben der Reise nach Amerika der übliche Ausweg. Und man hatte auch das nächste Mal Pech, als ein halbwüchsiger Jüngling, genannt Dove Lund, bei einem Brand umkam. Es wurde behauptet, daß er das Signal des Brandmeisters nicht gehört habe, und in der Zeitung wurde drei Wochen lang darüber diskutiert, ob überhaupt ein Signal gegeben worden sei und ob die Feuerwehr gut vorbereitet gewesen sei und ihr Äußerstes gegeben habe.

Der Brandmeister machte geltend, daß er Vertrauen genossen habe, bis ein paar Individuen in den Ort gezogen seien und damit begonnen hätten, Schmähgift und die Saat der Zwietracht auszustreuen, indem sie alles Bestehende verhöhnten und auf dessen Umsturz zielten, ohne imstande zu sein, selbst etwas an dessen Stelle zu setzen. Sein Hauptgegner, Spritzenführer in der Feuerwehrmannschaft, behielt jedoch das letzte Wort, weil er der Redakteur der Zeitung war und zweimal in der Woche seine Manuskripte persönlich zum Setzen und Drucken nach Eskilstuna brachte.

Wie auch immer, es wurde zu viel über diesen Todesfall diskutiert. Statt dessen durfte Hjalmar Eriksson, der die letzten zehn Jahre seines Lebens in Wärnströms Fabrik für 30 Öre in der Stunde Ruß gemahlen hatte, den Wagen einweihen. Zwar war er teils ein wenig zu leicht, teils ein wenig zu jung (er wog 41 Kilo und war 35 Jahre alt), aber man kann nicht hergehen und Leichen und deren Würde abwägen, und so wurde ihm die Ehre zuteil.

Nun schaukelte sein leichter Körper, eingehüllt in ein schwarzes Bahrtuch mit Silberfransen, dahin. Der Zug hatte sich auf der Nordseite bei dem Haus hinter der Apotheke, wo er mit seiner alten Mama gewohnt hatte, in Bewegung gesetzt. Als man an Alexander Lindhs Großhandels AG vorbeikam, standen der Großhändler persönlich und das ganze Kontor-personal auf dem Bürgersteig vor dem Haus. Lindh hielt seinen schwarzen Zylinder in der Hand. Auch beim Bahnhofshotel und der Post erwies man der Prozession Ehre, indem das Per-sonal auf die Straße heraustrat. Am Bahnübergang saßen kleine Jungen auf den Schranken, und unten am Hang bellte Mamsell Winlöfs kleine Hündin hysterisch, als die Equipage vorbeischaukelte.

Man überquerte die Adolfsgata und die Carolinegata und damit die letzten Straßen, die nach der Familie des Großhänd-lers benannt waren, und zog hinüber in das Viertel auf der Süd-seite, dem Wärnström Namen gegeben hatte, und an seiner Backsteinvilla auf dem Hügel vorbei. Dort sah man, daß Wärn-ströms ältester Sohn auf dem Rasen zwischen den Thujabü-schen sein Reitpferd anhielt und stramme Habachthaltung ein-nahm, während der Zug passierte.

Der letzte Teil der Strecke führte über den holprigen und ausgefahrenen Vanstorpsväg, und dann war man beim Fried-hof, wo als erster Sture Johns Nachfolger mit der lachsfarbe-nen Standarte eintrat, die sich wie ein Rahsegel im Wind bauschte.

Damit war der Rußmahler Eriksson am Ort seiner Bestimmung angelangt, wo sein leichter, trockener Körper, der den Wagen eingeweiht hatte, niemals einen Nährboden für seltsame Pilze abgeben würde.

Es war an einem Sonntagnachmittag im Juni 1903, Toras Hochzeitstag. Sie stand in der Küche und bügelte ihr schwarzes Kleid und wünschte sich, daß Fredrik nicht die ganze Zeit auf dem Fußboden herumkrabbeln und ihr die Teppiche verwursteln würde, wenn sie hin- und herging und das erkaltende Eisen gegen das heiße austauschte, das auf dem Herd stand. Es roch nach warmer Wolle und feuchten Dämpftüchern.

Das letzte Mal hatte sie das Kleid unmittelbar nach Fredriks Geburt vor einem Jahr gebraucht, als ihr alter Großvater gestorben war. Das erste, woran Tora teilgenommen hatte, nachdem sie Sara Sabinas Stärkungsbrei gegessen und das Bett verlassen hatte, war seine Beerdigung gewesen. Das gefiel ihr nicht.

Sie hatte sich nichts zum Anziehen besorgen müssen, da sie noch immer das schwarze Kleid hatte, das sie zu Mamsell Winlöfs Zeiten als Serviererin getragen hatte. Damals hatte sie keine Zeit gehabt, es zu ändern, doch diesmal hatte sie bei Elfvenbergs Manufaktur- & Trikotwaren ein Stück schwarzer Duchesse gekauft und aus der Seide neue und ziemlich große Puffärmel genäht, die sie dann mit dem Unterteil der alten Ärmel aus Wolle verlängert hatte. Sie hatte auch zwei Einsätze aus schwarzer Seide in das Mieder eingearbeitet und es an den Seitennähten ausgelassen.

Während vieler Monate nach Fredriks Geburt hatte sie sich

nicht darum gekümmert, das Gespräch auf das Thema Heiraten zu lenken, denn genau wie sie erwartet hatte, war nach seiner Geburt alles besser geworden. Otter machte sich nicht davon. Eine Zeitlang hatte sie große Angst gehabt, denn sie wußte, daß im Viertel über ihr erstes Kind getratscht wurde, und sie glaubte, es würde ihm zu Ohren kommen.

Auch war ihr bewußt, daß die Erleichterung zum Teil darauf beruhte, daß sie aus Haß oder Selbstmitleid keine Tränen mehr vergoß und daß sie die Leute reden ließ. Sie war dahinter gekommen, daß Stolz ein Kleinod war, das auf viele verschiedene Arten herausgeputzt werden konnte. Sie dachte oft an Sara Sabinas Worte, daß es besser sei, keinen Ochsen zu haben. Im April aber hatte sie allmählich begriffen, daß sie wieder schwanger war.

Sie hatte lange gestillt und sich deshalb absolut sicher gefühlt. Als sie sich schließlich gezwungen sah, F. A. zu erzählen, was los war, war ihr so bange, daß sie erst stundenlang überlegte, wie sie es ihm sagen sollte. Dann bekam sie es doch nur kurz und knapp heraus, während sie beim Essen saßen. Er reagierte, wie sie instinktiv erwartet hatte, er ließ den Löffel in den Teller fallen, ging dann ins Zimmer, legte sich hin und wandte der Tür zur Küche den Rücken zu.

Tora lief haßerfüllt dort draußen umher, spülte das Geschirr und räumte auf. Ihr Haß hielt jedoch nur so lange an, bis sie in das Zimmer kam, um das Bett herumging und sein Gesicht sah. Er mußte geweint haben.

»Ich weiß nicht, was ich machen soll«, sagte er.

Fast das ganze Frühjahr war er krankgeschrieben gewesen. Sie nahm an, daß er sich Geld lieh, um die Miete zu bezahlen, und hoffte, daß es keine Wechsel waren, denn vor denen hatte sie einen Schreck. Sie selbst hatte Kostgänger zum Mittagessen aufgenommen, obgleich dies für F. A., der jetzt so viel zu Hause war, sehr unangenehm war.

In einem Zimmer von Lundholm wohnten vier Gießer. Sie

holten ihr Essen immer in Blechnäpfen bei einer Schreinerswitwe aus dem Nachbarhaus, die in ihrer Küche keinen Platz für sie hatte. Tora wußte, daß sie schmutzig war, und sie fand es auch erbärmlich, die Gießer, alles gute Freunde von Valentin, dasitzen und in Blechnäpfen rühren zu sehen, die sie im Kachelofen aufwärmten. Doch sie waren besessen von dem Gedanken zu sparen, denn sie wollten sich alle vier eine Fahrkarte nach Amerika verschaffen und zusammen fahren.

Als sie bei Tora zu essen begannen, weigerte sich F. A., gleichzeitig mit ihnen am Tisch zu sitzen. Sie servierte ihm im Zimmer, wies ihn aber darauf hin, daß die Gießer sein Essen bezahlten. Sie war spitz geworden und hatte oft etwas zu bereuen, wenn sie mal wieder etwas im Jähzorn gesagt hatte. Eigentlich glaubte sie hinterher, ihn zu verstehen, denn die Gießer hatten furchtbare Tischsitten. Sie benutzten ihre Klappmesser und rührten nur selten das Besteck an, das sie ihnen hingelegt hatte. Nach dem Essen blieben sie gewöhnlich noch sitzen und zündeten ihre Pfeifen an, anfangs machte sie das nervös. Doch sie unterhielt sich gern mit ihnen, und wenn sie gegangen waren, lüftete sie, stellte die Stühle an ihren Platz und nahm das Tuch, das sie über den Bezug des Küchensofas gebreitet hatte, mit dem Gefühl des Bedauerns weg, denn in diesem Winter waren die Abende lang und still.

Ende April ging es F. A. etwas besser und sie brachte ihn dazu, mit ihr auf der Nordseite einen Spaziergang zu machen. Sie trafen Stationsassistent Finck, und F. A. mußte stehenbleiben, weil Finck· wissen wollte, wie es um seine Gesundheit stehe. Da stellte er Tora als seine Verlobte vor. Sie hatte zu Finck nicht mehr gesagt als guten Tag. Jetzt verstummte sie gänzlich, stand da, blickte zu Boden und spürte, wie ihre Wangen glühten, daß sie dunkelrot sein mußten. Sie ärgerte sich über sich selbst, konnte aber nirgends in sich den Stolz finden, von dem sie den ganzen Winter über gelebt hatte.

Finck fragte nach F. A.s Mutter und nach einigen Verwandten, von denen sie noch nie etwas gehört hatte. Erst hinterher fiel ihr auf, daß keiner Fredrik erwähnt hatte, doch das war ganz natürlich. Denn was hätte er auch sagen sollen? Wie geht es dem Kind deiner Braut, mein lieber Otter?

Er bat, sie zu einer Erfrischung in den »Winthergarten« einladen zu dürfen. Sie traten zusammen ein, doch war keiner von ihnen guten Mutes, auch wenn Finck die ganze Zeit redete. Sie erregten einige Aufmerksamkeit. Hinterher ging das Gerede lange und krumme Umwege, bis es über Emma, die Frau des Malermeisters Lundholm, zu Tora zurückkam. Sie hielt sich zuerst bedeckt, wollte zum Reden gedrängt werden. Als Tora keine Anstalten dazu machte, gestand sie trotzdem so, als stünde sie unter gewaltigem Druck, daß Finck gesagt habe, daß das Mädchen, mit dem Otter sich verlobt habe, sehr einfach sei, denn sie könne nicht einmal ein Glas Wein trinken.

»Ein Glas Wein trinken?« fragte Tora dumm.

»Ja, auf die richtige Art, Sie verstehen schon.«

Tora konnte sich nicht mehr als einer Art, ein Glas Wein zu trinken, entsinnen. Sie traute der Frau des Malermeisters nicht ganz. Finck war ein sehr netter Mensch. Doch es waren sicherlich andere Augen auf sie gerichtet gewesen.

Sie hatten das Aufgebot bestellt. F. A. hatte sich vielleicht dazu gezwungen gefühlt, das wußte sie nicht und wollte es auch nicht wissen. Er hatte in leichtem Ton davon gesprochen. Es klang wie nach einer Notlösung, als sei er davon überzeugt, daß sie zusammen vor Ablauf der drei Wochen noch eine bessere Lösung finden würden. Er tröstete sie fast ein wenig, als sie vom Pfarramt nach Hause gingen, und dann erwähnten sie die Sache nicht mehr.

Jetzt war es Sonntagnachmittag. Sie fragte sich, ob er vergessen habe, daß sie um fünf Uhr im Pfarramt sein sollten. Sie glaubte es eigentlich nicht. Aber vielleicht wollte er sich erst von ihr daran erinnern lassen. Sie beschloß, nichts zu sagen. Nachdem sie das Kleid gebügelt hatte, setzte sie sich auf das

Küchensofa und brachte am Halsbündchen einen kleinen, weißen Spitzenkragen an. In der zweiten Kommodenschublade
verwahrte sie in einer Schachtel ein Stück Tüll, sie konnte sich
aber noch immer nicht entschließen, es hervorzuholen. Außerdem hatte sie ein ziemlich langes, weißes Seidenband gekauft.

Fredrik spielte mit leeren Garnrollen auf dem Fußboden. Er
glich nicht dem Kerlchen auf der Fotografie. Wenn er einen ansah, hatte man den Eindruck, als hielte er die Augen offen ohne
zu zwinkern. Doch Tora wußte, daß das eine Sinnestäuschung
war. Sie betrachtete sich bisweilen im Rasierspiegel auf der
Kommode: da begegnete ihr der gleiche unerschrockene, weit
aufgerissene Blick. Ihre Augen waren fahler geworden während dieser dritten Schwangerschaft, fast grau. Sie mußte an
alte Hündinnen denken, die oft Junge geworfen hatten, und an
deren hellgelbe Augen. Sie erschrak.

Sie wollte den Jungen füttern und ihn dann zu Emma Lundholm hinunterbringen.

»Willst du ein wenig Milchsuppe haben, wenn Fredrik ißt?«
fragte sie in das Zimmer hinein.

Er nahm dankend an, verlor aber kein Wort darüber, daß
das Mittagessen aufgeschoben wurde. Eine trübe Erbitterung
erfüllte sie. Auf eine Sache aber konnte sie sich verlassen. Das
war seine Pünktlichkeit und die Sorgfalt, die er auf seine Kleidung verwandte. Früher oder später würde er sie fragen, ob sie
seinen Frack gebürstet habe und ob seine gestärkten Sachen in
Ordnung seien. Sie konnte warten.

Nachdem sie die Suppenteller abgespült hatte, brachte sie
Fredrik zu Emma Lundholm, obwohl noch gut und gern drei
Stunden Zeit waren. Sie setzte sich auf das Küchensofa und
begann sorgfältig die Nähte des schwarzen Kleides zu versäu-
bern, um sich die Zeit zu vertreiben. In der Speisekammer
hatte sie etwas Essen bereitgestellt. Eine Kalbssülze und kleine
Frikadellen waren auf einer Platte angerichtet. Am Samstag-
abend hatte sie Heringe eingelegt. Bei Levander hatte sie eine

Flasche Sherry einer Marke, die ihr als recht gut empfohlen worden war, gekauft. Wenn auch sonst nichts, die Flasche mußte er gesehen haben, denn sie stand zusammen mit einem festgebundenen Strauß Tausendschön auf der Kommode neben dem Rasierspiegel.

Sie fand, daß sie einander, jeder auf seiner Seite der Wand, belauerten wie Katz und Maus. Es erfüllte sie mit Abscheu, doch sie konnte sich nicht überwinden, etwas zu sagen. Er raschelte da drinnen mit seinen Zeitschriften und manchmal hörte sie, wie er durch die Nase schnaubte, als lachte er vor sich hin. Er las die Lokomotivführer- und Maschinistenzeitung, von der er sich ganze Jahrgänge ausgeliehen hatte, als er das letzte Mal das Bett hatte hüten müssen.

»Tora!« rief er. Seine Stimme war munter und hell, und es versetzte ihr einen Stich, daß er so unbekümmert klang. »Was machst du da draußen?«

»Ich nähe.«

»Kannst du nicht herüberkommen?«

Sie zögerte, nahm aber dann das Kleid mit in das Zimmer und setzte sich aufs Bett. Garnrolle, Schere und Fingerhut reihte sie auf der Platte des Nachttischchens auf und hütete sich aufzublicken. Dann fädelte sie einen neuen Faden ein und hielt dabei das Nadelöhr gegen sein Kopfkissen, um besser zu sehen. Die Tagesdecke benutzten sie nicht. Er mußte sich oft mitten am Tag hinlegen, und deshalb hatte sie sie zusammengelegt und in der untersten Kommodenschublade verstaut.

»Das mußt du dir mal anhören«, sagte er, und sie verstand, daß er ihr wieder etwas vorlesen wollte.

»Mag ein Lokomotivführer noch so alt sein und sich noch so sorgfältig sowohl mit der praktischen als auch mit der theoretischen Seite seiner Wissenschaft vertraut gemacht haben —«

Er saß im Schaukelstuhl am Fenster und versetzte den Kufen jedesmal, wenn er von der Zeitung aufblickte, um zu sehen, ob sie ihm folgte, einen kurzen und heftigen Stoß.

»– so ist es doch nicht möglich, einen Blitzzug ohne das Gefühl von Beunruhigung und Ehrfurcht zu sehen, wenn in einem Augenblick aus einem dunklen, lautlosen Punkt in der Ferne ein Phänomen wird von der Geschwindigkeit eines Zyklons und wie ein heulendes Ungeheuer, das die Erde unter den Füßen erbeben und die Bäume entlang der Bahnlinie sich wie unter einem plötzlichen Sturm beugen läßt –«

Tora nickte zum Zeichen, daß sie ihm nach wie vor zuhörte.

»– worauf es nach einem Augenblick puren Lärms und Getöses binnen weniger Sekunden wiederum nichts anderes ist als ein dunkler Punkt in der Ferne!«

Er schlug die Zeitung auf den Knien zusammen und klopfte darauf.

»Tora!«

»Ja.«

»Wie lange dauert es, bis Fredrik groß genug ist, um dies zu begreifen?«

»Niemals«, erwiderte Tora.

»Was?«

»Das wird er nie begreifen.«

Wie immer glaubte er erst, daß sie es ernst meinte, weil ihr Gesicht ernst war. Dann brach er in Gelächter aus.

»Hat denn die Mama des Jungen begriffen, was ich da gelesen habe?«

»Ja, so ungefähr«, antwortete sie, und ihr wurde warm ums Herz. Sie bereute ihre Erbitterung und das düstere Lauern auf ihn am Vormittag.

»Ich hab' dir deinen Frack gebürstet und gelüftet«, sagte sie.

»Dann werde ich nach Hemd und Kragen sehen.«

Er erhob sich und ging mit Schritten, die leicht und federnd schienen vor Heiterkeit durch das Zimmer. Wenn er krank war, blieb Tora stets ohne Tränen und praktisch. Es wurde aber immer schwerer für sie, ihn zwischendurch so lebhaft zu sehen. Er bewegte sich, als gäbe es gar keine Krankheit.

Sie legte seinen Frack aufs Bett, und er kramte selbst das gestärkte Hemd und einen Kragen aus der Schublade. Er gehörte nicht zu denen, die in letzter Sekunde nach Kragen und Manschettenknöpfen suchten. Alles Zubehör befand sich in einer kleinen Schale aus Preßglas auf der Kommode. Sie wollte ihn fragen, was er dazu meinte, wenn sie versuchte, das Stück Tüll zu einem kleinen Schleier zu arrangieren, oder ob sie es lieber lassen sollte. Dann genierte sie sich aber und traute sich nicht.

»Meine Schuhe«, sagte er.

Sie glaubte, sie hätte alles bis ins kleinste Detail durchdacht, doch erst jetzt fiel ihr ein, daß sie sie Valentin geliehen hatte. Sie standen wohl noch in einem Paket in der Rumpelkammer auf dem Flur. Der ganze Spätwinter stand ihr wieder vor Augen. Ihre Verzweiflung, als F. A. krank im Bett lag. Sie war feindselig gewesen, zuerst gegen ihn und dann gegen ihren eigenen Körper, der etwas signalisierte. Sie durfte nicht schon wieder schwanger sein. Doch sie war es. Gleichzeitig war sie immer mehr davon überzeugt, daß er nicht mehr hochkommen würde.

Valentin hatte sie besucht. Seine Mutter war gestorben. Es würden nicht viele zu Banvalls-Britas Beerdigung kommen, sagte er bitter, und er selbst könne nicht hingehen, da er keine geeigneten Schuhe zum Anziehen habe. Das hielt sie nicht für so schlimm, doch er streckte die Beine aus und zeigte seine Füße. Sie hatte ihm recht geben müssen.

Da lieh sie ihm F. A.s feine, schwarze Schuhe. Es war unvorstellbar, daß er jemals wieder zum Quartettgesang gehen würde. Niemand vermißte die Schuhe, obgleich es mehr als einen Monat dauerte, bis Valentin sie zurückbrachte. F. A. wußte nicht, daß sie weggewesen waren.

»Ich werde sie dir putzen«, sagte Tora und ging hinaus in die Rumpelkammer. Valentin hatte sie in zwei Zeitungen eingewickelt und eine Zuckerhutschnur darumgebunden. Als sie das Papier entfernt hatte, glaubte sie zuerst, er habe versucht, sie hinters Licht zu führen. Doch das war eigentlich nicht Valentins Art. Die Schuhe waren völlig zugrunde gerichtet. Er mußte sie den ganzen Monat über jeden Tag getragen haben. Seine großen Fersen und Frostbeulen hatten sie ausgebuchtet und merkwürdig verformt. Sie waren fleckig und abgescheuert. Er hatte sie völlig verhunzt.

In solchen Schuhen heiratet er nie, dachte sie und glaubte, in der engen Rumpelkammer ersticken zu müssen, denn sie hatte die Tür hinter sich zugemacht, als sie das Paket geöffnet hatte.

Das macht er nicht. Da ist er zu penibel.

Sie dachte an Valentin, an seine Hasenscharte und Gutmütigkeit, daran, daß er schlampig und ahnungslos war. Doch das nützte jetzt nichts.

»Auf dem Frack ist ein Fleck«, sagte er, als sie hereinkam. »Kannst du den entfernen?«

»Den habe ich nicht gesehen.«

Er zeigt ihr den Ärmel. Als sie mit dem Nagel des Zeigefingers daran kratzte, wurde er weiß.

»Punsch«, stellte sie fest.

Sie entfernte ihn mit warmem Wasser.

»Wenn du Wasser haben willst zum Rasieren, jetzt ist welches da.«

Dann schaute sie auf den Wecker, der auf dem Brett über dem Herd stand. Es war kurz nach drei Uhr. In aller Eile zog sie sich bis auf den Unterrock aus und schlüpfte in das schwarze Kleid. Sie hatte vorgehabt, einen Kessel Wasser warm zu machen und sich zuerst gründlich zu waschen, doch nun mußte es ohne gehen. Sie hatte es eilig.

»Ich muß noch etwas erledigen«, sprach sie in das Zimmer hinein und ging mit dem grauen Tuch über dem Arm weg. Sie schloß die Küchentür, bevor sie seine Antwort hörte.

Es war für sie selbstverständlich, über die Gleise auf die Nordseite zu gehen, wenn sie Hilfe benötigte. Sie ging zu Levander, klopfte und fragte, ob Valfrid da sei. Er war nach wie vor Junggeselle und hatte zwei Zimmer im Obergeschoß der Villa. Levanders Dienstmädchen sagte ihr, daß er ausgegangen sei, und ihr Mund wurde trocken.

»Das macht nichts«, erwiderte sie. »Ich wollte nur ein Paar Schuhe holen.«

Er würde es verstehen. Es spielte keine Rolle, wenn sie jetzt Verwirrung stiftete, es war eilig.

»Was für Schuhe denn?« fragte das Dienstmädchen.

»Ich kann sie zeigen«, antwortete Tora und ging schließlich mit nach oben. Sie war schon einmal hier gewesen und wußte, daß er den Schlüssel unter dem Teppichrest vor der Tür liegen hatte. Doch vor dem Dienstmädchen wollte sie nicht zeigen, daß sie das wußte, denn dann könnte es ein übles Gerede geben. Darum standen sie da und maßen einander mit den Augen.

»Ja, es ist natürlich abgeschlossen.«

»Vielleicht hat er den Schlüssel oben im Türfutter«, meinte Tora. Das Mädchen wußte jedoch, wo er sich befand, es war an ihren Augen abzulesen.

»Dann vielleicht unter dem Teppich«, sagte Tora und veranlaßte sie immerhin, sich zu bücken und den Teppichrest hochzuheben. Tora schloß selbst auf. Die andere stand mit verschränkten Armen da und guckte zu, wie sie in Valfrids Schrank wühlte. Als sie die Schuhe gefunden hatte, sah sie sofort, daß sie unmöglich taugten. Wie konnte Valfrid nur so lächerlich große Füße haben? Daß sie daran nicht gedacht hatte! Er war ja groß, das täuschte vielleicht über das Ausmaß seiner Füße hinweg.

»Das sind nicht die richtigen Schuhe«, sagte sie undeutlich.

»Er hat wohl keine anderen als diese hier und dann die, die er anhat«, entgegnete das Mädchen.

Tora rannte fast weg von dort und versuchte, sich noch auf jemand anders zu besinnen, der ein Paar feiner, schwarzer Schuhe hatte. F. A.s eigene Freunde, die Quartettsänger? Das war für sie zumindest unmöglich. Auf halbem Weg über die Gleise machte sie wieder kehrt und begann in Richtung Lindhsches Haus und Bierkellerhang zurückzulaufen. Dort oben wohnte ein Schuster, zu dem sie immer ging.

Sie durfte in die Küche kommen, wo sie gerade beim Essen saßen. Sie fragte sich, warum sie so früh aßen und ob die Hausfrau krank sei, weil sie sitzen blieb und sich von ihm das Essen vom Herd holen ließ. Es roch sauer. In die Werkstatt wollte er sie nicht hineinlassen. Er war durch seine Frau mißtrauisch gemacht worden.

»Zu was will se denn die Schuh?«

»Se will 'n Paar leihn, weil se heiratn wolln, sagt se.«

Sie sah sich gezwungen, die Geschichte mit Valentin zu erzählen. Sie guckten aber noch genauso mißtrauisch und zwinkerten unablässig mit den Augen.

»Schaun Se, das kann ich nicht machn«, sagte der Schuster. »Das sind ja nicht meine Schuhe. Das kann ich nicht auf meine Kappe nehmen.«

»Er muß ja nicht einmal gehen damit«, drängte Tora. »Lediglich die paar Minuten anhaben!«

Doch die beiden schwiegen nur. Ihre Entscheidung stand fest.

Als sie weiterlief, dachte sie sich, daß sie die Sache weitertragen würden. Das würde eine Geschichte geben. Daß Tora Lans, als sie heiraten wollte, herumrannte und Schuhe für ihren Bräutigam zu leihen versuchte, das habt ihr sicher schon gehört? Doch das kümmerte sie nicht, zumindest im Moment nicht, da sie durch die Sträßchen halb lief, halb ging und jemand suchte, bei dem sie anklopfen könnte. Es war heiß an diesem Sonntagnachmittag.

Auf den Höfen roch es nach Kehricht und Flieder. Die eine oder der andere hatte sich einen Küchenstuhl herausgeholt und saß auf der Vortreppe und guckte. Tora begann in ihrem schwarzen Kleid zu schwitzen. Sie hatte noch bei einigen Leuten gefragt, ob sie nicht ein Paar guter, schwarzer Herrenschuhe hätten, die sie ihr ausleihen könnten. Doch das war gar nicht so leicht. Sie waren alle so groß. F. A. hatte doch so kleine und schöne Füße. Es war nicht ganz einfach, dies einem wohlwollenden Menschen zu erklären, der mit einem Paar feiner, in Packpapier eingeschlagener Stiefel ankam. Und wenn sie nicht zu groß waren, dann waren sie abgetragen und verbraucht oder schiefgetreten und hatten große Löcher in der Sohle, die unweigerlich zu sehen sein würden, wenn er sich im Trauzimmer hinkniete. Noch viel schwieriger war es zu erklären, wie penibel er war.

Die Zeit verrann, sie war sich darüber im klaren, traute sich aber gar nicht danach zu erkundigen, wie spät es war. Voller Haß dachte sie an den Schuster und nahm an, daß er religiös war. Und die Zeit, die Zeit. Sie mußte bald zu Hause sein mit den Schuhen, wenn sie überhaupt pünktlich sein wollten.

Es war so gräßlich, daß es gar nicht mehr wahr war. Sie war dazu verurteilt, in dem sonntagsstillen Ort straßauf, straßab zu laufen und nach Schuhen zu suchen, die fein genug für ihn waren. Da fiel ihr der Auktionator ein, und sie lief zu ihm. Er begriff zwar nicht, was sie wollte, ließ sie aber in sein Magazin.

»Schuhe«, sagte sie. »Für einen Mann. Feine, schwarze Schuhe.«

Er hatte haufenweise Schuhe. Sie wühlte in den Habseligkeiten toter Männer herum, aber nun war es völlig aussichtslos, obgleich sie Massen an Schuhen hatte, zwischen denen sie wählen konnte. Unmögliche Schuhe, unvorstellbare Schuhe, mit Zehenpartien lang wie Rüssel, breite, unnütze Schuhe.

»Es geht nicht«, sagte sie.

Er blieb in der Tür zum Magazin stehen und starrte ihr nach, als sie wegging. Am Bahnübergang mußte sie warten, da ein Zug aus Richtung Stockholm kam. Wenn es der 4.58er ist, dann ist es schon zu spät, dachte sie, wandte sich aber nicht nach der Bahnhofsuhr um. Sie hatte aufgegeben und ging nun ruhiger über den Markplatz zurück. Er hatte die Schuhe wohl noch nicht gefunden, denn sie hatte sie in die Holzkiste gesteckt. Doch sie müßte sie ihm zeigen. Sie konnte es ebensogut hinter sich bringen.

Er würde wahrscheinlich rasend werden und etwas sagen. Sie wußte, was er sagen würde, es lag zumindest nahe.

»Hast du sie selbst getragen?«

Wie böse er aber auch werden würde und was ihm auch einfallen würde, um sie zu verletzen und zu demütigen, die Wahrheit konnte ihm auf Dauer nicht verborgen bleiben. Und die war zu grausam. Sie hatte nicht geglaubt, daß er wieder auf die Beine kommen würde, als sie seine Schuhe verliehen hatte.

Langsam stieg sie die Treppen hinauf und hörte durch die dünnen Wände, wie Fredrik drinnen bei Lundholms gluckste vor Lachen. Sie würde ihn wieder abholen, wollte aber zuerst die Sache mit F. A. aus dem Weg räumen. Er saß wahrscheinlich mit seinen Zeitschriften da und wartete, fertig angezogen, im Frack und mit gestärkter Hemdbrust, aber nur in schwarzen Strümpfen.

Die Uhr auf dem Brett tickte laut und hart, als sie eintrat. Sie zwang sich, nicht nach ihr zu sehen. Die Nachmittagssonne schien in das Zimmer. Sie legte ihre Strahlen in einem breiten Streifen über das Bett und quälte ihn immer, wenn er krank daniederlag, so daß sie die Rouleaus herunterlassen mußte. Die blendende Sonnenbahn über dem Bett bewirkte, daß sie ihn erst nicht entdeckte.

Er lag auf der Seite, und die Hemdbrust war bucklig geworden. Sie sah keine Spur von Erbrochenem, doch sein Gesicht war grau und feucht.

»Was ist los?« fragte sie. »Bist krank?«

Er nickte mit geschlossenen Augen. Sie zog die Rouleaus herunter, so daß das Zimmer in blaues Dämmerlicht getaucht wurde. Ob sie Angst hatte oder wütend war, konnte sie nicht mehr ausmachen.

»Wir können nicht gehen«, murmelte er und suchte nach ihrer Hand. Doch sie wollte nicht, daß er sie gerade jetzt anfaßte.

»Hast du dich übergeben?«

»Nein.«

»Tut es weh?«

»Ja, sehr. Ich bin so matt.«

Sie begann ihm vorsichtig den Frack auszuziehen und stützte ihn dabei mit einem Arm.

»Wir kommen womöglich nicht aus dem Haus«, murmelte er.

»Das wären wir sowieso nicht.«

Nachdem sie ihn zu Bett gebracht hatte, ging sie hinunter zu Lundholms und bat, daß deren ältester Junge Doktor Hubendick holen möge. Sie rechnete schon damit, daß er zu Krankenbesuchen unterwegs sein würde und auf sich warten ließe, denn an diesem Tag schien alles unerbittlich schiefzugehen. Er war aber bereits nach einer Viertelstunde hier, untersuchte F. A. und tastete behutsam seinen schwachen Körper ab. Tora legte die Kleider zusammen und hängte den Frack auf. Der Arzt warf ihr einen wütenden Blick zu. Das half aber auch nichts, sie mußte sich mit irgend etwas zu schaffen machen.

»Ist es ernst?«

»Es ist die ganze Zeit ernst gewesen. Er hat vermutlich eine neue Blutung bekommen. Heben Sie das Erbrochene auf.«

Sie nickte.

»Heben Sie auch den Stuhlgang auf.«

Tora wollte ihn zum Schweigen bringen, doch er hatte die Tür sorgfältig zugemacht, ehe er mit ihr zu sprechen begann.

»Wie ernst ist es?« fragte Tora. Er antwortete nicht.

»Wir wollten heiraten.«

»Ja, ja«, erwiderte er.

»Wir wollten heute heiraten.«

»Er kann doch jetzt nicht aufstehen, das verstehen Sie ja wohl«, murmelte Doktor Hubendick und schien äußerst peinlich berührt. Das befremdete sie. Sie fühlte sich zum ersten Mal seit Stunden vollkommen ruhig und klar. Womit hatte sie bloß die Zeit vergeudet? Nach Schuhen suchen. Neue Hindernisse ausdenken. Sie fragte sich, ob es diesen F. A., den sie sich ausgemalt hatte, wirklich gab. Hätte er sich tatsächlich barfuß mit der Zeitung vor dem Gesicht hingesetzt und sich geweigert, sich mit den zugrunde gerichteten Schuhen überhaupt zu befassen? Vielleicht. Doch sie hatte es nicht versucht, nicht einmal gewagt, es zu versuchen.

Jetzt hatte sie für so etwas keine Zeit mehr. Jetzt mußte sie einen Entschluß fassen und einen klaren Kopf behalten.

»Ich werde den Pfarrer holen«, sagte sie. Sie kümmerte sich nicht darum, daß der Doktor ihr nachstarrte, als sie in das Zimmer ging. Vorsichtig setzte sie sich auf die Bettkante und nahm F. A.s Hand.

»Ich hole jetzt den Pfarrer«, sagte sie leise. »Wir lassen uns daheim traun.«

Er hatte die Augen geschlossen, die Augenlider schimmerten, als leuchtete das Blau seiner Augen hindurch. Als er aufblickte, sah er düster und ernst aus, doch nicht peinlich berührt wie der Doktor.

»Das verstehst du doch?« flüsterte sie. »Nicht meinetwegen, sondern wegen Fredrik. Und wegen des zweiten Kindes.«

»Ja«, sagte er, »das verstehe ich.«

Aber du willst nicht? lag es ihr auf der Zunge, sie nahm sich aber zusammen, denn mit so etwas konnte sie sich jetzt nicht aufhalten. Sie legte seine Hand zurück und deckte sie zu.

»Ich geh' ihn holen«, sagte sie zu Hubendick. »Lassen Sie Otter nicht allein.«

Sie dachte, daß dies das erste und sicher einzige Mal in ihrem Leben sein würde, daß sie einen Doktor kommandierte, dann legte sie sich ihr Tuch um und ging. Es war halb sechs, als sie erneut über die Gleise ging.

Der Pastor führte gerade seine Bücher und war außer sich

303

über die Verspätung. Er beruhigte sich etwas, als sie erzählte, daß Otter schwer krank geworden sei. Die Zeugen warteten stillschweigend. Es waren Kasparsson und ein Fahrkartenverkäufer namens Engquist. Sie sagte ihnen, daß sie nach Hause gehen könnten. Die beiden sahen sie an, ohne ein Wort des Bedauerns zum Ausdruck zu bringen. Sie dachte sich, daß sie erschrocken seien, brachte dies jedoch nicht mit ihrer eigenen Stimme und ihren heftigen, schroffen Bewegungen in Zusammenhang.

Daß der alte Hörlin ein ekelhafter Pfarrer war, wußte sie. Er hatte sie seine Verachtung schon bei der Bestellung des Aufgebots spüren lassen. Er hatte gefragt, ob F. A. der Vater von Fredrik sei.

»Ja sicher!«

»Von beiden Kindern?«

Da hatte Tora blitzschnell geantwortet:

»Das steht im Kirchenbuch, man braucht nur nachsehn.«

F. A. begriff nicht.

»Wie konnte er sehen, daß du wieder schwanger bist?« hatte er gefragt.

Jetzt wollte Hörlin die Trauung verschieben.

»Nein«, widersprach Tora. Sie sah ihm freiweg in die Augen. In ihren Ohren sauste es, das Blut wich ihr aus dem Gesicht. Ich werde doch hoffentlich nicht ohnmächtig, dachte sie.

»Das ist sein letzter Wunsch«, sagte sie.

»Ich werde mitkommen«, erwiderte Hörlin darauf. »Ich werde ihn selbst fragen.«

»Tun Sie das.«

Auf dem Rückweg ging sie drei Schritte hinter ihm. Ich tu' etwas, was ich nicht tun will, dachte sie. Weil ich gezwungen bin. Das meiste, was man macht, passiert auf diese Weise. Man hat keine Wahl.

Es ist, als laufe man in Hexenringen, ging es ihr durch den Kopf, und sie haßte den Pfarrer vor sich. Sie haßte ihn dafür,

daß sie ihn gebeten hatte zu kommen, dafür, daß sie ihn ange-
logen hatte, und dafür, daß sie fast rennend den Marktplatz
überquerte, um ihn einzuholen und seinen Schritt beschleuni-
gen zu können.

Sie bat Emma Lundholm, nach oben zu kommen und die
Trauzeugin zu machen. Doktor Hubendick blieb auch da. Er
war verwirrt und peinlich berührt, fügte sich jedoch brum-
mend und behielt die ganze Zeit den Kranken im Auge. F. A.
war matt, und Tora fragte sich, ob er es durchhalten würde. Er
wirkte gleichgültig.

»Ist dies Ihr Wunsch?« fragte Hörlin.

F. A. nickte. Er sah beinahe ungeduldig aus. Es dauerte nur
wenige Minuten, sie zu trauen.

Er erinnerte sich, daß es Abend gewesen war und daß das Licht im Zimmer grau und flach wurde. Nicht einmal eine Lampe hatte sie angezündet. Sie hatte es sehr eilig, dachte er. Aber eine Kerze hätte sie schon anzünden können. Es wäre dann ein wenig schöner gewesen.

Von den Morgenstunden wußte er nichts mehr. Er lag auf einmal da und sah die Tausendschönchen an und die schwarz-glänzende Sherryflasche auf der Kommode. Tora war nach wie vor schwarz gekleidet. Auf der Straße hatten die Karren zu rumpeln begonnen. Sie wird Witwe mit einem Kind, das eben erst laufen gelernt hat, dachte er, und mit einem unterwegs. Sie hatte es eilig, doch das wird man verstehen.

Am Montag vormittag fiel das Atmen viel leichter. Doktor Hubendick war wieder hier, er hatte eine andere Stimme. Tora war jetzt leichenblaß. So hatte er sie noch nie gesehen.

»Zieh dieses Kleid aus«, bat er. »Zieh dir etwas Helles an.«

Er schlief viel. Fredrik mußte irgendwo anders sein, denn in der Küche war es vollkommen ruhig. Sie sagte, daß es Dienstag sei und daß es ihm schon viel besser gehe. Draußen wurde der Vorsommer langsam kühl und regnerisch. Er wünschte, er hätte etwas anderes zum Anschauen gehabt als das vom Regen gestreifte Fenster. Ich werde nicht sterben, dachte er und war beinahe erstaunt. Dieses Mal noch nicht. Es war, als ob er neben seinem eigenen Bett säße und sich betrachtete.

Es dauerte Tage, bis er wieder in sich zurückkehrte. Er begann seine alte Gereiztheit zu spüren. Tora sprach nicht viel. Er nahm ihre Hand und versuchte, sie auf seinen Bauch zu legen. Leicht und behutsam sollte sie auf dem dünnen Stoff seines Nachthemds ruhen, doch sie erschrak, und ihre Hand wurde steif.

»Hab keine Angst«, sagte er. »Da drinnen gibt es nichts Abscheuliches. Ich habe es erst angenommen. Doch es ist nur ein Geschwür.«

Sie zog ihre starre, schwere Hand zurück, als hätte sie große Angst.

»Es ist nicht außen. Und ganz tief drinnen, Tora, ist Gesundheit – hier drinnen. Sie sitzt nur so tief drinnen in mir. Trotzdem habe ich einen Leichengeschmack im Mund. Ist das nicht merkwürdig?«

Er lag still und vergaß sie, fühlte sich beinahe zerstreut.

»So etwas solltest du nicht sagen«, brachte sie heraus.

Er hatte vergessen, daß er über solche Dinge sonst nicht hatte reden können, hatte es vollkommen vergessen.

Tora war anders als früher. Ihr Mund war ein Strich, wenn sie sich mit ihren Dingen beschäftigte, ihre Augen starrten ins Leere. Er nahm an, daß man mit einer Hand vor ihrem Gesicht winken könnte, ohne daß sie es wahrnehmen würde. Es dauerte seine Zeit, bis er verstand, daß sie sich schämte.

Das verwirrte ihn und stellte alles auf den Kopf. Er kannte Tora doch mit allen ihren Schwächen und ihren aufrichtigen Augen und – wie er geglaubt hatte – ihrem absoluten Mangel an Stolz. Er war oft bitter gewesen, wenn er an sie gedacht hatte, er hatte sie für erdverbunden und materialistisch gehalten. Ja, dürftig! Es war etwas zutiefst Ungeistiges an Tora und ihrer Art, das Leben zu betrachten. Er glaubte nicht, daß sich das von Grund auf ändern ließe. Sie war nicht nur ungebildet. Ihr mußte irgend etwas fehlen, hatte er oft gedacht.

Nun mußte er sich an eine Tora gewöhnen, die er noch nicht

307

kannte. Sie schämte sich für jenen Sonntagnachmittag, dafür, daß sie es mit dem Heiraten so eilig gehabt hatte. Doch alle würden sie verstehen! Er verstand sie ja auch.

Er glaubte, daß es nichts nützen würde, mit ihr darüber zu sprechen. Es war nicht einmal sicher, daß er es sich getraut hätte. Tora schämte sich vor sich selbst, und es war ein eigenartiger Gedanke, daß sie wirklich so war. Es wäre besser gewesen, wenn ich gestorben wäre, dachte er. Es wäre ihr leichter gefallen, sich selbst zu verzeihen. Er erinnerte sich an die langen, schweren Stunden in jener Nacht und an Tora in ihrem schwarzen Kleid mit den unbeholfen genähten, glänzenden Ärmeln. Er begann seine alte Ungeduld zu spüren, sie kribbelte in ihm.

»Weine nicht über mich!«

Sie ergriff den Holzkorb und begann Scheite aufzulesen.

»Was sagst du?« murmelte sie mit abgewandtem Gesicht.

»Ich sage: weine nicht über mich.«

Sie trug Fredrik nun in die Küche, schloß die Tür und schob die Teppiche zurecht. Ihr Mund war schmal vor Ungehaltenheit.

»Ich meine es doch nicht so«, sagte er. »Kannst du überhaupt weinen, Tora?«

Darauf gab sie keine Antwort, sah ihn aber immerhin an. Ihr Blick war jetzt gar nicht mehr starr und so, als sähe sie nichts.

»Eines will ich dir sagen«, sagte sie leise. »Laß das ein für allemal bleiben, so daherzureden, wenn Fredrik zuhört!«

»Der Junge ist zu klein, um das zu verstehen. Keine harten Worte jetzt, Tora. Es ist bald aus mit mir.«

Sie fiel auf der harten Platte vor dem Kachelofen auf die Knie und begann die Späne, die aus dem Holzkorb gefallen waren, zu einem kleinen Haufen zusammenzukehren, den sie sinnlos hin und her schob. Er ließ sie nicht aus den Augen.

»Hör auf, so daherzureden«, murmelte sie.

»Ich lüge mir aber jedenfalls selbst nichts vor!«

»Doch«, entgegnete sie, stand auf und stolperte zur Küchentür. »Irgendwie tust du das schon.«

Sobald sie die Tür zugemacht hatte, vergaß er das Ganze. Er fühlte sich zerstreut und ein wenig müde.

Die Sonne hatte keinen Schleier. Man sah das Meer wie durch klares Glas, denn die Kühle ließ spürbar werden, daß die Luft mehr war als ein leerer Raum. Weit draußen hatte das Wasser eine andere und dunklere Farbe. Ein dumpfes Rauschen drang von dort herein. Am Ufer aber hörte man vor allem die Stimmen und das Gelächter, die schreienden Möwen, das Geklapper der Absätze auf den Holztreppen und das Klirren in den großen Kaffeekörben.

Ein kleiner Dampfer kam um die Landzunge. Die meisten dachten, daß er vorbeifahren werde. Einige winkten ausgelassen, wie man Menschen zuwinkt, die man nie wiedersieht. Es war ein kleines weißes Schiff mit überbautem Deck. In allen Fensterscheiben gleißte die Sonne. Die Maschine stampfte. Das Schiff wurde von einem Geruch nach Beefsteak umweht, zwar nicht in Wirklichkeit, aber in der Erinnerung, und alle lächelten. Es hieß »Hebe II«. Nun sahen sie, daß es auf die Landungsbrücke zuhielt. Es tutete kräftig. Die meisten waren verwundert und glaubten, daß es auf Grund laufen oder an Land fahren und dort wie eine abschüssige Veranda mit Sonnenreflexen in den Fenstern liegenbleiben würde.

»Da besteht keine Gefahr«, sagte der Wirt. »Bei der Landungsbrücke ist es drei Faden tief.«

Da begriffen sie, daß es sich um eine Überraschung handelte und daß es eine Dampferfahrt geben würde. Schnell versam-

310

melte der Dirigent den ganzen Chor vor dem Haus und zog dann unsanft und munter den Wirt auf die Veranda unter dem wilden Wein, der in dieser ersten Oktoberwoche schon die Farbe gewechselt hatte.

»Den Sängergruß empfange!« sangen sie. »Den Sängergruß empfa-ange! Hurra! Hurra! Hurra!«

Tora stand abseits und hielt F. A. untergefaßt. Solche Einfälle hatte sie unter anderem befürchtet, als sie darauf bestanden hatte mitzukommen. Doch sie spürte nicht das geringste Ziehen am Arm. Er stand ganz still und war blaß wie immer. Er wirkte vergnügt und ein wenig streng. Sie mußte an einen älteren Herrn denken, und es schmerzte sie, daß ihr ein solcher Gedanke kam.

Sie war mitgekommen, um ihn vor seinem eigenen Eifer und seiner Begeisterung in Schutz zu nehmen, doch er empfand nichts, was ihm gefährlich werden könnte. Er ging langsam und mit leicht gebeugtem Oberkörper und manchmal ein wenig, als sei er sich nicht sicher, wo er die Füße hinsetzte. Seine Freunde waren verlegen, wahrscheinlich vor Schreck über sein blasses Gesicht, das viel zu leicht schweißnaß wurde, und seine Hände, die abgemagert waren und nie ganz ruhig, wenn er eine Tasse oder ein Glas hielt. Er trank nur heißes Zuckerwasser und Vichywasser. Das machte sie ebenfalls befangen. Sie wußten nicht, wie sie sich verhalten sollten und was sie ihm anbieten konnten. Ihre jungen, glatten Gesichter sahen aus wie die trauriger Hunde, fand Tora. Es war zu offensichtlich. Sie war froh, daß sie dabei war.

Sie fragte sich, ob er sich ihrer schämte, denn sie hatte jetzt einen gewaltigen Umfang. Es konnte nur noch ein paar Wochen dauern. Kein Mantel ging mehr zu, und ihr Bauch glich einer Tonne. Sie mußte grimmig lachen, als sie sich vorstellte, wie sie wohl aussahen, sie und F. A. Sie gingen als allerletzte zum Dampfer hinunter. Er setzte vorsichtig einen Fuß vor den anderen wie ein alter Mann. Sie watschelte wie eine Ente.

»Ja, jetzt hast du auf jeden Fall das Meer sehen können«, flüsterte sie und drückte seine Hand. Er lächelte, als genierte er sich ebenfalls.

Sie waren mit dem Zug nach Flen gefahren, in die Bahn der Grängesberg-Oxelösund-Verkehrsgesellschaft umgestiegen und am späten Vormittag in Oxelösund angekommen. So weite Sängerausflüge wurden sonst nur mitten im Sommer gemacht, doch das Wetter dieses Altweibersommers hatte den Vorstand von »Juno« dazu verlockt, kurzerhand eine Reise ans offene Meer zu organisieren. Die Angetrauten und Verlobten der Sänger hatten ihre Sommerhüte nochmals hervorgeholt. Tora hatte einen schwarzlackierten Strohhut, den vorn eine rote Samtblume zierte. Sie wußte, daß die Blume alt war und schlaff herunterhing, doch das war egal, da sie anstelle eines Mantels ein Tuch umlegen mußte und außerdem einen prächtigen braunen Mutterflecken im Gesicht bekommen hatte.

»Ich seh' aus wie 'n Schreckgespenst«, hatte sie am Morgen zu ihrem Spiegelbild gesagt. »Aber es kommen schon wieder andere Zeiten! Jetzt fahren wir erst mal nach Oxelösund. Ich werd's hoffentlich durchhalten, bis wir heimkommen.«

An der kleinen Landungsbrücke konnte man nur bei sehr gutem Wetter anlegen. Selbst jetzt hielt die Dünung darauf und gab dem Schiff eine leichte Schlagseite. Der Kapitän war wegen der Wellen und der schroffen Felswand, an der die Landungsbrücke endete, in Sorge. Er trieb sie zur Eile an und wollte ablegen. Kasparsson und ein paar andere winkten eifrig von achtern. Sie hatten einen Stuhl für F. A. Sie könnten ruhig etwas weniger beflissen sein, dachte Tora. F. A. war wieder richtig bleich, als er sich setzte.

»Wie geht's?« fragte sie leise.

Er schüttelte den Kopf.

»Nicht gut?«

»Nein.«

Er saß leicht vorgebeugt, und sie sah, daß die anderen um

ihn herum Blicke tauschten. Vor Furcht und Gereiztheit begann es in ihr zu kribbeln. Da stand F. A. plötzlich auf, die Hand auf ihrem Arm.

»Ich glaube, wir verzichten lieber darauf, Tora.«

Sie begannen langsam zur Laufplanke vor zu gehen. Kasparsson fragte besorgt, wie es ihm gehe.

»Es besteht bestimmt keine Gefahr«, antwortete er. »Doch ich glaube, es ist das Klügste, wenn ich mich ein Weilchen ausruhe.«

Sie bekamen vom Wirt den Schlüssel zum Haus, und F. A. überließ ihn Tora. Er sah starr vor sich hin, als ginge ihn das alles nichts an. Sie hatte diese Farbe in seinem Gesicht seit dem Frühsommer nicht mehr gesehen.

Sie glaubte, daß sie so schnell sie konnten zum Haus hinaufgehen würden, doch er blieb auf der Landungsbrücke stehen und sah zu, wie das Schiff ablegte. Kasparsson war jetzt oben und sprach mit dem Kapitän, er gestikulierte in Richtung Ufer. Der Dampfer fuhr ein Stück hinaus, dann drehte er bei und hielt mit kräftig stampfender Maschine gegen die Dünung. Jetzt kam Kasparsson heruntergerannt und stellte sich zum zweiten Baß, denn der ganze Chor hatte sich nun auf der Seite, die zur Landungsbrücke zeigte, versammelt.

»Setz die Maschine in Gang, Herr Kapitän!« sangen sie. »Setz die Maschine in Gang!«

Tora sah F. A. an. Er lächelte. Das Lächeln kam so unvermutet, als hätte es ihn selbst überrascht. Mit einem Mal bekam er eine etwas bessere Farbe auf den Wangen.

»Setz die Maschine in Gang!«

»Herr Kapitän«, brummten die Bässe.

Jetzt sah sie, daß ihm Tränen in den Augen standen, und auch sie bekam einen Kloß im Hals.

»Wir senden Grüße aus der Tö--ne Welt«, rankte sich die Melodie spielerisch nach dem ersten barschen Anschlag empor. »Freunde am Strand, sie heben die Hand...«

»Feine Jungs«, murmelte F. A. Dann winkten sie beide, er und Tora. Sie fand es beinahe richtig gut, daß sie gezwungen gewesen waren, an Land zu gehen. Es sah aus, als wäre verabredet worden, daß sie hier stehen sollten. Ganz am Ende summte er selbst mit, denn nun hatte das Schiff abgedreht, und die Sänger wurden von der Maschine übertönt. Man konnte Liljeström erkennen, F. A. Otters Nachfolger unter den ersten Tenören. Er arbeitete heftig, wenn er sang, sein ganzer Körper vibrierte. Tora mußte an eine aufgeplusterte Vogelbrust denken, an einen Buchfinken, der sich hinreißen ließ und alles hergab, was er zur Frühlingszeit zu bieten hatte.

Treu wie die Woge küßt den Strand
so will ich lieben
ja, ich will lieben treu---lich,
so ich wohl lieben darf!

»Das haben sie aber wunderschön gemacht!« meinte Tora und schwenkte ihr Taschentuch, solange sie die »Hebe II« sehen konnte. Er nickte.

»Feine Jungs«, wiederholte er. Sie begannen landeinwärts zu gehen. Tora glaubte, daß er ins Haus gehen und sich hinlegen wollte, doch er lenkte seinen Schritt in Richtung Klippen.

Er ging jetzt erhobenen Hauptes und schien nicht mehr darauf zu achten, noch länger so vorsichtig zu gehen. Vom Meer her strich ein schwacher Wind über ihre Gesichter. Auch Tora wollte spazierengehen. Gleichzeitig aber war sie besorgt.

»Wir sollten vielleicht nicht so weit gehen«, warnte sie. Sie versuchte, nicht in seinem Gesicht zu lesen, sie wußte, daß er das nicht mochte. Aber es wäre unangenehm, wenn sie zu weit hinausgingen und dann irgend etwas passierte.

Die Männer, die sie zu der Sommervilla gefahren hatten, waren fort und hatten die Pferde mitgenommen. Nur die Leiterwagen mit ihren Bänken standen noch da. Sie waren mit roten und gelben Blättern geschmückt. Während der ganzen Fahrt hatte das Laub des Oktobers auf sie herabgeschneit. Jetzt, da die Gesellschaft nicht mehr hier war, sah man deutlich, daß die Sommervilla eigentlich schon vor langer Zeit verschlossen und verrammelt worden war. Auf dem Brunnendeckel lag ein schwerer Stein. Die Gartenmöbel waren weggeräumt, die Wege gefegt, doch das Birkenlaub wiegte sich sanft herab und blieb auf den Steinplatten liegen. Tora wurde ein wenig bange, als die Wetterfahne sich drehte und kreischte.

»Horch«, sagte sie.

Es war Jahre her, daß sie so fern von Menschen gewesen war, und sie fragte sich, was sie machen sollte, wenn mit F. A. etwas passierte. Der Gedanke schoß ihr durch den Kopf, daß Kasparsson sich etwas Besseres hätte vornehmen können, als eine Choraufführung zu arrangieren. Jetzt waren sie ganz allein.

»Wir gehen wohl besser ins Haus«, meinte sie.

»Nein, wir machen jetzt einen Spaziergang. Wenn wir schon mal hier sind und das Meer sehen können!«

»Geht es dir denn besser?«

»Ja.«

Sie zögerte noch immer und blieb etwas zurück. Er wandte sich um und zog sie auf eine Felsplatte.

»Wie ist das denn so schnell vorbeigegangen?« fragte sie.

»Mir war nicht übel«, antwortete er beinahe ausgelassen, doch sie fand, daß es irgendwie garstig klang.

»Komm, laß uns gehen, Tora!«

Die Felsen waren glatt. Es war nur dort schwierig zu gehen, wo man über die Spalten, die dazwischen waren, springen mußte. Nun war er es, der sie stützte, und sie ging breitbeinig und vorsichtig.

»Zieh deine Schuhe aus«, sagte er.

»Hör mal! Du spinnst wohl.«

»Doch, die Klippen sind ganz warm. Geh lieber barfuß, dann rutschst du nicht aus.«

315

Er saß bereits und schnürte seine Schuhe auf. Die Strümpfe steckte er in die Tasche. Tora saß da und betrachtete seine schönen Füße. Sie waren jetzt weiß, und die Sehnen und blauen Adern zeichneten sich deutlich ab. Über dem Spann war die Haut straff und glatt, ohne eine Falte oder Runzel.

»Dir wird es hoffentlich nicht kalt«, sagte sie und beugte sich vor, um ihre Hände auf seine Füße zu legen, doch der Bauch war ihr im Weg, und sie reichte nicht hinunter.

Er begann ihre Stiefel aufzuschnüren. Zuerst wollte sie sich entziehen, denn sie schämte sich ihrer mißgeformten und häßlichen Füße. Aber er weiß doch, wie ich aussehe, dachte sie und blieb sitzen. Es war warm auf dem Felsen. Sie spürte es schon durch die Strümpfe. Nun wandte er sich ab, während sie den Rock und den Unterrock hob und das Strumpfband herunterzog. Dann rollte sie die Strümpfe so weit herunter, daß sie sie ausziehen konnte, und steckte sie in die Stiefel. Der glatte Felsen wärmte die Haut, doch die Luft war kalt. Nach einer kleinen Weile erhob er sich, half ihr auf, und sie begannen langsam längs des Ufers zu gehen, wobei sie alle Spalten und alle Mulden, in denen sich Holzstücke, Schwimmer und Vogelleichen angesammelt hatten, mieden.

Von weit draußen vom Meer hörte man die ganze Zeit über das dumpfe Rauschen, und vom Landesinneren her konnte man den Wind, der durch die Baumkronen strich, erlauschen. Aber es war alles sehr weit weg. Der Wind kühlte die Haut, doch die Sonne stand so klar am Himmel wie vorher. Sie fragte sich, wie lange sie wohl so zu gehen wagten, und sie mußte ihm einen schnellen Seitenblick zugeworfen haben, denn er fragte:

»Bist du müde? Willst du dich setzen?«

Tora nickte. Sie ließen sich wieder auf einem Felsen nieder. Sie spürte, wie sich in dem Moment, da sie sich hinsetzte, das Kind bewegte und lächelte. Sie bildete sich ein, daß es sich ganz und gar umdrehte, als ob es zu lange auf ein und derselben Seite gelegen habe und ungeduldig geworden sei. Ich frage mich, ob sie hören können, ging es ihr durch den Kopf. Es war ja nur eine dünne Wand zur Außenwelt hin, eine Haut. Es schien nicht ausgeschlossen, daß das Kind das Rauschen des Meeres und den Wind, der die Baumkronen bewegte, hörte. Vielleicht hörte es ihre Stimmen so, wie man hört, wenn man unter Wasser ist, dumpf klingende Geräusche von weit her.

So wie jetzt hätten wir dagesessen, wenn er gesund gewesen wäre, dachte sie. Dann war sie verwirrt. Er war nach wie vor besorgt um sie und legte seinen Arm um ihre Schultern.

»Du willst vielleicht zurückgehen?«

»Jetzt noch nicht«, antwortete sie und ließ sich nicht anmerken, daß sie ihn dasselbe hatte fragen wollen.

»Weißt du, warum ich die Dampferfahrt nicht mitmachen wollte?« fragte er. Er machte fast einen boshaften Eindruck auf sie.

»Dir wurde doch übel.«

»Nein.«

Jetzt wollte sie nicht weiterfragen, doch das half nichts.

»Ich bin seekrank«, sagte er. »Kaum daß ich an Bord kam, spürte ich schon diesen Sog. Selbst auf diesem kleinen Schiff. Bei der allerschwächsten Dünung.«

Ohne ihn anzusehen, nickte sie, daß sie verstanden habe. Aber er schien jetzt von einer seltsamen Lust getrieben, sich selbst zu quälen, und er erzählte ihr, daß er seekrank gewesen sei, soweit er zurückdenken könne. Er habe als Anwärter bei der Flotte angefangen und versucht, sich daran zu gewöhnen. Er habe immer von der See geträumt. Deswegen habe er auch mit der Oberschule aufgehört, er sei ruhelos gewesen und habe sich nach der weiten Welt gesehnt. Er habe wohl gewußt, daß er die See nur schwer ertragen konnte, doch er wollte dagegen ankämpfen und es wegarbeiten! Er habe versucht, den Brechreiz zu ignorieren und auch den schrecklichen Sog im Innern, der sich auch einstellte, wenn kein Wind ging. Doch gegen diese Seekrankheit sei nicht anzukommen gewesen. Sie habe ihn gebeutelt und seinen Körper durchgemangelt. Er habe sich das Leben nehmen wollen. Sie habe ihn in schlimme Zustände von Mutlosigkeit versetzt und sowohl sein Inneres als auch sein Äußeres verändert. Er habe gekämpft. Glaube sie ihm nicht?

»Doch, natürlich!«

Dann habe er aufgeben müssen. Er wollte statt dessen Lokomotivführer werden. Das Navigationsexamen habe er. Er habe bei Lindholmen in Göteborg angefangen. Sechs Monate habe er als Feiler an der Drehbank arbeiten müssen. Dann hätten nur noch sechs Monate als Heizer gefehlt, um auf die Ausbildungsschule für Lokführer gehen zu können.

Tora konnte sich das nicht vorstellen.

»Du wärst als Heizer gefahren?«

»Ja.«

Sie schwiegen und betrachteten die Klippen und die abgeschliffenen, grauen Holzstücke, die zu ihren Füßen lagen. Das Meer blendete von der Sonne. Man konnte kaum hinsehen. Dann wäre ich Lokführerfrau geworden, dachte Tora. Aber das wirkte unglaublich. Sie sah ihn von der Seite an.

»Glaubst du nicht, daß ich gekämpft habe?«

»Doch«, sagte Tora. »Das glaube ich wohl.«

»Aber meine Krankheit, verstehst du. Ich glaubte, in der Hölle zu sein. Doch ich war nur in Hallsberg und saß da und... oh Tora, Tora!«

Sie faßte mit den Händen um seinen Kopf und rückte näher an ihn heran, so daß er sich bei ihr anlehnen konnte. Sie versuchte, seinen Kopf zwischen ihre Brüste und ihren großen, tonnenförmigen Bauch zu stecken, der war aber nur im Weg, und so legte sie die Arme um seinen Rücken, der so spitz und dünn geworden war, und versuchte ihn an sich zu drücken. Er weinte nicht. Er wirkte steif vor Angst. Wahrscheinlich hatte er auch Angst. Dann wäre es aber besser, wenn er seinen Jammer herausweinen könnte, dachte sie. »Spar deine Tränen, bis du se nötiger hast«, pflegte die Großmutter früher zu sagen. Wann aber konnte man sie nötiger haben? Nach einer Weile machte er sich, steif wie er war, frei und saß neben ihr, das Gesicht halb abgewandt.

»Jetzt empfindest du wohl nur Verachtung für mich«, sagte er und blickte auf seine nackten Füße hinab.

»Nein!«

Wo du doch der Schönste bist, dachte sie verstummend. Doch wie könnte sie so etwas sagen?

Wo du doch der Schönste bist in dieser gemeinen Welt. In dieser schmählichen – ja! Du bist doch die Welt. Das Feine, das man kaum anfassen kann. Sie beugte sich vor, soweit es ihr Bauch zuließ, und verbarg das Gesicht in den Armen. Das Licht der Sonne und des Wassers wollte dennoch in die Augen dringen. Ich schäme mich, ich schäme mich. Ich bin ja nur ich. Wenn ich dir aber etwas von meiner Wärme geben könnte, so wäre das vielleicht eine kleine Hilfe. Wenn man das nur sagen könnte! Wenn man nur wüßte wie!

Von weit her hörte sie den Wind durch die Baumkronen streichen. Es war ein Gemurmel der Unruhe. Unruhe, ständige Unruhe, dachte Tora und versuchte sein abgewandtes Gesicht zu sehen. Das waren Worte, die er selbst ausgesprochen hatte und die sie nicht verstanden hatte, und jetzt kehrten sie zu ihr zurück. Es ist das einzige, was man einander zu geben hat. Rausch und Unruhe. Sie neigte den Kopf wieder vor, die Arme auf den Knien, und streifte mit ihren kalten Fingerspitzen leicht über ihre brennenden Wangen und ihren stummen Mund.

»Jetzt wollen wir mal nach Hause gehen«, sagte er.

Sie dachte daran, wie lange der Nachhauseweg war. Zuerst der Leiterwagen zum Bahnhof. Es würde schaukeln und rütteln, so daß sie sich den Bauch halten mußte. Dann die Wagen der Grängesberg-Oxelösund-Bahn, deren Plüschsitze glühend heiß sein würden, nachdem die Sonne den ganzen Tag daraufgebrannt hatte. In Flen würden sie umsteigen und fast eine Stunde warten, bis sie den richtigen Zug bekämen. Es war unwahrscheinlich weit nach Hause, aber sie korrigierte ihn nicht.

Es brannte, daß es hinter der eisernen Tür sang. Tora schielte in das Feuerloch und drosselte den Zug, da sie fand, daß die Glut zu heiß wurde. Es ging viel Birkenholz drauf. Sie mußte ein langgestrecktes Feuer machen, damit der Backofen bis zum Morgen durchwärmt war, aber womöglich hatte sie unnötig früh damit begonnen. Man wußte es beim ersten Mal nicht. Sie warf einen Blick auf den Brennholzstapel und fand, daß er fürchterlich zusammengeschrumpft war. Er war teuer.

Es roch nach Schusterei im Keller. Der Schuster hatte seine Werkstatt in dem Raum zur Straße, und an der Ecke des Hauses führte eine kleine Steintreppe zu ihm hinunter. Anfänglich war da ein Milch- und Brotladen gewesen, doch der sei nicht gut gegangen, hieß es. Er war zu weit abgelegen.

Das Haus hatte die Nummer 60, und die Straße hatte Wärnström nach seinem Sohn Carl Fredriksgata getauft, sie wurde jedoch nie anders als Hovlundaväg genannt, nach dem alten Stück Weg, das zu der Kate auf dem Hügel geführt hatte. Aber jetzt waren sowohl Hovlunda als auch die Scheune des Landwirtschaftsvereins abgerissen, und Wärnström hatte dort oben seine Carlsborg erbaut. Um die Villa herum hatte er einen Park anlegen lassen und Eiben und Thuja angepflanzt.

Zuerst hatte die Nummer 60 ziemlich einsam an der Straße gelegen, doch nun war die neue Brauerei fertig, und es kam ein Haus nach dem andern dazu. Der Schuster bekam viel zu tun.

Tora war gleich nach Neujahr 1904 im ersten Stock in ein Zimmer mit eisernem Herd eingezogen. Weil sie sich daran erinnerte, daß die Inhaberin des Ladens das Brot, das sie verkaufte, selbst gebacken hatte, ging sie in den Keller und suchte nach der Backstube. Es war aber nur ein Kellerraum mit Backofen. Sie bat den Hausmeister, probeweise heizen zu dürfen.

Der Raum war voller Sohlenleder, das der Schuster hier gestapelt hatte. Als Tora fragte, stellte sich jedoch heraus, daß er nur den vorderen Raum gemietet hatte. Sie ersuchte, die Backstube mieten zu dürfen. Der Schuster mußte den Platz räumen, und so überwarf sie sich mit ihm wegen des Sohlenleders, für das er in seiner Werkstatt keinen Platz hatte. Sie hielt das für unnötig, er war aber schon auch sonderbar.

»Des einen Brot, des andern Tod«, hatte er gesagt und müde geklungen, als er mit seinen Sohlenlederpacken davonging. Zuerst war sie bestürzt und verletzt gewesen. Doch dann wurde ihr klar, daß sie es falsch aufgefaßt hatte. Sie hatte geglaubt, daß er auf F. A.s Tod und ihre Brotlaibe anspielte.

Er war aber verärgert. Kaum daß er den Blick hob, als sie mit einem Paar Schuhe zum Besohlen zu ihm kam. Sie tat dies ohnehin nur, um ihn zu besänftigen, denn die Löcher in den Sohlen waren nicht so groß, als daß sie nicht noch eine Weile damit hätte herumlaufen können.

Es war schade, daß sie mit ihrem nächsten Nachbarn nicht auf gutem Fuße stehen sollte, doch da konnte man nichts machen. Ansonsten waren die Leute freundlich zu ihr gewesen. Sie hatte bei Großhändler Levander Mehl gekauft, und Valfrid hatte zugesehen, daß sie einen guten Preis bekam. Sein Bruder Wilhelm war jetzt Vorarbeiter in der Schreinerei. Er hatte aus Abfallholz Böcke gemacht. Das Backbrett hatte sie bei einer Auktion erstanden.

Als sie aber alles durchrechnete, war es doch furchtbar teuer. Und am schlimmsten war es mit dem Brennholz – man verheizte buchstäblich das Geld, und zwar so, daß es im Ofenrohr bullerte. Es nützte aber nichts, jetzt knausrig und ängstlich zu sein. Das hatte ihr Mamsell Winlöf gesagt.

Tora war in Trauerkleidung zu ihr gegangen. Sie hatte aber gewartet, bis der Jüngste auf der Welt war, damit sie ihren Mantel anziehen konnte. Mit dem langen, schwarzen Tüllschleier, der mit einem Seidenband eingefaßt war, war sie sich feierlich und fein vorgekommen. Sie hatte nicht gezögert, zur Mamsell hineinzugehen. Sie hatte ihr Kleid wiedererkannt und gesagt, daß es richtig gut geändert sei.

»Wirklich hübsch, Tora.«

Dann hatte sie gebeten, sie in ihrem Salon zum Kakao einladen zu dürfen. Sie hatte wortwörtlich gesagt: »Ich bitte Sie einladen zu dürfen, Tora.«

»Setz Schoklad' auf!« rief sie dem Hausmädchen in der Küche zu. Tora mußte lächeln, denn es war ihr so vertraut. Sie saß da und beneidete dieses langbeinige und ahnungslose Geschöpf, das da bei der Mamsell Hausmädchen war.

Sie erkundigte sich eingehend nach Toras Plänen und billigte sie. Habe man ein feines Rezept, habe man damit in der Tat ein kleines Kapital, sagte sie. Der einzige Fehler an diesen Roggen- und Kartoffelbroten, die Tora backen wolle, sei, daß sie sie Kartoffelbrote nenne. Das klinge nach Notzeiten, fand die Mamsell. Sie seien doch feiner als gewöhnliche Roggenbrote, und das müsse man auf jeden Fall schon aus dem Namen ersehen.

Sie wollte Tora keine einhundertfünfzig Kronen leihen, sondern dreihundert.

»Seien Sie jetzt nicht zu ängstlich und knausrig mit allem, Tora, denn es ist keineswegs sicher, das sich das auf Dauer am besten auszahlt.«

Tora fühlte sich erleichtert. Sie war davor zurückgeschreckt, sich allzu hoch zu verschulden, doch einhundertfünfzig Kronen waren zu wenig, das wußte sie auch.

Gewiß, Mamsell Winlöf war reich. Es tat ihr auch nicht weh.

Man brauchte sich in der Villa nur umzusehen, wo man, um zu einem Stuhl zu gelangen, vorsichtig lavieren mußte, damit man von der Pracht, die die ehemalige Gastwirtin umgab, nichts umkippte. Tora hätte gerne die dicke, aprikosenfarbene Seide der Gardinen befühlt und die Hand auf das Walnußholz des Tisches gelegt, doch sie blieb still und gerade sitzen. Erst kürzlich hatte die Mamsell für ein Heim für geistig Behinderte ein älteres Haus mit vollständiger Betten- und Küchenausstattung gestiftet. Man fragte sich, wie das gehen sollte, sie im Haus zu halten, denn es war genau die kleine Gruppe von meist älteren Tölpeln und Närrinnen mit Fia Femton an der Spitze, die sich schon immer auf den Straßen und dem Marktplatz herumgetrieben zu haben schienen.

Nach Toras Erfahrung war es ungewöhnlich, daß reiche Leute etwas verliehen, wenn sie nicht in jeder Beziehung verfügen konnten, wozu das Geld verwandt wurde. Hier aber bekam sie dreihundert Kronen geliehen und brauchte keine Zinsen zu bezahlen und keine Auflagen zu erfüllen. Nachdem sie die Geldangelegenheit durchgesprochen hatten, hatte Mamsell Winlöf ihre knubbligen, weißen Hände auf dem Schoß verschränkt und gesagt:

»Ja, Tora, Sie und die Jungen haben einen unfaßbaren Verlust erlitten. Ich habe gehört, daß Otter ein sehr gefälliger und feiner Mensch war.«

Nun begriff Tora, daß sie weinen durfte, wenn sie wollte. Mamsell Winlöfs Gesicht lag im Licht, das durch das Fenster fiel. Es war sehr blaß und ruhig. Sie war immer noch dieselbe, schien nur langsam dick zu werden. An der linken Hand, die auf dem schwarzen Moiré ihres Kleides ruhte, trug sie ihren großen Granatring. Er war matt und dunkelbraunrot wie Kandiszucker.

Tora saß auf dem Sofa, das Licht im Rücken. Ihr Gesicht war geschützt, und sie fühlte die Rücksicht der Mamsell. Sie konnte aber nicht weinen.

»Konnte Otter den Jüngsten denn noch sehen?« fragte die
Mamsel. Tora schüttelte den Kopf.

»Er wurde im November geboren«, sagte sie und hörte
selbst, daß sie abweisend klang. Nein, sie konnte nicht weinen.
Nach kurzem Schweigen nickte die Mamsell. Sie kam wieder
auf Toras Pläne zurück, Brote zu backen und zu verkaufen.

Eine Sache kann vernünftig und praktisch klingen, ja sogar
einfach, solange man nur von ihr spricht. Als Tora aber mit
dem bullernden Backofen, dem Mehlsack und dem Trog kalter, gekochter Kartoffeln allein im Keller stand, wurde sie beinahe von Panik ergriffen. Fast den ganzen Vormittag hatte sie
Kartoffeln geschält. Jetzt begann sie sie mit einem Holzstößel
zu zerstampfen. Es war aber nicht dasselbe wie sonst, wenn
man derart viel vor sich hatte. Es durfte keine Klumpen geben,
doch sie konnte sich auch nicht ewig damit aufhalten. Vorsichtig befühlte sie mit den Fingern den gräulichen Brei. Wenn irgend so ein Weibsbild auf einen Kartoffelklumpen beißt, dann
habe ich mein letztes Brot verkauft, dachte sie. Ich kenn' sie!

Jetzt nahm sie Wasser und die erste Schöpfkelle Roggen-
mehl. Es war ziemlich grob gemahlenes Schrotmehl. Sie fragte
sich, ob es nicht doch zu grob sei und der Teig nur schwer aufgehen würde. Er wurde schwer und klitschig. Sie mußte die
Arbeit in mehrere Gänge aufteilen, um damit zu Rande zu
kommen; sie schlug den Teig mit dem Rührer in dem langen
Trog und spürte, daß ihr ein Unterarmmuskel steif zu werden
begann. »Arbeit mit Ruh'«, erinnerte sie sich an Sara Sabinas
Stimme. »Arbeit mit Ruh', Mädel.« Aber in dem Alter wird
man jetzt doch wohl mit so einem Teig hier fertig werden,
dachte sie. Im März würde sie siebenundzwanzig. Nach der Geburt des zweiten Jungen war sie um einiges stärker geworden,
nur das Gesicht war nicht mehr so voll und glatt wie früher. Ihr
Haar war auch dunkler geworden, und dieses Mal schien es so
zu bleiben. Aber wart nur auf 'n Sommer, dachte sie und bearbeitete den grauen Teig mit langen, gleichmäßigen Schlägen.

Nun hielt sie das Feuer im Backofen so gering wie möglich am Brennen, um Holz zu sparen. Er würde trotzdem durchwärmen; sie war sich sicher, daß sie zu früh zu heizen begonnen hatte. Ab und an warf sie einen wütenden Blick auf das Feuerloch und den Feind, den Holzschlucker dort drinnen.

Es kostete sie zwei Stunden, den Teig zu rühren. »Geh hinauf und rühr, während ich mich um die Milch kümmere«, erinnerte sie sich. Das waren aber keine fünfundzwanzig Liter gewesen. Ihr Rücken war schweißig und die Füße eiskalt. Das ist wahrlich kein Vergnügungskeller hier, sagte sie zu sich selbst. Der Schuster hätte gerne stur bleiben können. Sie legte ein Laken über den Teig und wollte ins Zimmer hinaufgehen, um sich ein wenig Kaffee zu kochen und um nachzusehen, ob die Kinder und das Mädchen, das auf sie aufpaßte, schliefen. Dann fürchtete sie aber, daß sich der Anstellsauer nicht mehr anfrischen ließe, wenn sie herunterkäme. Es war gewöhnlicher Sauerteig, der seit dem letzten Backen in einem Trog eingetrocknet war und den sie jetzt mit ein wenig Wasser benetzte, ängstlich besorgt, daß sie womöglich zu spät dran war, so daß er nicht rechtzeitig treiben würde. Man läßt sich aber von einer Menge Lappalien aus der Ruhe bringen, dachte sie. »Den Anstellsauer frischst du nach Mitternacht an, wenn du am Morgen mit 'm Backen fertig sein willst«, erinnerte sie sich, und das mußte ja stimmen.

Als sie die Treppen hinaufstieg, spürte sie, daß die Füße in den Filzpantoffeln angeschwollen waren. Wenn sie nun die Schuhe nicht anbekäme, wenn sie auf den Markt gehen sollte? Es war im übrigen dumm, die Brote frisch gebacken zu verkaufen, denn sie wurden besser, wenn sie ein wenig liegenblieben. Aber die Leute waren nun einmal so, daß sie die Wärme des Brotes spüren wollten, bevor sie Lust bekamen, es zu kaufen.

Das Mädchen hatte natürlich den Herd ausgehen lassen und war eingeschlafen. Es war kalt im Zimmer. Sie konnte die Glut nicht mehr entfachen, sie war völlig schwarz. Diese jungen

Dinger sind selbst noch Kinder, dachte sie, als sie ein paar
Späne und ein wenig Zeitungspapier hineinstopfte und anzün-
dete. Sie schlief mit offenem Haar in dem eisernen Bett. Fredrik hatte Knöpfe und Garnrollen auf der Decke um sie herum
verstreut. Ingeborg war klein für ihre dreizehn Jahre und hatte
eine eingefallene Brust. Tora nahm an, daß sie die englische
Krankheit gehabt hatte. Eigentlich mochte sie sie nicht. Sie
machte sich Sorgen um Fredrik und Adam, wenn sie dieses Geschöpf nur sah. Sie war aber immerhin gutmütig und geduldig
mit Fredrik, der in einem Alter war, in dem Kinder quecksil-
brig und schwer zu bändigen sind.

Vom Küchensofa her hörte sie das ruhige, säuselnde Atmen.
Sie hatte das Sofa mit einem Brett unterteilt, so daß jedes der
Kinder einen eigenen Bereich zum Schlafen hatte. Es sah drol-
lig aus, fand sie, mit den kleinen Köpfchen, ein jedes nach seiner Seite gewandt. Adam war dunkelhaarig. Sie vermutete,
daß er diese Haarfarbe behalten würde, weil er sie im Alter von
drei Monaten immer noch hatte. Obwohl er so klein war, hatte
er eine gebogene Nase und stark gewölbte Augenlider. Er sah
aus wie ein kleiner Herr.

Es war sehr kühl im Zimmer; sie berührte vorsichtig Adams
Scheitel, um zu prüfen, ob er kalt sei. Ihre Hände waren meh-
lig, so daß in dem dünnen Haar etwas Mehl hängen blieb.
Sachte strich sie es weg und blies ein wenig, als es sich nicht lösen wollte. Er begann mit dem Mund Saugbewegungen zu machen, und sie fürchtete, ihn zu wecken, dennoch konnte sie es
nicht lassen, die Hand ganz leicht an seinen warmen, flaumi-
gen und mehligen Scheitel zu legen. Daß es etwas so Feines
gibt auf der Welt, sann sie. Hoffentlich wacht er nicht auf.
Wacht er aber doch auf, wird er etwas bekommen. Hier soll es
nachts kein bißchen Geschrei geben.

Sie stopfte die Decke um Fredrik, die doppelt zusammengelegt war und viel zu schwer wirkte. Er schlief mit geballten Händen. Aus seinem Mund blubberte Speichel. Er war so eifrig.

Tora schob Ingeborg ganz an die Wand und kroch dann auf das eiserne Bett, ein Tuch um sich geschlagen. Sie schloß ein Weilchen die Augen. Es durfte nicht länger als eine halbe Stunde werden. Sie war jedoch so angespannt und unruhig wegen des Sauerteigs da unten, daß sie nicht still liegen konnte. Nach kurzer Zeit war sie wieder auf und ging gähnend und mit steifen Armen hinunter, um ihn zusammenzukratzen und einzuarbeiten.

Über Mitternacht schlief sie ein paar Stunden, ging dann abermals nach unten und überzeugte sich, daß der Teig ordentlich gegangen war. Als sie ihn abschlug, war er weich und schwer und klitschte über die Unterarme. Sie arbeitete mit dem Rührer mehr Mehl ein und dachte verärgert, daß es klebte, als ob sie noch nie gebacken hätte. Doch sie war nicht mehr so ängstlich, es war nahezu feierlich, Teig auf den Tisch zu legen und ihn mit Streumehl zu kneten. Er fühlte sich unter den Händen warm und kraftvoll an. Jetzt fängt er endlich an, nach etwas auszusehen, dachte sie und bedeckte Trog und Brett.

Sie ging nach oben und wärmte ein wenig Kaffee im Kessel auf, während der Teig auf dem Brett ging. Sie nahm ein Stück Zucker in den Mund, trank dazu den Kaffee und legte die Füße zum Ausruhen auf einen Schemel. Um sie herum war es vollkommen still und dunkel. Durch das Fenster oben in der Kellerwand sah sie nichts. Es beschlich sie das Gefühl, der einzige wache Mensch auf der Welt zu sein. Aber du liebe Güte, es gibt doch wohl viele Leute auf der Welt, überlegte sie. Obwohl wahrscheinlich der ganze Ort schläft. Doch dann kam ihr der Bahnbereich in den Sinn und die Züge, die sie zu der Zeit, als sie im Bahnhofshotel wohnte, jede Nacht gehört hatte. Noch länger zurück, zu der Zeit in Svinefrid, waren jede Nacht hindurch Türen gegangen, und Treppen hatten geknarrt. Ich möchte da drüben wohnen, dachte sie. Auf der Nordseite. Hier ist es jedenfalls ziemlich abgelegen. Hinter dem Haus beginnen die Felder. Sie gähnte und hatte trotz des Kaffees einen benommenen Kopf, aber ihr war klar, daß dies die allerschlimmste Zeit der Nacht war. Bald würde sie munterer werden.

Sie gab mehr Mehl zu und begann, den Teig zu wirken und aufzuteilen. Für jedes Brot wog sie eineinhalb Kilo ab, genau wie sie es gelernt hatte, doch sie kamen ihr schwer und unmöglich vor. Als sie anfing, sie zu formen, gingen die Unterseiten nicht zusammen. Die Oberseiten ließen sich wohl glatt und rund bekommen, doch wie sie den Teig unten auch zusammendrückte, es gab nur eine Menge Falten und Furchen. Beim Aufgehen würde das große Löcher und Blasen im Brot geben. Von einem solchen Brotlaib würde man keine einzige saubere und ganze Scheibe abschneiden können.

Jetzt wurden ihre Hände nervös. Sie wußte plötzlich nicht mehr, wie sie es sonst gemacht hatte. Das war ja nicht gerade etwas, worüber man nachzudenken pflegte, die Hände arbeiteten gewöhnlich von alleine. Schließlich schmiß sie das Stück hin, es war wie verhext. Sie strich das Mehl an der Schürze ab und trank ein wenig aufgewärmten Kaffee. Ihr fiel die alte Müllerin in Vallmsta ein, ein von Natur aus galliges Wesen, die aber so feine Brote buk. Wenn es nicht gut vonstatten ging, bekam sie solche Zustände, daß selbst der Müller Angst vor ihr hatte. Er steckte dann immer erst vorsichtig den Kopf durch die Tür, um ihre Stimmung zu ergründen, bevor er eintrat.

»Gehn die Laiber, Fia?« fragte er.

Tora erinnerte sich an die Stimme des Großvaters, wenn er den ängstlichen Müller nachahmte. Sie lächelte, und die Hände begannen von alleine zu arbeiten. Die rechte Hand ließ den Teig rotieren, und die linke Hand stützte ihn. Nun ging er unten zusammen. Es wurden runde, hohe Laibe. Sie legte sie auf Flockenkissen aus Gare und fühlte sich aufgeräumt, als sie sie betrachtete. Jetzt konnte sie hinaufgehen und Adam stillen, während sie trieben. Es war gutgegangen, doch sie wünschte, daß ihr dieser Gedanke nicht gekommen wäre, denn noch stand das Backen bevor. Sie klopfte mit dem Zeigefingerknöchel leicht auf das Holz des Backbretts, um sicher zu sein.

Adam schlief, doch sie nahm ihn hoch und legte ihn schnell an die Brust, so daß er erst gar nicht dazu kommen konnte, Fredrik zu wecken. Er war so schläfrig, daß er nur ein paarmal saugte, dann glitt die Brustwarze aus seinem Mund, und er lag da und blubberte Speichel und Milch, ohne daß Tora es zunächst merkte, denn sie rechnete aus, wie viele Brote sie verkaufen mußte, damit sich das Mehl bezahlt machte.

Sie klopfte ihm ein wenig auf den Hintern, als sie merkte, daß er müde geworden war, und er fing erneut an. Nach einer Weile trank er gierig und schnell. Tora hatte jetzt die Lampe angezündet, sie saß da und sah sich im Zimmer um. Fredrik hatte eine Menge Sachen hervorgezogen, die er in Ruhe lassen sollte. Ingeborg war wohl zu gutmütig, doch lieber so als das Gegenteil. Auf der Kommode erblickte sie den Trauerbrief. Sie hatte zwei Stück aufgehoben, damit jeder der Jungen einen bekäme, wenn sie groß waren. Fredrik mußte auf die Kommode geklettert sein und die Schublade unter dem Rasierspiegel aufgezogen haben. Ärgerlich sah sie Ingeborg an, die schnorchelte und mit offenem Mund schlief.

Nachdem Adam mit dem Trinken fertig war und sie ihn gewickelt hatte, legte sie ihn zurück in das Sofa und hob dann den Brief auf und einige Knöpfe, die Fredrik aus der Kommode gezogen hatte. Eine Vase war umgefallen, aber nicht kaputtgegangen. Merkwürdig war, daß er das Papier des Trauerbriefs nicht zerrissen hatte. Er hatte starke, knubblige Finger. Das hätte auch nichts gemacht, ging es ihr plötzlich durch den Kopf, denn sie schämte sich nachträglich für das äußerst kostspielige, dicke Papier mit dem drei Zentimeter breiten, schwarzen Rand, der wie Seide glänzte, und auf dem sich zwischen Palmwedeln, Kreuzen und Strahlen trauernde Engel abzeichneten, die die Stirn in die Hand stützten. Sie hatte Geld gekostet, diese Pracht und Herrlichkeit.

Jetzt im nachhinein war ihr klar, daß sie nur wegen des einen, der seiner alten Mama in Göteborg zugehen sollte, so teure Trauerbriefe hatte drucken lassen. Es war Wahnsinn, wenn man hinterher darüber nachdachte. Doch damals empfand sie es als notwendig und richtig. So war es seinerzeit mit allen Ausgaben gewesen. Hinterher war es Wahnsinn.

Valfrid hatte ihr mit dem Text geholfen. Da war er richtig in seinem Element. Er hatte vorgeschlagen, daß sie drucken lassen solle: »Mein Geliebter, mein teurer Gatte.« Doch Tora hatte ihn zur Ernüchterung gebracht, und sie hatten sich begnügt mit: »Hiermit zeige ich an, daß mein geliebter und treuer Gatte Fredrik Adam Otter.« Den Vers hatte auch Valfrid geschrieben. Er war sehr eifrig gewesen. »Ja schau, ich versteh' nichts von Poesie«, hatte Tora gesagt. »Aber Otter!« brach Valfrid aus, und da nahm sie den Vers. Jetzt aber hatte sie ihn viele Male gelesen und fing an, aus ihm klug zu werden. Sie fand ihn sehr schön.

Langsam glättete sie das steife Papier, das Fredriks Finger zerknittert hatten. Sie legte den Brief nun lieber in die Kommodenschublade unter die Blusen. Diese Schublade würde er nicht aufmachen können, dazu war sie zu wuchtig und schwergängig. Nachdem sie sie geschlossen hatte, stand sie einen Augenblick und sah auf die Schublade.

Sie wußte, daß Trauer eine schwere Arbeit war. Sie lag aber noch vor ihr. Noch hatte sie keine Zeit. Noch keine Kraft.

Ihr war ein wenig feierlich zumute, als sie wieder in den Keller hinabging. Es war viel Brot, es war die größte Bäckerei, die sie je gesehen hatte. Jetzt müßte es aufgegangen sein. Die Brotlaibe ruhten schwer und rund in den Vertiefungen ihrer Kissen. Auf der Oberseite waren sie schon leicht aufgerissen. Das war genau der richtige Zeitpunkt, um mit dem Backen zu beginnen. Sie legte ein wenig Holz auf, kehrte den Ofen aus und schloß die Klappe. Dann nahm sie den Brotstupfer zur Hand. Jetzt müßte ich ein Mädchen haben, dachte sie. Wie Großmutter. »Stupf's Brot ein, während ich 'n Ofen auskehr'«, hatte Sara Sabina immer gesagt.

Die Brote mußten eine Stunde backen, bevor sie sie mit dem Brotschieber herausnehmen und mit einem in warmes Wasser getauchten Lappen bestreichen konnte. Um den Ofen wurde es heiß, doch der Fußboden war nach wie vor kalt, und entlang der Wände zog es. Sie war froh, daß sie Kissen untergelegt hatte. Bei dem Zug wären sie sonst niemals aufgegangen.

Es schnitt in den Füßen, wenn sie auf dem Boden hin und her lief. Wenn dieser Tag vorbei ist, dachte sie, wollte den Gedanken aber dann doch nicht zu Ende denken. Wenn man Kunden bekäme, Stammkunden, auf die man sich verlassen könnte. Dann könnte man ihnen erzählen, daß die Brote besser würden, wenn man sie noch einen Tag liegen ließ. Dann könnte man am Tag davor backen und bräuchte nachts nicht aufzubleiben. Das dürfte für die Leute doch wohl nicht schwer zu begreifen sein. Wo es außerdem wahr war.

Vor dem Fenster hatte es zu dämmern begonnen, und auf der anderen Seite der Wand hämmerte schon der Schuster. Wäre er nicht so dumm, würde er Kaffee bekommen, überlegte Tora. Sie hatte starken, guten Kaffee gekocht und bestrich damit jetzt die ersten fertigen Brotlaibe sowohl auf der runden Oberseite als auch unten. Sie wurden glänzend und braun.

Sie setzte sich und trank den Kaffee heiß aus der Untertasse, während sie das Backen abwartete. Die Sonne war aufgegangen. Vor dem Kellerfenster sah man nur den Schnee, der die Scheibe halb bedeckte, und einen Streifen Himmel, fahl vor Kälte. Ihr Rücken und die Schultern waren steif und schmerzten. Sie betastete die Unterarme und verfolgte den schmerzenden Muskel bis hinauf zum Ellbogen. Die Haut war dort überall schorfig vom Teig. Sie durfte nicht vergessen, sich zu waschen, bevor sie sich für den Markt zurechtmachte.

Der Kaffee wärmte bis hinunter zum Magen. Sie fand, daß es auch hinter ihren Augen heller wurde. Sie würde keine

Kopfschmerzen bekommen. Es ist gutgegangen, dachte sie und betrachtete die glänzenden Brotlaibe. Jetzt darf man tatsächlich behaupten, daß es richtig gutgegangen ist.

Als es bei Sara Sabina ans Sterben ging, ließ sie Tora aus dem Ort holen, damit sie bei ihr wäre. Es war in der zweiten Maiwoche, in der Woche, wo in den Wäldern die Kuckucke zu rufen beginnen und die Bäume und Sträucher nur für ein paar Stunden in den kühlen Nächten innehalten auszuschlagen.

Tora verstand sofort, daß es ernst war, denn sie hatte noch nie um Hilfe gebeten. Sie wußte nicht recht, was der Großmutter fehlte, denn sie schien nicht krank zu sein. Nur manchmal sagte sie, daß sie müde wäre und im Bett liegen müßte. Im letzten Jahr war sie stark abgemagert. Tora wußte, daß sie Beschwerden hatte, denn sie konnte den Rockbund nicht zuknöpfen, ohne angespannt und gequält auszusehen. Dann huschte ein merkwürdiger grauer Schatten über ihr Gesicht, und sie setzte sich vorsichtig und machte ein paar Knöpfe auf, um den Bund in der Taille zu lockern.

Als Tora im Frühjahr einmal nach Äppelrik kam, sah sie ihr Gesicht im Fenster. Es war grau und schemenhaft und sah keineswegs einladend aus. Wenn sich die alte Frau auch keinen Gefühlen hinzugeben pflegte, so war es ihr doch vollkommen fremd, abweisend und gleichgültig zu sein. Tora wurde verlegen und schlug die Augen nieder. Als sie wieder aufsah, war das Gesicht verschwunden, aber an dessen Ausdruck erinnerte sie sich so deutlich, als wäre es noch da und spielte sich in dem dünnen Fensterglas, das voller regenbogenfarbiger Blasen war.

Als sie in die Hütte trat, war die Großmutter nicht da. Ein Weilchen später kam sie mit einem kleinen Sack Kiefernzapfen, die sie zum Kaffeekochen gesammelt hatte. Da wurde Tora klar, daß sie ein Gesicht gehabt hatte. Sie deutete es so, daß Sara Sabina nicht mehr lange leben würde.

Tora beschloß, sich vom Backen und vom Markt freizunehmen, als die Großmutter sie holen ließ, und sie bat Emma Lundholm, die Kinder in ihre Obhut zu nehmen. Adam war sechs Monate alt und bereits abgestillt, da sie keine Milch mehr hatte. Bisher war sie deswegen traurig und von sich selbst enttäuscht gewesen, doch jetzt, da sie ihn weggeben mußte, machte es die Sache unbestreitbar einfacher. Sie brachte ihn zu Emma. Als sie ihn verließ, fand sie, daß er klein und dünn aussah. Der stämmige und pummelige Fredrik, der bald zwei Jahre alt war, guckte ihr nicht einmal nach, als sie ging. Er war daran gewöhnt, daß Emma sich an den Markttagen um sie kümmerte.

Sie kam am Sonntagnachmittag nach Äppelrik, und fast den ganzen Weg kreisten ihre Gedanken um die Kinder und den aufgeschobenen Marktverkauf. Das letzte Stück aber trieb es sie zur Eile. In großer Angst lief sie quer über den Birkenhang unterhalb der Kate. In der feuchten Nordlage standen immer noch Leberblümchen, doch sie waren verwachsen und verblüht; die Blütenblätter glitschten über ihre Schuhe.

Es sah aus, als sei mit der Kate alles in Ordnung. Tora ließ einen besorgten Blick über den Hof schweifen und sah, daß die Vortreppe gefegt war und eine ausgespülte Milchkanne umgekippt zum Trocknen auf der Bank stand. Doch dann fiel ihr Blick auf einen Eimer im Gras. Sara Sabina mußte ihn auf dem Weg vom Brunnen zur Hütte dort abgestellt haben, weil sie ihn nicht mehr länger zu tragen vermochte. Obwohl nur ein paar Tropfen Wasser darin waren. Voller Unruhe rannte Tora die letzten Schritte über den Rasenplatz zur Tür der Hütte.

Sie lag. Der kleine Körper ruhte tief im Ausziehsofa unter einer sperrigen, gefleckten Decke. Sie war vollständig angezogen. Tora sah sofort, daß ihr Gesicht vor Schmerzen grau und streng war. Als sie die Augen aufschlug, begegnete ihr ein verschleierter Blick. Als sie Tora erkannte, wurde er jedoch lebhaft, und um den dünnen Mund zuckte es, als wollte sie lächeln.

Tora holte als allererstes Wasser für sie. Sie fand, daß sie um den Mund herum trocken aussah und daß sich die Zunge nur mühsam bewegte, als sie zu grüßen versuchte. Das Brunnenwasser war aber so eisig kalt, daß sie erst den Herd anmachte, um es ein wenig zu wärmen. Das Anheizen war ja nunmehr eine simple Angelegenheit. Rickard hatte Geld geschickt für einen Herd, und seit fast einem Jahr war jetzt unter dem großen Rauchfang ein kleiner Norrahammar eingemauert.

Tora befeuchtete ihr die Lippen, die nur schwer zu finden waren. Der Mund war über dem Gaumen eingesunken, und die Haut war trocken und hart. Doch in ihren Augen war Leben, sie waren dunkel. Tora hatte sich bisher noch nie vergegenwärtigt, daß sie so dunkle Augen hatte.

»Habt Ihr Schmerzen, Mutter?«

Die alte Frau schüttelte den Kopf. Sie sah schon viel besser aus. Jetzt holte Tora das saubere Leintuch, das sie mitgebracht hatte, und breitete es auf der eisernen Bettstatt aus. Es war ihr feinstes Laken. F. A.s Mutter hatte vier Paar geschickt, nachdem sie von seiner Heirat erfahren hatte. Es hatte einen Hohlsaum, und in Plattstichen waren ineinander verschlungen die Buchstaben FAO darauf gestickt.

Dann zog sie der Großmutter die Jacke, den Rock und das graue wollene Unterhemd aus. Sie fror wohl ein bißchen und sah sie dunkel an, sagte aber nichts, und Tora begann sie behutsam mit einem Lappen, den sie in das angewärmte Wasser getaucht und ordentlich ausgewunden hatte, zu waschen.

»Sagt, wenn's zu kalt is«, bat sie.

Sie war zusammengeschrumpft. Auf Bauch und Brust war

336

nur noch faltige Haut. Der Leib und die Handrücken waren mit braunen Warzen und Flecken übersät. An den Armen und Beinen sah man die Sehnen durch die Haut, und die Gelenkknochen schienen größer geworden. Tora fiel es schwer, mit dem zerbrechlichen Körper umzugehen. Sie tat es ohne Widerwillen, doch mit einer Ängstlichkeit, die ihre Bewegungen linkisch werden ließ. Sie zog sie an und half ihr hinüber in das eiserne Bettgestell. Dort wirkte sie noch kleiner. Sie schauderte, denn das Laken war anfangs noch kühl. Das Nachthemd hatte Tora mitgebracht, es war eines von ihren eigenen. Es war aus gelblichem Flanell und legte sich in großen Falten um Sara Sabinas Körper. Tora nahm einen Kamm und zog ihn ganz behutsam, um die Kopfhaut nicht zu kratzen, durch das lichte, graubraune Haar. Sie faßte die Strähnen hinten zusammen und flocht daraus einen Zopf, der dünn wurde wie ein kleines Grasbüschel, drehte ihn zusammen und hielt ihn mit einem Band fest. Haarnadeln traute sie sich nicht zu benutzen, da sie Sara Sabina verletzen könnten, wenn sie sich hinlegte.

Zu guter Letzt nahm Tora die schwere Flickendecke weg und holte aus der Truhe eine bunte, aus Wollresten gehäkelte Decke. Obenauf legte sie ihr eigenes graues Tuch und spürte, daß es leicht und warm wurde.

»Das is die gutigste Deck«, sagte die alte Frau vorwurfsvoll, doch Tora schwieg und deckte sie ordentlich zu.

Sie wußte nicht genau, wie schlecht es der Großmutter ging. Manchmal sah es aus, als husche ein grauer Schatten über ihr Gesicht, doch woher diese Düsternis kam, wußte Tora nicht. Jetzt schlummerte sie, und ihre Finger zupften abwesend an der Kante des Lakens. Sie war schon lange nicht mehr in der Lage, tief zu schlafen. Unter den Augenlidern war ständig eine unruhige Bewegung. Beim leisesten Geräusch wachte sie auf und döste dann wieder ein, wenn sie gegen das, was sie beunruhigte, nichts zu tun vermochte.

Tora hatte in ihrem Korb Weizenbrot mitgebracht, das

nahm sie nun, schnitt die Rinde ab, weichte es in frischer, ange-
wärmter Milch ein und streute etwas Zucker darüber. Die
Großmutter nahm es zu sich, als sie gefüttert wurde, schluckte
aber nicht richtig. Aus dem Mundwinkel rann ein wenig Milch.

»Versucht es runterzuschlucken«, sagte Tora und stützte
sie, damit sie sich im Kissen aufrichten konnte. Sie wurde von
Panik ergriffen und glaubte, daß sie sie unsanft behandelte.

»Ihr müßt runterschlucken«, bat sie. »Dann hören wir auf
damit.«

In dem mageren Körper arbeitete es. Schließlich konnte sie
ausruhen und atmete gleichmäßiger. Sie schlug die Augen auf
und sah Tora an, die sich nicht entsinnen konnte, daß sie einen
solch dunklen und klaren Blick hatte. Man nimmt so wenig
wahr aneinander, dachte sie. Selten nur kommt man sich so
nahe, daß man einander richtig wahrnimmt.

Sara Sabina schlief ein. Sie hatte jetzt keine Mühe mit dem
Atmen. Tora faßte vorsichtig um ihr Handgelenk und fühlte
den Puls unter der trockenen Haut. Er fühlte sich an wie ein
Vogelherz.

Am Sonntagabend, als Tora zum Keller ging, war es warm,
und sie mußte stehenbleiben und der Amsel zuhören, die sich
in der Birke niedergelassen hatte. Sie sang herzerweichend und
sanft plappernd, als ob sie sie um etwas bitten wollte. Sorgfältig, ja umsichtig flocht sie die Triller zu Melodien, als gäbe es
keine Aufregung und keine Hast auf dieser Welt. Sie saß ganz
oben in der Birke bei der Hütte, die früh ausgeschlagen und
schon gezähnte Blätter bekommen hatte. Es war eine Hänge-
birke. Im Sommer würden sich ihre Zweige, wenn der Wind
durch sie strich, schwerfällig bewegen wie Gras unter Wasser.
Sie würde bis weit in den Spätherbst hinein grün bleiben, denn
es war eine wundersame Birke. Doch über die weiße Schlange,
die unter ihrer Wurzel lebte, hatte viele Jahre lang niemand gesprochen.

Als sie aus dem Keller kam, dämmerte es bereits. Ein Igel

huschte aus dem Sockel der Hütte hervor. Unter dem Dachfirst baumelten Fledermäuse, wagten sich aber nicht hinaus zwischen die Bäume. Der Maiabend war noch zu hell. Der Igel wühlte und raschelte mit etwas bei der Steinplatte vor der Tür und zeigte keine Furcht. Tora begriff, daß die Großmutter ihm abends immer ein paar Tropfen Milch hinstellte. Sie war schon drauf und dran, in den Keller zurückzugehen; dann mußte sie aber daran denken, daß es in der Hütte bald leer sein würde und er sich genausogut daran gewöhnen konnte, keine Milch mehr zu bekommen. Sie ging hinein und schloß die Tür hinter den langen und bedächtigen Flötentönen der Amsel.

Sie war jetzt müde. Zuerst saß sie eine Weile an Sara Sabinas Seite, doch die schlief und atmete ohne große Mühe, so daß Tora sich entschloß, sich auf das Sofa zu legen. Sie könnte ein bißchen schlummern und dennoch von Zeit zu Zeit ein Auge auf die Großmutter werfen. Sie wurde immer seltener wach. Gegen Morgen fiel sie schließlich in tiefen Schlaf und erwachte erst, als ihr die Sonne ins Gesicht schien. Die alte Frau wirkte erholt und schaute sie vom Bett aus mit dunklen und ganz klaren Augen an.

»Fühlt Ihr Euch besser?« fragte Tora.

»Mit mir hat's keine Not«, antwortete Sara Sabina.

Tora rührte ihr ein Süppchen aus Weizenmehl und bemühte sich, es recht schaumig und leicht zu machen. Zum Schluß drückte sie ein großes Butterauge hinein. Die Großmutter wollte aber nichts haben.

»Das is mir z'wider«, meinte sie.

Sie trank nur ein bißchen Wasser. Als Tora ihr Bett auf dem Ausziehsofa machte, sah Sara Sabina ihr eine Weile zu und sagte dann:

»Das kann schon seine Zeit dauern hier.«

»Darüber sollt Ihr Euch keine Gedanken machen«, erwiderte Tora. »Denkt bloß ans Ruhn, hier pressiert's keinem von uns.«

»Ich denk' nur dran, daß du für'n Markt backn mußt.«

»Das kann warten.«

Die Großmutter schwieg ein Weilchen und hatte etwas Mühe zu atmen. Dann fragte sie nach den Jungen.

»Die sind bei Emma«, antwortete Tora. »Sie nimmt sie, solang's nötig is. Doch jetzt werd' ich hinlangen und ein bißchen aufräumen hier.«

»Ja, wenn Zeit hast, dann isses gut«, meinte Sara Sabina. »Man will's ja gern sauber hinterlassn, auch wenn man's selber nicht mehr schafft.«

Als erstes ging Tora in den Stall und sah nach, ob dort Gerümpel herumlag. Es war ein niedriger Bau, der unter einen großen Steinsockel gegraben war, so daß die zwei Kühe, die der Soldat gewöhnlich gehabt hatte, genaugenommen unter der Erde gelebt hatten, in Boxen, die von großen Steinblöcken umgeben waren. Der Fußboden bestand nur aus festgetretener Erde, doch die Kühe hatten auf Holz gestanden und zum Kalben Stroh eingestreut bekommen. Sie waren an dem dunkelbraunen, blankgescheuerten Querbaum festgebunden gewesen, an dem Tora jetzt stand und sich festhielt. Sie erinnerte sich längst vergangener früherer Morgen, da sie und Rickard ihre kleinen Arme voll Heu dorthin getragen und es den Kühen vorgelegt hatten, ängstlich, daß etwas verloren gehen könnte.

Jetzt war es kalt im Stall, und es roch seltsam und streng, alt und abgestanden. Es war lange her, daß es hier drinnen nach frischem Mist und warmen Tierkörpern gerochen hatte. In den Fensternischen hingen riesige Spinnweben. Tora trieb es weg von dort.

Auf dem Heuboden lagen einige Rechen, eine kleine, hölzerne Zahnegge und der Häufelpflug, mit dem der Soldat die dünne, braune Erde beackert hatte. Dann war da noch ein Blechkübel mit löchrigem Boden, den würde sie wegwerfen, aber im Grunde gab es hier nichts mehr zu tun. Es war schon lange zu Ende.

Sara Sabina hatte im Winter Brennholz bekommen, doch jetzt lagen im Holzschuppen nur mehr krumme Zweige, die sie im Wald gesammelt hatte, und ein Sack mit Zapfen. Tora nahm einen Korb voll Feuerung mit ins Haus und beschloß, am Nachmittag in den Wald zu gehen und noch mehr zu sammeln.

Die Großmutter wirkte etwas lebhafter, als sie eintrat und sich umzusehen begann, was im Haus aufzuräumen und sauberzumachen war. Normalerweise arbeitete Tora schnell, doch jetzt wollte sie sich Zeit lassen, damit ihr die Arbeit nicht ausginge. Das klappte jedoch nur anfangs. Bald hatte sie rote Wangen, und sie merkte, wie sich ihre Stimmung durch die Eile und die Freude, etwas schaffen zu können, hob. Obschon Sara Sabina im Bett lag und ihr nur mit den Augen folgte, war es doch beinahe wie früher, wenn sie zusammen etwas getan hatten. Sie besprachen, was weggeworfen und was aufbewahrt werden sollte.

Sie sah die Kleider in der Truhe durch. Von der Hinterlassenschaft des Soldaten war nur noch die Dienstuniform im Haus. Die Paradeuniform war immer in der Truhe der Rotte beim Bauern in Skebo verwahrt gewesen. Außerdem waren noch ein schwarzer Rock und ein fadenscheiniges, schwarzes Seidenkopftuch da und eine graue Strickjacke, die Tora wiedererkannte. Anstelle von Knöpfen hatte sie gestrickte, zusammengedrehte Knoten, die durch gehäkelte Schlaufen gezogen wurden. Sie legte die Kleider auf die Schlachtbank vor der Tür. Es war nicht mehr sonnig wie am Morgen.

»Aber sie werden jedenfalls gelüftet«, sagte sie zu Sara Sabina.

»Ich werd's Fenster im Aug' behaltn, ob's z'regnen anfängt«, versprach die alte Frau, doch sie war müde und schlief darüber immer wieder ein, und wenn sie aufwachte, wurde sie ängstlich, weil sie wieder nicht aufgepaßt hatte.

Am Dienstagmorgen, als Tora aufstand, war die Dämmerung silbergrau und die Spinnweben waren schwer vom Tau.

Der Fliegenschnäpper, der dabei war, den Nistkasten am Giebel des Holzschuppens in Besitz zu nehmen, konnte bei dem trüben Wetter nicht weitermachen und war ruhig und dösig.

Tora scheuerte die Kammer. Die Tür stand offen, und Sara Sabinas dunkle Augen waren auf sie gerichtet. Sie sagte nichts, Tora nahm aber gleichwohl einen Nagel und fuhr damit durch die Ritzen. In der Küche war der Fußboden verschlissen und holprig. Vor dem Herd war das Holz bis auf die Nägel abgetreten.

»Soll ich mir jetzt die Fenster vornehmen?«

»Naa, ich glaub's gibt Regen.«

Sowohl am Mittwoch als auch am Donnerstag war die Luft verhangen. Es nieselte. Draußen hielt der Sommer inne, der Erdboden atmete ruhig durch das feuchte Gras, und die Amsel schwieg. Doch die Grünfinken, die sich in den jungen Fichten an der Ecke des Holzschuppens ihr Nest gebaut hatten, rauften sich und tirilierten und kümmerten sich nicht um den Nebel.

Tora hatte einen Sack auf den Küchenboden gestellt, in den sie alten Krempel steckte. Wie wenig Sara Sabina auch besaß, es gab doch das eine oder andere, das zu zerschlissen oder verbraucht war, und diese Sachen sollte Tora wegwerfen. Es handelte sich dabei um ein paar eiserne Gabeln mit verbogenen Zinken, einen kaputten Blechbecher und eine alte Decke, die oben auf dem Dachboden gelegen hatte und schon so lange den Mäusen als Nest gedient hatte, daß sie fast verrottet war. Abgetragene Stiefel fanden sich noch und einige Schnapsflaschen vom Soldaten.

»So 'n Zeug will man nicht hinterlassn«, sagte die alte Frau.

Der Sack war voll, und Tora ging ihn im Moor versenken. Sie schritt bedächtig den Pfad entlang und fand tatsächlich ein paar Morcheln an der Stelle, wo sie wußte, daß gewöhnlich welche wuchsen. Die Buschwindröschen blühten immer noch, doch sie waren verwildert und rotstichig. Durch das Netzwerk verwelkter Farnblätter des letzten Jahres trieben jetzt die frischen Krummstäbe aus, geschuppt und haarig von braunem Flaum. Der Wald war säuerlich von dem neuen Wachstum, doch das Immergrün, die Moose und das Preiselbeergestrüpp verbreiteten einen würzigen, herben Geruch. Als sie mit den Morcheln in der Hand zur Kate zurückkehrte, sah sie die erste Rauchschwalbe.

Sara Sabina lag unverändert still, die Hände an der Hohlsaumkante des Lakens. Die Zeit verging nun langsamer für sie. Sie waren jetzt allein, und bis zu den nächsten Menschen schien es weit. Obwohl es eigentlich bald erledigt wäre, einen Krug Milch zu holen, dachte Tora. Die alte Frau wollte jedoch nichts haben, und Tora aß ein Butterbrot und trank dazu Kaffee, den sie beständig warm hielt.

Sie hatte sich ein Stück geräucherten Schinken mitgebracht, davon schnitt sie etwas ab und legte es auf eine Scheibe ihres Brotlaibes. Obschon sie auch den ersten Schnittlauch, der in einem Büschel neben der Steinplatte aufgeschossen war, abschnitt und auf das Brot streute, wollte es ihr nicht schmecken. Sie merkte, daß sie immer schwermütiger wurde, je weniger sie noch tun konnte, und zweitweise saß sie da und betrachtete das kleine, graue Gesicht auf dem Kissen, dessen Züge zu verschwinden und einzusinken begannen.

Früh am Freitagmorgen wachte Tora davon auf, daß ein Fenster heftig klapperte, und dann lag sie da und horchte auf den Sturm, der in den Morgenstunden aufgekommen war. Sara Sabina lag wach und sah sie an. Die Küche und die Kammer waren jetzt in Ordnung gebracht, es gab kaum mehr was zu tun. Sie hatte die Schlachtbank vom Hof getragen und einen beschädigten Eimer vom Brunnen entfernt. Soweit das Auge reichte, war alles ordentlich und sauber, Sara Sabinas Blick war jedoch oberflächlich und unruhig, als sie sich umschaute.

»Es is alles in Ordnung«, meinte sie.

»Ja, ich muß mir nur noch d' Fenster vornehmen. 's Wetter wird jetzt wohl besser.«

»Du bist immer 'ne gute Arbeiterin gwesn, man kann's nicht anders sagen.«

Sie hatte wieder die schmerzhaften Schatten um den Mund. Die Finger kniffen unablässig in das Laken.

»Gell, du mußt den andern dann Bscheid sagn, wenn's soweit is.«

Tora schwieg und überlegte, doch dann verstand sie, daß die Großmutter von ihren anderen Kindern sprach, die viel älter waren als Tora und die sie nur selten gesehen hatte. Es waren ja eigentlich ihre Tanten und Onkel.

»Die ham ja Arbeit«, sagte Sara Sabina. »Die ham ihr Auskommen. Man kann's nicht anders sagen. Alle miteinand.«

Tora nickte nur.

»Ja, Frans is g'storbn«, fuhr die Großmutter fort. »Und Edla auch.«

»Ja«, sagte Tora.

»Rickard kann sich wohl durchbringen. Er hat ja in d' Lehr gehn dürfn. Da isses nicht so schlimm. Aber man weiß ja nicht, in Amerika. Ob's da genauso is.«

»Das geht bestimmt in Ordnung.«

»Man weiß auch nicht, was das für 'ne Frau is, die er da erwischt hat.«

»Ihr solltet Euch jetzt hinlegen«, meinte Tora. »Das strengt an, aufrecht im Bett zu sitzen.«

»Ich hab' an den Buben gedacht«, sagte die Großmutter, und ihr Blick flackerte unruhig und wollte sich nicht auf Toras Gesicht richten. Sie versuchte ihr zu helfen, sich hinzulegen, doch fiel ihr da das Atmen schwerer. Und sie wollte jetzt sitzen bleiben und zu Ende reden.

»Dein Bub«, fuhr sie fort. »Ich hab' auch gestern an ihn gedacht. Ja, ihm geht's gut. Er is versorgt. Und das sind brave Leut'.«

Tora wollte nach ihm fragen, doch etwas sperrte sich. Sie bekam nicht einen Ton heraus.

»Er is jetzt neun«, sagte Sara Sabina.

»Wie rufen se ihn denn?« brachte Tora endlich heraus, doch sie war so trocken im Hals, daß sie noch einmal fragen mußte, damit man es hören konnte.

»Erik heißt er. Sie selber heißen ja Johansson. Aber er heißt Erik Lans. Der Pfarrer hat's so eingetragen.«

Sie schwieg ein Weilchen und hielt die unruhigen Augenlider so lange geschlossen, daß Tora schon glaubte, sie sei eingeschlafen. Doch dann begann sie wieder zu sprechen, und Tora mußte sich vorbeugen, um sie zu verstehen.

»Du wirst's schwer haben mit zwei Buben. Ganz bestimmt. Und so allein.«

»Das muß halt gehn«, sagte Tora.

»Das tut's wohl immer«, murmelte Sara Sabina. »Irgendwie.«

Jetzt schlief sie doch ein wenig. Tora befühlte ihre Hand und fand sie so kalt, daß sie sie unter die Decke steckte. Sie spürte, wie der Kummer in ihr wuchs, wenn sie das trockene und runzlige Gesicht betrachtete, das ausdruckslos und unbewegt im Kissen ruhte. Einzig die Augäpfel hinter den dünnen, faltigen Augenlidern konnten noch nicht stillhalten. Wenn se jetzt nimmer aufwacht, ging es Tora durch den Kopf, und sie fühlte sich schwer vor Niedergeschlagenheit und Schmerz und mußte sich richtig anstrengen, um sich vom Stuhl zu erheben und nicht mit untätigen Händen sitzen zu bleiben.

Es stürmte den ganzen Freitag, aber es war ein warmer Südwind, und die Sonne brach durch die Wolken. Am Waldrand schlug die Traubenkirsche aus. Die Schmetterlinge flatterten durch das Gras, als wären die Blütenblätter der Leberblümchen und des Scharbockskrauts vom Wind losgerissen worden. Es waren gelbe Zitronenfalter und kleine, flinke Bläulinge. Der große Trauermantel setzte sich bebend auf den Brunnenschwengel, und Tora wollte nicht die Hand heben, sondern wartete mit dem Eimer, bis er auf und davon flog.

Als sie von dem grellen Licht draußen ins Haus zurückkehrte, sah Sara Sabina grau und dünn aus in ihrem Bett. Sie war wie Asche, die Sonne konnte durch sie hindurchscheinen. Tora mußte prüfen, ob die Decke und das Tuch zu schwer waren. Sie hatte das Interesse an Toras Reinemachen verloren. Nach innen, ihren Qualen zugewandt, atmete sie mühsam und hörbar, und ihr Atemgeräusch folgte Tora, wo immer sie sich in der Küche und der Kammer bewegte.

Am Abend legte sich der Sturm. Die Luft war warm und duftete nach allem, was nun zu blühen begann, am meisten aber nach der großen Traubenkirsche am Waldrand. Der Waldlaubsänger saß in ihrem Wipfel und legte den Kopf zurück, wenn er sang, und ließ den gelben Fleck auf der Kehle vibrieren. Drinnen in der Küche jedoch wurde das Atmen für Sara Sabina immer mehr zur Arbeit. Tora richtete sie vorsichtig im Kissen auf, doch es half nichts. In dieser Nacht schlief sie überhaupt nicht, sondern saß bei ihr, und einmal mußte sie ihr Nachthemd und Laken wechseln.

Am Samstagmorgen war es warm und still. Tora ging hinaus und betrachtete die frisch geputzten Fenster und befand, daß sie ordentlich geworden waren. Die Großmutter atmete ein wenig ruhiger und erwiderte Toras Händedruck mit einer schwachen Bewegung. Aber sie sah nicht auf. Sie beschloß es zu wagen, sie ein Weilchen allein zu lassen, während sie schlief, denn sie wollte frisches Fichtenreisig für die Vortreppe holen. Sie ging aber nur bis zur Ecke des Holzschuppens, wo Jungfichten in die Höhe zu schießen begannen, jetzt, da niemand mehr um die Kate herum rodete.

Das letzte, was sie am Nachmittag machte, war, den Rauchfang zu weißen, aber die Großmutter hatte jetzt schon so lange regungslos dagelegen und nicht aufgeblickt, daß Tora am liebsten alles stehen und liegen gelassen hätte. Sie mußte sich regelrecht dazu überreden, fertig zu weißen, doch dann setzte sie sich. Hinter ihren Augenlidern brannten die Tränen. Als sie

346

eine Weile so dagesessen hatte, wurde ihr etwas ruhiger zumute, und sie glaubte fast, die schweren Atemgeräusche der Großmutter besser ertragen zu können, wenn sie neben ihr saß und ihr Gesicht betrachtete. Die Augen schlug sie gar nicht mehr auf, Tora vermutete aber, daß sie hörte, denn ihr Gesicht veränderte sich beim Klang von Toras Stimme.

Die Tür stand offen. Tora hörte von Vallmsta das Einläuten des Sonntags. Eine ganze Arbeitswoche war vergangen, der Wochenputz war gemacht, und alles war fertig. Wohin sie auch sah, es gab nichts mehr zu tun. Irgendeine Handarbeit hatte sie nicht mitgenommen. Durch die offene Kammertür fiel ihr Blick auf die Bibel des Soldaten auf der Kommode. Keine von ihnen hatte während dieser Woche an sie gedacht, sie erinnerte sich jedoch daran, daß die Großmutter ihr erzählt hatte, daß sie Johannes Lans habe vorlesen müssen, als er krank daniederlag und starb.

Sie selbst wollte wohl nichts hören. Außerdem war es zu spät. Schon stand ihr mit jedem Atemzug eine schwere Arbeit bevor. Tora nahm ihre Hand und blieb still sitzen, bis es von der Tür her kalt zu ziehen begann und draußen die Dämmerung hereinbrach. Da stand sie auf und machte die Tür zu. Aber dann verließ sie den Stuhl nicht mehr, bis die langen, mühevollen Atemzüge aufgehört hatten. Da war es bereits Nacht und finster.

Sie hielt die Hand so lange in der ihren, wie sie noch etwas Wärme hatte. Nun war es zu spät, um nach Vallmsta zu gehen und das Nötige zu regeln. Sie konnte doch niemand wecken. Sie war müde. Ihr war klar, daß sie der Großmutter in der Kammer das Bett richten und sie hineintragen und dann in der Küche wachen müßte. Sie hatten jedoch die ganze Woche zusammen in der Küche gelegen, damit sie in ihrer Nähe war, und sie sah darin jetzt auch keinen so großen Unterschied. Die Müdigkeit übermannte sie fast. Sie beschloß, sich nur noch hinzulegen, wie sonst auch. Sie hatte keine Angst. Nur ein bißchen einsamer fühlte sie sich, denn es war vollkommen still in dem anderen Bett. Aber allmählich schlief Tora ein.

Im frühen Morgengrauen erwachte sie und fand, falsch gehandelt zu haben. Die Sonne war noch nicht aufgegangen, und die Küche war ausgekühlt. Als sie Sara Sabinas Hände berührte, waren sie starr wie Hörner und gänzlich eiskalt. Tora bibberte vor Kälte und zog sich schnell an. Jetzt bereute sie, daß sie nicht getan hatte, was sie hätte tun sollen. Es war ein sonderbares Gefühl, so nahe bei dem regungslosen Körper geschlafen zu haben. Sie setzte sich an den Tisch und wartete, bis die Zeit vergehen und die Leute unten in Vallmsta aufwachen würden. Jetzt ging die Sonne auf und warf einen Streifen auf das Gras bis zu dem Platz, an dem die alte Schlachtbank gestanden hatte. Der Sonnenschein fiel durch das Fenster herein und wärmte Toras Hände auf dem Küchentisch. Sie spürte, wie ihr die Tränen in die Augen stiegen und hinter den Augenlidern brannten und ihr schließlich über die Wangen zu fließen begannen, doch sie waren warm, und der Schmerz und die Eiseskälte lösten sich langsam in ihr. Sie erhob sich und öffnete die Tür, um den Morgen hereinzulassen. Als sie mit der Hand auf der Klinke dastand, kam der Wind von Westen und brachte einen ganz neuen Duft mit sich. Lieblich und mandelartig war er, ein kühler Hauch auf der Wange, der in dem Augenblick, da man an ihm zu schnuppern versuchte, weg war. Da wußte sie sofort, daß die Morelle blühte.

Sie wandte sich um. Alles war abgewaschen und in Ordnung. Kaffee wollte sie keinen haben. Sara Sabinas Körper ruhte unter dem Laken, und es gab nichts mehr für sie zu tun. Sie konnte also ohne weiteres gleich gehen.

Sie sah, daß die Mauersegler zurückgekehrt waren. Sie schnitten wie schwarze Sensen durch die Luft. Also war es richtig Sommer. Ehe sie von der Kate wegging, blieb sie noch unter der Morelle stehen. Ihre Krone war ganz wie ein Elsternnest, verwachsen und verwildert. Jetzt aber hatte sie sich inner-

348

halb weniger Morgenstunden verwandelt. An einem Zweig nach dem andern schlugen Trauben weißer Blüten aus. Tausende von kugeligen Knospen warteten noch darauf, in der aufgehenden Morgensonne fünf Blätter zu entfalten, die zarter waren als Ascheflocken und weißer als der erste Schnee, der gewöhnlich ein halbes Jahr später in dichten Flocken herabfiel und eine schwache, frostige Nachahmung dieser Anmut darbot. Als Tora diesen Sternenhimmel vor dem Hintergrund des grauen Holzes der Stallwand sah, erinnerte sie sich, wie sie als kleines Mädchen zu ihm hinaufgeschaut hatte und wie die weiße Blütenpracht herabgeschneit war, wenn sie vom Wind bewegt wurde. Sie wünschte, sie hätte die paar Stunden bleiben können, die es, wie sie wußte, dauerte, denn die schönste Blütezeit der Schattenmorelle war sehr kurz. Doch das war ganz und gar unmöglich.

Sie ging rasch. In den Gräben sah sie Löwenzahn und Sumpfdotterblumen, dunkelgelb wie frische Frühlingsdotter. An den Feldrändern standen Stiefmütterchen. Wolken weißer Sandkresse waren an den Steinhängen aufgeschossen und verblüht. Jetzt quoll der Sommer hervor wie ein breiter, grüner Strom, und der Wald blühte. Das Wasser des Vallmarsees glänzte wie Öl, das gelbe Mehl der Fichten schwamm darauf, bildete Kreise und Inseln und trieb ans Ufer. Rosenrot und knubblig schwollen die Triebe der Zapfen, und die Waldlaubsänger, die nicht zu sehen waren zwischen den dunklen Zweigen, sangen um die Wette. Als sie aber aus dem Wald trat und hinunter auf die Felder von Vallmsta zuging, hörte sie den Specht klopfen. Es war ein nüchternes Geräusch, so als wäre es wieder Werktag, und eine neue Arbeitswoche würde beginnen.

# Ann-Marie MacDonald
## *Vernimm mein Flehen*
*Roman. Aus dem Englischen von Astrid Arz. 684 Seiten. SP 2728*

Die preisgekrönte kanadische Dramatikerin und Schauspielerin hat mit ihrem ersten Roman ein mitreißendes, opulentes Familienepos geschaffen. Darin spielt die herbschöne mystische Landschaft der Nordostküste Kanadas eine ebenso bestimmende Rolle wie das ungewöhnliche Schicksal von vier Schwestern.

Anfang des Jahrhunderts in Low Point, einem gottverlassenen Bergwerksflecken an der Nordostküste Kanadas: Nicht gerade der ideale Ort, um als junger, ehrgeiziger Klavierstimmer zu Geld und Ansehen zu komen. Doch James Piper ist entschlossen, hier seine Träume Wirklichkeit werden zu lassen: ein großes Haus voller Musik und Literatur, elegante Möbel, eine Frau mit weichen Händen. Mit seiner Kindfrau Materia, einer dreizehnjährigen Libanesin, bekommt James vier außergewöhnliche Töchter, die seine Träume wahrmachen sollen: Kathleen, die grünäugige Schönheit mit der begnadeten Stimme, die wilde, unberechenbare Frances, Mercedes, die besessene Katholikin, und die behinderte Lily, die von allen vergöttert wird und die einem tödlichen Geheimnis auf die Spur kommt.

»Mit diesem Roman rückt Ann-Marie MacDonald in den ersten Rang literarischer Autoren. Die Handlung ist mitreißend, die Figuren tief berührend und der Stil atemberaubend.«
The Toronto Star

## Lorna Landvik

### Patty Jane's Frisörsalon
Roman. Aus dem Amerikanischen
von Mechtild Sandberg. 383 Seiten.
SP 2710

Ein gefühlvoller, tempogeladener Roman, in dessen Mittelpunkt ein verrückter Frisörsalon steht: Die patente Patty Jane und ihre verträumte Schwester Harriet, beide zunächst vom Pech in der Liebe verfolgt, nehmen ihr Leben selbst in die Hand und richten einen Laden ein, der bald zum beliebtesten Treffpunkt der Nachbarschaft wird, denn hier finden auch Kochkurse, Diashows und Tanzfeste statt. Bis Patty Jane und Harriet ihr neues Liebesglück finden, müssen noch einige dramatische Situationen gemeistert werden – bei denen weiblicher Zusammenhalt und das Herz am rechten Fleck von unschätzbarer Hilfe sind.

»Ein spritziger und zugleich nachdenklicher Unterhaltungsroman.«
Brigitte

### Die Oase am Flammensee
Roman. Aus dem Amerikanischen
von Mechtild Sandberg. 366 Seiten.
SP 3073

Devera und BiDi, zwei Busenfreundinnen, gehen flott auf die Vierzig zu und teilen alle Probleme, die sie mit Mann und Kindern haben – und mit dem Älterwerden. Devera stürzt sich in eine Affäre, BiDi verfällt dem Schlankheitswahn. Und ihre Ehemänner verfolgen ziemlich hilflos den emotionalen Zickzack-Kurs der beiden Damen. Doch dann drohen die kleinen Alltagsturbulenzen zu eskalieren...

»Lorna Landviks ironisch-kluger Familienroman schildert die mittleren und großen Katastrophen eines Sommers in Minnesota. Bis alle Beteiligten erkennen, daß das große Glück mit dem kleinen beginnt.«
Brigitte

# PIPER

### Kerstin Ekman
## *Am schwarzen Wasser*

Roman. Aus dem Schwedischen von Hedwig M. Binder.
462 Seiten. Geb.

Die Zeit ist stehengeblieben dort, wohin Hillevi Klarin
kommt. Natürlich gibt es 1916 auch im Jämtland elek-
trisches Bogenlicht, und die Straßen sind nicht mehr aus
Lehm. Aber zwischen den schwarzen Seen und den dunklen Wäldern ihres neuen Zuhause herrscht noch immer der
Aberglaube, sind die alten Mythen lebendig wie sonst nirgendwo, und die schweigsamen Menschen leben ihr Leben
nach den Zeiten des Jahres, blicken einander seit Jahrhun-
derten finster an. Hillevi ist gerade 26, als sie den mutigen
Entschluß faßt, ihrem heimlichen Verlobten Edvard Nolin
zu folgen, dem zukünftigen Pfarrer der kleinen Gemeinde.
Ob Edvard sie jemals zum Traualtar führen wird, ist unge-
wiß. Doch für Hillevi verwandelt sich die Verletzlichkeit,
die sie zum ersten Mal verspürt, in Stärke und Zuversicht.
Und nicht nur durch die kleine rothaarige Waise Risten
nimmt ihr Leben bald eine hoffnungsvolle Wendung...